· 语 文 阅 读 推 荐 丛 书 ·

格列佛游记

[英] 乔纳森·斯威夫特 / 著　刘春芳 / 译

人民文学出版社

图书在版编目（CIP）数据

格列佛游记／（英）乔纳森·斯威夫特著；刘春芳译. —北京：人民文学出版社，2018（2023.1 重印）
（语文阅读推荐丛书）
ISBN 978-7-02-013771-8

Ⅰ. ①格… Ⅱ. ①乔…②刘… Ⅲ. ①长篇小说—英国—近代 Ⅳ. ①I561. 44

中国版本图书馆 CIP 数据核字（2020）第 137378 号

责任编辑　张海香
装帧设计　李思安　崔欣晔
责任印制　王重艺

出版发行　人民文学出版社
社　　址　北京市朝内大街 166 号
邮政编码　100705

印　　刷　三河市博文印刷有限公司
经　　销　全国新华书店等

字　　数　248 千字
开　　本　650 毫米×920 毫米　1/16
印　　张　21　插页 1
印　　数　444001—454000
版　　次　2014 年 1 月北京第 1 版
印　　次　2023 年 1 月第 25 次印刷

书　　号　978-7-02-013771-8
定　　价　28. 00 元

如有印装质量问题，请与本社图书销售中心调换。电话：010-65233595

出 版 说 明

　　从 2017 年 9 月开始,在国家统一部署下,全国中小学陆续启用了教育部统编语文教科书。统编语文教科书加强了中国优秀传统文化教育、革命传统教育以及社会主义先进文化教育的内容,更加注重立德树人,鼓励学生通过大量阅读提升语文素养、涵养人文精神。人民文学出版社是新中国成立最早的大型文学专业出版机构,长期坚持以传播优秀文化为己任,立足经典,注重创新,在中外文学出版方面积累了丰厚的资源。为配合国家部署,充分发挥自身优势,为广大学生课外阅读提供服务,我社在总结以往经验的基础上,邀请专家名师,经过认真讨论、深入调研,推出了这套"语文阅读推荐丛书"。丛书收入图书百余种,绝大部分都是中小学语文课程标准和统编语文教科书推荐阅读书目,并根据阅读需要有所拓展,基本涵盖了古今中外主要的文学经典,完全能满足学生成长过程中的阅读需要,对增强孩子的语文能力,提升写作水平,都有帮助。本丛书依据的都是我社多年积累的优秀版本,品种齐全,编校精良。每书的卷首配导读文字,介绍作者生平、写作背景、作品成就与特点;卷末附知识链接,提示知识要点。

　　在丛书编辑出版过程中,统编语文教科书总主编温儒敏教授,给予了"去课程化"和帮助学生建立"阅读契约"的指导性意见,即尊重孩子的个性化阅读感受,引导他们把阅读变成一种兴趣。所以本丛书严格保证作品内容的完整性和结构的连续性,既不随意删改作品内容,也不破坏作品结构,随文安插干扰阅读的多余元素。相信这套丛书会成为广大中小学生的良师益友和家庭必备藏书。

人民文学出版社编辑部

2018 年 3 月

目　次

第三部　拉普塔、巴尔尼巴比、勒格奈格、
格拉布杜德里布、日本游记

第四部　慧骃国游记

导　读

　　乔纳森·斯威夫特（1667—1745）是英国十八世纪前期最优秀的讽刺作家和政论家。他出生在都柏林，父亲是定居在爱尔兰的英国人。他是遗腹子，由叔父抚养成人，曾就读于都柏林三一学院和牛津大学，最后于一七〇一年获得神学博士学位。一六八九年他前往英格兰在他的远亲威廉·邓波尔爵士处任私人秘书；一六九四年返回爱尔兰成为国教会教士并开始担任神职。后来他曾再返伦敦，先后参与辉格、托利两党的政治活动，结交了诗人蒲柏等一批文友，并孜孜不倦地勤奋笔耕。一七〇四年，他的《书的战争》《木桶的故事》等作品结集出版，前者嘲笑经院派腐儒，后者讽刺基督教不同教派之间的争吵夺权。他写的政论时文，包括担任托利党《考察报》主编期间抨击一七一〇至一七一三年间英法战争的文字，产生了相当大的社会影响。此外，他的一些诗作以及写给女友的那些亲切而生动的信（先后结集出版）都得到很高的评价。

　　一七一三年，安女王任命斯威夫特为都柏林圣帕特里克大教堂的主持牧师。一七一四年女王逝世，断绝了他重返伦敦政坛的希望。然而，正因为他被放逐到了帝国的边缘，才得以更真切地目睹被压迫者的苦难，完成某种立场转变。他开始把以往不大看得起的爱尔兰人称为"我们"。他不安地注意到爱尔兰的经济状况持续恶化。一七二〇年,在多年沉默之后他发表了一篇号召爱尔兰人使用国货的政论文章。一七二四年的《布商的信》借一布商之口猛烈地抨击英政府出卖向爱尔兰提供铸币的特权、损爱尔兰大众的利益以肥少数人之私囊。"布商"得到了爱尔兰民众的热烈支持,迫使英国当局改变了计划。一夜之间,斯威夫特几乎成了爱尔兰人眼中的英雄。他的脍炙人口的讽刺文《一个温和的建议》(1727)更是以辛辣的笔触痛斥了英国在爱尔兰的殖民统治。

斯威夫特晚年因病搁笔。在他留下的诸多优秀作品中,最广为人知的当数《格列佛游记》(1726)。

《格列佛游记》被不少人看作是深得孩子们喜爱的儿童读物。格列佛仿佛是孩童——在小人国利立浦特,他随心搬移各种人和物,像是摆弄玩具;流落到大人国布罗丁格奈格后,他又如幼儿在成人世界里,感到惊恐而无奈。但是,过于强调这一面会或多或少掩盖作品的思想意义。小说的童话色彩只是表面的局部的特征;尖锐深邃的讽刺才是其灵魂。

《格列佛游记》中的讽刺是一把多刃的利剑。首当其冲被评点和挖苦的,即是当日之英国,也即世界上第一个正在成型的"现代社会"。格列佛历险的第一地是小人国。在那里他一只手就能拖动整支海军舰队,一餐饭要吞吃大批鸡鸭牛羊外加许多桶酒。小人国的人为了把他这个庞然大物运到京城,动用了五百工匠,无数绳索,九百负担起重、搬运任务的"大汉"、一万五千匹"高大"御马,等等。在如此这般的一个缩微国度里,所有的雄心和邀宠、政争和战事都不免显得渺小委琐。党派之争以鞋跟高低划分阵营,"高跟党"和"低跟党"你争我斗,势不两立;相邻的国家不但想战胜并奴役对方,还要争论吃鸡蛋应先敲哪头之类鸡毛蒜皮的"原则"问题。国王用比赛绳技的方法选拔官员,于是指望升迁的满朝文武纷纷冒着摔断脖子的危险研习这种杂耍技艺；为了获得国王赏给的几根缠在腰间的彩色丝线，官员不惜做各种可笑的表演。这个小朝廷处处令当年的读者想起英国。就连陷害格列佛的财政大臣弗里姆奈也被认为是以那时的英国内阁首脑瓦尔浦尔为原型的。

小说第二卷里更是指名道姓地批评了英国。格列佛长篇大论地向大人国国君介绍英国的历史、制度和现状，以及种种为国家为自己"挣面子"的事。不过，用大人国的眼光看，英国是利立浦特般的蕞尔小国，它的历史充斥着"贪婪、党争、伪善、无信、残暴、愤怒、疯狂、怨恨、嫉妒、淫欲、阴险和野心"所产生的恶果。格列佛讨好地表示愿把制造军火的方法献给国王。他吹嘘说，火药枪炮威力无比，能使人尸横遍野、血流成河。国王惊诧万分：他"那样一个卑微无能的小虫"竟有如此残忍的想法！于是国王说格列佛的同胞是"自然界中爬行于地面的小毒虫中最有害的一类"。斯威夫特的讽刺还横扫了英国社会其他许多重要方面。如：第三卷里对拉格多科学院人士的描写是直接针对英国皇家学会的，表达了对现代科技的种种忧虑；有关拉普塔岛一段则影射英国对爱尔兰的剥削压迫。总之，在十八世纪早期，秩序更迭、工商繁荣、物欲张扬、政界腐败、党争激烈及对外扩张等等共同构成了英国生活的主旋律；而斯威夫特则敏锐抓住了时代的特点和弊病，痛下针砭。

这部小说不但抨击了社会现状，还有意识地模仿了某些语言和文体。格列佛在小人国抄录了一段官方文告，它赞颂国王是"举世拥戴"的"万王之王"，"脚踏地心、头顶太阳"，等等。但是，无处不在的格列佛眼光提醒着我们那位国君不过身高十几厘米。"言"与"实"的巨大差距令人捧腹。格列佛在抄下"泱泱大国"一语前，还在括号里不动声色地解释道："面积大约为十二英里。"括号里的话带出了本分的医生兼生意人格列佛先生实事求是的叙述风格。他似乎并无意评论，只是在忠实客观地为我们解释利立浦特尺度。然而，随着这句解释，那"涵盖了整个地球"的无边领土就陡然缩为周边不过十余英里的弹丸之地，讽刺的锋芒脱颖而出。

更重要的是，《格列佛游记》作为一个整体是对一种文学题材、体裁和风格的全面讽拟。叙事采用第一人称，开篇也说小康人家的小儿子预感命中注定要出门远航，等等，处处让人想起红极一时的鲁滨孙。不过，格列佛出海发家的心态未能长久维持。在小人国和大人国宫廷的双份经历使他对君王的恩宠和地位的沉浮有了透辟的体验和见解。他在大人国里曾被一农民拿来展览并出售。他看出主人靠他"赚钱越多就越贪婪"，哪管他累死累活，小命难保。被置于受剥削利用的地位上，人家的发财活动看起来自然也就不那么光彩夺目了。这使格列佛的旅行成为与《鲁滨孙飘流记》迥然不同的精神历程——他没有成长为合格的资本主义社会中坚，而是变成彻底的异己者和批评者，从而否定摈弃了鲁滨孙式的自我提升的人生计划。可以说，在很大程度上格列佛的游记是对鲁滨孙们的评论，故意营造的相似最终是为了凸现精神上的决裂。

在一个更深的层面上，斯威夫特的讽刺还直指人性本身。格列佛当过"巨人"又当"小人"，从而使纯粹的旁观者立场不复存在。读者不得不随着他在绳技表演等似乎陌生而古怪的事物中认出身边熟悉的事物，认出自身的局限，看到荒谬中的常情，常情中的悖理。作者对社会现状的批评常常进而转化为对人性的怀疑。关于"钱"的那段深入肯綮的议论就是如此。在第四卷也即最后一卷里，格列佛来到没有金钱、没有军队警察的慧骃（马）国，向他的马主人解释说："我们那里的野猢认为，不管是用还是攒，钱都是越多越好，没有个够的时候，因为他们天性如此，不是奢侈浪费就是贪得无厌。富人享受着穷人的劳动成果，而穷人和富人在数量上的比例是一千比一。因此我们的人民大多数被迫过着悲惨的生活……"他谈人的"天性",所列举的其实是十八世纪英国人的言行方式,是在资本主义生产和生活方式长足发展之际的特定世态和心态。只是斯威夫特们看到全社会上上下下的人都如此心甘情愿地被金钱所奴役驱使,不由得要对人的本性生疑。

在这一卷里,小说从内容、风格到叙述人定位都发生了显著的变化。此前,小说尚有一层与航海日志等一脉相传的"科学""理性"外包装。格列佛反反复复地历数各种东西的数量、尺寸和比例,使小说世界与我们的常识世界相衔接,说服读者在一定程度上接受被描述的景象的合理性和可信性。但是这时数字罗列和各式账单统统都消失了。简洁明了的文风虽然依旧,但被描述的已是人兽颠倒的怪诞景象:马成了理性的载体,而人则化作下等动物野猢(yahoo)。斯威夫特不断用种种难以消受的细节——如人形动物野猢如何脏,如何臭,如何屎尿横飞、贪婪刁蛮等等——来刺激读者不堪负担的感受能力;逆启蒙派把人视为"理性动物"的说教而行,把日益被文明所压抑的人类的"肮脏"生理活动推到文字的前台,显现于光天化日之下。格列佛本人不但成了直接的议论者和讽刺者,而且从马国归家以后行为极其乖张任诞,几乎也沦为被挖苦的漫画形象。由于这种种描写,很多人(包括名作家萨克雷和赫胥黎等)认为斯威夫特"厌恨人类"。但是另一方面,伏尔泰却把他称为"英国的拉伯雷"——因为,像拉伯雷的作品一样,《格列佛游记》与民间文学有着深刻的血缘关系,其恣肆的笔触和狂欢化的想象其实是高扬生命旋律的。可以说,斯威夫特以其特殊方式折射着他所存身的社会的两面性:既以夸张渲染时代的生气、更藉荒唐痛斥时代的弊端。在厌恨和悲观背后,应是一种苦涩的忧世情怀。

也许因为今天的地球人大都生活在所谓"现代社会"中,斯威夫特的讽刺和寓言两百多年后读来仍尖锐淋漓、字字见"血"。在yahoo的幽灵极有反讽意味地成了计算机网络"明星"的年月里,人们不能也不应忘却斯威夫特的怀疑和绝望。

人民文学出版社编辑部

译 者 前 言

　　《格列佛游记》是英国十八世纪著名作家乔纳森·斯威夫特（1667—1745）于一七二六年问世的作品。斯威夫特的作品以讽刺见长，堪称是世界上最伟大的讽刺文学大师之一。他的代表作品包括《格列佛游记》《书的战争》《一个温和的建议》《木桶的故事》等。

　　乔纳森·斯威夫特生于爱尔兰都柏林的一个贫苦家庭。他父亲在他出生前七个月时不幸离世，斯威夫特由其叔父抚养长大，后就读于著名的都柏林三一学院。一六八八年，斯威夫特来到英格兰，成为穆尔庄园的主人威廉·邓波尔爵士的私人秘书，在此期间，他阅读了大量的古典文学名著。他在这个时期写了《书的战争》和《木桶的故事》两部作品。当时的斯威夫特深受"崇古非今"思想的影响，因此《书的战争》就内容而言并没有什么进步意义，但是斯威夫特在这部作品展现出的讽刺才能却令人刮目相看。一六九九年，斯威夫特回到爱尔兰，在都柏林附近的一个教区担任牧师，但为因教会中的事务常去伦敦，后来便卷入了伦敦的辉格党与托利党之争，并受到托利党首领的器重，担任过该党《考察报》主编。一七一四年托利党失势，他回到爱尔兰，终其一生在都柏林圣帕特里克教堂担任主持牧师。

在爱尔兰任牧师的时期,斯威夫特完成了他的不朽的讽刺杰作《格列佛游记》。这时的他思想愈发深邃,对政治纷争和人间百态洞幽察微,因此作品中对时事、对人性的揭示与讥讽都达到了极为深刻、极为痛彻的程度。然而,晚年的斯威夫特在生活上则陷入极端孤独与凄凉的状态,他身边的朋友屈指可数。但他依然坚持善念,坚持用自己的行为弘扬人性。他将自己积蓄的三分之一用于各种慈善事业,用另外三分之一的收入为弱智者盖了一所圣帕特里克医院。一七四五年十月十九日,斯威夫特与世长辞,终年七十八岁。

《格列佛游记》的构思源于他与朋友的一次聚会,当时斯威夫特谈到英国政界种种贪婪无耻的行径时非常激动,不禁嬉笑怒骂,言辞激烈。然而,其犀利的言辞之间却流露出其对丑恶世事的洞观和对美好人性的热切向往。之后他便信笔开始了第一卷的创作。作品完成后他呕心沥血地进行了无数次的增删完善,最终于一七二六年匿名发表。作品一经发表,便因其辛辣的讽刺在英国社会引起了广泛的争议。二百多年来,它被译成几十种文字,并改编成多种形式的影视作品,在世界各地广为流传。

《格列佛游记》全书共分为四个部分。主人公格列佛是位外科医生,他为人正直、单纯、坦率,热爱航海,而且具备一定的航海及医学知识。最初他是因为单靠行医不能养活妻儿,便接受了他人的邀请,到航海船只上去当外科医生。就这样,格列佛开始了他的航海旅行生涯。他先后航海漂流到小人国、大人国、飞岛国、慧骃国等神奇的国度,经历了许多令人难以想象的离奇故事。小说的情节充满无与伦比的想象,语言则真诚而生动。夸张的故事背后却饱含了对当时的英国社会政治、法律、议会、竞争、军事、教育、社会风尚的无情讽刺。因为小说中天马行空的想象和对当时英国政治现状的辛辣讥讽,所以一直以来,读者对于这部小说经常会有两个认知误区,一是把《格列佛游记》当作儿童文学而对待,二是把它看作一部政治性极强的讽刺作品。然而,这部小说绝非简单的少儿读物,其价值也绝不在于其对当时英国政治的讽刺和批判。其实细读这部作品,读者一定会为其中洋溢的奔放张扬的浪漫主义所打动,同时也会因为作品中极其厚重、极其深沉的对人性弱点的探讨与批判而陷入沉静的思考。这些特点使得《格列佛游记》能够在历经近三个世纪历史浪潮的冲刷后,依然屹立在世界文学史的巅峰。

　　的确,不能否认,这部小说的确有儿童文学的一些特点,其中最重要的就是其夸张离奇的情节。如小人国、大人国便是最受小朋友喜爱并津津乐道的故事。格列佛在小人国中被绑缚的样子,以及在小人国中吃菜喝酒等情节都令人忍俊不禁;在大人国中被巨人放进口袋,被面包屑绊倒、跟老鼠搏斗等情节肯定也令小读者们读之捧腹。虽然这些充满着奇妙的想象的故事构成了《格列佛游记》历经两个多世纪依然受人钟爱的元素之一,可是这部作品绝不仅仅是供儿童一乐的童话。在这些绚烂多彩的情节背后,《格列佛游记》展现出的是更多的敏锐的观察与深刻的思想。如在小人国中对小人国民族膨胀情绪的揭示,以及小人国王宫中的一些情况的描写,既充满无边的想象和神奇的色彩,但同时更是对于小人国王宫中政客之间明争暗斗、国王与佞臣之间相互勾结、国家与国家之间无端开战等现象进行的淋漓尽致的讽刺。尤其在描写小人国宫廷内部遴选官员时类似于小丑似的表演的描述,则把任命官员时的随意和不负责任的丑陋状态表现得既生动又深刻。格列佛在大人国的遭遇则更是笑泪交加。他被当作小怪兽对待,主人为了从他身上赚取最大的利润,不惜牺牲掉他的健康甚至生命,他努力博人一乐的本事也因此带有了深深的伤感的悲哀。人与人之间的利用关系与冷漠情感由此在这些看似欢乐的表演中无声地展现出来。这些情节看似滑稽可笑，而所有的笑声背后都有极强的社会意识和深刻的思想认知，由此也赋予了这些笑声更加深厚的内涵。借用鲁迅先生评价《红楼梦》时曾说，"经学家看见《易》，道学家看见淫，才子看见缠绵，革命家看见排满，流言家看见宫闱秘事……"，而对于《格列佛游记》，儿童看见童话，成人则看到深刻的社会现实与人情冷暖。对此，翻译家王佐良先生曾做过更为客观、更为全面的评价。他说："这部书打动了各类读者，儿童们喜欢头两部故事，历史学家看出了当时英国朝政的侧影。思想家据以研究作者对文化和科学的态度，左派文论家摘取其中反战反殖民主义的词句，甚至先锋派理论家把它看作黑色幽默的前驱。而广大的普通读者则欣赏其情节的奇幻有趣，其讽刺的广泛深刻。这部书是游记、神话、寓言、理想国的蓝图，又是试验性的小说。"王先生的评价可谓精准深刻，小说借用童话的形式，蕴含的是极为庄重严肃的政治、社会与文化主题，使本书可以寓教于乐，在笑声中展开沉思与感喟。因此，童话的外衣绝不是本书被归纳为儿童文学的依据，相反，童话使得本书极具可读性，其借童话引发的思考的范围也更广泛、时间才更久远。

再者，这本书常被定义为"政治讽刺"作品。这个定义无疑是非常正确的。对照当时英国的政治现实，便能了解该书对当时政治时事的讽刺是多么入骨三分，多么辛辣尖锐。例如，小人国的两党以鞋跟高矮为区分标志，斯威夫特映射的是英国的托利党和辉格党之间极为可笑、琐屑的争端。吃鸡蛋时是从大头敲开还是从小头敲开，则指的是天主教与新教之间关于教会仪式的无稽之争。为了这些无端而滑稽的争端，不但导致了小人国的内战，甚至殃及邻国，造成了国与国之间的不睦与战争。斯威夫特用这些虚构的情节和幻想的手法生动地刻画了当时的英国现实，并借此讽刺了英国统治集团的争权夺利、党派纠纷和以宗教分歧为借口的侵略政策。这些例子在此不再一一枚举,因为关于这一点,老一辈的翻译家张健先生在《格列佛游记》的前言中做了极为细致深刻的说明与阐释。不过,在历史向前演进了近三百年的今天,这本书依然魅力无限,引人入胜,那只能说明这本书除了对当时的政治斗争的讽刺之外,还有其他更加永恒的主题。字里行间透出的绝妙恣肆的想象以及对理想世界的殷切期待让人感觉在读一本浪漫主义作品;而时刻透露出的对当时人性堕落的愤怒激恨,以及对美好人性的倾心描摹与追求则令人感喟作者内心的深切渴盼。

    《格列佛游记》堪称浪漫主义思想的早期源泉之一。作者丰富而绚丽的想象力常常令人叹为观止,这些美好纷繁的想象,不但透露出作者单纯美好的心胸,更让人深深感悟到作者极为恣肆的浪漫主义情怀。十八世纪的英国是政治的世纪、理性的世纪。当时的文学作品如《鲁滨孙飘流记》,就带有浓厚的理性主义色彩。主人公鲁滨孙凭借其智慧、力量和坚强的意志与自然抗争,他的奋斗历程折射出理性主义的光芒。鲁滨逊的生活中只有理性的奋斗与理性的成功,却丝毫没有必要的感情纽带与人际交往。小说对人的价值、科技的力量及世俗追求的肯定也体现了启蒙理性的精神内涵。即使是十八世纪的以爱情为主题的作品,也都深深浸润着理性主义思想。如《帕美拉——贞洁得报》中的爱情便是在理性的计算与推理中一步步成功的,爱情成为理性主宰下的一份试验品,完全脱离了爱情本身的浪漫与激情。而《格列佛游记》虽则在很多方面体现了当时的时代特点,理性主义思想贯穿其中,但是想象的翅膀却高高飞起,开启了浪漫主义的华美之门。《英国文学史纲》的编写者阿尼克斯特就认为,从某种意义上讲,英国浪漫主义文学的领军人物拜伦就是斯威夫特的追随者和继承者。

    例如作者在描写科学院时,极度夸张的奇思妙想不禁令人捧腹:

我之后到了数学学校,那儿教授数学的方法令欧洲人无法想象。他们先把命题和定理清清楚楚地写在薄薄的饼干上,一律用颜色和头皮一样的墨水书写。然后,命令小学生把饼干空腹吞下。学生们在三天内只允许吃面包、喝白水,不许吃其他食物。饼干消化以后,头皮颜色的墨水会带着命题走进大脑。

　　除却这些充满想象力的细节之外,对大人国、小人国、飞岛国、慧骃国等各个令人浮想联翩的神奇国度的描写,本身就彰显出日后浪漫主义不拘一格的想象风姿。《格列佛游记》依靠对想象国度的异想天开的描写,从而达到揭露罪恶、建构理想的目的,这一点与日后浪漫主义依靠放纵恣意想象达成对罪恶的批判和对理想的膜拜显然有一脉相承之态。作者描写的大人国、小人国、飞岛国等国度,虽然奇妙无比,但终究是"人"的国度,而这些国度初看起来都幸福安宁,经过一番了解后,才发现这些"人"的国度都存在着这样那样的丑恶现象与棘手问题,最后都令作者无法忍受而设法逃避。只有最后的"慧骃国",却是完全颠覆了"人"之国度的形象,不但如此,"人"在这个国度中成为丑陋无比、邪恶无比、卑劣无比的一种人人憎恶的生物,而与"人"的国度完全不同的"马"的国度才是真正的理想之地、幸福之所。这种由于对人类世界的极度厌恶而导致的对理想国度的热切期待,彰显了作者激烈的、爱憎分明的情感世界,而这同样是浪漫主义者所拥有的特质之一。更重要的是,"慧骃国"所呈现的是一种原始社会的天然的美好,斯威夫特通过对天然状态的珍爱,表达了对文明与进步腐蚀人类社会的不满与愤懑。对自然状态的歌颂、对文明导致人类社会堕落的批判,同样是浪漫主义作品的重要主题之一。

　　除了这些浪漫主义元素,《格列佛游记》的字里行间也透露出强烈的对美好人性的勾画与渴望。正是因为这种对人性的探讨与追求,使本书的价值不囿于当时,而是具有了永恒的价值与意义。及至今日,对美好人性的探讨与追求仍然是我们所热衷的话题。

作者借着无穷的想象,对人性的弱点进行了无情鞭挞,也对美好人性进行了倾情勾勒。在几个游记中,慧骃国最能体现出人性的这一特点。作者把美好人性的拥有者想象为一种只有自己简单语言的"马",直接表明了作者对于现代语言的不信任。正是因为语言作为载体,使真实的情感和端正的品格遭到扭曲,使得违背真情实意的虚伪表达成为可能。

> 慧骃们从来不知道"怀疑"和"不信任"到底为何物,所以也不知道在这种情况下该如何表现是好。我记得,我曾经多次跟马主人说起世上其他地方的人性,有时会提到"撒谎""说假话"这样的词汇,尽管马主人在其他方面有着精准的判断力,但是每每这个时候,它总是很难理解我到底是什么意思。它辩驳道:"语言就是让我们彼此理解,接受事实信息的,如果有谁说的话与事实不符,我就无法充分理解它,那么语言还有什么意义呢? 而且我听了这些话后,会接受到错误的信息,这比不知道还要糟糕。明明一件东西是白的,我却以为是黑的,明明是长的,我却以为是短的。"这就是它对谎言的理解,人类虽然明白这个道理,可还是常常去编织谎言。

这种批判将人性的扭曲几乎归结为普遍现象,似乎只要会讲现代语言,人性就一定会走向堕落与邪恶。这种对人性虚假的过激批评显示出作者极度渴望真诚的内心追求。进而,他又借"慧骃"的形象对人性的缺点进行了极具针对性、极为深刻的鞭挞。

除了对虚伪人性的指责与批判,作者还借慧骃国中单纯而美好的社会现状的描写,与人类社会形成强烈的反差,从而将人性的丑恶无限放大。当作者对"慧骃"谈起人类世界的种种情形时:

马主人像是被这些前所未闻、前所未见的事情惊呆了似的，它瞪起眼睛，抑制不住满脸的惊讶和愤怒。权力、政府、战争、法律、惩罚以及其他许多概念，在它们的语言里根本就不存在，而我却想把它们表达清楚，这困难简直难以克服。好在马主人的领悟力极强，它时而沉思，时而同我交流，最终彻底明白了人性在我们那个世界到底是什么样子。

这段文字以春秋笔法批判了人性的丑恶，同时也彰显了慧骃国的纯洁与真诚。借助慧骃国的生活细节与认知方式，斯威夫特对于人性中的丑恶之处进行了贬斥与痛批，其批判的尖锐性与深刻性可以说至今难有人与之比肩。例如在批判人性的贪婪时，他说：

在它们国家的一些地方，有一种色彩斑斓的闪亮石头，野狒们对其极为钟爱。这种石头一般半露在地上，野狒们会用爪子挖上一整天，直到将石头挖出来为止。之后，它们会把石头带走，藏在自己窝里的土堆下面。藏完石头后还不住地四处张望，唯恐同伴发现了它们的宝贝。

想到至今人类对宝石的狂热情结，这段文字的确令人不禁难掩尴尬。斯威夫特通过描写丑陋肮脏的"野狒"莫名其妙对彩色石头的狂热的占有欲，令人反思文明社会的种种物质束缚。当今社会中人们在追求房子、车子、黄金、钻石的过程中变得日益贪婪，最终丢弃了自然丰满的美好人性，变得扭曲而堕落。斯威夫特的批判的确有些过于尖刻，但其本质上对人性的理解则令人敬佩。通过对"野狒"和"慧骃"的行为方式、生活方式、思想方式的一系列对比，作者将人性的丑恶一一呈现，同时也将理想人性的状态进行了清晰描摹。虽然作者笔下的理想人性还有原始的色彩，但作者热切的建构理想的初衷则令当代读者深刻反思，同时唤起人类对人性丑恶的认识和对美好人性的向往之情。

可以说,《格列佛游记》既有童话的绚美想象,又有政治讽刺的深刻与尖锐;儿童读来兴致盎然,成人读来则禁不住掩卷深思。但更重要的是,本书有着更加永恒的阅读价值,其浪漫主义的元素令人读来振奋,使阅读成为愉悦身心的快乐之旅;而对人性的探讨与批判又令阅读成为滋养心灵、深化对人性认知的有益过程。我想,这也是该书在多元化的今天依然魅力无限的主要原因吧。

刘 春 芳

2013 年 6 月 6 日于美国肯塔基

出版商致读者（初版序）

　　这部游记的作者莱缪尔·格列佛先生是我最亲密的老朋友，而且从母亲这一脉算来，我们还有亲戚关系。三年前，常有好奇的人聚集到他在雷德里夫的家里，格列佛先生对此感到疲惫不堪，因此在故乡诺丁汉郡买了一小块地和一幢安静舒适的房子。那地方离纽瓦克也不远。现在他就在那里安享退隐的时光，而且也颇受邻人们的尊重。

　　尽管格列佛先生出生于诺丁汉郡，即他父亲的居住地，但我听说他的祖籍是牛津郡。为了证实这一点，我到过位于牛津郡的班伯里教堂墓地，看到格列佛家族的几座坟墓和墓碑，想来这个说法的确属实。

　　在离开雷德里夫之前，他把这些手稿托付我来保管，并允许我按照自己的意愿加以处理。这些手稿我仔细研读了三遍。游记的风格非常平易近人，行文简单流畅。我觉得唯一的不足就是叙述得太详细、太琐碎了，不过游记作者大都如此。整本书读来让人觉得事实详尽可靠，作者也的确因其诚实忠厚广受称赞。在格列佛的家乡雷德里夫甚至广泛流传着这样一个说法：要是谁想证明一件事是真的，就会说它像格列佛先生所说的一样准确无误。

　　经原作者的同意，我曾把这些手稿送给几位知名人士阅读。

在他们的建议下,我才决定不顾冒昧之嫌,大胆将此书出版。我希望这本书也许会成为青年贵族们的有趣读物,至少现在看来,它比那些只谈论政治和政党的粗制滥造的书籍要好得多。

一般说来,海员的叙事风格是非常细致入微的,而我在这里却大胆删去了一些描述风向、潮汐,以及几次航行中关于方向及位置的章节,也删掉了关于在风暴中如何驾船使舵的烦琐描述的段落,还有详尽阐释如何辨识经度和纬度的部分。否则的话,该游记要比现在的篇幅多出一倍。我很清楚,格列佛先生对我这种做法也许会颇有微词,但我认为一定要使该书被一般读者广泛接受才行。不过,如果由于我个人对航海的无知而导致了一些错误的出现,那么我声明我个人对此负全部责任。若有哪位热衷旅行的人士对原作充满好奇,希望一睹为快的话,我随时都会满足他的要求。

如果想知道有关作者生平的更多细节,那么读完本书的起始几页,就会找到满意的答案。

理查德·辛普森

格列佛船长致其堂兄辛普森的一封信

我是在你的不断催促和热心鼓励之下，才决定出版这部内容松散、记述混乱的游记的。假如有人向你提出疑问，我希望你会毫不犹豫地公开承认这一点。我的堂兄丹皮尔在出版他那本名为《环游世界》的书时，我曾建议他请几位年轻的大学生把稿子整理一下，再完善一下文字风格。如今我希望你也能这样做。另外，我并没有赋予你随意增删的权力，因此，我要在此严正声明，对于你所增添的文字我都表示决不接受。尤其是那段关于至高无上的已故的安妮女王的文字。尽管我对她的敬仰和尊重超过世上任何一个人，但我对这段文字却拒绝接纳。你，或者说你聘用的那些学生，都应该考虑到，这绝不是我的本意。在我看来，在我高贵的主人"慧骃"面前赞美我们这个物种中的任何一位，都是极其可鄙的行为。再者，这段文字也是凭空捏造的，完全与事实不符。据我所知，英国伟大的安妮女王在位期间，的确任命过掌管国家事务的首相，而且不止一位，应该是接连任命过两位。第一位是戈多尔芬伯爵，第二位是牛津伯爵。依此来看，你把子虚乌有的事情强加在了我的头上。同样，在记述设计家科学院的事情时，以及在描述我与我的高贵主人"慧骃"的几次谈话过程时，你要么删掉了一些重要细节，要么随意进行了改动，弄得我现在都读不懂我自己写的东西了。我以前曾写信给你，间接表达了我的意见，可你却给我回信说你这样做是怕冒犯上面，还说执政的人对于出版业非常警觉。他们不但会曲解内容，而且对于任何"讽刺"（我记得你说的是这个词）性的文字都会加以惩处。可是，我还是想请教一下，许多年前，我在五千里以外的地方，在一个完全不同的国度所说的话，跟现在这些据说统治着一群走兽的"野猢"们有什么关系呢？更何况那时我对他们统治下的痛苦生活没有任何概念，因此也根本谈不上畏惧二字。当我看到"慧骃"成了拉车的，而那些可恶的"野猢"则悠闲自在地坐在车里，好像"慧骃"才是畜牲，而他们倒成了有理性的高级生物似的，难道我就不能抱怨一下吗？说实话，我退隐到这个地方的主要原因，就是不想见到这种恐怖荒谬、令人深深憎恶的不堪场景。

因为我对你非常信任，所以才觉得应该把自己的真实想法告诉你。

从另一方面来说，我真的只能怪自己太没有主见，居然在你和别人不断的劝说和恳求之下，听信了你们的胡编乱造之言，导致我同意出版这部游记，这本来完全违背了我自己的初衷。拜托你好好想一想，当你说为了公众的利益坚持要出版这本游记时，我是不是一再请你考虑清楚，"野猢"这种动物是根本不可能通过讲道理或者举事例来进行改造教育的。现在这一点得到证实了吧。我本来还对这个小岛抱有一丝希望，还指望岛上的各种弊端恶行和腐化现象能够得到全面改善。可是你看看，六个多月过去了，我通过这本书向人们提出的警示，事实上是一点儿效果也没有。我本来还希望你会给我写封信，告诉我政党纷争和集团内讧已经销声匿迹；法官都变得学识渊博、正直公允；辩护律师都已经基本上懂事明理，变得诚实而又谦恭；成山的法律文书被堆积在史密斯菲尔德广场付之一炬；青年贵族的教育面貌也得到了彻底改观；江湖庸医没有了立足之地；女性"野猢"们都富于美德，重视名誉，诚实善良；部长大臣们的院落里也不再杂草丛生，都被清扫得干干净净；有智慧、有美德、有学识的人都受到嘉奖；而一切无德文人都受到严惩，只能吃自己的衣服充饥，只准喝自己的墨水解渴。从你鼓励我出版的言辞中，我坚定地认为所有这些，以及其他成百上千的改良措施必将实现，因为他们能够轻易地从我这本书里找到相关的改良方案。如果"野猢"的天性中还有一点点对美德与智慧的渴望的话，那么要纠正他们身上的所有恶习和愚蠢行为，我敢保证七个月的时间就足够了。然而，你写给我的所有信件都没有让我得到我所期望的答复。恰恰相反，你每个星期都给我寄来许多侮辱性和诽谤性的文章、解读、反思和论文，还有其他一些杂七杂八的指责。在这些文字中，我看到人们控诉我污蔑国家大臣，贬低亵渎人性（他们说这个词时居然还那么理直气壮），还指责我侮辱妇女。我也发现这一捆捆东西的作者其实意见并不一致，有人认为我根本就不可能是这部游记的作者，而有人则认为我不但写了这本书，而且还是其他许多与我全然无关的书的作者。

我还发现你找的印刷商非常粗心，他们把游记的时间顺序完全搞混了。我几次航行的出发及返航时间都是错误的。年份、月份和日期没有一个正确。听说我的书出版之后，原稿被全部毁掉了。我自己这里也没有任何备份，不过我还是给你寄去了一份勘误表。如果还有机会再版的话，希望你能够改正过来。我不是固执己见的人，一切事情就留给明智而公正的读者们去评判吧。

我听说几个以海为生的"野猢"对我使用的航海术语百般挑剔，不是说这些术语在很多地方使用不当，就是说这些术语现在已经不再使用了。对此我真是无能为力。在最初的几次航行中，我还很年轻，全靠一些老水手的指导。他们怎么说，我就怎么学。不过我后来发现，这些以海为生的"野猢"们跟那些在陆地上生活的

"野猂"一样,总喜欢在用词上标新立异,所以这些陆地上的"野猂"们使用的语言每年都会有变化。正因如此,我记得每次回到自己的国家,都会发现原来的语言早都变得面目全非,搞得我都听不懂他们的新语言了。我也发现,当一些"野猂"出于强烈的好奇心从伦敦跑到我家来看我的时候,我们彼此都无法清晰流畅地让对方明白自己的意思。

如果说"野猂"们的指责有什么让我不快的话,那就是他们有人居然狂妄地认为我的游记纯粹是自己凭空捏造出来的。对此我何止是不快,简直要出离愤怒了。更有甚者,有人居然离谱地揣测,"慧骃"和"野猂"根本就不存在,完全是乌托邦的产物。

当然,我必须承认,关于利立浦特和布罗丁格拉格(这是该词的正确写法,书中所写的布罗丁格奈格是错误的)以及拉普塔的居民的存在,我从未听过有哪个"野猂"会自以为是地怀疑他们的真实性,对我讲述的与他们相关的事情也未曾置疑。因为事实就是事实,每个读者对事实都会深信不疑。可是我一讲到"慧骃"或者"野猂",为什么就会出现一片质疑之声呢?就拿"野猂"来说吧,单单在这个国家里就生活着数以千计的"野猂",他们跟生活在"慧骃"国的畜牲同类相比,除了嘴里叽叽喳喳说个不停,身上裹着些遮羞布以外,又有什么不同呢?我写作的目的是想让他们改邪归正,并不是要得到他们的嘉许。全体"野猂"异口同声的赞美之词,在我听来还不如我养在马厩里的两匹退化的"慧骃"的嘶叫声更加顺耳。因为他们虽然退化了,但我依然能从他们那里学习到一些美德,而且这些美德纯粹干净,不带一丝一毫的邪恶之气。

我难道会不堪到为自己作品的真实性去费尽口舌地辩护吗?难道那些悲惨可怜的动物真的会作如此猜测吗?我本人就是一个"野猂",然而我在"慧骃"国长达两年的日子里,亲眼看到我那光明磊落的主人们的品格风范,受到他们的感召与教导,因此得以把撒谎、拖拉、欺骗、推诿等恶习一一消灭。当然,我承认这个过程是极其艰难的,因为这些恶习在我们这个族群的思想里早已深深扎根,尤其是在欧洲那些"野狒"的精神里,更是根深蒂固。

　　这本书的出版过程真是让人伤透了脑筋,我还有许多牢骚没有讲出来。可是我不想再给自己增添烦恼了,也不想再因此惹得你不快。我还必须毫不隐讳地坦白一点,就是自从我完成最后一次旅行回国之后,由于我不可避免地又同你们这些族类交流谈话,尤其是和我那些家人朋友交往,使得我身上"野狒"本性中的堕落本质又开始有些死灰复燃了。要不是因为受这些堕落性格的影响,我也不会产生企图改良这个王国里的"野狒"族类的荒唐念头。不过现在我是永远不会再有这样的痴心妄想了。

第一部　利立浦特游记

霍格斯岛

苏门答腊

明敦港
好运岛

那福岛

巽　他

西拉巴岛

巽他海峡

布莱福斯库

孟台图

利立浦特

公元 1699 年被发现

范
迪
门
地

第 一 章

作者略述了自己的家世，以及他最初的出游动机。他所乘的船只失事，自己泅水求生，得以在一个名为利立浦特的国家安全登陆。他先是被当地人俘获，之后被押送到内地。

我父亲在诺丁汉郡有一座小庄园。我家共有五个男孩，我排行第三。十四岁的时候，父亲送我到剑桥大学的伊曼纽尔学院读书。我在那里刻苦研读了三年，从家庭得到的供给费用实在少得可怜。我的家庭收入微薄，单是学费就已经让他们不堪重负了。于是我便到詹姆斯·贝茨医生那里做学徒贴补费用。贝茨是伦敦著名的外科医生，我跟着他做了四年。我父亲也会不时地给我寄些零用钱，我用这些钱来支付学习航海和一些数学科目的费用。这些知识对于喜欢旅行的人非常有用。我热爱旅行，相信总有一天我会交上好运，真正实现旅行的梦想。我离开贝茨先生后，回家乡见了父亲。在老家，父亲和约翰叔叔，以及一些其他的亲友共为我凑了四十英镑。我父亲还答应以后每年会给我三十英镑，供我到莱顿①读书。我在莱顿学了两年零七个月的医学知识，我知道

---

① 莱顿（Leyden），荷兰西部的城市，当时是欧洲医学研究的中心。

这对长途旅行也是大有好处的。

从莱顿回伦敦后不久,我的恩师贝茨先生就推荐我到亚伯拉罕·潘内尔船长的"燕子号"商船上去做外科医生。我在那里干了三年半,其间去过几次累凡特和其他一些地方。长途跋涉归来之后,我决定在伦敦住下来,我的恩师贝茨先生也鼓励我这样做,他还给我介绍了一些病人。我在老犹太人居住区租了几间房,并且听从了一些朋友的劝告,决定改变一下生活状态,就与西门街上做针织品生意的艾德蒙·伯顿先生家的二女儿玛丽·伯顿成了家。玛丽带来了四百英镑的嫁妆。

可是两年之后我的恩师却不幸辞世,而我又没有什么朋友,生意一下子就一落千丈。要是像我的许多同行那样做些欺天瞒地的勾当,我的良心又无法接受。于是我就跟太太和一些熟人商量了一番,决定再次出海。接下来六年左右的时间里,我先后在两艘船上做过外科医生,出海航行过好几次,到过东印度和西印度群岛。这使我的收入增加了不少。因为这个职业使我有机会搞到许多书籍,所以闲暇的时间我都用来阅读古往今来的优秀作品。我到岸上去的时候,就会观察当地的风俗人情,同时也学习他们的语言。我的记忆力非常不错,因此学起来倒是一点儿也不费力气。

可是最后一次出海的航行却很不顺利,搞得我对远航厌倦起来,有了待在家里与太太和家人安享生活的打算。我从老犹太人居住区搬到了费达巷,后来又搬到东部靠近码头的韦平,目的是想从船员那里揽些生意,结果却事与愿违。三年过去了,希望还是一如既往地渺茫,于是我接受了"羚羊号"船长威廉·普里查德提供的机会,打算跟他一起远航到南太平洋一带。他给我的待遇还是非常优厚的。我们于一六九九年五月四日从布里斯托尔①起航。

---

① 布里斯托尔(Bristol),英国西部的港口。

航程初始，一切都非常顺利。

　　经过细细考虑，我觉得如果把海上航行的冒险经历事无巨细地一一说给读者听，似乎并不妥当。因此我只把重要的事情讲一讲吧。在我们的船只往东印度群岛航行的途中，遭遇了强风暴的袭击，船只被刮到了范迪门地①西北方的海域中。通过观察，我们发现自己处于南纬三十度零二分的地方。由于饮食条件恶劣，再加上与强风暴的对抗使人付出了超负荷的体力，有十二名船员丢掉了性命。剩下的人也都无比虚弱。十一月五日那天，雾气十分浓重，因为那时正是那一带海域的初夏时节。海员们在离船半链远的地方发现了礁石，可是当时狂风太猛烈了，我们躲避不及，朝着礁石直撞过去，船体立刻分崩离析。包括我在内的六名船员把救生小艇放到海里，竭尽全力划着它远离了礁石和船只残骸。我们奋力划船，可是划出了大约三海里之后，就累得再也没力气了，因为我们在大船上的时候就一直拼尽全力地干活。我们索性就把命运交给了波涛，指望它能发发善心。大约过了半个小时，突然又从北面刮来一阵强风，把救生艇掀翻了。救生艇的其他伙伴后来怎么样，还有逃到礁石上和留在大船上的人命运如何，我就不得而知了。不过可以断定他们都没有什么生还的希望。我自己呢，听凭狂风和海浪吹来打去，完全把生死交给了命运。我不时地把双腿沉到水里，却根本触不到底。后来我再也没有力气挣扎了，觉得就要命丧大海的时候，双脚却突然触到了地面。这个时候风暴也减弱了许多。海底的坡度很小，我走了大概一英里才上了岸，那时候我觉得大约是晚上八点钟吧。我又向内陆走了半英里左右，却

---

①　范迪门地（Van Diemen's Land），澳洲大陆东南端的一座心形岛屿。荷兰航海家亚伯·塔斯曼（Abel Tasman）于 1642 年偶然发现了该岛，以荷属东印度群岛总督的名字将其命名为"范迪门地"。1856 年，范迪门地根据那位荷兰航海家的姓名更名为"塔斯马尼亚"（Tasmania）。

没有发现任何房屋,也没有发现有人居住的迹象。其实当时我已经虚弱到极点,就是有迹象也不可能发现。我真是精疲力竭,加上天气特别炎热,而且我离开大船的时候还喝了半品脱的白兰地,所以我晕乎乎地只想睡觉。脚下的草地柔软得像地毯一般,我便倒下来睡着了。我这辈子也没睡得这样香甜过。我感觉大约过了九个小时才醒来,因为那时候天刚刚亮。我想起来,但却动弹不得。我是仰天躺着入睡的,可现在我的四肢却都被牢牢地固定在地上。我那又长又密的头发也同样被固定住了。我感觉我的身体,从腋窝到大腿处,也被几根细细的绳子捆绑着。眼睛只能朝上看,太阳的光芒变得炙热起来,刺痛了我的眼睛。我听到四周一片嘈杂的声音,可我那仰面躺着的姿态只能让我看到茫茫的天空。又过了一会儿,我觉得有个活物在我左腿上移动。那东西轻轻地越过我的胸膛,一直走上前来,几乎快碰到我的下巴了。我使劲把眼睛朝下看去,竟然看到一个六英寸高的小人。他手里拿着弓箭,背上背着箭袋。就在这个时候,我看到他身后跟着大约四十个跟他一样的小人。我真是惊恐万分,于是就大吼起来,他们吓得扭头就跑。后来他们中有人告诉我,他们从我身侧跳到地上的时候,居然有人摔伤了。不过,他们很快又都回来了,其中一个胆子大的,竟然敢走到我的近前,开始端详起我的脸来了。他高高举起双手,眼睛满是惊羡的神情,声音尖厉地高喊着"海琴那德古尔",其他人跟着把这几个字重复了好几遍。他吐字倒是非常清晰,可我那个时候却是一头雾水,完全不懂是什么意思。我一直那样躺着,各位读者也肯定能想到我有多么难受吧。最后,我挣扎着想松开绳子。我的运气还不错,挣断了几根,而且拔出了把我的左胳膊固定在地上的小木桩子。我抬起左胳膊,弄明白了他们是如何捆绑我的。这个时候我又非常用力地一拽,把捆着我头发的左边的绳子也弄松了一些。这一拽让我疼得够呛,不过我的头能转动大概两英寸了。

那些小人又一次四散逃开，我一个也没能抓住。之后他们就一起尖声叫喊起来，尖叫声之后，我听到其中一个大声喊着"托尔古福奈克"。紧接着我就觉得有数百支箭射中了我的左胳膊，就像许多针扎到我身上似的疼痛难耐。然后他们又朝天空一阵乱射，就像我们在欧洲扔炸弹那样。虽然我感觉不到，但是我猜测有许多箭落到了我的身上，有一些落在我脸上，我立刻就抬起左手遮住了脸。这一阵阵箭雨过去之后，我倍感疼痛，悲伤之感涌上心头，禁不住呻吟起来。接着我又努力想挣脱绳子，他们则又发动了更大规模的进攻，放的箭比第一次还多。有一些小人还想用矛刺我的腰。幸运的是我穿着小牛皮背心，他们根本刺不破。这时候我觉得最明智的办法就是躺着不动。我琢磨着只要我能一动不动地挨到晚上，就能轻而易举地重获自由，因为我的左手已经松开了。至于这些小小的居民，要是他们都像我看到的那位那么小巧的话，那我完全有理由相信，就算他们调集来最强大的军队，我也能不费吹灰之力地与他们对阵作战。可是命运却对我做出了截然不同的安排。那些人看到我安静下来之后，就不再朝我放箭了。不过，从他们嘈杂的声音判断，我知道他们的数量又增加了不少。就在正冲着我右耳大约四码的地方，我听到有人叮叮当当敲打了一个多小时，他们好像在忙着建什么东西。我努力在木桩的绳索允许的范围内转过头来，看到他们建起了一座大约一英尺半高的台子，旁边还放两三架梯子供小人攀爬。这台子能容得下四个小人站上去。

台上的四个小人中，有一个看上去地位颇为显要，他冲着我发表了长长的演说，可我一个字也听不懂。说到这里我应该提一下，在那位大人物发表演说之前，他大喊了三声"兰格罗·德古尔·桑"（后来他们又提及了这几个词，并且把这几个词以及前面说的那些词的意思都解释给我听了）。喊声一落，大约五十个小人就跑过来砍断了我头左边的绳索，于是我就往右边扭过头去，以便看清楚要对我讲话的那个小人的模样和姿态。他看上去三四十岁的样子,个头比另外三个要高些。那三个小人跟随在他左右,其中一个给发表演说的大人物牵着身后的衣角,看样子应该是个侍从。这个侍从的个子也就比我的中指略微长一点儿。另外两个分别站立在大人物的左右簇拥着他。这个人物的举手投足都尽显演说家的气派,从他的演说里,我能分辨出他时而威胁恫吓,时而又言辞凿凿地许诺,时而充满同情,时而善意流露。我试着回应了几句,态度极为谦恭顺从。我又举起左手,双眼朝向太阳,做出要对着太阳发誓的样子。自从离开大船之后,我已经有好几个小时滴水未进了,早已被饥饿折磨得气力全无。我这才意识到人的自然需求是多么强烈地撞击着我,我再也无法忍受了。我反复地把手指放进嘴里,表示我要吃东西——这也许是有失斯文、不合礼仪的,但我实在顾不了这些了。那位"胡尔戈"完全领会了我的意思——我是后来才知道,他们把显赫的大人物叫做"胡尔戈"。他从台子上沿阶而下,又命令在我的身体两侧架起几架梯子。成百名小人登上梯子,手里拎着盛满肉的篮子朝我的嘴边走过来。原来是国王一听到我来的消息之后,就命令人们给我准备了食物送过来。我能看出来那是一些动物的肉,但从味道上也分辨不出到底是什么动物。从形状上看像是羊肉,有前肘肉、后肘肉,还有后腰上的肉,但大小却只有云雀的翅膀那么大。这些肉都加工得精美可口,我一口就能吃下两三块肉。还有像子弹那么大的面包,我一口能吃三个。他们尽可能快地为我供应食物,对我的块头和食量都流露出惊异无比的表情。我又做了个手势,表示我想喝点什么。他们从我气吞山河般吃东西的情形看出来,给我一点点儿水是绝对不够的。这些小人真是机灵无比,他们非常敏捷地把最大号的酒桶吊起来,滚到我手边,把盖子敲开。我拿起来一口气就喝了个精光,这简直是小菜一碟,因为那桶酒至多也就是半品脱。这酒的味道有点像勃艮第的淡味酒,不过却可口甘甜得多。他们又给我拿来一桶,我又一口气全喝了,并且用手比画着再来几桶,可他们却一桶也拿不出来了。我又吃又喝地表演这些奇迹的时候,他们有的大声欢呼,有的则在我胸膛上跳起舞来,嘴里不停高喊着刚见到我时所喊的"海琴那德古尔"。他们对我打着手势,让我把那两个大酒桶扔下来。不过他们首先得警告下边的人站得远一些,这时他们喊的是"博拉奇·梅夫拉赫"。当他们看到酒桶飞到半空时,就又异口同声地高喊"海琴那德古尔"。

说实在的,当他们在我身体上前前后后来回走动的时候,有好几次我真想伸手把离我近的那四五十个小人一把抓住扔到地上去。不过想想刚才他们拴着我时的难受劲儿,而且很有可能那些并不是他们对付我的最厉害的手段,况且我对他们也做出庄严的许诺了——我就这样为自己卑躬屈膝的行为辩解吧,所以我就放弃了抓他们的念头。另外,想到这些小人破费了那么多,把我招待得这么好,我也应该以礼相待才是。然而,我也真是对这些小人的大胆无畏惊叹不已——他们居然在我的双手完全摆脱了束缚的情况下,大胆地爬到我的身体上走来走去。我在他们眼里一定是个庞然大物,可他们居然一点畏惧感都没有。

又过了一些时候,他们看我酒足饭饱,不再要肉吃了,就引领一位皇室派来的高官走到我的面前。这位高官带着十几位随从,从我右边的小腿那儿爬上来,一直走到我的脸前。他把盖着国玺的委任状递到我眼前让我看了看,接着就发表了大约十分钟的演说。他的语气里没有丝毫的愤怒情绪,倒是流露出一种决绝的、不容置疑的神情。他不时地把手指向前方,后来我才明白,他指的方向是离这里大约半英里远的京都。在京都召开的御前会议上,皇帝和他的大臣一致同意要把我运到京都去。我回应了几句,但是一点效果也没有。于是我用那只被松开的手做了个手势。我把这只手放在另一只手上，然后又指向我的头和身体，表示我很渴望获得自由。我的手非常小心地从高官头上掠过，恐怕伤到他和他的随从们。他似乎完全领会了我的意思，因为他摇了摇头表示不能同意我的要求。他做了手势，表示我只能作为俘虏被押解到京都。不过，他又做了一些手势，让我明白我肯定会有足够的酒肉可以享用，并且表示我会受到优厚的待遇。可是他的话却让我再次涌起摆脱束缚跑掉的念头，而他们射在我脸上和手上的箭却又让我感受到尖锐的疼痛。那些箭伤都起了水泡，许多箭头还深深插在肉里。就在这个时候，我发现敌人的人数在源源不断地增多，于是我就做出手势，让他们知道我很愿意听从他们的安排。看到我如此顺从，那位"胡尔戈"和给他牵着衣角的随从才撤了下去，态度极为彬彬有礼，脸上也挂着愉悦的表情。很快我就听到大家齐声高喊起来，不断重复着"佩普洛·塞兰"这两个词。我感觉许许多多的小人聚集到我的左边给我松绳子，松开之后我就能把身体向右转过来，轻松地撒了泡尿舒服一下。我撒了很多尿，那些小人都看得目瞪口呆。他们原本猜不透我翻过身要做什么，这下突然明白过来，就立刻分向左右两边跑散开来，以躲避那条从我身上喷涌而出的轰轰作响的巨大洪流。在松绑之前，他们已经在我的脸上和手上涂抹了一种气味香甜的油膏，涂上没一会儿工夫，我的箭伤就不痛了。这种舒爽的感觉，再加上我饱餐了一顿营养丰富的食物，喝了许多美酒，便不觉有些昏昏欲睡了。后来别人告诉我，我足足睡了八个小时。我沉睡了如此之久的真正原因是，那些医生们奉了皇帝的命令，在那两桶美酒里掺了一些安眠药水。

　　这样看来，我昨天上岸之后躺在地上昏睡过去的时候就被这些小人发现了，他们立刻快马加鞭地报告给了皇帝。所以皇帝早已知道这件事了。他还为此召开了会议，决议把我捆绑起来，用的就是我前面叙述中所说的方式（这都是在昨天夜里我熟睡的时候干的）。他们还给我运送了大量的酒肉让我享用，之后又准备了一架把我运到京都去的机器。

国王的这个决定或许看上去过于大胆，甚至有些危险。我敢肯定，在同样的情况下，欧洲的王公贵胄们没有哪个能够做出这样有胆量的事情来。不过在我看来，这个决定虽然展示出豁达宽厚的态度，实际上也的确是太欠考虑了。设想一下，如果这些小人想在我熟睡时用箭和矛把我杀死，那我首先肯定会因为疼痛而惊醒。那么我在又惊又恼的状态下，说不定就会使出蛮力把捆绑我的绳子都挣断。到那个时候，他们可就再也没有办法跟我这个庞然大物抗衡了，更别指望我会发慈悲放过他们。

这些小人的数学才能真是无与伦比。皇帝则以大力资助学术发展而著称。在皇帝的鼓励和支持下，他们的机械制造能力达到堪称完美的程度。这位君王有好几架装着轮子的机器，用来运送大树和其他沉重的东西。他们经常选用木材精良的树木制造体积巨大的战舰，有的达到九英尺长。这些战舰常常被运到三四百码以外的大海上去。而这一次，为了运送我这个庞然大物，五百名木工和机械师迅速投入到史上最大的机器建造工程中来。这是个离地三英寸高的大木架，大约七英尺长，四英尺宽，有二十二个轮子。算起来，我上岸四个小时之后，他们就开始往这里运送这架机器了。我刚醒来时听到的欢呼声就是在庆祝这架机器的顺利到达。他们把机器推到我身边，跟我的身体平行。不过最大的难题是，如何把我抬起来放到那个大木车上去。为了成功地把我搬到木车上，他们竖起了八十根一英尺高的柱子，工人们用绷带把我的脖子、双手、双腿和身体都捆缚结实，然后又在特别结实的粗绳子头上系上钩子，那绳子就像我们平时包裹货物时用的绳子那么粗。这些钩子牢牢勾住捆缚在我身上的绷带，绳子的另一头则系在木桩顶端的滑轮上，九百名最强壮的汉子一齐拉动绳子。就这样忙活了不到三个小时，他们就把我成功地运送到大木车上，然后用绳子把我紧紧捆住。这些都是别人后来告诉我的，因为他们忙活的时候，我却因为酒中的催眠药药力发作，正睡得昏天黑地呢。皇帝派出了五百匹马来拉车，每一匹都有四英寸半那么高。浩荡的队伍拖着我朝半英里之外的京都奔去。

在路上大约走了四个半小时的光景，一件特别好笑的事情把我弄醒了。那时候因为车子出了点儿故障，马车停了一会儿。就在这个时候，有两三个年轻小伙子受好奇心的驱使，想看看我睡觉时是个什么样子。他们爬到大木车上，悄悄地走到我的脸前。其中一个是卫队的军官，他把手里短枪的枪尖往我的左鼻孔中深深地探进来。我感觉好像有根草伸进了鼻孔中，一阵刺痒，忍不住打了个大喷嚏。他们见势不妙就神不知鬼不觉地溜掉了。我是三个星期之后才知道当时为什么会突然醒过来。那天我们又跋涉了很久，到了夜晚休息的时候，我身体两侧各有五百名卫兵守卫，他们有一半人手持火把，另一半则拿弓带箭，只要我一动他们就朝我射箭。第二天早上太阳出来后，我们又继续赶路。到了中午时分，我们离京都的城门就只剩下二百码的距离了。皇帝率领满朝的官员出来迎接我们。不过那些大军官们却无论如何不让皇帝登上我的身体，认为这样做太冒险了。

车队停下的地方矗立着一座古庙，这古庙据说是全国最大的。几年前，这里发生了一起大逆不道的凶杀惨案。当地人都是极为虔诚纯洁的人，觉得这种案件是对神圣之地的亵渎，于是就把古庙中所有的装饰物及各种设施全都搬了出去，只把古庙当成了一般性的公共场所使用。他们就决定让我住在这座庙里。朝北的大门大约有四英尺高，两英尺宽，我能够毫不费力地爬进去。大门的两边各有一扇离地不足四英寸的小窗户。皇帝的御用铁匠把九十一条像欧洲的女士表链那样粗大的铁链子从左边的窗子运送进去，铁链子的另一头则用三十六把锁牢牢锁在我的左腿上。这座古庙的对面，就是在大路的另一侧，有一座至少五英尺高的塔楼。皇帝和朝中的高官重臣都登上这座塔楼，以便好好地观察我，对我品头论足。这些都是后来别人告诉我的，因为我根本看不到他们。大概有上万名市民拥出城来，就为了亲眼看看我的样子。尽管我身边有许多卫兵守护，但我能感觉有成千上万的小人来来回回登着梯子爬到我身体上来。皇帝很快就宣布了一项禁令，凡是擅自爬到我身体上来的人都要处以死刑。工人们看到我已经被牢牢拴住，不可能再有逃跑的机会，就把捆缚我的绳子都砍断了，这样我就能站起身来。我当时真是前所未有的郁闷难过。那些小人看到我站起身走路时发出的惊叹之声，简直无法用语言形容。拴缚着我左腿的铁链大概有两码那么长，我也只能享有在这个半径的范围内来回走动的自由。不过因为拴铁链的地方离大门不到四英寸，所以我可以爬进庙里，在庙里伸直身子躺下去。

第 二 章

利立浦特的皇帝在几位王公贵族的陪同下前去看了身处囹圄的作者。作者对皇帝的仪容及其服饰进行了描述。学者们奉皇帝之命教授作者当地的语言。作者温和良善的性格受到皇帝喜爱。皇帝派人搜查了作者的衣袋,箭和枪都被没收。

站起身后,我往四下里看了看。必须承认,我从未见到过比这更加怡人的美丽景色。周围的田野宛如绵延不绝的花园,一块块四十英尺见方的田地被圈起来,犹如许多许多五彩缤纷的花坛。如花的田野中点缀着参差的树木,树木都不太高,我觉得最高的树差不多也就是七英尺的样子。我望了望左手边的城池,那座城看上去就像剧院里喷绘的城市背景图。

好几个小时以来,我都被越来越强的便意折磨得难受。我都有两天没有大便了,现在有这样的感觉也不足为奇。我又急又羞,真是窘迫不堪。我觉得最好的办法就是爬到屋子里面去,于是我便不顾一切地爬进去,并且把门关得严严的。我努力地往里走,直到脚上的铁链使我再也无法前进为止,然后我才把那些让我难堪、难受的东西排出体外。不过,这可是我唯一一次如此有失体面地做这种事,我心里一直为此惴惴不安。在这里我希望读者们能够秉着一颗公正无私的心,设身处地地想一想我当时的处境,这样就能对我当时的痛苦心情了解一二了。从那次之后,每次便意来袭我就站起身到露天解决,脚上的铁链有多长我就走多远。这些排泄物也得到了适当的处理:有两个专门派来的仆人会在行人们到来之前,用手推车把那些讨厌的东西运走。这看起来实在是小事一桩,根本不值得一提。我之所以花了许多笔墨说这件琐屑小事,主要是觉得我有必要把我喜欢洁净的性格交代清楚,我是因为性格如此才这样做的。要知道,一些胡乱中伤我的人总是在这样或那样的小事儿上揪住我不放。

这件事情解决之后,我就回到房子外面,好好地呼吸一下新鲜空气。皇帝已经走下了塔楼,骑着一匹价值连城的好马朝我走来。那匹马虽然受过良好的训练,但看到我这个庞然大物仍然让它大吃一惊。它肯定觉得我像一座山一样横亘在它面前,那马吓得前蹄悬空,差点把皇帝摔下马去。好在那皇帝也是位技艺超群的骑手,他紧紧地抱住马鞍。随从们赶快跑过来抓住马辔头,皇帝陛下才从容地翻身下马。下马之后,他带着无比惊异的表情绕着我走了一圈。他观察得很仔细,但却一直保持在铁链长度的范围以外。他命令厨师和管家给我端来酒菜,他们便把早已准备好的东西用车子推到我能用手够到的地方。我拿起这些车子,眨眼之间就把那些酒菜吃了个精光。其中装肉的车有二十辆,装酒的有十辆。每辆车上的肉仅够我吃两三口的。每辆酒车上都有陶制的器皿装着十坛美酒,我把酒倒在一起,一口就吞了下去。剩下的几车酒我也如法炮制。

跟随皇帝一同出来的皇后以及年轻的公主和王子,本来都在贵妇们的簇拥下坐在远处的轿椅上看我。可是皇帝的马差点出了意外,于是他们都走下轿椅,走到皇帝的身边来。现在我就要跟大家说说皇帝的样子。他的个子比朝臣们高,大约高出我一个指甲盖的宽度来。因此他看上去无比威严，令人敬畏。他长着奥地利人那样坚毅的嘴唇和笔挺的鹰钩鼻子，看上去仪表堂堂，强壮威猛。他的肤色是健康的橄榄色，容貌端正，体格匀称，四肢健美。举手投足优雅得体，行为风度高贵庄严。他已经不再是翩翩少年，时年二十八岁零九个月。他在位已经七年，在他的统治下国泰民安，威名远播，所向无敌。为了更好地观察他，我侧身躺在地上，脸正对着他的脸。他站在离我三码远的地方。后来，我曾多次把他托在我的手中，因此我的描述是绝对不会有失偏颇的。他身上的衣服简单朴素，样式融汇了亚洲与欧洲的特点。不过他头上的黄金王冠则是镶珠嵌玉，顶上还插着羽毛。他担心我会挣脱束缚，于是紧握宝剑防身。那宝剑大约三英寸长，剑柄和剑鞘都是黄金制成，上面镶满了宝石。他的声音尖厉，吐字却非常清晰响亮，即使我站起身来也能听得清清楚楚。贵妇和朝臣们穿金戴银的，异常华美。从我这里看过去，他们站的地方就像在地上铺了一条璀璨衣裙，衣裙上点缀着熠熠生辉的小金人和小银人。从服装上判断，我觉得在场的还有几位牧师和几位律师。他们奉命来跟我谈话，于是我就把我能说一点儿的语言都讲给他们听，其中包括德语、荷兰语、拉丁语、法语、西班牙语、意大利语和一些语种混杂的方言，可是他们什么也听不懂。大约过了两个小时，来自宫廷的人都离开了，只剩下我和一支强大的卫队。卫队是为了保护我，防止一些惹事之徒做出对我无礼的甚至是伤害我的恶意举动。确实有一些人壮着胆子，急不可耐地尽可能靠近我。有些粗鲁之人趁我在门口的地上坐着的时候，居然用箭射我，有一支箭差点就射中了我的左眼。卫兵队长下令逮捕了六个滋事的罪魁祸首。他觉得最好的惩罚办法就是把他们交到我的手里，于是卫兵们就遵照他的命令，用枪托把那六个人推到我的面前来。我用右手把他们抓起来，先把其中五个放在上衣口袋中，然后做出要把第六个小人生吞活剥的样子。那可怜的小人吓得尖声哭叫,卫兵队长和其他军官也都流露出痛苦的表情。当我拿出削笔刀假装要动手的时候,他们更是吓得不轻。不过我很快就让他们放下心来,因为我神情温和地用小刀把捆在他身上的绳子割断,又轻轻地把他放在地上。他立刻拔腿就跑。对剩下的五个人,我也做了同样的事情。我把他们一个一个从口袋里掏出来,把他们放走。对于我宽厚仁慈的行为,士兵和百姓都特别感激,也特别开心。后来有人把这件事活灵活现地报告给皇宫,我也受到了宫廷的赞赏。

到了晚上,我费了好大的劲才钻到房子里。我每天都睡在地板上,睡了大概两个星期左右。这期间皇帝下令为我准备一张大床。小人们用车子运来了六百张普通尺寸的床,把它们安置在我的房子里。大家把一百五十张床缝在一起,才做成一张长宽对我比较合适的床铺。他们把六百张床照这个样子共做了四层,可我睡上去却感觉跟用平滑的石头铺成的坚硬地板相比也好不到哪儿去。他们又根据我的身量大小,为我准备了被单、毯子和被褥。对于像我这样过惯了艰苦生活的人来说,这样的待遇也真算是非常不错了。

我到来的消息传遍了整个王国,无数有钱人、有闲人,还有那些好奇心重的人从各地拥来看我,一时间万人空巷、村落寂寥。为了应对这种混乱状况,皇帝接连颁布了好几个公告,下达了好几道敕令。若非如此,肯定会发生土地无人耕种、家务无人操持的局面。他命令那些已经看过我的人必须马上回家,而且没有朝廷的许可,不许走近离我的房子五十码以内的任何地方。这道命令也为大臣们收缴大量的税款提供了契机。

在这期间,皇帝频繁地召开会议,商讨应当如何处置我的问题。后来,我的一位密友告诉我,朝廷在我的问题上感到非常棘手。这位朋友是颇有地位的体面人,他本人曾经参加过这些机密事宜的讨论。他们一方面怕我挣脱束缚跑掉，另一方面又认为给我提供饮食将会是一笔巨大的开支，甚至会造成饥荒。他们曾一度决定让我饿死，不然就用毒箭射我的脸和手，这样就能立刻置我于死地。不过他们又考虑到，我这样的庞大的尸体散发出的臭气也许会给京都带来瘟疫，甚至可能会危及全国。他们正在讨论的时候，几个军队的军官来到了议会大厅的门口，其中两位军官奉命进去觐见皇帝。他们讲述了我刚才对待那六名罪犯的方式和态度，这给皇帝陛下和全体与会成员留下了极好的印象。因此，皇帝为了我的利益颁布了圣旨，命令京都周围九百码以内的所有村庄，每天早上都要交纳六头牛、四十只羊，以及其他食品供我食用。此外，还要提供相当数量的面包、葡萄酒和其他饮品。征集这些食物所需的费用由国库来承担，因为这位皇帝平日主要靠自己的土地收入过活，除了一些重大事件和重大场合，皇帝很少向百姓征纳税款。不过一遇战事，百姓却必须随皇帝出征，所有费用都由百姓自己承担。

除此之外，皇帝还配备六百个人专门负责我的饮食起居，这些人的报酬都由皇帝负担。我的门口还专门搭建了一些帐篷供他们居住。皇帝还命令三百名裁缝按照他们的服装样式为我做身衣服，并派来六名宫廷内最德高望重的学者教我学习他们的语言。皇帝的马匹，以及贵族和军队中的马匹都必须经常到我的面前训练走动，使它们习惯我的样子。所有这些命令都逐一执行下去。三个星期之后，我在语言学习方面便有了明显的进步。在这期间，皇帝经常移驾来拜访我，也很喜欢帮着那些学者教我学习当地的语言。我们已经能够就某些话题谈上几句了。为了表达我最深切的愿望，我最先学会的一些话就是"您能否大发慈悲，允我自由"。每天我都跪在地上重复这句话。而按照我当时的语言水平理解起来，他的回答大概是说：这需要经过长时间的考察。不经过内阁会议来商讨，我休想重获自由。而且，首先我必须"鲁墨斯·凯尔民·派索·德斯玛尔·隆·艾姆坡索"。这句话的意思大致是说，我必须要发誓与他和他的人民友好相处才行。不过，他们待我极为和善友好。他建议我"要充满耐心，谨言慎行，这样才能赢得他和子民们的好感和喜爱"。他还说："要是他下令派几个官员来搜查我，希望我不要见怪才好。因为我身上也许会携带几件武器，像我这样身躯如此庞大的人身上的武器，一定会是非常危险的东西。"我说，"皇帝陛下请放宽心，我随时可以脱下衣服、掏出口袋供他检查。"我连说带比画，才把这些意思说清楚。他回答说，那么，按照王国的法律，我必须受到两位军官的搜查。他知道，没有我的允许及协助，搜查是无法进行的。他非常欣赏我宽宏大度和真诚公正的品格，所以才放心地把官员交到我手中。不管他们从我这里拿走什么，都会在我离开这个国家时如数奉还，或者按照我索要的价值进行赔偿。我把那两位执行搜查命令的官员托在手心，先是把他们放入我的上衣口袋中，接着又把他们逐一放进我所有的其他衣袋。但是我没让他们搜查我的两个表袋以及其他一些私密的衣袋。我觉得没有必要搜查这些地方，再者那些口袋中放着零星的小物件，这些物件对我很重要，对别人却毫无意义。一个表袋中放着一只银表，另一个则放着一只小钱包，钱包中藏着一点金子。这两位先生随身带着笔墨纸张，把看到的东西都详细地列在清单上。他们搜查完之后，便让我把他们放到地上，好让他们把清单交给皇帝。我后来把这份清单翻译成了我们的语言，现在一字不差地写下来：

　　首先，经过最为严格的搜查，我们在山巨人（原文是"昆布斯·弗莱斯丁"，我翻译为山巨人）右边的上衣口袋中，发现了一块粗布，其大小正好可以用做皇家大殿主殿的地毯。在左边的口袋中，我们看到一口巨大的银箱子，箱子盖也是银子做的。我们两个搜查者根本打不开这个箱子。我们请他帮我们打开，之后我们中的一个跳了进去。箱子里那种像尘土一样的东西立刻没到了他的小腿，一些尘土飞扬起来，飘到我们的脸上，我们不由得打了好几个喷嚏。在他右边的腰袋里，发现了一大捆薄薄的白色东西，那些东西一层一层叠在一起，有我们三个人那么大。一根结实的绳子把这些白东西绑在一起，上面还有黑色的图形。依我们的拙见，这应该是他们的文字。每个字母都有我们的半个手掌那么大。左边的腰袋里有个像是机器的东西，那东西的后面伸出二十根长柱子，有点像陛下官殿前的栏杆。我们认为这是山巨人用来梳头的。因为要让他听懂我们的话实在太困难了，所以我们也没有问他多少问题。在罩衣（这是我根据他们语言中的"兰弗露"翻译出来的，其实就是指我的马裤）的大口袋中，我们看到一个中空的铁柱子，长度相当于我们的一人高，紧紧固定在一块比铁柱子还要大的坚硬木头上。铁柱子的另一端则伸出几块巨大的铁片来，形状都古里古怪的，我们搞不清楚这是用来做什么的。左边的口袋里也装着一件同样的机器。在右边的小口袋里，有几块扁扁的圆形金属，颜色有红有白，大小也各不相同。白色的看起来应该是银子，可又大又沉，我们俩根本就拿不动。左边的口袋里是两根形状一点儿也不规则的黑色柱子。我们站在口袋的底部，要是想够到柱子的顶端，真是需要花费不少的力气才行。其中一个是有盖的，不过盖子与柱子应该是一体的。在另一个柱子的顶端，有一个相当于我们两个头大的白色圆形物体。这两根柱子都包裹着一块巨大的钢板。我们担心这些东西会有危险，于是就命令他拿出来给我们看。他从盒子里拿出来，告诉我们在他的国家，人们用其中一个机器来刮胡子，用另一个来切肉。有两个口袋我们根本就进不去,他说那是表袋。右边的表袋里挂着一条又大又沉的银链子,口袋底部则是一架非常神奇的机器。我们命令他,无论链子那头是什么东西,都要拿出来给我们看。他拿出来的是个球形的东西,一半银子做的,另一半则是由透明的金属制成。在透明的那一面,我们看到一些奇怪的呈圆形排列的数字。我们本想去摸一摸,但手指却被透明的物质挡住了。他把那机器放到我们耳边,我们听到那机器发出连续不断的噪音,听上去像是水磨发出的声音。我们猜想,这东西要么是某种我们都不认识的动物,要么就是他所崇拜的神灵。我们俩都倾向于后一种看法,因为他神情笃定地告诉我们,无论他做什么,几乎都要咨询那机器的意见——当然,我是说如果我们正确理解了他的意思的话,因为他说的话总是含糊不清,让人难以明白。他称那东西为先知,还说他一生的所有行动,都是根据它指定的时间来做的。从他左边的表袋中,他拿出了一张像渔夫用的大网似的东西,这东西可以像钱包一样开合——而这的确就是他的钱包。在钱包里我们找到几大块黄色的金属,如果这些金属是黄金的话,那肯定是价值连城了。

我们遵从陛下的命令,非常认真仔细地搜查了他所有的口袋。我们还看到他的腰间系着一条腰带,是由某种大型动物的皮革制成的。在腰带的左边,挂着一把足有我们五个人那么长的宝剑。右边挂着一只提包,或者说叫皮囊,里面分成两个小袋,每个小袋都能容下陛下的三个子民。其中一个袋子装着几个特别沉重的金属圆球,像我们的脑袋一样大,只有特别有力气的人才能拿得起来。另一个袋子里装着一堆黑色的颗粒状的东西,不但个头不大,重量也轻,我们一把就能拿起五十来个。

这就是我们在这个山巨人身上搜查出的物品的详细清

单。山巨人对我们很有礼貌,对皇帝的命令也表现了应有的尊重。陛下登基的第八十九月第四日。签字盖章。

克莱夫林·弗莱洛克

马尔西·弗莱洛克

这份清单逐一读给皇帝听过之后,他措辞婉转地命令我把这些物品交出来。他首先要我把随身的弯刀交出来,我把刀连同刀鞘一同给他。同时他命令他挑选的一直随侍在侧的三千精兵把我包围起来,开弓搭箭,随时准备发射。可我当时全部的注意力都在皇帝身上,对此浑然不觉。之后他让我把弯刀拔出来。那把刀虽然经过了海水的浸泡有些生锈,但整体看上去还是冷光凛凛。我把弯刀从刀鞘中抽出的时刻,所有士兵都惊恐地大叫起来。我手拿弯刀前后舞动了一下,明媚的阳光照耀在刀面上,反射出强烈的光芒,刺得士兵们睁不开眼睛。皇帝毕竟气度不凡,唯有他没有表露出巨大的惊恐之情,这倒是很出乎我的意料。他随后命令我把弯刀插入刀鞘之中,然后要求我非常轻柔地把它们放在离拴我的铁链末端大约六英尺远的地上。他要求我交出的第二件物品就是那根中空的铁柱子,其实就是我的小手枪。我按照他的指示拔出手枪,竭力使他明白这把手枪的用途和用法。保护手枪的皮袋子特别紧,所以很幸运,手枪没有被海水浸湿。其实所有的海员在这方面会非常谨慎,在保护手枪方面都细致入微,因为手枪一旦浸水就会带来很大的麻烦。我先告诉皇帝千万别害怕,然后就往手枪里装上火药,朝空中开了一枪。这一枪带给士兵们的恐慌之情远胜于那把弯刀。数百名士兵都以为他们死掉了,全都跌倒在地上爬不起来。皇帝虽然没有吓得瘫坐在地,但也有好长时间惊得回不过神来。我像刚才交出弯刀一样,轻轻地把手枪放在地上交给皇帝,接着又把皮套、火药和子弹都交了出去。我请求皇帝,一定要使火药远离火源,因为即使遇上最零星的火花,这些火药都会爆炸,其威力足以把整座皇宫炸到天上去。我把手表也交给了他,皇帝对手表非常好奇,命令两个身材最高大的士兵用一根棍子把表抬到肩上,就好像英格兰的运酒车夫抬啤酒的样子。对于手表发出的持续不停的声音,皇帝感到无比好奇。皇帝还发现了分针在缓慢地移动。这些小人的视力比我们敏锐得多,因此看出分针的运动对皇帝来说是轻而易举的。他让王国中最博学的学者给他解释一下这是怎么回事。学者们意见不一,甚至产生了很大分歧,在这里我想不用我赘述,读者也能想象到他们争论不休的样子。说实在的,他们说的话我并不能完全听明白。我又把银币和铜板交给他们,还有我的钱包,以及钱包里的九枚大金币和一些小金币。之后又拿出了我的小刀、剃刀、银鼻烟盒、手绢以及旅行日志。我的弯刀、手枪、枪套都被装入车子运送到皇帝的贮藏库去了,除此之外的其他东西,他们又都交还给了我。

前面我已经说过,有一个秘密口袋逃过了他们的检查。那个口袋中装着一副眼镜(因为我视力不好,有时要戴眼镜)、一架袖珍望远镜,还有几件其他很实用的小东西。我觉得这些东西到皇帝手里也没什么用处,没必要都上交给他。同时也担心我要是交出来的话,他们没准会弄丢或者弄坏,所以还是自己保管比较稳妥些。

第 三 章

作者给皇帝和宫廷中的贵族男女表演了非同凡响的节目,逗得他们开怀大笑。作者还描述了利立浦特王国中的各种游戏。在接受某些条件的基础上,作者获得了自由。

我和善的性格和温文尔雅的举止博得了皇帝及其朝臣的好感,大多数士兵和百姓也很喜欢我,于是我心中涌起了希望,觉得也许很快就会获得自由了。我想尽一切办法取悦他们。人们渐渐地都愿意靠近我,不再担心我给他们带来什么危险了。有时候我躺在地上,让五六个小人在我手上跳舞。再后来小男孩和小女孩们都敢到我的头发里来捉迷藏了。对他们的语言我也能听得更明白了,甚至还能用当地语言跟他们说话。有一天,皇帝突发奇想,邀我欣赏他们国家的一些表演项目。我感觉他们的表演异常精妙优美,比我知道的所有国家的演出都要优秀。我看得兴致最高的是绳上跳舞表演。那绳子是条白色的小细绳,大约两英尺长,离地有十二英寸高。在这里,我希望各位读者容我把这件事详细地说一说吧。

只有那些国家要职的候选人和皇宫中深受皇帝宠幸的人才可以表演这个绳上舞蹈。他们从小时候开始就接受这个表演项目的训练,而他们并不一定有高贵的血统,也并非都有良好的教育背景。当重要的职位出现空缺,或者有官员死亡或因失宠而丢掉职位时(这样的事情经常发生),五六个候选人就会请求皇帝准许他们为皇帝和朝臣表演一次绳上舞蹈。哪个跳得最高,而且没有从绳子上掉下来,就会接任这个职位。通常,皇帝也会命令高官显爵们展示他们的绳上舞蹈功夫,以此向皇帝证明他们并没有丧失这项才能。财政大臣弗里姆奈是大家公认跳得最好的,他在拉直的绳子上跳得很高,至少能比整个王国其他的官员跳得高出一英寸。我亲眼看到他在一只安装在绳子上的木盘上连翻了几个筋斗,那绳子就像英国用来包扎东西的普通绳子那样粗细。在我看来,我的朋友雷德瑞萨,即这个王国的内务大臣,跳得仅次于财政部长。其他的高官显贵们都跳得很出色,难分高低。我这个判断应该是比较公允的,对谁都不偏不倚。

不过,这项表演往往伴随着致命的意外事故,记事本上记录了许多这样的意外。我自己就亲眼看到两三个候选人不是跌断了胳膊,就是摔断了腿。当大臣们奉皇帝之命表演的时候,危险就更大了。因为大臣们都想展示自己的出色技艺,都希望胜过同僚,所以会不遗余力地卖弄。几乎所有的大臣都有跌落下来的经历,有人还跌落过两三次。有人言辞凿凿地告诉我说,在我来这里一两年之前,财政大臣弗里姆奈险些跌断了脖子。恰巧皇帝的坐垫放在地上,减轻了他跌下来的力量,否则的话,他的脖子肯定就断了。

除此之外,还有一个表演项目,那是在特别重大的节日专门表演给皇帝、皇后和首相三个人看的。皇帝把三根六英尺长的精美丝带放在桌子上,一根蓝色的,一根红色的,还有一根是绿色的。这三根丝带是奖品,是皇帝用来奖赏那些他觉得特别出色,应该给予特殊恩典的人的。这种典礼在皇宫大殿的正厅举行,候选人要表演各种跟前面完全不同的技艺。不管是在新大陆还是旧大陆的任何国家,我都没有见到过类似这种形式的表演。皇帝手里拿着根棍子,让棍子与地面平行。候选人一个接一个跑到棍子跟前,根据当时棍子的高矮变动,或者跳过去,或者从底下爬过去,有时会来来回回表演好几遍。这棍子有时候是皇帝和首相一人拿一头,有时候是首相一个人拿着。谁表演的时候最灵活敏捷,跳来爬去的时间最长,就会被授予蓝色丝带。第二名得到红色丝带,第三名是绿的。他们都把这丝带缠两道围在腰间示人。宫廷中有地位的都以这种彩色丝带做装饰。

人们每天都把军队的战马和皇帝的御马带到我面前来。那些马已经不再胆怯,居然能平静悠然地一直走到我的脚边来。我把手平放在地上,骑手们就驾着马跳过去。皇帝手下的一名猎手骑着一匹高头大马竟然从我穿着鞋的大脚上一跃而过。这一跳的确是不同凡响。有一天,我也非常幸运地表演了一种特别的游戏逗皇帝开心。我请求皇帝让人给我拿来几根两英尺长、像普通拐杖一样粗的棍子。皇帝就命令他的森林管理员照我的话去准备。第二天,六个伐木工人驾着六辆由八匹马拉的马车,把这些木棍送了过来。我拿了九根木棍,牢牢地把它们固定在地上,摆成了一个边长两英尺半的四边形。我又拿了四根,把它们横着牢牢捆在四个角上,离地面约有两英尺高。接着我把我的手绢绑在直立在地上的九根木棍上,并把手绢绷得紧紧的,跟鼓面似的。那四根横着绑的木棍比手绢高出五英寸,权当是这鼓面的栏杆。我把这一切做妥之后,就跟皇帝说,希望他派出一支二十四人的精骑兵到这块平台上面来操练。皇帝采纳了我的建议,我把这支骑兵一个接一个地用手抓起来放到手绢上去,骑士们都全副武装、军械整齐地骑在战马上。他们在手绢上站定之后,就迅速分成两队进行操练。一时间刀剑出鞘,刀光剑影,箭束齐发,这队逃跑,那队追击,这队溃败,那队进攻。总而言之,这支军队纪律严明,训练有素,堪称我所见到过的最好的军队。四边横绑的木棍起到了很好的保护作用，可以防止士兵们从平台上跌落。皇帝的兴致极高，命令这项表演项目要持续上几天。有一次他特别高兴，居然让我把他举得高高的发号施令。他还费尽口舌地劝说皇后，让皇后同意我把她连人带轿一起举起来，这样她就能从高处俯瞰表演的全貌了。我的运气也算是不错，这些天的表演一直比较顺利，没有发生什么事故。只有一次，一位队长骑的那匹马性子实在猛烈，它用蹄子使劲地刨，居然把我的手绢刨出一个洞来。这样，那匹马腿下一滑，连人带马一同跌倒了。我立刻把马和人救起来，用一只手把那个洞堵住，用另一只手像之前把他们抬上来的时候那样，再一个一个把他们放下去。跌倒的那匹马的左前腿受了伤，马上的骑士却毫发未损。我把手绢尽可能地补好，却不敢相信手绢的牢固性了，就再也不用手绢玩这种危险的游戏了。

　　在我获得自由的前两三天，就在我给朝廷表演这种技艺逗大家开心的时候，突然有一位特使进宫向皇帝禀告说，他们在我当初被俘获的地方发现了一个又大又黑的东西。那东西摊在地上，看上去古里古怪的，边缘呈圆形，有皇帝的寝宫那么大，中间高高耸起的部分有一人高。最初他们担心那是个活物，后来发现它待在草地上一动不动，根本就没有生命。有几个人绕着它察看了几圈，后来又有人站到其他人的肩膀上，慢慢爬到了那东西的顶部。顶部原本平平坦坦的，可是在上面跺了跺才发现那里面是空的。依他们肤浅的揣测，觉得那东西可能是山巨人的物品。如果皇帝陛下允许，他们就把那东西带过来，只用五匹马就能拉得动。我立刻就明白他们说的是什么了，这个消息真是让我心花怒放。船只失事后我仓皇逃命，上岸的时候心慌意乱的，还没走到我睡觉的地方之前，帽子就不知什么时候没了踪影。我划船的时候还把帽子紧紧系在头上，泅水逃生时我记得帽子也一直没掉。我觉得肯定是在我上岸后,系帽子的绳子不知怎么就断开了,我当时也浑然未觉,后来还以为帽子肯定掉在海里再也找不回来了呢。我对皇帝描述了帽子的样子和用途,请求他下令让人立刻把帽子运过来。第二天,皇帝的车夫把帽子送来,可帽子的样子却有些破烂不堪了。他们在帽檐上距离边缘大约一英寸半的地方钻了两个洞,把钩子伸到洞里,再用一条长绳系在马具上,就这样拖了半英里的路给我拉扯过来的。好在这个国家的道路极其平滑,所以帽子受损的情况比我想象的要好得多。

这件奇事之后过了两天,皇帝又想出了一个特别新奇的法子供自己取乐。他命令驻扎在京都内外的军队都做好准备,参加演出。他让我两腿尽量分开,像个巨人一样站在那里,然后又命令他的大将军(这位大将军是位经验丰富的老将,同时对我也恩惠有加)把所有军队排成密集的队形,让部队在我胯下演练。他把步兵排成二十四人一队,骑兵十六人一排,一时间战鼓齐鸣,战旗飘飘,长枪烁烁。整个队伍共有三千名步兵、一千名骑兵。皇帝颁布了命令,让每位士兵在行进中姿态挺拔,纪律严明,同时必须对我尊重有加,违者处以死刑。尽管如此,那些年轻的军官在经过我胯下时,还是忍不住抬头看我。老实说吧,那时候我的裤子已经破破烂烂的不像样子。军官们既对我充满好奇,同时又禁不住看着我的破裤子大笑。

我给皇帝递交了很多奏章,请求他给予我自由。皇帝陛下终于允诺首先在内阁会议上提及此事,之后在委员大会上商议。除了斯基雷什·博戈拉姆之外,没有任何人提出反对意见。我从未招惹过博戈拉姆,可不知为什么他却一定要跟我作对。不过全体与会人员都与他意见相左,于是皇帝便批准了我的请求。用这个国家的语言来说,博戈拉姆是"加贝特",就是海军上将的意思。他深得皇帝的信任,对掌管的事务也特别精通。不过他总是牵拉着一张苦瓜脸,让人感觉阴郁而不快。他最后还是被大家说服了,也表示同意,但是坚持要亲自起草我必须遵守的条款和条件,我只有宣誓照行不悖,才能够获得自由。写完之后,斯基雷什·博戈拉姆带着两名秘书和几位有地位的其他官员,亲自把文件交到我手里。文件宣读完之后,我按照要求宣誓一定会遵从。我先用自己国家的方式宣誓,之后再按照他们的法定方式又宣誓了一次。他们的宣誓方式颇为奇特:用左手抓住右脚,把右手的中指放在头上,再把大拇指放在右耳的耳尖上。想来读者也许会对这个国家特有的文字风格感到好奇,而且也想知道我能重获自由所依据的那些条文的具体内容。下面我就把这部文件的内容尽我所能逐字翻译出来,让大家也有所了解。

至高无上的利立浦特的皇帝,威震整个宇宙,令全宇宙人爱戴的高乐巴斯图·莫玛雷姆·伊弗拉姆·格尔狄罗·施非因·莫利·尤利·古尔,统治着广袤的五千布勒斯图格斯(面积大约为十二平方英里)的泱泱大国,毫不夸张地说,整个国土涵盖了整个地球。他是至高无上的万王之王,他威猛高大的身材胜过了所有人类,他的双脚踩在世界的中心,他的头颅与太阳齐平。他轻轻点头,全世界的君王都会双膝颤抖。他像春天般美好欢乐,像夏天般舒适温暖,像秋天般丰美富饶,像冬天般令人敬畏。天地之间最为尊贵的皇帝陛下,向最近来到我们天朝领土的山巨人提出以下条款,山巨人应庄严发誓,必定会严格遵从这些要求。

第一条:没有加盖我国国玺的通行证,山巨人不得擅自离境。

第二条:没有得到我们的命令,山巨人不得擅入我国京都。如接到进京命令,京都居民会在两小时前得到通知,并全体关门闭户,不得出门。

第三条：山巨人只准在我国的主要道路上行走，不得在草坪或田地中走路坐卧。

第四条：山巨人在主干道上行走时，应格外小心谨慎，不得踩踏我国的善良民众以及他们的马匹和马车。未经居民本人同意，山巨人不得随意将他们放在手中。

第五条：如果有需要紧急传递的公文，山巨人有义务将信使连人带马放在其口袋中协助传递，且每个月均有六天时间服务于此。如有必要，还须用同样方法将信使平安送回皇帝驾前。

第六条：山巨人须与我国结盟，协同对抗布莱福斯库岛上的敌人，并须尽其最大努力摧毁敌人正在集结的军舰，阻止其企图对我国发起的全面进攻。

第七条：山巨人须在其空闲时间，协助我国的工匠运送用以建造中心公园围墙和皇家建筑的大石。

第八条：山巨人须在两个月之内，沿海步行，用脚丈量出我国领土的精确疆域。

最后，山巨人如能庄严宣誓严格遵循上述条款，便可以每日得到我国的一千七百二十四位臣民供给的肉食与饮料，并能自由进出皇宫，可享受随时面见皇帝及其他恩典的权利。此文件成文于皇帝登基以来的第九十一月十二日，贝尔法博拉克皇宫。

尽管其中一些条款与我原来的期待相悖，让我觉得面上无光，但整体来说我对这些条款还算满意，于是心悦诚服地在条约上签了字。那些有失体面的条款肯定是海军上将斯基雷什·博戈拉姆捣的鬼，他对我一直不怀好意。当我脚上铁链子的锁一开，我就完全恢复了自由。皇帝本人也给了我很大的面子，他亲自参加了释放典礼。我拜倒在皇帝脚下，表达我对他的深深谢意。可他却命令我站起来，对我说了许多热情的溢美之词。这些好话我就不重复了，否则就会有人指责我虚荣。最后，皇帝对我说，他希望我能够成为一个有用的仆人，不要辜负他赏赐给我的这些关爱。如果尽职尽忠，他将来还会赏给我更多恩典。

　　读者们也许已经注意到，在允许我重获自由的条款的最后一条，皇帝规定每天都会供给我利立浦特王国一千七百二十四位居民所需的肉食与饮料。后来我曾问我的一位朋友，他们是怎样计算出这样精确的数字的。那位朋友告诉我，皇帝陛下的御用数学家们，用四分仪测量出我的身高，并计算出我的身高和他们的比例是十二比一，再根据我和他们的身体结构完全相似的事实，得出结论，我的身体至少与一千七百二十四个当地的小人相当，因此我需要的食物也应该与同样数量的利立浦特人相当。看到这里，我想读者们可以想象到，这个民族是多么机敏聪慧，这位伟大君主的行事原则是多么严谨精密、节俭细致。

第 四 章

对利立浦特的京都米登多和皇宫的描写。作者与机要大臣就
国务大事进行商榷探讨,他表示愿为皇帝的对敌作战助一臂之力。

我获得自由之后提出的第一个要求,是希望获准参观京都米
登多。皇帝非常痛快地答应了我的请求,但特别叮嘱我不要伤害
京都的居民,不能毁坏他们的房屋。居民们也接到了告示,知道我
就要访问京都。京都四周的城墙有两英尺半高,至少有十一英尺
厚。四轮马车可以很安全稳当地在城墙上绕行。城墙每隔十英尺
就有一座非常坚固的城楼。我迈过巍峨的西大门,进入城里。越
过西门后,我步履轻柔地向前走,侧着身小心翼翼地穿过了两条主
要街道。我身上只穿了件齐腰的短背心,因为要是穿上衬衣的话,
我怕衣角会把屋顶和房檐弄坏。皇帝已经颁布了特别严格的命
令,告知所有居民都必须待在自己的房子里,以免遭遇不测。尽管
如此,我走路时还是特别仔细,因为万一街上还有人逗留,我不小
心踩踏上去就糟糕了。阁楼的窗口和房顶上都挤满了争先恐后看
热闹的人群,我觉得我旅行过那么多地方,这里应该是人口最多的
国家。京都呈正方形,每边的城墙都是五百英尺长。两条交叉的
贯穿京都的大街把城市分为四个部分,每条大街都有五英尺宽。

那些小巷和弄堂大概都是十二英寸到十八英寸宽，我是根本进不去的，只能在路过的时候看一看。整个城市可以容纳五十万人，城里的房子要么三层，要么五层，商店和市场里也都货品充足。

皇帝的宫殿在城市的中心，就是两条主干道交叉的地方。皇宫的宫墙有两英尺高，宫墙以里二十英尺的地方才是宫殿的建筑群。在获得皇帝的许可后，我迈过了宫墙。宫墙和宫殿之间的距离真是非常宽阔，我都能轻易地绕着宫殿参观。外殿是一个四十英尺见方的院落，里面包括两座宫院。最里面的是王室的居所，我特别好奇，想凑过去看个究竟，却发现极其困难。因为从一个院落到另一个院落的大门仅仅十八英寸高，七英寸宽。而外殿的建筑都至少有五英尺高，我要是跨过这些建筑的话，肯定会把它们毁得七零八落。虽然四周的宫墙有四英寸厚，都是由石头砌成的，十分坚固，但也经不住我的踩踏。可是皇帝却特别希望我能够看看他华美壮丽的宫殿。于是我花了三天时间，用小刀在离京都约一百码远的皇家公园里砍了几棵最大的树木，用这些树木做了两把凳子。这两把凳子都有三英尺高，而且非常坚固，足以支撑我的重量。居民们第二次接到通知，我要拎着两把凳子再次进城，到皇宫去参观。当我到达外殿的侧边后，就站在一个凳子上，把另一个凳子拎起来，越过外殿的屋顶，轻轻把它放在外殿和第二层宫院之间的空地上。那片空地足有八英尺见方。我就这样很轻易地从一个凳子迈到另一个凳子上，顺利地跨过了外殿。接着我用钩子把已经跨过的那个凳子子勾起来，再放到前面的院落空地上。我用这种新奇的方法成功进入了皇宫的内院。我侧身弯下腰来，宫楼中间几层的窗子已经特意为我打开了，我把脸贴近到窗边，看到了装饰得无比辉煌的皇宫内部，真是要穷极了想象力才能想象出它的华美。我看到了在寝宫内被随从和仆人所簇拥着的皇后和年轻的王子们。皇后殿下见到我，露出了和蔼优雅的笑容，甚至把手伸出窗口让我施以吻礼。

不过,在这里我不打算继续描述这类事情了,因为要出版一部比这部作品更加宏大的著作,我计划把这些描述都放在那部作品当中,而且那部作品也很快就要付梓。那本书对这个帝国进行了比较概括的描述,从帝国创立伊始,一直到历代帝王的更迭都包括在内。著作介绍了这个国家的战争情况和政治状态,详细记录了其法律、学术、宗教、动植物种类,及其特殊的行为方式、风俗习惯。同时还对其他奇闻逸事以及值得我们借鉴的事情也逐一进行了细述。而当前的这部书旨在描述我在该国居留的九个月里,发生在全国上下和我身上的各种事件,以及这些事件的来龙去脉。

我获得自由大约两个星期之后的一天早上,内务大臣雷德瑞萨来到我的住所,因为是要谈些私事,所以他只带了一个随从。他吩咐马车在远处停下来等他,希望我能给他一个小时的时间谈谈话。我一向尊重这位大臣优秀的品格和个性,也很感念当时我向朝廷提出请求时,他帮我说的许多好话,于是就很爽快地答应了。我本打算躺在地上,这样他就能毫不费力地在我耳边说话了,可是他却宁愿让我把他端在手心里交谈。他首先对我获得自由表示了祝贺。他说,"自认为在这件事上颇有些功劳",不过,他又说:"要不是朝廷目前为时局所困,也许你根本不可能这么快就获得自由。因为,"他说,"在外国人眼里,我们也许国力强盛,安享繁华,可实际上我们正深受两大威胁的困扰。一是国内的激烈冲突,二是国外强敌入侵的危险。在国内的冲突方面,你知道吗?帝国中有两大政党一直纷争不断,他们相互斗争已持续了长达七十多个月的时间了。一个政党名为特拉迈克山,另一个名为斯拉迈克山,他们唯一的区别就是一个党穿高跟鞋,另一个党穿低跟的。据说高跟党是推崇我国古代传统制度的党派。不过,尽管如此,如今我们的皇帝陛下却只任命低跟党的成员担任宫中的种种职位。你肯定已经发现,官员们的鞋跟都很低,尤其是皇帝陛下的鞋跟更是低得厉害,至少比其他朝廷官员的鞋跟都低一个德尔(德尔是小人国的计量单位,大约相当于一英寸的十四分之一)。两党之间的积怨非常之深,他们绝不会在一起吃喝,也绝不会相互交谈。从人数上算的话,特拉迈克山,或者说高跟党要比我们多,不过权力却完全掌握在我们手中。我们就是对殿下有些担心,他是皇位的继承人,可他却倾向于支持高跟党。我们一眼就能看出来,殿下的鞋跟一个高,一个低,搞得他走起路来步态蹒跚。国家内部的争端本就令人忧烦了,可我们同时还受着外敌威胁,那就是来自布莱福斯库岛的敌人的侵略攻势。布莱福斯库岛是宇宙之中另一个巨大的帝国,其领土与实力都与陛下统治的国家不相上下。当然,我们也听你言辞凿凿地说过,世界上还有许多其他的帝国或者国家,住着和你一样庞大的人类。不过我们的哲学家们对此却深表怀疑,他们推测你可能是从月亮或者其他什么星球上降落到我们这里的。原因显而易见,像你们这样身躯庞大,只需一百个就肯定会很快把我皇境内的果蔬牲畜吃光用光。而且,从我们六千个月的悠久历史的记载来看,除了利立浦特和布莱福斯库两大帝国,还从未听说过世上有其他地区存在。我想要告诉你的是,这两个强大的帝国已经交战了三十六个月,战事极其艰难。战争的发端是这样的:我们所有的人都认为,吃鸡蛋之前要从大的一头把鸡蛋磕破,这是自古以来的传统。可是当今皇帝的祖父还是小孩的时候,有一次在吃蛋时按照古法从大头打破鸡蛋时,不小心割伤了手指。于是当时的皇帝,皇帝祖父的父亲,就颁布了一道旨意,命令他所有的臣民,吃蛋时必须从小头打破,否则便予以重罚。人民对这个法令无比憎恨,而且就因为这条法令,历史上已经发生六次叛乱了。其中有一个皇帝丢了性命,还有一个皇帝丢了皇位。这些内乱都是布莱福斯库国皇帝煽动起来的。这些叛乱被镇压之后,一些流民便总是跑到布莱福斯库帝国寻求庇佑。据我们估算,有一万一千人宁愿不时忍受死亡的威胁,也不愿意忍受从小头一端打破鸡蛋的法令。针对这一争端,已经出版了数百部大部头的论著了,不过凡是赞同大头派的著作早就被禁止发行了,而且法律规定,赞同大头派的人永世不能为官。这两派争执得厉害的时候,布莱福斯库的帝王就会不时地派大使来我国表示抗议,指责我们在宗教方面大搞分裂,并指出这种做法违背了我们伟大的先知卢斯特罗格在《布兰德克拉尔》第五十四章中所提出的基本教义。要知道,我们的《布兰德克拉尔》就是他们的《古兰经》啊。不过,我们却觉得这是对教义的一种曲解。原文是这样说的:'所有真正的信徒都应在其认为方便的一端打碎鸡蛋。'那么哪一端才是方便的一端呢,依我个人的愚见,这只能由每个人的良心来判断,或者至少让最高行政长官来做决定。可是,大头派的亡命徒们深得布莱福斯库帝国宫廷的信任,同时又源源不断地受到国内大头派党羽的秘密援助和支持,因此才挑起了两个帝国之间已经进行了长达三十六个月的血腥战斗。这段时间以来,双方各有胜负。自开战后,我们已经损失了四十艘大型战舰,小型船只更是不计其数。除此之外,还有三万训练有素的精锐海军和陆军士兵命丧战场。根据估算,敌人的损失或许比我们还要惨重。不过,他们目前正在装备一只巨型军舰,即将对我们发起一场大规模的进攻。我们的皇帝陛下对你的勇气和力量赋予了极大的信任,于是命令我把这件国家大事原原本本地告诉你。”

我请求内务大臣向皇帝表明我的看法,让他知道:“我只是一个外国人,因此我认为不宜介入他们的党派之争。不过,我也做好准备,会保护他的国家不受外来侵略者的骚扰,即便因此冒着生命危险也在所不惜。”

第 五 章

作者采取非凡的战略，阻止了敌军侵略，并因此获封极高的荣宠和爵位。布莱福斯库的皇帝派大使前来议和。皇后的寝宫失火，作者设法保住了其他宫殿。

布莱福斯库帝国是坐落在利立浦特东北方的一座岛屿，两国之间相隔一条宽达八百码的海峡。我还从未见到过那座岛，因为自从得到对方即将入侵的消息之后，他们就禁止我在海岸出现，以免被对方发现。海上不时有敌军的船只活动，而敌人对我的存在却一无所知。战争期间两国之间禁止一切往来，违者处死。同时皇帝还下令，全国所有的大小船只都禁止出海。我向皇帝谈及了我的计划，告诉他我打算如何扣押敌军舰队的全部船只。根据我们的侦察兵的报告，敌军的船只全部停泊在港口，做好了一遇顺风就立即出发的准备。我向最有经验的海员询问了海峡的深度，那些海员说他们用铅锤测量过很多次了，因此数据可靠。他们说在海峡中部满潮的时候，深度为七十格拉姆格拉夫，大约相当于欧洲计量方法的六英尺，而其他地方的深度最多也就是五十格拉姆格拉夫。我走在东北方的海岸边，遥望坐落在一座小山丘后面的布莱福斯库帝国。我拿出微型望远镜观察停泊在港口的敌军舰队，大约有五十艘战舰,还有许多的运输舰队。之后我回到住所,下令让人准备大量的最结实耐用的缆绳和铁棍——皇帝为我颁发了委任状,因此我可以下达命令。他们准备的缆绳大约像普通的包裹用绳那样精细,铁棍则像毛衣针似的。我把三根缆绳搓成一根,这样就能更结实一些。为了使铁棍更结实,我也把三根铁棍绞在一起,把两端弄弯成钩状。我把五十只钩子勾在五十根缆绳上,然后拿着它们朝东北海岸走去。到了岸边,我脱掉外套和鞋袜,只穿着牛皮背心走到海水里。这时离海水满潮还有半个小时的时间。我以最快的速度涉水而行,到了海水中央,大约游了三十码左右双脚才又触到海底。不到半个小时,我就到了敌军舰队停泊的地方。敌人看见我时都吓得不知所措,他们慌忙从船上跳入海中,往岸边游去。一时间跳入水中的敌军竟有三万人之多。我赶紧拿出缆绳和钩子,把钩子的一端紧紧固定在每艘船船首的洞孔中,然后把缆绳的另一端全部握在手里。在我忙着做这些事情的时候,敌军开始朝我射箭,一时间万箭齐发,有许多射中了我的脸和手。这不仅让我感到钻心的疼痛,而且也大大干扰了我的工作。我最担心的是眼睛受伤,幸亏我灵机一动想到了一个好主意,不然眼睛肯定会被箭射瞎。我想到在衣袋里暗藏的那些小小的日用品中,还有一副眼镜。我在前面说过,这副眼镜当时躲过了皇帝派来的检察官的搜查。我掏出眼镜,把它使劲按在鼻子上。装备好之后,我就可以迎着敌人的箭雨,放心大胆地继续工作了。那些箭都噼里啪啦射在眼镜片上,除了对眼镜片有些小小的损伤之外,对我根本没有任何伤害。很快我就把所有的钩子都固定好了,我手里攥着所有缆绳的绳结,开始用力地拖拽。可是船却都纹丝不动,原来这些船都抛锚固定好了。看来最严峻最勇敢的工作还在等待着我。于是我把缆绳放下,把铁钩仍然固定在船首。我毅然决定用小刀把固定船只的锚索割断,我的脸和手却也因此又中了二百多支箭。割断之后，我又把所有缆绳握在手中，因为另一端的铁钩连着船只，所以我轻而易举地就把五十艘最大的敌舰拖走了。

布莱福斯库的官兵一开始无论如何也猜想不到我到底要做什么，他们早就被吓得惊慌失措了。他们见我砍断绳索，还以为我只是想让船只随波逐流而已，至多是导致船只相互乱撞以致沉没。当他们看到我拖着缆绳的另一端使全部的战舰井然有序地移动起来时，他们发出了凄厉的尖叫声，叫声里夹杂着无尽的伤心与绝望，那种情感真是难以想象，更难以言传。走出危险地带后，我停下来把射在手上和脸上的箭拔了出来，然后涂了些药膏。我前面曾经提到过，这些药膏是利立浦特人在我刚到时给我的。接着我摘下了眼镜，等了一小时左右，直到潮水渐落，才带着我的战利品涉水而行，安全抵达了利立浦特的皇家港口。

皇帝和全部的朝臣都守在岸边，期待着这次伟大冒险的辉煌战果。他们看到敌舰排成庞大的半月形向前移动，却没有看到我，因为那时的海水已经没过了我的胸膛。当我走到海峡中央时，他们的心情更加沉痛了，因为我全身都在海水中，只有脑袋露在水面上。皇帝断定我被淹死了，而敌军的舰队正在气势汹汹地前来进攻。不过很快他的恐惧就消失了，随着我一步一步往前跋涉，海峡的海水也就越浅。不一会儿的工夫，我就可以听到岸上的叫喊声了。我举起紧钩着敌舰的缆绳，大声呼喊着："强大无敌的利立浦特的皇帝万岁！"这位伟大的君王迎接我上岸，对我说了数不尽的溢美之词，当场就封我为"那达克"，这可是利立浦特王国中最为高贵的荣耀。

皇帝陛下希望我再找机会把其余的敌军战舰全都拉到他的港口来。君王的雄心壮志真是高不可测，他似乎想着要把整个布莱福斯库帝国灭掉也不过是小事一桩，然后把布莱福斯库帝国规划成他的一个省，他派出个总督管辖就行了。之后再把大头派那些流民铲除干净,强迫所有人民都从小头打碎鸡蛋。这样,他就能成为统治全世界的独一无二的君王。可我却竭尽全力使他摆脱这个念头,我从政策和正义两方面向他力陈这样做的弊端。最后我直率地表达了反对意见,"你们想把自由勇敢的民族沦为奴隶,而我绝不会成为你们的工具。"后来,在国务委员会议上讨论这件事情时,内阁中最具智慧的人士都对我的建议表示赞同。

我这样公开而又大胆地表达自己的想法,实际上是与皇帝陛下的政治思想完全相悖的,因此他永远也不会原谅我。在国务委员会上,他就非常狡猾地提到了这件事。后来有人告诉我,一些最睿智的人表达了对我的支持,至少他们在这件事上保持了沉默。可是那些本来就对我暗存不满的人,就免不了旁敲侧击地对我进行攻击。从此以后,皇帝陛下就和一小撮敌视我的人一起密谋来陷害我。不到两个月的时间,他们的阴谋就显示了巨大的效果,几乎可以说把我彻底摧毁了。不管你曾为君王做出多么惊天动地的丰功伟绩,只要你未能投其所好表达忠心,那么所有的业绩都变得一文不值。

在这次伟大业绩的三个星期之后,布莱福斯库帝国正式遣派特使前来求和。他们的姿态相当谦卑,因此很快就达成了协约。协约的条件自然对我们的皇帝相当有利,在这里我就无须赘述了。他们一共派了六位特使,还带了大约五百人的随从。他们的入境仪式也相当隆重,既恰当地表达了他国皇帝的高贵与伟大,又显示了他们此行的重要意义。协约签订完毕之后,几位特使便来拜访我,因为我当时已经有了较高的威望,至少在表面上颇受尊重。我就凭借这些威望为他们说了很多好话,帮了他们一些忙。他们对我的英勇行为和宽宏大量的气概极尽赞美之词,还以他们皇帝的名义邀请我访问他们的国家。他们说已经听说了太多关于我的传奇,希望我能为他们表演一番,展示一下我的不可思议的巨大力量。我很爽快地答应了他们的要求，其中的细节我在这里也不再一一赘述了。

我花了些时间招待这些尊贵的客人，使他们感到无比满意，甚至觉得有些不可思议。我希望他们能够代我向他们的皇帝致以最诚挚的敬意。他们的君王美德昭昭，广受天下万民景仰，我在返回自己国家之前，一定会去专程拜见他。因此，后来我荣幸地面见我们的皇帝时，我就提出了想去拜见布莱福斯库君王的要求，希望得到他的允准。他看上去很高兴地答应了，不过我能感觉到他态度的冷淡。我猜想不出其中因由，后来有人悄悄告诉我说："弗里姆奈和博戈拉姆已经把我和那些特使会面的情况向皇帝汇报了，皇帝认为这种行为是我心怀不轨的表现。"可我的的确确是问心无愧的啊。这是我第一次开始认识到宫廷和大臣们并不如我想象的那样完美。

需要说明的是，这两个帝国的语言就像欧洲任何两个国家的语言一样，差异是非常大的，因此我和那些大使的谈话需要翻译来达成。然而，每个民族都会为自己的语言而骄傲，会夸耀其悠久的历史和美丽而充满活力的表达方式，同时也会对邻国的语言表现出公然的蔑视。可是，我们的皇帝却倚仗已经夺取了敌军舰队的优势，强迫对方在呈递国书和发表演说时使用利立浦特的语言。不过，有件事必须在这里说明白，那就是两国的名门望族、商人和海员几乎人人都会使用两国的语言，因为两个国家的商业贸易往来非常频繁，而且两国都常常收留对方国家的逃亡人员。再者，为了开阔眼界来完善自我，也为了更加了解对方的人民和风俗习惯，两国都会派送年轻的贵族和富人子弟到对方的国家留学。几个星期之后，当我去拜见布莱福斯库皇帝的时候，才发现两国语言互通的事实。尽管我的敌人们对我心怀恶意，使我接连不断地遭遇不幸，但这次会面说到底还是非常愉快的。在适当的时候我会对此加以详述。

　　读者也许还记得，当初我签订恢复自由的条约时，有几条我是满心不情愿的，因为它们让我觉得太窝囊、太委屈了，要不是急着想要获得自由，我说什么也不会同意的。现在我的身份已经是国内地位最高的"那达克"了，再谈那些条约显然有失我的高贵身份，而且凭良心说，皇帝本人也从没跟我再提起过那些条约。不过，没过多久，我就有了一个为皇帝效力的机会，至少那时候我认为是为皇帝做了件令人瞩目的大事。那天午夜，有数百人在我门口喊叫，把我从睡梦中惊醒。因为是突然之间被惊醒的，所以心里不免有些恐惧。我听到人们不断地重复喊着"布格拉姆"这个词。皇帝宫中的几个人匆匆拨开人群挤到我的门前，恳求我立刻到皇宫去。他们告诉我，皇后的寝宫失火了，原因是宫中的一位女官晚上在看传奇故事时不小心睡着了，以致引发了火灾。我立即走了出来，当时已有人命令人群为我闪开道路。月色很好，加之我走路时非常慎重，因此一路赶到皇宫，却没有踩踏伤害到任何行人。我看到寝宫的墙外已经备好了梯子，水桶也已经准备妥当，可是水源却有相当的距离。这些水桶只有大顶针那样的大小，可怜的人们虽然忙不迭地一桶一桶为我拎来，怎奈火势太过凶猛，实在是于事无补。我要是穿着外套，应该能够轻易地用它把火扑灭，可我出来时太匆忙就没有穿，身上只穿了一件皮背心。事态似乎发展到令人彻底绝望，只能悲叹其不幸后果的地步了。要不是我突然想到一条绝妙之计，那么这座堂皇壮丽的宫殿肯定就会被烧成灰烬了。我那天晚上喝了很多酒，那酒被称作"格利米格瑞姆"，味道无比甘美（布莱福斯库人把这种酒称作"福龙奈克"，不过，我们的酒味道更好些）。这种酒有很好的利尿作用。那天真是前所未有的幸运啊，整整一个晚上我都没有解过小便。我一直离火很近，被火炙烤得非常燥热，而且我一直忙着灭火，那些酒就在我身体中变成了尿液。于是我着实撒了一大泡尿,而且都撒在了合适的地方,不到三分钟大火就被尿液完全扑灭了。这样,那些耗费了多年精力才建成的华美宫殿,才得以摆脱被大火烧毁的命运。

　　这时天已经亮了,我没有等待皇帝为我庆贺就返回了住所。因为我虽然做了一件了不起的大事,但是我也怕皇帝会憎恶我刚才的所作所为。根据这里的一项基本法令,任何人,无论其身份地位如何,只要在皇宫内撒尿都会被处以死刑。不过,皇帝派人捎来的消息却使我的心情稍稍安定下来。皇帝说:"他会下令给司法部门,让他们正式恕我无罪。"可我却根本没有收到这份赦免诏书。后来有人悄悄告诉我,"皇后无比痛恨我这种行为,她已经搬到另一所寝殿中,远离原来的住所了。她还下令,绝对不准修葺那些失火的宫殿,她也绝对不会再住在里面。另外,她还对她的心腹随从们发誓说,她一定会狠狠地报复我。"

第 六 章

本章介绍了利立浦特居民的情况，包括他们的学术、法律、风俗习惯和儿童教育方式，以及作者在这个国家的生活情形。作者还为一位贵妇进行了声辩。

我本想再写一部著作专门描述这个帝国的社会百态，可是现在，我又特别想大致地介绍一下，以满足读者们的好奇心。当地人的普遍身高都不足六英寸，因此其他各种动物、各种花草树木也都与这个比例相当。比如说，最高大的牛马也就是四五英寸高的样子，绵羊大约是一英寸半高，鹅呢也就像我们的麻雀那么大，照这样越来越小的次序推理下去，那最小的东西我就基本上看不见了。不过，自然却赋予了利立浦特人看清所有东西的眼睛：只要距离适当，他们能看得异常清楚。为了证明他们近距离看东西的精准程度，我可以举几个例子。我曾看到过一个厨师在给一个跟平常的苍蝇一般大小的百灵鸟拔毛，也看到过一个年轻姑娘用一根细得看不到的丝线在穿一根细得看不到的针，这真让我大开眼界。这里最高的大树也就是七英寸高的样子，我这里说的是生长在皇家宫苑里的那些树木。我攥起拳头时刚好能碰到这些树的树冠。其他各种蔬菜的大小也都依这个比例生长，这些就让读者自己去想象吧。

多年以来，他们的学术都非常发达，涉及的领域众多，这些我就不再多费笔墨了。此外，他们的书写也极具特色，既不像欧洲人那样从左往右写，也不像阿拉伯人那样从右往左写，更不像中国人那样从上往下写。他们是斜着写的，像英国的太太小姐一样，从纸的一角写到另一角。

他们埋葬死人的方式是把尸体的头径直地朝向地下。他们相信，死人们会在一万一千个月之后复活。他们认为地球是扁平的，而死人复活的时候，地球会翻转过来。这种埋葬方式能让死人复活时轻而易举地站起身来。他们中的饱学之士也承认这种说法很荒唐，不过既然已经沿袭了这么久，也就只能尊重这个民俗了。

这个帝国还有许多法令和习惯是非常特别的。不过这些法律与我亲爱的祖国的法律完全相反，否则我真想说说这些法律的合理性所在，真希望我们也能执行这些法律。我首先想提的就是关于告密者的相关法律。一切背叛国家的行为都要受到最为严厉的惩罚。不过，要是被告在审判时能够完全彻底地证明自己的清白，那么原告就会立刻名声扫地，被处以极刑。而无辜的被告还能从原告的土地和财产中获得多达四倍的补偿，以弥补被告损失的时间、经历的危险、被关押的痛苦以及为了辩护所花掉的所有费用。如果原告的财产不足以赔偿的话，皇帝就会负担绝大部分赔偿款。皇帝还会公开赐予被告恩典，使他恢复名誉，向全城宣布被告的清白。

利立浦特人认为欺骗的罪行比偷窃要严重许多，因此犯了欺诈罪的人一般都会被处以死刑。他们坚持认为，一个人只要处处小心，凡事警惕，再有一些生活常识的话，一般都能够避免自己的财产被贼偷走。可是，诚实的人却无法防范精心设计的骗局。事实上，买卖行为是社会生活中永远不可或缺的，信用交易也会长久存在,那么一旦欺诈行为得到默许和纵容,没有法律加以严惩的话,诚实的商人就会破产,流氓恶棍则会大发横财。我记得,有一次我曾在皇帝面前为一个罪犯说情。那个罪犯奉了主人的命令去收款,收完之后他却携着主人的巨款跑掉了。我对皇帝说,这不过是有些背信弃义罢了,因此希望皇帝减轻刑罚。皇帝当时觉得我的辩解简直荒谬至极,背信弃义可比携款潜逃严重得多,我如何能以此为他开脱。我当时真的不知说什么才好,只好含含糊糊地说,不同的国家自然有不同的习惯。可我必须坦率地说,我内心深处觉得羞愧难当。

尽管我们都认为赏与罚是所有政府得以运转的两个最为关键的枢纽,可我却从未见到有哪个国家能像利立浦特一样将其运用到极致。在利立浦特,任何人,只要有足够的证据证明他在过去的七十三个月内都严格地遵循了国家法律,他就可以申请某种特权。根据其生活水平和社会地位,他可以获得从专款中拨出的一笔相应的金钱作为奖励,同时他还可以获得"斯尼帕尔",即"守法标兵"的称号。不过这个称号只能由他自己享有,不能世袭。我告诉他们,在我们的法律中只有相应的刑罚,却没有任何奖励,他们觉得这是我们政策中的巨大缺陷。正因如此,在他们的法院中,竖立着正义女神的雕像,那雕像有六只眼睛,前面两只,后面两只,左右各一只。这些眼睛象征正义女神的周全与慎重。神像的右手拿着一袋金子,袋口是张开的,左手则拿着一把插在剑鞘中的宝剑。这个姿势象征着正义女神更喜欢奖励,而非惩罚。

在选拔政府各部门的工作人员时,他们更加注重良好的道德修养,而非专业才能。因为他们认为,既然政府是人类社会不可缺少的组织形式,那么,只要具备普通的才能就能够胜任这些职位。上天也从未有意使公共事务的管理工作成为常人难以理解的神秘之事,只有少数具备卓越才能的人才能参悟,而这样的天才一个时代也找不出三个来。他们认为所有的人都有能力掌握正直、公正和节制等美德。如果能够践行这些美德，再加上工作经验和良好的意愿，这样的人就能够为国效命。这样的人所缺少的不过是一段时间的学习罢了。反之，他们认为如果道德缺失，即使拥有再卓越的才能也不能承担管理工作。无论何种部门的工作都绝不能交到这种危险之人手中，因为具备美德的人，就算因为才能不佳犯了错误，也不会给公共利益造成致命的巨大损失。而具有腐化堕落倾向的人，再加上高明巧妙的手腕，则会加倍地危害社会，而且还能够为其腐化行为找到掩饰的办法。

同样，不相信上帝的人也不能承担任何为公众服务的工作。利立浦特人认为君王就是上帝的化身和代表，如果君王任命的人否认他所代表的权威，那简直是再荒唐不过的事情了。

我在这里阐释的这些法律以及下面谈及的规定，都只是想把这个国家独具特色的制度介绍给大家，仅此而已，希望大家理解。对于那些随着人性堕落而出现的丑陋不堪的腐败制度，我并不赞成。我希望读者明白，像那些通过跳跃绳子来获得高官厚禄的卑劣行径，还有通过在御杖上面跳跃、在下面爬行来邀宠获恩的可耻行为，都是从当今皇帝的祖父那一代逐渐兴起并传播开来的。随着党派的斗争不断加剧，这种不正之风也愈演愈烈。

对他们来说，忘恩负义也是一项死罪。我们在书上读到过，其他一些国家也奉行同样的法令。他们的理由是，那些以怨报德的人，对待恩人尚且如此，那么对待未给予他恩惠的其他人，则会恶毒百倍。那样的人肯定是全人类的公敌，因此不配活在世上。

他们对于父母和子女之间责任的认识也与我们的想法截然不同。他们认为，男女的结合是建立在伟大的自然律法的基础之上的，是为了繁衍后代，绵延后嗣，因此利立浦特人需要这种关系。父母对子女的温柔呵护也是出于同样的自然规律。不过，男女之间的结合也像其他动物一样，是以淫欲为动机的。因此，他们认为，子女不需要对赋予他生命的父亲和把他带到这个世界上的母亲承担任何责任。再想一想，人生悲惨，获得生命本身也并不是什么好事，而且为人父母的也没想着要孕育生命，他们因爱而结合时，头脑里想的完全是另外的事情。根据这些原因，以及其他类似的理由，利立浦特人认为父母是最不适合教育子女的人，因此每个城镇都有公立学校。所有的父母，除了佃农和劳工之外，都必须把年满二十个月的孩子送到那里接受抚养和教育，因为他们觉得这个年龄的孩子基本上比较温顺听话了。这种学校的种类较多，可以接纳不同阶层、不同性别的孩子。学校里有很多教师，受过专门训练，能够根据孩子父母的地位，以及孩子自身的天分爱好因材施教。这里我先说说男孩学校的情形，然后再谈女校的情况。

在贵族子弟的男校中，有许多博学而庄重的教授，他们手下还有几位助教。孩子们的衣食都很简朴。他们在重视荣誉、正义、勇气、谦逊、仁慈、虔诚和热爱祖国的氛围中成长。吃饭睡觉的时间都很短暂，每天有两个小时的娱乐和体育锻炼的时间。除此之外，他们总是有事情要做。四岁之前，有男仆为他们穿衣服，但四岁之后，不论他们的出身有多么高贵，都必须自己穿衣。那些照顾他们的女仆年龄都比较大，大约相当于我们的五十岁，她们只负责一些最为粗重的工作。孩子们不准同仆人们交谈，只能三五成群地玩耍，或者大伙一起游戏娱乐，而且身边总会跟着一位教师或者助教。这样，他们就不会像我们的小孩一样，从小就沾染上愚蠢和邪恶的坏习气。他们的父母每年只能来探望两次，每次探望的时间只有一个小时。在与孩子见面和道别时，父母可以亲吻孩子。但是这种场合通常都会有教师在场，他们不准父母与孩子说悄悄话，不准他们对孩子爱抚溺宠，更不准他们带给孩子糖果、玩具等礼物。

每个家庭都要交付教育和娱乐的费用，到期不交的话，会有朝廷的官员上门征收。

接纳普通绅士、商人和工匠子弟的学校，大致是以同样的方式管理。不同的是，那些打算经商的孩子，会在十一岁时离校去做学徒，而贵族学校的孩子则会在学校学习到十五岁，这大致相当于我们的二十一岁。不过，在学校最后三年的管理会渐渐放松。

在女校中，出身高贵的女孩也像男孩一样接受同样的教育，只是给她们穿衣服的都是训练有素的女仆，不过教师或助教总是时时在场，寸步不离的，一直到她们大约五岁能够自己穿衣为止。如果有人发现这些女仆给女孩们讲些恐怖或者愚蠢的故事来逗她们开心，或者像我们国家的女仆一样搞一些傻乎乎的恶作剧，那她们就会被鞭子抽打着游街三次，再关一年的禁闭，之后就会被终身流放到这个国家最荒凉的地方去。正因为这样，年轻的女孩们都和男孩子们一样，绝不愿意成为懦弱和愚蠢之徒。她们在穿着上讲究干净整洁，鄙视一切过度的装饰。在男孩女孩的教育方式方面，我没有发现任何的不同。若一定要谈及差异，那就是女孩的运动不像男孩那样剧烈罢了。而且女孩要学习一些关于持家的原则和规矩，她们对知识学问的研习范围则要小一些。她们的座右铭是：高贵的主妇应当永远通情达理，和蔼贤淑，因为任何人都不能永葆青春。女孩们十二岁的时候，就到了适婚的年龄了。她们的父母或者监护人会把她们领回家去，临行时会对教师们千恩万谢，女孩们也会因与同伴们的分离而珠泪涟涟。

在等级较低的女校当中，女孩们会学习各种各样适合女子的工作技能，这些技能因女孩的身份不同而有所区别。那些准备当学徒的女孩在七岁就可以离开学校，其他人都要在学校待到十一岁。

那些把孩子送到学校的普通人家，除却每年要向学校支付非常低廉的教育费用之外,每个月还必须把他们收入的一小部分交给学校的管理人员,作为分配给孩子的财产。因此,所有父母的开销都受到法律的严格限制。利立浦特人认为,父母为了满足一时的性欲,就把孩子带到这个世界上,然后教育这个孩子就成为全社会的责任。世上真是再没有比这更不公平的事情了。至于那些出身高贵的人,父母则根据其生活情况,保证给孩子留出一笔固定的资金。这些基金都会按照最公平、最节约的原则进行管理。

佃农和劳工则是在家中抚养孩子,他们的职责很简单,就是耕种土地、种植作物,因此这些孩子的教育和公共利益的关系并不太密切。不过,他们如果年老或者生病,则由医院全权负责,因为在这个国家,从古到今都未曾听说过乞丐这个行业。

在这里,我要讲一讲我在这个国家生活的一般情况,说说日子是怎么过的,以满足好奇的读者的要求。我一共在这里住了九个月零十三天。我有一颗像机械一样精准的头脑,再加上生活的需要,就用皇宫里最高大的树木为自己做了一套桌椅,使用起来相当方便。他们还雇用了二百名女裁缝为我做衬衣、亚麻被单和桌布。他们选用的是最结实、最粗厚的亚麻料子,但还是需要把几层布缝在一起来做,因为他们最结实的布料也不及我们的细麻布厚。他们的亚麻面料大都是三英寸宽,五英寸长。女裁缝们让我躺在地上,好为我量尺寸。她们一个站在我脖子那儿,另一个站在我小腿那儿。她俩扯着一根粗粗的线绳,每人各抓一头,第三个人则用一根一英寸长的尺子量。之后再量我拇指的周长,其他的就不用再量了。按照数学的方法计算,拇指的两个周长相当于手腕的周长,依照这个算法,脖子和腰的周长也就算出来了。我又把我的旧衬衣平铺在地上,让她们参照大小,所以她们做出来的衬衣非常合身。他们还让三百名男裁缝为我做外套,不过他们为我量尺寸的方法却别出心裁。我跪在地上,他们搭了一架高高的梯子,一直架到我的脖子那儿。有一个人爬上梯子,从我领口那儿把一根带铅锤的线垂到地上,线的长度就正好是我外套的长度。不过腰和手臂的长度都是我自己量的。这些衣服都是在我的住所做的,因为他们最大的房子也容不下这样巨大的工程。衣服做好之后,看起来像是英国妇女们做的"百衲衣",只不过我这件衣服不像百衲衣似的颜色多样罢了。

给我做饭的厨师共有三百名,他们都带着家人住在我房子附近的茅屋里,那里虽然很小,但却比较舒适。每个厨师为我准备两道菜。我用手端起二十名服务员,把他们放在桌子上。还有一百名服务员在地面上忙来忙去,有的端着一盘盘的肉,有的肩膀上扛着一桶桶的酒水饮料。我要吃什么,桌子上面的服务员就用一根粗绳子把下面的食品吊上来,方法非常巧妙,就像在欧洲我们从井里往上拉吊桶一样。他们的一盘肉也仅够我吃一口,一桶酒水也刚刚够我一口喝干。他们做的羊肉味道不及我们的可口,不过牛肉的味道却非常美妙。有一次我吃到一块牛腰肉,那块肉很大,我三口才能吃完,不过这种情况是非常少见的。服务员们见我连骨头带肉一起吃掉时,都惊讶不已,可实际上这和在我们国家时吃掉一条百灵鸟的腿差不多。他们的鹅和火鸡我都是一口吃掉,而且说实话,味道无比美妙,远远胜过我们国家的。对于那些小型家禽来说,我用刀尖一次就能挑起二三十只来。

有一天,皇帝陛下听说了我生活的情形,就想带上皇后和年轻的公主王子一起到我这里来,他兴致勃勃地称之为:"享受吃饭的乐趣。"他们果然浩浩荡荡地来了,我把他们摆在桌子上面的御椅上。他们正好面对着我,卫兵们在他们身边护驾。财政大臣弗里姆奈手里拿着那根象征权势的白棍子也在一旁侍奉。我注意到他不时阴郁地看着我,但我却装出一副毫不在意的样子。为了表示我对祖国的敬意,同时也为了满足皇室贵胄的钦羡之心,我吃得比平时多。我心中隐隐地感觉到，皇帝的这次造访给了弗里姆奈在他的主人面前给我抹黑的机会。这位财政大臣一直以来都暗中与我作对。尽管这次他表面上对我关爱有加，但是以他乖僻阴郁的天性，这样对我简直是太不正常了。他向皇帝报告说："目前国库告急，他不得已只好在拨款时大打折扣。国库券也只能以低于面值百分之九十的价格流通。他还说我已经花费了皇帝陛下大约一百五十万的'斯普鲁'了（斯普鲁是他们最大的金币，约为我们衣服上装饰用的小金片大小）。"因此，基于全面的考虑，现在比较明智的做法是，皇帝能够找个适当的机会把我打发走。

说到这儿，为了一位德行高贵的夫人的声誉，我必须要为她辩护几句。她本来清清白白，却因为我的缘故遭受别人诟病。财政大臣居然异想天开地猜疑起自己的妻子来。有两个人恶意地散播谣言，说那位高贵的夫人竟然不可救药地爱上了我。一时间流言蜚语在朝廷内传播开来，大家都说她曾悄悄地到我的住所来过。对于这件事，我要做出严正的声明，这纯属极其无耻的谎言，一点儿事实根据也没有。这位可爱的夫人只不过是在与我交往时言行天真无邪，对我的友谊也真诚坦率而已。我承认，她经常到我的住所来，不过每次都是光明正大的。至少会有三个人坐马车陪她一起来，一般是她的妹妹和女儿陪她，有时则是几个亲密无间的朋友。女士们三五成群地拜访朋友，这在朝廷里原本是再正常不过的事情了。我也可以拜托我的仆人为我作证，问问他们有哪一次看到有马车停在我门口时，他们会不知道马车里坐的是哪位客人。她每次来拜访，仆人都会先通报给我，我的习惯是马上就到门口迎接，向客人问好之后，我就小心翼翼地把马车和两匹马放在手中（如果拉车的有六匹马的话，车夫总会把其中的四匹卸下来），然后把马和马车放在桌子上。我会在桌上放置一个大约五英寸高的边框，以防止马车掉下来。桌子上时常会同时放置四辆马车，马车里坐满了客人。我坐在椅子上，把脸朝客人们凑过去。我跟这个马车里的客人说话时，车夫就慢慢赶着其他马车在桌上兜圈子。许多惬意的午后时光我都是这样在与客人们的谈话中度过的。我要向财政大臣，或者说向两位告密者挑战（我要说出这两个人的名字，让他们知道告密的下场）。他们就是克拉斯特鲁尔和德伦洛。我要向他们证明，只有内务大臣雷德瑞萨一个人曾秘密到我这里来过。这件事我以前也交代过，内务大臣雷德瑞萨是奉了皇帝陛下的命令前来访问的。如果不是因为这件事关系到一位高贵夫人的名誉，我也不会在这里长篇大论地唠叨。如果只关系到我自己的声誉，我倒觉得无所谓。我那时毕竟已经享受了"那达克"的爵位了，而财政大臣却没有。所有的人都知道，他不过是个"格鲁姆格鲁姆"，这个爵位比我的低一级，就像在英国侯爵要比公爵低一级一个道理。不过，我承认，因为职位的关系，他的地位比我更重要些。我后来偶然间才知道，这些流言蜚语一度使财政大臣对待他夫人的态度非常粗暴，对我就更不用说了。至于我是怎么知道的，这里就不提了吧。虽然最后他终于醒悟过来，与他夫人和好如初，可我却永远失去了他的信任。而且我发现皇帝对我也越来越不感兴趣，恩眷消失得真快啊。皇帝的确是过于听信其宠臣的谗言了。

第 七 章

作者得到消息,有人阴谋控告他犯了严重的叛国罪行,他只好逃往布莱福斯库避难。作者在那里受到了热情接待。

在讲述离开这个国家的情况之前,我觉得应该先跟读者说一下这两个月来一直在酝酿的针对我的一场阴谋。

尽管我在这里生活了这么长时间,但是对宫廷之事依然一窍不通。我从小出身寒微,生活窘迫,对宫廷根本无从了解。的确,我听说过,也读到过很多关于君王与大臣们的性情的介绍,却无论如何没有想到,在这样一个遥远的国度,君王大臣居然也表现出如此可怕的倾向和意图。我原本以为,这里的治国原则与欧洲的截然不同呢。

那时我正打算去拜见布莱福斯库皇帝,朝中一位相当有影响力的人物突然在夜里悄悄地来到我的住所。他是乘坐私人轿椅来的,也没让人通传姓名,就直接要求见我。这个人有一次大大触怒了皇帝陛下,当时我曾给予他大力的协助。他把轿夫打发走之后,我把他连同轿椅一起拿起来放进口袋。我吩咐心腹的仆人,如果有别人来访,就说我身体不舒服,已经睡下了。然后我就把大门闩好,把轿椅放在桌子上,我自己则像平常一样,在桌子旁边坐了下来。一阵礼节性的寒暄之后，我看出来这位老爷的脸上写满了焦虑与不安。当我问及原因时，他说："我希望你能耐心听我讲，因为这件事与你的声誉，甚至是你的生命密切相关。"他走后我把他所说的话都记录了下来，下面就是他对我讲的事情。

"你知道，"他说，"最近秘密召开了几次国务委员会，专门商讨你的事情，而陛下在两天前才做出最后的决定。

"我觉得你肯定能感觉到，海军上将斯基雷什·博戈拉姆，我们称作'加贝特'，从你一到这里就把你视为死敌。最初是因为什么我也搞不清楚，不过自从你成功地战胜了布莱福斯库之后，他对你的仇恨就与日俱增。因为你的赫赫功绩使他这个海军上将暗淡无光。这位上将便私下与财政大臣弗里姆奈勾结起来，大家都知道，因为他太太的关系，弗里姆奈对你深怀恨意。此外，海军上将还勾结了陆军大将利米托克、侍卫总管拉尔孔，以及司法大臣巴尔穆夫。他们联名上书弹劾你，罪名是你犯了叛国罪等一系列重大罪行。"

这一段开场白说得我心烦意乱，我心知自己清白无辜，况且我还建立过卓越功勋。我想打断他的话，可他却请求我不要说话，让他继续讲下去。

"我非常感激你对我的恩惠，因此才冒着掉脑袋的危险打探到这场阴谋的整个过程，而且偷偷抄录了一份弹劾书。"

对昆布斯·弗莱斯丁（山巨人）的弹劾书

第 一 条

鉴于伟大的皇帝陛下加林·德法尔·普鲁恩的治下有一条重要法令，即任何人不准在皇宫禁院内撒尿，否则将以叛国罪从重处罚。尽管法令如山，但嫌犯昆布斯·弗莱斯丁却公然违背该项法令,以协助扑灭我皇最为尊贵的皇后殿下寝宫内的大火为借口,蓄意在皇宫撒尿,公然践踏皇宫内不准撒尿的法令,侵犯宫廷内院,实属居心险恶,罪大恶极,更违背了当初的誓言。

第 二 条

嫌犯昆布斯·弗莱斯丁曾将布莱福斯库的皇家舰队一举掳获到我们的皇家港口。之后,我皇陛下命令他去夺取布莱福斯库帝国的所有战船,并提出将布莱福斯库帝国降级为我国的行政省,由我国派出总督全权管理。同时,对于所有因持大头派意见而逃往布莱福斯库帝国的流亡之徒,以及布莱福斯库中所有不愿意放弃大头派观点、坚持其异端邪说的邪恶分子全部斩尽杀绝。而嫌犯弗莱斯丁却大逆不道,谎称不愿背弃良心道德,不愿做有违自由之恶事,不愿伤害无辜百姓之生命,以此拒绝执行皇帝陛下的命令。其奸诈行为严重背叛了我们洪运盖世、天威无双的皇帝陛下。

第 三 条

布莱福斯库帝国曾遣使到我国,向我皇陛下求和。而嫌犯弗莱斯丁却极尽奸恶叛徒之能事,在明知那些使臣效忠的君王是我国宿敌,且敌方最近刚与我皇陛下公开对抗乃至公开宣战情况下,协助、教唆、慰藉前来求和的使臣。

第 四 条

嫌犯昆布斯·弗莱斯丁违背忠诚顺民的基本原则,居然密谋到布莱福斯库帝国去拜见敌方君王。这个计划只取得了我皇陛下的口头应允,嫌犯便以此应允为幌子,意图通过实施这一拜见行动,从而支持、安慰和煽动刚刚在公开的战争中与我皇陛下为敌的布莱福斯库帝王,此行为实属不忠不敬,叛国乱政。

"除此之外,还有其他弹劾条款,不过我刚才念的这些,是其中最为严重的。

"在几次关于弹劾行为的讨论中,必须承认皇帝陛下还是表现得非常宽容慈悲的,为你说了很多有利的话。他不断强调你为他做出的丰功伟绩,极力希望减免你的罪行。而财政大臣和海军上将却坚持认为你应该被处死,而且要让你屈辱不堪、饱受痛苦而死。他们提出在夜里放火烧掉你的住所;或者让陆军上将带领两万名士兵,朝你的手上和脸上发射毒箭;再或者秘密命令你手下的仆人往你的衬衣和床单上倾倒毒液,使你中毒后撕扯自己的皮肉至死,这种死法的痛苦程度绝对惨烈无双。陆军上将非常赞同这些意见。正因如此,很长一段时间以来,大多数人都站在他们一边反对你。可是我们的皇帝陛下却决定要尽最大可能留下你的性命,最后总算说服了侍卫总管。

"在这件事上,一向自认为是你的真正朋友的内务大臣雷德瑞萨的确表现不俗,印证了他与你的友情,不枉你对他的信任。皇帝陛下让他就这件事发表意见时,他承认你的确罪恶滔天,但是仍有受到宽恕的余地。他说宽恕是君王最令人景仰的美德,而我皇陛下更是因宽恕仁德蜚声世界。他还说,他与你的友情举世皆知,因此或许可敬的内阁成员会认为他有偏袒之嫌。不过,因为皇帝让他发表意见,他便会服从命令,真实诚恳地表达他的感受。如果皇帝陛下考虑到你对他的贡献,而且像平常一样大发慈悲,宽容为怀,那就会发发善心饶你性命,只命人刺瞎你的双眼了事。他说,依他愚见,这样做既能体现公正原则,又能堵住悠悠众口,而且全世界的人都会赞美我皇陛下的慈行善念,对其朝中大臣的决议也会尊敬有加,认为一切都极其公正而宽和。从另一个方面看,失去双眼并不会损伤你的体力,你依旧能用体力为皇帝陛下效命。再者,失明还能使你更加勇猛,因为你根本看不到危险。你正是因为怕双眼被箭所伤,才不敢前去掳获敌军的舰队,因此眼睛才是最大的障碍。鉴于这些原因,你依靠大臣们替你去看就足够了。这样公正的处理,纵使世上最伟大的君王也望尘莫及啊。

"可是这个建议却遭到了全体朝臣的强烈反对。海军上将博戈拉姆再也按捺不住怒火,猛地站起身来说,他实在无法理解内务大臣竟然放肆到胆敢保全一个叛国者的性命。你从前的所有丰功伟绩,如果单纯从政治角度来考虑,都会使你罪上加罪。你看,既然你能够靠撒泡尿就能熄灭皇后殿下寝宫内的大火(他提及这件事时脸上全是惊恐),那么下一次,你也许就能用同样的方法制造洪水,从而把全部的宫殿沦为一片汪洋。你有力量把敌舰都拖拽过来,那么你一旦心生不满,就会有同样的力量把敌舰再送回去。他说,他有足够的理由认为你本质上就是个大头派。你的背叛都是有意为之,都是在心里盘算好之后才付诸公开的行动。他因此而控告你是罪孽深重的叛徒,也因此坚持必须要把你处死。

"财政大臣也表达了同样的观点。他说为了维持你的生活,皇帝的收入已大大减少,已经到了捉襟见肘的地步,很快就会无以维继了。内务大臣所说的刺瞎你双眼的办法,根本就不是什么良策,无法消除这些罪孽,甚至还有可能使你的罪孽更加深重。他们举出证据说,平常要是刺瞎某种家禽的眼睛之后,它们会吃得更多,长得也会更胖。神圣的皇帝陛下和委员会的委员们,完全可以依凭自己的良心判断你罪大恶极,他们就是你的法官。他们有足够的理由处你极刑,根本就不需要法律明文规定的什么证物证词。

"不过皇帝陛下坚决反对将你处死,他通情达理地表示,既然委员会认为把你的双眼刺瞎的惩罚太轻了些,那就等以后再寻求其他的处罚办法吧。你的朋友,内务大臣则非常谦恭地要求再次陈述自己的意见,来回应财政大臣提出的反对理由,即皇帝为了维持你的生活花销巨大。内务大臣说,财政大臣阁下有全权处理国家收入的职责,因此可以很轻易地免除因耗费金钱带来的灾祸。他只需慢慢地削减你的供给,这样你就会因缺乏食物而逐渐消瘦衰弱下去,接着就会导致食欲减退,最后身体日渐衰败,不出几个月就会一命呜呼了。这个死法还有一个好处,就是你尸体发出的恶臭之气也不会招致过多的危险,因为你那时候的身体已经缩减了一半。你死后立刻组织皇帝陛下的五六千个臣民,两三天内就迅速把你的肉从骨头上割下来,放在小车上运走,远远地埋在人烟荒芜的地方。这样既避免了传播疾病,还能留下你的骨骼当成纪念物供子孙后代瞻仰。

"就这样,多亏了内务大臣跟你交情好,整件事才算安定下来。皇帝吩咐,把你慢慢饿死的计划要严格保密,不过把你的双眼刺瞎的判决却认真地记了下来。大家对这个计划都表示认可,只有海军上将博戈拉姆依然持反对意见。博戈拉姆是皇后的亲信,是皇后殿下一直在煽动他坚持将你处死的决议。自从你上次为她的寝宫灭火时用了那种不太光彩,而且违背法律的手段之后,她就一直念念不忘地要狠狠报复。

"三天以后,你的那位内务大臣朋友,就会奉命来到你的住所,当着你的面宣读弹劾条款,然后就会告诉你,因为对你的惩罚仅仅是刺瞎双眼而已,所以要让你对皇帝陛下和委员会的宽厚仁慈感恩戴德。皇帝陛下认为你肯定会感激涕零地匍匐在地,心甘情愿地接受处罚。然后就会有二十位御用的外科医生到你这里来,监督整个处罚的实施过程。他们会让你躺在地上,把尖锐的箭射进你的眼球。

"我要走了,你好好思量一下该怎么办才好。为了避免引起别人的猜疑,我必须像来的时候一样悄悄地回去。"

这位大臣悄无声息地离开了,剩下我孤身一人,忧虑重重,茫然不知所措。

这位君王及其主宰的政府沿袭了一个习惯,那就是无论朝廷颁布了多么残酷的刑罚手段,也不管这些刑罚是为了替皇帝发泄私愤,还是为宠臣出口恶气,皇帝陛下总会对全体官员发表演说,彰显他的宽厚仁慈和体贴亲民,还要说他的这些品质举世皆知、人人称颂之类的话。这篇演说词会很快印刷出来在全国发行。世上再没有比这些为皇帝歌功颂德的话更令人民恐惧的了。因此人民早已明白,这些溢美之词越是不着边际,越是无所顾忌,就说明惩罚措施越发惨无人道,而受罚者越发无辜冤枉。然而,就我自己而言,我必须承认,无论从我的出身还是教育经历来看,都从来不是一个做朝臣的料儿,因此判断事情的能力也极为有限。我实在看不出这份判决有什么仁慈和恩惠可言,反之,我倒是觉得它没有一丝人味,简直严酷至极。也许我的判断是完全错误的吧。我也曾想过堂堂地站在法庭上接受审判,那样就算我不能否认弹劾我的那些事实和条款,也希望他们能够减轻对我的惩罚。可是,我曾细读过许多关于政治审判的判决书,我发现那都是法官突发奇想便自作主张把案子了结的。于是,在这种紧要的生死关头,面对气焰如此嚣张的敌人,我就不敢再对公开受审这个决定抱任何希望了。我也一度特别想奋起反抗,我现在还能自由行动,整个帝国的力量加在一起也没有办法制伏我,我用石子就可以轻易地把整个京都砸成废墟。可是很快我就心怀恐惧地放弃了这个想法,因为我记起了我对皇帝发过的誓言,记起了他曾给我的恩惠,也记起了他曾授予我"那达克"这个至高无上的头衔。我还没那么快就把朝臣们报恩的方式学到手。我还是无法说服自己,因为皇帝现在的不仁不义之举,就把从前的承诺和义务全部抵消。

最后，我终于做出了一个决定。虽然因为这个决定，我可能会招来一些责难，而这些责难也不会全无道理。我还真得感谢我当时的年轻草率和莽撞冲动，否则我根本就保不住我的双眼，更保不住我的自由。因为，要是我知道君王和大臣们的本性和他们对待比我罪过稍轻的犯人的办法的话，我就会爽快地欣然接受对我的处罚，因为那种处罚太轻微了。我是后来观察了许多朝廷才明白这一点的。可是我那时确实年轻急躁，而且我也获得过皇帝陛下的口头许可，允准我前去拜见布莱福斯库的皇帝。我抓住了这个机会。趁着三天的时间还没到，我就派人给我的朋友内务大臣送去了一封信，告诉他我决定就在那天早上出发到布莱福斯库去，因为我曾得到过去那里拜见交流的许可。然后，我根本不等任何回信，便走到停泊着舰队的海岸边。我抓住一艘大战船，在船头系上缆绳，然后把锚拔起来。我又把衣服脱掉，把它和我夹在腋下的被单一起放在船上。我把船拖在身后，水浅则涉水而行，水深就游泳向前，最后终于到达了布莱福斯库的皇家港口。那里的人民已经期盼我很久了。他们派了两位向导带着我前往京都，京都的名称与帝国相同。我把两位向导托在手心里，一直走到离城门两百码的地方。我让两位向导前去"把我到来的消息通报给京都中的执事大臣，告诉他我在这里静待皇帝的命令"。大约两个小时，城内传来消息："皇帝陛下率众皇室成员以及朝廷中的重要官员，即将出城迎接您的到来。"我又前进了一百码左右，皇帝和他的众多随从纷纷下马，皇后等诸多女眷也都下了车，从他们的表情中，我看不到任何惊恐或忧惧的样子。我卧倒在地上，向皇帝陛下和皇后行了吻手礼。我对皇帝陛下说："我到这里来是为了践行我的承诺，而且我已经征得了我皇陛下的允准。我能够遇到您这样威名赫赫的君王是我的无上荣幸，我愿尽我所能为您效劳，为您效劳与为我皇尽职原本并不矛盾。"对于我受皇帝弹劾一事，我只字未提,因为时至当时,我并没有接到任何正式的通告,我也就大可装出一副全然不知的样子。同时我也想着,这里并不在我皇陛下的权势范围之内,所以他应该不会把这个阴谋揭开。可是,没过多久,事实就证明我太幼稚了。

对于我在这个朝廷受到的隆重接待,我也不想在这里向读者唠叨其中的细节了。总之,接待的礼仪完全表现出一位伟大君王的胸襟与气度。对于我根本找不到合适的住所和床铺,只好裹着被子在地上过夜的艰难苦楚,在这里也不多言了。

第 八 章

作者非常幸运地找到了逃离布莱福斯库帝国的方法。历经一些艰难困苦之后，他终于安全返回祖国。

来到这里三天之后，我出于好奇心理，信步走到布莱福斯库岛国的东北海岸。放眼望去，在离海岸大约五公里的地方，似乎有个看上去像倾翻的小船一样的东西。我脱下鞋袜，涉水往海里走了二三百码，发现那个东西被潮水冲击得离我更近了些。我已经看得很清楚了，那是一条真正的小船，我猜想那大概是暴风雨吹断了它系在大船上的绳索。之后我便迅速返回京都，面见皇帝，希望他开恩，能把军舰借给我使用（就是上次因我之故使陛下损失了大量舰队之后剩余的那些）。我需要二十艘最大的军舰和三千名海员。军舰扬帆起航了，我又抄近路回到我第一次发现小船的岸边。我发现潮水把小船推送得离海岸更近了。海员们都配备了结实的绳索，那都是我之前结结实实拧搓好的。当所有军舰都到位时，我就脱掉衣服，涉水朝小船走去。走了一百码左右的距离，水就变得很深了，我只好开始奋力朝小船游去。海员们把绳索的一端扔给我，我把绳索穿进船首的洞中系紧，另一端则紧缚在战舰上。可是我又发现忙乎了半天没见什么成效，因为我那里的水位很深，脚根本够不到海底，因此完全施展不了手脚。没办法，我只好游到小船的后面，用一只手不停地从后面往前推。潮水帮了我很大的忙，小船移动得很快，我的双脚能触到海底了，身子也可以站直些，下巴也能露出水面来。我休息了两三分钟，然后又开始使劲推起来，就这样一直推啊推啊，直到腋窝也露出了海面。天啊，最费力的工作总算完成了。我又拿起存放在其中一艘军舰上的绳索，把它先系在小船上，然后又把它们系在随行的九艘大军舰上。风向于我非常有利，海员们在前面拉，我在后面推，一直把小船挪到离海岸四十码的地方。等到潮水退了，船就完全露出了模样。在那两千名海员的帮助下，又借助绳索和机械的力量，我终于把船翻过身来，同时惊喜地发现，小船基本上没什么大的损伤。

我不想在这里跟读者絮叨之后碰到的种种困难了，总之，我又花了十来天时间做了几支桨，然后划着桨把小船驶进布莱福斯库的皇家港口。港口里聚集着成千上万的人，他们全都热切地等待我的到来，他们看到这样一艘巨大无比的船只都非常惊奇。我告诉皇帝，"我的运气简直太好了，能碰到这样一艘船，它可以把我带到其他地方，甚至有可能助我返回祖国。我请求皇帝下令供给我一些材料把小船修好，再颁给我一份离境许可吧。"他心怀善意地劝说了我半天，最后终于愉快地答应了。

我很纳闷，我来了这么长时间了，却从未听说我们的皇帝给布莱福斯库的朝廷送来任何有关我的紧急文书。后来有人悄悄告诉我说，皇帝陛下无论如何也没想到我居然知道了他的谋划，他最初以为我只不过为了践行自己的约定才来到布莱福斯库，过几天等拜见结束之后，我自然就会回去。毕竟我曾获得过皇帝的许可，这在我朝是人尽皆知的事情。后来他看我过了很久都没有回朝，心中开始不安起来。他与财政大臣及其他一起密谋的党羽们商议之后，便派遣了一位朝中政要带着弹劾的文书来到布莱福斯库王国。

这位特使对布莱福斯库的君王陈言说:"我皇陛下宽厚仁慈,除却刺瞎嫌犯的双眼之外再无其他惩罚措施。面对如此公正的处罚,嫌犯却居然逃走。如果他在两个小时后还不返回的话,他将被剥夺'那达克'的封号,并被公开宣布为国家叛徒。"特使又补充道,"为了维持两个帝国之间的和平友好关系,我皇陛下希望其兄弟邻邦的布莱福斯库皇帝能够下令,将其遣返回利立浦特。而且遣返时要像惩罚叛徒一样,将其手脚捆绑起来。"

布莱福斯库的皇帝花了三天时间与众臣商议,之后作出了回应。回信的措辞非常礼貌,信中他不断地请求谅解。他说:"皇兄应该知道,把他捆绑起来送回去是根本不可能办到的事,尽管他曾经夺取了我的舰队,但他在议和时也曾倾力相帮,因此我对他还是充满感激之情的。而且,我们两个帝王很快就会摆脱烦扰,因为他在岸边发现了一艘巨轮,他完全能够乘这艘巨轮出海。我已经下令修缮该船,并且给予了他力所能及的帮助。我有理由希望,几个星期以后,我们两个帝国就会完全摆脱这个无法负担的沉重累赘。"

特使带着这封信返回利立浦特去了,布莱福斯库皇帝就把发生的一切原原本本告诉了我。同时他还说,要是我愿意继续为他效力,他会好好保护我的。当然,这些话是在严格保密的情形下说的。不过,尽管我相信他是真诚的,我还是决定再也不对任何君王和大臣坦诚相见了,我要做的是尽量避免与他们推心置腹。因此,我先是对他的善意表达了真挚的感谢,然后就谦卑地请求他的原谅。我对他说,"命运既赐予了我一条路,那么不管这是好运歹运,我都一定要乘船出海,迎接未知的命运。我是绝不希望因为我使两个伟大的君王再起争端了。"我发现这番话并没有使君王有任何不悦的表现。后来一个偶然的机会,我发现他对我的决定其实是非常高兴的,他的大臣们也大都非常满意。

这多重的考虑似乎都在催促我尽快离开,朝廷中的人也都巴不得我快点走,因此大家都特别乐意来帮我。在我的指挥下,共有五百个工人把十三层最结实的亚麻布缝在一起,为我的小船做了两个船帆。我则特别费力地把十根二十根,甚至是三十根最粗的绳子拧在一起,搓成一根特别结实的绳索。我在海边找了很久,总算找到一块能给我做船锚的巨石。他们送给我从三百头牛身上提炼出的牛油,让我涂抹船身或另作他用。我又不辞劳苦地砍断了几棵最高大的树木,用来做船桨和桅杆。其实,在这些工作中,皇家舰队的木匠帮了我很大的忙,我把粗重的活计做完之后,他们就帮我刨光打磨。

大约一个来月的工夫,一切都准备就绪了。我派人去征求皇帝的许可,也趁机向他告别。皇帝和皇室成员全都出了皇宫。我匍匐在地,皇帝则和蔼大方地伸出手来让我亲吻。皇后与其他年轻的王子公主也都如此照办。皇帝陛下送给我五十只钱袋,每只钱袋里都装着二百个"斯普鲁",他还送给我一幅自己的全身画像。我怕把画像弄坏,就立刻把它放进手套中。送行的仪式非常烦琐,在这里我就不再耽误读者的时间了。

我在小船里装了一百头牛的牛肉、三百只羊的羊肉,还有相当数量的面包和饮料。除此之外,还有由四百名厨师为我准备的许许多多煮熟的肉食。我又带上了六头活母牛、两头活公牛、六只活母羊、两只活山羊,希望把这些品种带回祖国去繁殖。为了保证它们的饲料,我往船上放了一大捆干草和一口袋玉米。其实我还特别想带十几个当地的小人回去,可皇帝无论如何也不允许我这样做。他不但对我的口袋进行了仔细搜查,而且还让我以荣誉担保我不会带走他的任何子民,就算那些子民自己愿意跟我走也不行。

我就这样尽我所能把一切准备就绪之后,于一七〇一年九月二十四日那天早晨六点钟开船起航了。在我向北走了大约二十公里的时候，也就是大约晚上六点钟，我在西北方向发现了一个小岛，离我大约有两公里远。那时海上正吹着东南风。我一直向前航行，在这个小岛的背风一面抛锚停下来。这个岛看上去荒无人烟。我吃了些东西补充体力，然后就休息了。我睡得很香，大概足足睡了六个小时，因为醒后过了两个小时天就亮了。那是个晴朗的夜晚，太阳没有升起之前我就吃了早饭，然后起锚开船。当时正是顺风，我在袖珍指南针的指引下，依然按照前一天的航线掌舵前行。我的想法是尽可能驶到范迪门地东北部的一个岛上去，我根据推算觉得应该是在这个方位。可一整天也没有任何发现。到了第二天下午三点钟左右，我在朝正东方向行驶的时候，看到一艘正在朝东南方行驶的帆船。此时，据我计算应该已经驶离布莱福斯库大约有一百二十公里了。我大声朝那艘船呼救，却没有任何应答。不过好在那时候风力已经减弱，我觉得自己离那艘船越来越近了。我努力地扬起帆全力前进，不到半个小时，它就发现了我。船上的人扯起大旗，而且还放了一枪。我真是难以用言语形容当时的狂喜之情。我当真是喜出望外，没想到我还能再次见到我亲爱的祖国和阔别已久的亲人。那艘船放下船帆，减慢了速度，就在九月二十六日晚上五六点钟的时候，我赶上了那艘船。当我见到船上的英国国旗时，心都要从胸膛里跳出来了。我把牛和羊放在上衣口袋中，带着所有的货物登上了船。这是一艘英国商船，是从日本返航回国的，途经南太平洋和北太平洋。来自德特福德的船长约翰·比德尔是位出色的水手，同时也是位非常彬彬有礼的绅士。

我们当时是在南纬约三十度的地方，船上大约有五十人。在船上我还碰到了我的一位老同事，名叫彼得·威廉姆斯。他在船长面前对我好一番赞赏。这位绅士对我非常和气，让我跟他说说我是从什么地方来的，现在想到什么地方去。可是我刚开口说了几句,他就认为我在胡言乱语讲疯话,觉得我一定是遭遇了什么危险,因此神志不清了。于是我赶紧从口袋里拿出那些微型的黑牛和黑羊来,他着实大吃了一惊,不过显然相信我说的都是实话了。我又给他看了布莱福斯库皇帝送给我的金币,以及皇帝陛下的全身像,还有那个国家的其他一些稀奇玩意儿。我送给他两个钱袋,每个里面都装着二百个"斯普鲁"。我还答应他,到英国的时候,我会送给他一头怀孕的母牛和一只怀孕的母羊。

对于这次航行的细节,我就不在此叨扰读者了。总之,整个旅程还算非常顺利。我们于一七○二年四月十三日到达唐兹①。航程中只发生了一桩不幸事件,那就是船上的老鼠拖走了我的一只羊,我在老鼠洞里找到了它的骨头,上面的肉都已经被啃得精光了。其他的牲畜都随我安全抵岸,我把它们放在格林威治的球形草场上吃草。那里的草极为鲜嫩,它们都吃得津津有味。可我却总是担心它们吃得不舒服。在船上的时候,要不是船长把他最精美的饼干拿出来,让我碾成碎末,再兑上水,作为它们的日常食粮,我根本不可能在如此漫长的旅程中保住它们的性命。我在英国短暂停留期间,通过给达官贵人们展示这些小巧奇特的牲畜就赚了不少钱。我在开始第二次航行之前,把它们以六百英镑的价格卖掉了。自从我回来以后,我发现这些牲畜繁殖的速度很快,尤其是羊。我希望它们身上细软无比的羊毛能够对我们的羊毛纺织工业做出极大的贡献。

我与妻子、家人只待了两个来月,就又蠢蠢欲动起来。到他乡异地参观的强烈渴望令我无法安宁。我给妻子留下一千五百英镑,并且把她安顿在雷德里夫一所不错的房子内。我把剩下的家当也都带了过去,既有现钱也有货物,我指望着能够发点财,转转

---

① 唐兹(Downs),英格兰肯特郡海岸的锚地。

运。我的大伯父在易平附近留给我一份田产，每年大约有三十六镑的进账。我又把费达巷的黑牛旅店长期租了出去，每年也能有笔收入。这样我就不用担心我走后家人要靠教区救济度日了。我儿子约翰在小学读书，性格温顺可爱——约翰这个名字是按照他叔父的名字取的。我的女儿贝蒂那时候就在家里做点针线，现在已经出嫁了，日子不错，还有了自己的孩子。我与妻子儿女再次告别，大家都眼泪汪汪的。我登上载重三百吨的"探险号"商船，目的地是苏拉特。船长约翰·尼古拉斯是利物浦人。对于这次航行的记述，我将在游记的第二部分展开。

第二部　布罗丁格奈格游记

第 一 章

　　作者描述了一场大风暴。船长派人乘坐大艇去寻找淡水,作者随艇而行,以观察当地的风土地貌。后来他被遗弃在岸边,被当地人捕获,送到一农户家里。作者在农户家受到款待,几经凶险,死里逃生。本部分还描述了当地的居民。

　　说来惭愧,我一则因为天性使然,二则因为命运推波助澜,所以注定无法过安居乐业的生活,一生都过得颠沛流离、漂泊不定。回家刚刚过了两个月的安稳日子,我就又告别了祖国,起航远行。一七〇二年六月二十日,我在唐兹上船,前往苏拉特。这艘船名叫"冒险号",船长是康沃尔郡的约翰·尼古拉斯。我们驶向好望角的这段旅程,一直是顺风顺水,安然无忧。船员们在好望角登陆补给淡水时,却发现船身有些裂痕。我们不得不卸下船上所有的货物,在好望角过冬。后来船长感染了疟疾,所以我们直到三月底才得以离开。随后扬帆起航,平安地穿过了马达加斯加海峡。但是船行驶到这个岛的北面,大约南纬五度的时候,风势却突然发生了变化。一般来说,在那一带海域,每年十二月初到五月初的时候,总是会吹西北方向的恒风。但是四月十九日这天,风势却特别强劲,风向也比平日略偏西方,这种偏西风连续吹了二十天之久。二十天后，船被吹到了孟璐卡岛的东面。根据船长的观测，五月二日那天我们位于北纬三度的位置。此时风平浪静，我们自然欣喜异常。但是船长却要我们做好迎接暴风雨的准备，他在这个海域航行过多年，拥有丰富的经验。果不其然，第二天南风呼啸而来，众所周知的南季风如约而至。

之后的天气状况便急转直下，我们担心狂风大作，就把斜杠帆收起来，同时准备收起前桅帆。后来狂风呼啸，我们把尾帆也收了起来，并确保船上的大炮都捆得结结实实。这时的"冒险号"随波逐流，偏离航道越来越远。我们最后决定，与其费尽九牛二虎之力逆风而行，甚至收起帆来，任凭风浪将船只推来攘去，还不如扬帆顺风前进。我们卷起前桅帆，收起来放好，把前桅帆的帆脚索拖到船尾，这样舵就转到船身迎风的一侧。于是，大船迎风破浪，急速前行。我们把前桅帆的落帆索拴在套索桩上，但是帆却被狂风撕裂了。我们只好把帆桁拖下来，将帆上面的所有东西也卸下来，再把帆收进船舱。风暴肆虐逞威，大海浊浪排空，再不似前番那样温柔可亲。我们死死拽住舵柄上的系索，随时掌控航向，以躲避风浪。舵手无力独自应对这狂风巨浪，我们就同舵手一起掌舵。中桅一直没下帆，因为有中桅在，更能确保船体安全。由于海域宽阔，中桅有助于船破浪前进。风暴过后，我们立即挂上前帆和主帆。把船临时停下来后，又挂起后帆、中桅主帆和中桅前帆。航线是东北偏东，这时正好风向西南，真是天遂人愿。为了使航行更加顺利，右舷的上下角索被我们收到船边，同时解开迎风一面的转帆索和空中供应线，背风一面的转帆索则通过上风滚筒朝前拉紧、套牢，再把后帆上下角索拉过来迎着风，这样便使船尽可能沿着航道满帆前进了。

风暴过后，强风又扑面袭来，风向西南偏西。据我测算，我们被吹到了偏东五百里格的海域。这时船上年龄最长、经验最丰富的水手也无法说清我们到底身处何地了。当时船上的物质储备充足，船身牢固，没有丝毫漏水迹象，所有船员的健康状况也都不错。但是，唯一的致命之处是船上的淡水稀缺。最后我们决定沿着这条路线继续前进，因为如果航向再往北偏的话，就有可能会驶往大鞑靼的西北部，而继续走的话又会陷入冰海，那时的后果就不堪设想了。

一七〇三年六月十六日，风暴过去一个多月之后，中桅上的一名小水手发现了陆地的踪影。翌日，一大片岛屿，或者也许是一块陆地（我们当时分辨不清）赫然呈现在眼前。一列狭长的陆地连着岛屿，由大陆南侧探入深海。港湾很窄，只能容纳百吨以下的小船。我们在离港湾一里格的地方抛锚停船。船长派出一组船员去寻找淡水。所有的人都全副武装，携带好汲水的容器，坐上大艇出发了。他们身负众人的殷切期望，自然不愿空手而归。我想看看这个小岛上的陌生国度，也想在这个新的地方有所发现，因此在得到船长的首肯后，也跟随他们一同去了。可是上岸之后，不仅河流泉水渺无影踪，而且人迹全无。水手们上岸后便开始四处探寻，希望能在近海水域找到一些淡水。而我则远远地离开他们，在一英里以外的另一边欣赏景致。但是周围怪石嶙峋，寸草不生，我觉得真是了无情趣，连可以怡情的片木寸草都找不到，于是便垂头丧气地往港湾走去。到了岸边，茫茫的大海尽收眼底。突然间，我看到上岸来取淡水的水手们都已经上了大艇，正拼命地往大船的方向划。我正要大声呼叫他们（喊了恐怕也听不见），突然看到有个怪物似的巨人跳进海水里追赶他们。海水深不过巨人的膝盖，他健步如飞，紧紧地尾随其后。但是水手与巨人拉开了半里格的距离，而且那一带的海域遍布锋利的礁石，因此，巨人放弃了追赶，而他们也因此侥幸逃生。这些逃生的情形都是后来他们告诉我的。当时我并不敢待在原地不动，否则真不敢想象我会身首何处。我循着原路往回跑,后来爬上了一座陡峭的小山。在山上我得以俯瞰这片土地:这竟是一片耕地。我着实被这里的草吓了一大跳。这应该是做饲料用的干草,但竟然有二十英尺高。

后来我走上一条宽阔的大道,我觉得这足可以称作"康庄大道"了。但是在当地的人看来,这不过是麦地里的一条小径而已。接近麦收的时节,路两边的麦子至少有四十英尺高,我在麦丛中间走了好久,两边除了麦子,什么也看不见。一小时后,我才走出这块麦地。往回一望,发现麦田四周都用篱笆围着,篱笆的高度至少有一百二十英尺。田地里还种着树,但是我一眼根本望不到树顶,更无从估算它到底有多高了。两块麦田间有台阶相连。台阶一共四级,爬到最上面那级后要再越过一块大石头才能到另一块麦田。每级台阶有六英尺高,台阶上面的大石头高二十英尺有余,我是无论如何也爬不上那些台阶的,更翻越不了那块巨石。要想穿过麦田,只能在篱笆上动脑筋。正当我殚精竭虑地在篱笆上找缺口的时候,有个当地人朝我的方向走来。他跨过旁边的麦田,朝我这边的台阶大步走过来。他的体形酷似在海里追逐大艇的巨人,身材高大得如同我们那里常见的教堂的尖塔。他的步伐很大,就我当时肉眼估计,一步能迈十来码左右。看到他走过来,我惊恐万分,急忙跑到麦地里躲了起来。后来,那个本地人站在台阶的最上面,回头看他刚刚经过的右手边的麦田。他朝麦田里高声喊叫起来,声音如洪钟般响亮,比喇叭声还要响亮好多倍。他的声音似从高空传来,起初我还以为是打雷呢。听到喊声,七个长得和他一样的高大巨人聚拢过来。每个人手里都握着把镰刀。每把镰刀大约有六个长柄镰的大小。这些人的穿戴不如第一个人讲究,看样子应该是他的用人或雇工吧。这时,他讲了几句话之后,他们一干人等就开始割起麦子来了,割得正是我趴着的这块田里的麦子。我尽量远离他们,但是由于麦秆间的距离还不到一英尺,我在里面来回穿梭确实非常困难。尽管步履维艰，我还是想方设法地往前挪动，企图死里逃生。但是由于曾经风雨侵袭，一小株麦子被吹倒了，麦秆粘连在一起，我实在无法从中间爬过，那情形简直是寸步难行。不时地有些麦芒跌落下来，又尖又硬。麦芒戳穿了我的衣服，刺进肉里。同时，割麦人在步步紧逼，离我不足一百码远了。我身心俱疲，万念俱灰，干脆在麦垄间躺下来，心想：就这样结束我的一生吧。想起远在故国的妻子孤苦无依，嗷嗷待哺的孩子再也见不到父亲一面了，我不禁悲从中来。当初我不听亲友的忠告，执意再次远航，现在我却后悔莫及，自己蠢钝和不安分的天性让我无地自容。我悲痛难耐，内心着实惶恐不安，却不由得想起利立浦特来。当初在那个小人国，所有的居民把我奉为旷世奇才。想当年我也创下了很多丰功伟绩。两国交战，我一只手就可以牵走一支皇家舰队。除此之外，还有数不清的业绩都将彪炳青史，光芒四射地载入利立浦特的史册。我在那个小人国的盖世功勋都很难让后世的儿孙信以为真，但确实是有千百万人亲眼看见的。但在这里，我就显得太微不足道了，如同利立浦特人在我们中间微不足道一样。这对我是多么大的讽刺，真是奇耻大辱啊。这倒不是我今天最悲惨的遭遇。据说人的块头越大，就越野蛮，越凶残。要是我被他们捉到，除了成为这些野蛮人的口中美味之外，我还能有什么指望呢？还是哲学家们的话有道理，他们说万物无大小，比较见分晓。命运真的很会捉弄世人。利立浦特人也有可能找到比他们还小巧的民族，而这些庞然大物们或许也会被世界上某个地方的人比下去呢，谁知道呢，我们还没见过罢了。

　　我当时惊恐万分，又心乱如麻，不禁天马行空地胡思乱想起来。没有注意到这时有个割麦子的巨人已经走了过来。他离我藏身的田垄不到十码远。我怕他再往前走一步，就会把我踩成烂泥，或者我被他的镰刀拦腰斩断。就在他又要迈步的时候，我吓得拼命尖叫起来。听到叫喊声,他怔了一下,接着便停下脚步,俯下身四处找寻,终于发现了躺在地上瑟瑟发抖的我。他没有立刻弯腰把我捡起来,而是犹豫了一会儿。那谨小慎微的样子仿佛是要去捉特别危险的小动物,又害怕被动物抓破或咬伤似的。与我当时在英国捉小鼬鼠时小心翼翼的样子一模一样。最后他终于鼓起勇气从背后把我抓起来,用食指和拇指捏着我的腰,把我送到他眼前仔细地上下打量。我离他的眼睛不到三码远,这足以让他把我看得清清楚楚。幸亏我猜到了他的意图,所以当时比较冷静,没有做任何挣扎。我被他拎在空中,离地有六十英尺高。他怕我瘦小的身躯会从他的指缝间滑落,就用手指紧紧地捏着我的腰部。我被捏得生疼,却忍着没有吭声,也没有动弹。我最大胆的举动就是抬眼望着太阳,双手合十,做出一副苦苦哀求的可怜相。随后我又低声下气、哀哀切切地说了一些我认为很合时宜的话,因为我怕他随时会把我摔在地上。我们如果逮住一些讨厌的小动物,想要弄死它时就会这样做。也许我真是吉星高照,他不但没有摔死我的意思,反而看起来很喜欢我的举止和声音。他把我当成了一件稀世珍宝。听到我清晰流畅的表达,他特别惊诧,虽然这如同牛听弹琴一般,意思是一点儿也不懂的。我这时已经疼痛难忍,不禁呻吟起来,接着就痛得泪如泉涌。我费力地把头扭向腰部,尽可能地向他示意,希望他能明白,他食指和拇指掐得我疼得受不了了。好在他总算明白了我的意思。他随手提起上衣的下摆,轻轻地把我放到里面,兜着我飞跑着去见他的主人。他的主人就是我在田地里见到的第一个人,他的生活看起来比较殷实富裕。

我被兜着到了他主人那里,他仔仔细细地向他主人汇报了我的情况(我是根据他们谈话时的神情猜测是在谈论这些内容)。听完汇报后,主人拾起一根麦秆儿挑了挑我的上衣下摆。麦秆有我们的手杖那样粗细。我猜他可能认为这件上衣外套是我与生俱来的外壳吧。他把我的头发吹到脸的两侧,这样可以更清楚地看到我的脸。接着他把雇工喊到身边来,问他们有没有在附近发现跟我长得一样的动物。这些都是我后来才弄明白的。然后他让我手脚同时着地,轻轻地把我放到地上。我立刻一骨碌爬了起来,在他们面前来来回回地慢慢踱步,好让他们明白我根本就没有要逃跑的企图。这群人为了更好地观察我,都围着我蹲了下来。我摘下帽子,向这个主人恭恭敬敬地深深鞠了一躬。然后我又双膝跪地,高举双手,双目注视着他们,向他们高声喊了几句话。随后我从衣兜里掏出一袋金币,毕恭毕敬地呈献给他。他摊开手掌,接过钱袋,放在眼前看了半天,后来又从衣袖里取出一根别针来拨弄了好一会儿,也没搞明白这究竟是什么东西。我又朝他不停地做手势,让他把手掌平放在地上。我从他手里拿回钱袋,然后打开袋子,把所有的金币都倒进他掌心里。倒出的金币除了二三十枚小金币外,还有六枚西班牙大金币,每枚价值四个皮斯陀①。他把小拇指在舌尖上润了润,粘起一块大金币,接着又粘起一块来。尽管如此,他还是搞不明白这些金币到底是什么东西,更不懂它们是做什么用的。随后他就给我打手势,让我把金币装回钱袋,又比画着让我把钱袋放回衣兜里。我开始不肯放,把金币推让了好几次,但他始终不肯收。我也只好作罢,觉得最好还是按他说的收起来吧。

直到这时候,那个农民才相信我有理性思维,他完全可以跟我沟通。他便一再地跟我说话,可他的声音震耳欲聋,在我耳际回旋不止,犹如水磨声刺进我的双耳,不过语言的发音倒是再清楚不过的。我竭尽全力地对他喊话以作回答,为了他能听明白我的话,我还转换了好几种语言。他俯下身来,把耳朵靠近我,离我只有两码远。但是我俩忙乎了好大一会儿工夫,终究是徒劳无功,因为我们

①　皮斯陀(pistols),古时候西班牙的一种钱币。

的语言不通,根本就是鸡同鸭讲。之后,他吩咐雇工们接着去干活收麦子,他则从口袋里摸出一块手帕,摊在左手上折成双层,然后手心朝上平放到地上,示意我爬上去。这对我倒是容易得很,因为手掌的厚度也只有一英尺而已。我思忖再三,觉得还是顺从为妙。于是我便爬上了手帕。我很担心会掉下来,就平躺在手帕里面一动不动。他也很细心地用手帕把我包起来,只留个头露在外面,这样我就很安全,不会跌下来摔死了。他就这样一路端着我回到家里。一到家他就喊来妻子,把我拿给她看。她看到我之后,不禁尖叫一声,吓得扭头就跑。英国的女士看到癞蛤蟆或者蜘蛛的时候才会有她那样的反应。不过,她过了一会儿又回过头来开始仔细地观察我,发现我性情温顺、彬彬有礼,她丈夫对我下什么指令,我的反应都很迅速,而且表现得乖巧伶俐。她很快就接受了我,并慢慢对我爱不释手起来。

到了中午十二点,也就是午饭时间,仆人把饭送进来。但菜只是满满的一盘肉(农民们的生活简朴,这就是他们的日常饮食了),盛在一个直径达二十四英尺的硕大盘子里。在餐桌上一起吃饭的有农民、他的妻子,以及他们的三个孩子和老奶奶。大家都坐好之后,农民就把我放在桌子上,桌子离地有三十英尺高。因为农民离我不是很近,桌子又非常高,我非常害怕会跌落到地上,所以让自己尽量离桌子的边缘远一些。农民的妻子切下一小块肉放到一只木头碟子里。她又拿了一小片面包,也放到木头碟子里弄碎,端到我面前。我对她深深地鞠了一躬,表示感谢,然后就从身上取出刀叉,坐下来享用木碟子里面的饭菜。他们都饶有兴致地看我吃饭的样子。女主人又吩咐女佣取来一只小酒杯,可那只酒杯能盛两加仑的量。她斟满酒后把酒杯递给我,我十分吃力地用双手端起来,毕恭毕敬地喝下。我提高嗓门用英语大声喊着祝酒词,恭祝女主人身体健康。大家听了这话哄堂大笑起来,笑声几乎震聋了我的耳朵。农民的酒像是淡淡的苹果酒，味道还挺不错。接着主人示意我到他吃饭的木碟子旁边去，我非常顺从地慢慢往前挪。但是接下来却发生了一件极为尴尬的事儿，不过我想宽容的读者都能理解吧。由于我一直都忐忑不安，所以在桌上走的时候，一不留神就被一块面包屑绊倒了，脸直直地就摔在了桌子上。还好，并没有受什么伤。我赶紧一骨碌爬起身来，看到周围的人都露出关切的神情。我心中涌起一片感激之情，就拿起帽子（为礼貌起见我一直把帽子夹在腋下）举过头顶挥了挥，连说了三声"没事"，告诉他们我没有摔伤。可是当我就快走到主人（以后我都这样称呼他）那儿的时候，他那十来岁的小儿子正坐在他旁边。那个小孩子搞了个恶作剧，他猛地拎起我的两条腿把我提到半空中。我吓得浑身战栗不止。他父亲见状，赶紧把我从他手里夺过来，朝着那孩子的左脸狠狠地扇了一记耳光，然后命人把他带走，不准他再上桌吃饭。这耳光的声音真是巨大无比，足以将一队欧洲骑兵震翻到马下。我心里却怕小孩子会记仇，以后再找机会报复我就麻烦了。而且我也知道我们的孩子也是天生爱捉弄小动物的，像麻雀、兔子、小猫、小狗什么的都不会放过，于是我就给主人双膝跪下，又指指他的小儿子，尽可能让他明白，我希望他能原谅那个小家伙。主人答应之后，小家伙就重新回到座位上。我走过去，亲吻了这个小家伙的手，对他表示了我的善意。他父亲也拉过他的手，让他轻轻地抚摸我。

午餐还没结束，女主人最喜爱的猫就跳到她膝盖上来了。我当时听到身后一阵闹哄哄的声音，仿佛十几个织袜工人在身后忙碌似的。我掉头一看，原来是女主人一边喂这只猫，一边温柔地抚摸它，它则舒服地在那儿打呼噜呢。这只猫比我平时见过的三头公牛都要大，光看它的头还有爪子的大小就能略知一二。我远远地站在桌子的另一头，距离猫有五十多英尺远。女主人怕它突然蹿出来扑倒我,就紧紧地抱住它。即使这样,那只猫狰狞的面孔还是让我惶恐不安。后来主人把我放到猫跟前只有三码远的地方,我却依然安然无恙,因为猫看都不看我一眼。常听人说,面对猛兽的时候不要逃跑,也不要面露惧色,否则肯定会被猛兽追赶和攻击。我经常外出旅行,遇到过很多次这样的危险情况,而我的经历都证明了这种说法是可信的。于是我拿定主意,在这危险关头,一定要表现出满不在乎的样子。我在这只猫面前镇定自若地来来回回踱步,走了五六趟,有时距离它还不到半码远,可它却直往后缩,好像很害怕我似的。农民家的狗我就更是一点儿也不害怕了。这时有三四条狗跑到屋里来,这在农家来讲当然是再正常不过的事儿了。其中有一条是獒犬,有四头大象那么大,还有一只灰狗,比獒犬更高,但是没它体形大。

快吃完午饭的时候,保姆抱进来个一岁大的小孩。这小孩一见到我就大叫起来,叫声传出去很远,从伦敦桥到切尔西那么远都能听见。他像普通小孩一样咿呀了半天,意思是想拿我当玩具玩。他母亲一味地溺爱孩子,就立刻把我拿起来,递给她儿子。这小孩立刻拦腰把我抓在手里,把我的头往嘴里塞。我当时吓得尖声大叫起来,小孩也让我的叫声吓得一抖,松开手就把我扔了。如果不是他妈妈眼明手快地用围裙接住我,我早就摔在地上,把脖子折断了。保姆为了哄孩子,让他不再哭闹,就拿出拨浪鼓逗他。拨浪鼓是用空盒子做成的,里面装上几块大石头,再用个缆绳拴在孩子的腰上,孩子一动就能哗哗乱响。但是这个法子却一点儿用也没有,孩子还是不停地哭闹。保姆只好使出最后一招来安抚孩子:喂奶。看到这巨大的乳房,我禁不住连连作呕。我必须承认,还没有什么别的东西能让我恶心到这种程度。这乳房长得非常奇怪,说起它的大小、形状或颜色,我都不知道用什么东西来比较才能让读者明白它具体的样子。乳房挺起来大约有六英尺高,周长最少也有十六英尺长。乳头大约有我半个头那么大,乳房上面布满了黑点、丘疹和雀斑。乳房和乳头的恐怖颜色,加上那丑陋的形状,真是我见过的最让人恶心的东西了。为了让小孩子吃起奶来更方便舒适些,保姆是坐着喂奶的,而当时我正站在桌子上,所以喂奶的场景和她乳房的细节我都看得清清楚楚。这使我想起了我们英国国内的太太们。她们都看起来皮肤白皙,娇媚可人。可这美貌也不过是因为她们和我们的身形一样大罢了。我们肉眼看不到她们身上的缺点和瑕疵,必须借助放大镜才能看清楚。这样她们才得以给我们美貌动人的假象。实验证明,再光滑洁白的肌肤在放大镜下也是粗糙不平、颜色暗淡的。

记得在利立浦特的时候,我觉得那些小人的皮肤是我见过的世界上最柔滑、最美丽的。当时我和利立浦特的一个学者朋友就讨论过这个话题。他说,他站地上看我的皮肤感觉更光滑白皙些。如果我把他托在手掌上,让他近距离观察我的话,那么他乍一看我的样子会吓一跳的。他说他能看到我皮肤上的大坑,觉得我的胡子楂比野公猪的鬃毛还要硬很多,而且肤色是由很多种不同颜色组成的,看起来很不舒服。我当时为自己辩护说,我的皮肤和我们国家大多数男同胞的皮肤一样好,尽管经过长途跋涉的旅行,可身上却并没留下被太阳晒伤的痕迹。另外,说到利立浦特朝廷里贵妇们的时候,他常常说:“这个人脸上有雀斑,那个人嘴巴太宽了,那个人鼻子又太大了,都不太好看。”他说的这些缺点我却是一点儿都看不出来。我想从以上所说大家也会明白其中的因由,但我还是忍不住再多说几句,免得读者认为这些巨人们真的长得丑陋不堪。我必须替他们说句公道话:这个民族的长相算是相当俊俏了。特别是我的主人,他虽然是个农民,但是如果从六十英尺的高处观察他,他也是相貌匀称、仪表堂堂的帅小伙呢。

吃完午饭,主人出去监督他的雇工继续干活了。我从他说话的声音和手势可以看出来,他很周到、很细心地嘱咐妻子好好照看我。我当时特别疲惫,很想好好地睡上一觉。女主人明白了我的意思,就把我放在她的床上,给我盖上了一条干净洁白的大手帕。这个手帕比战舰上的主帆还要大,质地也特别粗糙。

我睡了差不多两个小时吧。在梦中我回到故乡,跟妻儿们团聚。醒来之后回想起梦中情境,心内悲伤不已。回过神来,我才发现自己孤零零地待在一间大屋子里。这屋子有两三百英尺宽,两百多英尺高。我睡的那张床有二十多码宽,离地八码高。女主人出去做家务了,把我一个人锁在了屋里。迫于内急要去厕所,我只好下床解决。但是我没有喊人来开门,因为主人他们家人都在厨房里忙活,而厨房离卧室很远,就凭我的嗓音和我的音量,即使费尽力气高声喊叫,他们也不会听到的。我正在纠结窘迫、不知所措的时候,看到两只老鼠沿着窗帘爬了上来,跳到床上跑来跑去一阵乱嗅。有一只还差点儿踩到我脸上,把我吓得跳起来,赶紧拔出腰刀自卫。可这两只畜生竟敢对我进行左右夹攻,其中一只抬起前爪抓住我的衣领,好在我的反应极快,立刻挥舞着腰刀斩了下去,豁开了它的肚子,它眨眼间就一命呜呼了。它的尸体颓倒在我的脚边,再不能对我为所欲为了。另一只老鼠看到这种情况,撒腿就想逃跑。它还没来得及迈出腿去,我就往它的后背猛刺一刀,鲜血顿时喷涌而出。它就这样血泞泞地逃命去了。把两只老鼠解决之后,我在床上慢慢地踱起步来,努力平复激烈的呼吸,让自己从刚才的恐慌动荡中恢复过来。两只老鼠有獒犬那么大,可是行动却比獒犬更加灵活,天性也更加凶残。幸亏我睡觉的时候没有解下皮带,要是我解下皮带睡觉的话,腰刀肯定就不会带在身上了,那我肯定就会被老鼠撕成碎片吞着吃了。我大概量了一下死老鼠的尾巴,足足有两码长。老鼠的尸首还躺在床上流血,看到这些污血我觉得特别恶心,但是我又没有办法把它扔到床下去。我见它似乎还有点儿气息，就在它的脖子上又补了一刀，这才结果了它的性命。

过了一会儿，女主人回到屋子里，发现我浑身是血，赶紧跑过来把我托在手里。我指了指死老鼠，比画着告诉她我安然无恙。她看明白后非常高兴，喊来用人用火钳夹住死老鼠扔出窗外。随后她把我放在桌子上，我把腰刀拿给她看，因为刚才刺杀了老鼠，所以上面满是鲜血。我用大衣的下摆擦拭干净，把它放回刀鞘里。我现在迫切地需要做件事，而且这件事任何人都无法代劳。于是我竭尽全力让女主人明白，我需要她把我放到地上。她把我放地上以后，我不好意思进一步对她表达我的意思，就用手指了指门口，对她连鞠几躬。虽然几经周折，她最后还是明白了我的意图。她拿起我走进花园里，又把我放在地下。我往前又走了两百码左右，回过头打手势告诉她不要往我这边看，也不要跟着我。她很善解人意地同意了。于是我藏在两片酸模树叶中间解决了生理需要。

我希望温柔的读者能够原谅我，因为我在这里花费这么大力气、用了这么多篇幅来解释微不足道的小事，以及其他类似的琐碎事情。对没有头脑的普通人来说，这些事确实显得微不足道，但是这种无关紧要的小事却可以帮助哲学家充实思想、扩大想象，从这些事情中吸取经验教训，并把这些经验应用于公共事业和个人生活当中。这也是我详细描述旅行细节，并且把这篇和其他几篇游记公布于世的初衷。游记中陈述的细节都是铁一般的事实，丝毫没有学术上的哗众取宠和写作风格上的炫耀卖弄。这次旅行的所有场景、细节都深深印在我的脑海里，我在诉诸笔端的时候没有做丝毫的删减隐瞒。不过后来经过严格的校订，我还是删掉了初稿中几个不太重要的片段，我实在是怕别人指责我的游记太冗长、太琐碎。旅行家写游记时常碰到这样的指责，而这些指责可能也不是总无道理的。

第 二 章

作者描述了农民的女儿。后来他被带到集市上,之后到了首都,旅途的情形也在这里做了详细描述。

女主人家还有个九岁的小女儿。这女孩跟同龄的孩子相比,显得聪明乖巧许多。她能做一手好针线活儿,打扮起洋娃娃来得心应手。她和她母亲打算给我准备个婴儿摇篮,让我在晚上睡觉时用。她们先是把摇篮放进衣橱的小抽屉里,又怕这样老鼠会来伤害我,就把抽屉放到一块吊板上悬空了。我跟这家人住在一起的时候,都是睡在这个摇篮里。后来我跟他们学习当地语言,慢慢就地会用更多方式表达我的需要了,摇篮也随之被改造得越来越舒适。小姑娘的手非常灵巧,我只当着她的面换了一两次衣服,她就会为我做衣服了。她给我做了七件衬衣,还有很多床单。为我选的都是些质地最好的布料,可实际上这些布在我看来比麻袋布还要粗糙,当然这主要是因为他们的布在我眼里被放大了很多倍的原因。她还经常亲手为我洗涤所有的衣物。她也是我的老师,教起我当地的语言来不厌其烦,极富耐心。我每指一样东西,她都会告诉我那东西用他们的语言怎么说。这样学习了几天之后,我就能比较随心所欲地表达想要的东西了。小姑娘的性情也很温顺,她的身高不到四十英尺,这在同龄人中已经算是稍矮的了。她给我取名为"格里德里格",全家人也就这样叫我,后来全国的人都这样称呼我。这个词和拉丁语、意大利语和英语中的"小矮人"的意思差不多。我能够在那个国家安然无恙地幸存下来,都是她的功劳呢。我在那儿生活的时候,我们一直形影不离地在一起。我称呼她为我的"格兰姆达尔克立奇",意思是"小保姆"。如果我不在这儿郑重地讲一下她对我无微不至的关心和爱护,那就真是忘恩负义了。我衷心希望可以尽我所能报答她对我的恩德。但我总担心她会因为我而失去宠爱,尽管让她不开心不是我的本意,而且说实话,这也不是我的能力所及之事。

现在街头巷尾传开了,大家都听说我的主人在地里捡到了一头小怪兽,而且所有的人都对这件事津津乐道。这小怪兽虽然只有"斯普拉克那克"那么大,长得却与人别无二致。它不但能模仿人的一言一行,好像有自己的语言,并且还学会了几句他们的话。它走路时两条腿是直立着的,性情还很温顺,叫它过来就过来,让它干什么就干什么。它的四肢漂亮无比,简直是世间罕见,他的皮肤白皙嫩滑,胜过富贵人家三岁女儿的肌肤。有个住在附近的农民是主人的至交好友,他专程过来一趟,想探一探故事的真假。我立刻就被拿出来放到桌子上。他们吩咐我在桌上来回走动走动,再抽出腰刀,然后放回到刀鞘里。我向客人施礼致敬,还用他们的语言向他问好,告诉他大家很欢迎他的到来。我一步步都按着小保姆教我的话说。这个人两眼昏花,戴上老花镜想仔仔细细地看看我。他戴上眼镜后,我却禁不住大声笑起来,因为他的眼睛在我看来就像两轮透过两扇窗户照进屋子里的圆月。一家人得知我大笑的原因后,也都跟着一起大笑起来。可是这个呆头呆脑的老头儿,却被笑得大发脾气,脸色都变得难看起来。这次让他生气竟然导致了我的不幸接踵而来。就从这一点来看,说他是个守财奴一点儿都不冤枉他。他给我的主人出了个馊主意,怂恿主人趁赶集的日子把我带到旁边城镇的集市上去展览,并说这样肯定能赚得盆满钵满。那个集市离主人家有二十二英里,骑着马也要半个小时的工夫才能过去。当时我看到这老头儿在我家主人耳朵边上窃窃私语,还时不时地指指我,就猜想他们肯定是在打我的什么坏主意了。偶尔有几句话传到我的耳中,有几句我还真听懂了,于是我心里害怕起来,开始胡思乱想。第二天早晨,我的小保姆格兰姆达尔克立奇过来一五一十地把整件事情的经过告诉了我。这也是她从她母亲那儿打探来的。小姑娘把我抱在怀里,又羞又悲地痛哭起来。她担心集市上人太多,那些粗鲁无礼的人有可能会伤害到我。她还担心有人可能会把我攥在手里捏死,有人会折断我的手脚。她也知道虽然我天性温顺,但却珍视面子胜过一切。现在要我去耍把戏赚钱,哄一帮最下流的人开心,这对我来讲,是多么无法忍受的奇耻大辱啊。她说她爸爸妈妈曾经答应她,说格里德里格是她的,但如今她发现他们又要故伎重演,像去年那样哄骗她了。去年的时候,他们也曾答应给她一只小羊羔玩,但是羊羔长大长肥的时候,他们就收回去卖给了屠户。其实对我来讲,坦白说,我倒没有小保姆那么担心。因为我心底一直埋藏着一个愿望,一个从来不曾逝去的愿望:希望有一天我可以重获自由。至于被人当成小怪兽带着到处跑这样不光彩的事,我倒不是很以为然。因为我在这异国他乡只是个陌生人,等我有朝一日回到英国,也不会有人拿这件事来嘲弄我、羞辱我。即便当时是大不列颠的国王处在我的境地,想来也是别无选择,不得不做这样的事儿吧。

主人听信了他那个老花眼朋友的话,到了下一个赶集的日子,就用箱子装着我到临镇的集市上去了。他让他的小女儿,就是我的小保姆坐在他身后的马鞍子上同行。装我的那只箱子四面都封得严严实实,只留了一个供我出入的小洞,还有几个小孔供空气流通用。小保姆非常细心,拿来婴儿床上的被褥铺在箱子里面,好让我一路舒舒服服地躺着。但是这一路虽然只有半个小时的路程,我还是被折腾得不轻。一路上箱子一直在左摇右晃,颠簸不已,因为他们骑的马每迈出一步就有四十英尺远,上下起伏非常剧烈。这样一来,箱子就如同在暴风雨中颠簸的小船一样,而且颠簸的频率可比小船要大得多。这一路走来要比从伦敦到圣奥尔班的路途还要遥远。主人在一家他经常光顾的小旅馆前面下了马,进去之后和旅馆老板商量了一阵,做了一些必要的准备工作之后就雇了一名"格鲁特鲁德",就是负责在镇上报信的人,让他去通知镇上的人,请大家到绿鹰旅馆来观赏一头新奇的小怪兽。这个报信的人还一路宣传说,怪兽大小不及一头"斯普拉克那克"(这个国家一种很美的动物,身长约六英尺),但长得特别像人,不但会说几句本地话,还能表演一百多种把戏。

看客们慢慢聚集过来。主人找了旅馆里最大的房间,那房间的面积有近三百平方英尺。他把我放在桌子上,让我的小保姆站在旁边的矮凳子上,一则为了好好地照顾我,二来也方便给我下达指令。主人怕进来的人太多使屋子拥挤不堪,于是每次就只允许三十个人进来参观。大家进来以后,我按照小保姆的指令在桌子上走来走去。她用我能听懂的话问我问题,我则提高嗓门回答。有好几次,我给围观的人鞠躬,向他们致敬,对他们的到来表示欢迎,还说了一些我学会的其他的话。小保姆给了我一个盛满酒的顶针,我就举起酒杯,为大家的健康干杯。后来我又抽出腰刀,学着英国击剑家的样子舞了一会儿。小保姆又给我一截麦秆,我接过来当枪耍了一阵。我年轻时曾经学过耍枪弄棒的玩意儿。那天我一共表演了十二场,一遍又一遍地重复着无聊的把戏,累得我精疲力竭、苦不堪言。看过我表演的人就开始大肆宣扬,从而又吸引了更多的人要破门而入看我表演。除了小保姆外，主人不让任何人触碰我。他怕别人会伤害我，这样就会损害他的利益。为了防止出危险，他在我站的桌子旁边摆了一圈板凳，把我和众人隔开来，这样他们就碰不到我了。但是有个小学生特别捣蛋，他拿了个榛子径直朝我的脑门扔过来，差一点儿就砸到我。以那个榛子飞过来的力度，要是真砸到的话，我的脑门肯定要开花了。那榛子足有我平时见到的小南瓜那么大，如果击中，我绝对会一命呜呼。还好，看到这惹事的小家伙被痛打了一顿，然后被轰出了房间，我心里才算得到了些许安慰。

劳累的一天结束以后，主人当众宣布，下次赶集的时候还会再带我来给大家表演。同时他也给我准备了一辆更加舒适的车子。他做这样的改进是有道理的，因为第一次旅途颠簸之后我已经疲惫不堪了，加上连续表演了八个小时，我几乎连站都站不稳，说话也有气无力。至少用了三天时间，我才渐渐恢复了体力。但是在家的时候我也得不到充分的休息，附近方圆一百多英里的绅士都闻名赶过来，要在主人家里看我表演。当时带着妻子儿女来看我表演的不下三十人（这个国家人口众多）。主人要求在家表演的时候，即使只有一家人在看，也要按一屋子的定额人数收费。这样很长一段时间以来，即使不用去集市上表演，整个一周下来我也很难得到片刻的安宁（周三除外，因为周三是他们的安息日）。

主人发现我能给他带来滚滚的财源，就决心带我到全国各大城市去试试运气。他准备好了走长途的必需品，交代了家里的大小事宜，就在一七〇三年八月十七日辞别妻子带着我上路了。这一天差不多是我到他家的两个月之后。我们向着京都进发。京都坐落在靠近国家中心的位置，离主人家有三千英里左右。主人让他的小女儿骑在马上，坐在他的后面。我则被放在了箱子里。小保姆把箱子在腰间系好后，就放在膝盖上抱着。箱子里面四周都用最柔软的棉布塞好。她把婴儿用的小床放在里面，上面铺了厚厚的褥子给我睡觉用。她还给我预备了内衣和其他一些日用必需品，尽可能让我在旅途中更舒适、更惬意。与我们同行的还有家里的一个男仆，他骑着马带着行李跟在后面。

　　主人的计划是在沿途所有的城镇进行表演，同时也去离大路五十英里或一百英里左右的村庄或大户人家里试试运气，他想在那儿也招揽些生意。我们一路走得很慢，一天也走不上一百五六十英里，因此旅途就显得很轻松。小保姆为了让我透透气，故意抱怨马上颠簸得厉害，要求中途停下来休息。她常常根据我的要求，把我从箱子里拿出来呼吸新鲜空气，还给我讲解他们国家的风光民俗。不过她一直用根带子把我牢牢拴着。我们路上渡过了五六条河，无论从深度还是宽度来看，尼罗河和恒河都望尘莫及。所有的小溪也都比伦敦桥下面的泰晤士河要宽广得多。我们一共走了十个星期，我总共在十八个大城市做过表演，这还不算沿途的村庄和大户人家里的演出。

　　十月二十六日，我们终于到了京都。京都在他们的语言里叫做洛布鲁格鲁德，意思是"宇宙的荣耀"。主人在京都的大街上找了个住处安顿下来，这个住所离皇宫不远。他又像往常一样张贴了告示，详细描述了我的外貌和本领。他租了间很大的房间，有三四百英尺宽。我用来表演的桌子直径有六十英尺。桌面上离桌边三英尺的地方围了一圈护栏，以防我跌到地上。为了满足当地人的好奇心，我每天都要表演十多场。现在我的本地话说得已经很不错了，他们跟我说话的时候，我每个词都能听明白。此外，我还掌握了他们的字母，能时不时地解释个把句子。在主人家时格兰姆达尔克立奇就一直教我语言，来的路上她也一有时间就教我。

她兜里装了本小书,跟《三松地图册》①差不多大。那是本年轻姑娘的普通读物,里面讲解了她们的宗教教义。她就用这本书教我字母,讲解词义。

---

① 《三松地图册》(*Sanson's Atlas*),即法国地理学家三松绘制的地图册,大约是二十五英寸长,二十英寸宽。

第 三 章

作者被送到皇宫中。王后把他买下来献给了国王。他和皇家学者辩论。后来作者在皇宫有了自己的住所。他极受王后宠爱。他为祖国的荣誉挺身而出，还与王后的侏儒争吵。

我每天表演场次过于繁多，每天都劳累不堪。连续几周下来，身体衰弱得很厉害了。我几乎是滴米不进，变得骨瘦如柴。可是主人从我身上赚的钱越多，就越发贪得无厌。他发现我的健康状况日趋衰弱，断定我将不久于人世，就打算在我一命呜呼之前再好好地赚上一笔。他正左右盘算，琢磨着该怎样处置我才好的时候，宫廷的"萨尔德拉尔"，也就是引见官，找到我的主人，命令他立刻把我带进宫去，给王后和贵妇们消遣解闷。有些贵妇看过我的表演，早就在王后面前大肆宣扬我美貌绝伦、举止得体、见多识广。王后殿下和贴身侍从们听了以后，都迫不及待想要一睹我的风采。我到皇宫觐见时，他们个个惊喜万分。我双膝跪在地上，想要亲吻王后殿下的纤纤玉足以表谦恭之意。但是王后非常仁慈，大家把我放到桌子上之后，她伸出了小手指给我亲吻。我双臂紧抱住手指，将指尖放在唇上，以表示我对她的深深敬意。她简单地询问了我的祖国和整个旅程的状况，我尽量清晰明了、简单扼要地一一应答。她问我是否愿意留在皇宫。我对王后深深鞠了一躬，毕恭毕敬地说："我是主人的奴隶，一切都要听从主人的安排。但是如果我自己可以做主的话，我非常愿意将余生奉献给王后殿下，为您效劳是我的无上荣幸。"王后听后，就问主人是否愿意将我出售给她，价格再高也没关系。主人觉得我最多也就能再活一个来月的光景了，正巴不得尽早脱手呢。于是他要了一千金币的价格。王后当场就吩咐把钱给他。我看到他们每个金币有八百个莫艾多①那么大。但是考虑到他们国家所有的物件都比欧洲的大无数倍，加上金子在他们国家的价格非常高，这样算起来，一千个金币还抵不上英国的一千个几尼呢。交易完成之后，我对王后说："王后殿下，现在我是您最卑贱的奴仆了。我请求殿下开恩，允许格兰姆达尔克立奇，就是我的小保姆跟我一起为您效劳。一直以来多亏了她的悉心照料，我才有幸见到殿下。她最熟悉我的饮食起居，希望殿下能允许她留下来，继续做我的保姆和老师。"王后同意了我的请求。征得她父亲的同意自然很容易，他巴不得女儿被选入宫呢。我的小保姆也禁不住喜形于色，欢喜非常。旧主人退下之前与我告别，他说他给我选了个绝好的归宿，以后肯定是吃喝不愁了。我一言不发，仅仅向他微微地鞠了一躬就算是最后的道别了。

王后看出我对农民的态度很冷淡，就在他退下后问我其中的缘由。我大胆向王后陈词说："对以前的主人，我丝毫也不欠他什么。要说有什么亏欠，就是当初他在田地里偶然发现了我，没有把我这个可怜的、毫无害人之意的小动物置于死地罢了，这份恩情我早已报答。他带着我在大半个国家不停地演出，赚得盆满钵满，如今又把我卖了个好价钱，这已经足够偿还他对我的恩情了。当初我在他手下过的叫什么日子，我所受的苦楚足以将比我强壮十倍

---

① 莫艾多(moidore)，古代葡萄牙的一种金币。

的动物折磨致死。现在我已经不再健康，他还要我一刻不停地继续给那些下流人解闷取乐。他以这种低价出售给殿下，是因为他觉得我小命不长了。现在有您这位伟大仁慈的王后庇护着我，我再也不用担惊受怕，更不用担心受到他的虐待了。您是自然之精华、万物之珍宝，更是泱泱众民的福祉之源泉、造物主的绝代之凤凰。旧主人担心我不久于人世，可是在您身边，我却完全没有这种顾虑。因为仰仗您的威仪的感化，我现在觉得精神好多了。"

我当时给王后的致辞大概就是这些内容。说的时候结结巴巴，措辞也有不当之处。后半段恭维的话是照他们国家特有的语言风格说的，有几句是格兰姆达尔克立奇带我进宫的时候在路上教给我的。

虽然我在遣词造句方面错误百出，但王后却宽容大度，一一给予谅解。看到我这么个小小的动物竟然会聪慧如此，有如此的见地，她不禁惊讶不已。她亲手托着我去给国王看。当时国王的政务已经处理完毕，正在内宫休息。他神态威仪，表情庄重。国王扫了王后手心里的小动物一眼，漫不经心地问王后："你是从什么时候起开始喜欢上斯普拉克那克了？"他把我当成他们国家司空见惯的斯普拉克那克了。当时我趴在王后的右手里，并没站起来。王后没有立刻反驳他，而是非常聪明地把我轻轻放在写字台上，让我向国王简单地介绍一下自己。我言简意赅地做了介绍。格兰姆达尔克立奇在内宫门外恭候召唤。这么长时间以来我们一直待在一起，她一会儿见不到我就会惶惶不安。王后把她叫进来，她证实了自从我到她父亲家里之后的种种经历都是真实的，并无半句虚言。

国王的博学多才在全国也是首屈一指。他曾苦心研读哲学，对数学更是无比精通。但是他端详了我半天，看到我挺直身子，开始来回踱步之后，便不等我开口，就断定我是钟表之类的机械制造之物,只不过制造人特别有才华罢了(钟表业这类机械在他们国家非常发达)。后来他听到我讲话,发现我语言流畅、思路清晰,一时也难以掩饰他的惊讶之情。但是对我来到这个国家的始末,他却始终也不买账,坚信这不过是格兰姆达尔克立奇和她父亲编造的骗人故事罢了。他们教给我一套话,我再用这个故事来唬人,以此讨巧,卖个好价钱。为了证实事情的真假,他接着又问了我一些问题,我都能一一对答如流,答案也合情合理,堪称完美无缺。只不过我的发音带着些外国腔调,语言运用得也不够纯熟,不时夹杂着一些在农民家里学到的乡下土话,显得不符合宫廷礼仪,言谈举止有些粗俗罢了。

国王陛下召来本周当班的三个宫廷学者一起研究,想探个究竟。他们都在宫外候着,专等国王随时传唤。在他们国家这种规矩其实就是一种当班制度。这三个人进来之后,先是对我外貌进行了一番仔细研究,之后形成了不同的结论。不过他们倒是一致认为,按照大自然的一般法则,我这种生物是不可能产生出来的。因为他们发现我根本没有保全性命、在自然界生存下来的能力。我的身手一点儿也不敏捷,不能够靠爬树谋生,更不能以挖洞求生存。他们仔细查看了我的牙齿,认为我是一头肉食动物,可是绝大多数的四足动物都比我强壮得多,我根本就不是它们的对手。田鼠之类的动物也比我灵活。他们都非常诧异我是怎么活到今天的。后来他们猜想我应该是以蜗牛之类的昆虫为食,但是随后又提出了强有力的证据,证明我是绝不可能吃那些东西的。其中有个学者提出我可能只是个胚胎,或者是个早产儿。但另外两个学者坚决反对这种说法,因为他们注意到我四肢健全、发育完善,而且活的年数也不少了,这点从我的胡子上就可以看出来。他们用放大镜清清楚楚地看到了我的胡子楂。他们也不承认我是侏儒,因为我实在太小了,跟这个国家的侏儒完全没有相比之处。王后最宠爱的侏儒,也就是这个国家最矮小的人的身高也接近三十英尺。他们争论许久之后,一致断定,我只是个"瑞尔普拉姆·斯盖尔卡斯",照字面意思讲就是"天造奇物"。这种决断方法和欧洲现代哲学的精神完全一致。欧洲现代的教授们藐视神秘主义逃避式的老方法,发明了这种解决所有难题的妙方,使人类知识得到无与伦比的进步。亚里士多德的门徒曾企图用那种逃避式的老方法来掩饰他们的无知,毕竟也只是徒劳。而这种绝妙的方法却是屡试不爽。

看他们得出这个结论之后,我就要求说几句话,国王同意了我的请求。我郑重地对国王说:"国王陛下,在我的国家里,有千百万像我这样身材的男男女女。那里的树木、动物、房屋都是比例恰当,彼此相称。这样,在那儿生活,我完全可以像国王陛下的臣民一样自卫和谋生。这就是我对刚才几位学者们的结论的回应。"那几个学者听了之后,只报以轻蔑的一笑,说那个农民把我教得还真是不错。好在国王比他们有见识。他遣退了这几个学者,派人去把那个农民找来。幸好那时农民还没有出城,他被重新召进宫中。国王先单独召见了他,仔细盘问了我的情况,而后又让他跟我和小姑娘互相对证。我们的回答都一模一样。国王这才开始相信我们的话。他要王后吩咐下去,一定要对我特别照顾。他看出我和格兰姆达尔克立奇的感情很好,就同意继续由她负责我的日常生活。皇宫里专门给她准备了一间舒适的房间,指派了一名女教师负责她的教育,一个女仆给她梳妆打扮,还有两个仆人给她做些粗活。而照顾我的事则全由她一个人承担。王后吩咐她的御用木匠专门为我打造一个箱子作为卧房。卧房的式样须征得我和格兰姆达尔克立奇的同意才行。这个工匠确实心灵手巧,他按照我的指示,用了三周时间就做好了。卧房是木头做的,面积有十六英尺见方,高度是十二英尺。房间安装着几扇可以上下推拉的窗户,还有一扇门,两个橱子,像是一间伦敦式的卧房。天花板是由木板做成的,两边有转轴,可以上下开关。王后殿下的装潢工人给我做的床就是从上面送下去的。格兰姆达尔克立奇每天都亲手把床拿出去通风晒太阳,晚上再收回来,从天花板放进去,然后把我放在里面,在外面加上锁。有个以制作精巧的小玩意儿闻名天下的细木匠,专门为我做了两把椅子。那椅子不仅带靠背,还有扶手,材料是一种类似象牙的东西。为了让我便于收纳零碎的小东西,他还做了两张桌子和一个柜子。房间的四壁、天花板和地板都垫得厚厚的,这样即使碰上粗心大意的人来搬运,我也不会受伤。我乘坐马车出门也不会被颠坏。我要求他们在门上安一把锁,以防老鼠闯进来。铁匠几经周折才打好这把锁,这是他们所见过的最小的锁头了。可是在我看来,这比英国有钱人家大门上的门锁还要大一些。我想法把钥匙留在了自己的口袋里,生怕格兰姆达尔克立奇不小心给弄丢了。王后又吩咐人找出最轻薄的丝绸为我做衣服,可是这些最薄的丝绸也和英国的毛毯差不多厚,穿在身上非常笨重,后来慢慢穿习惯了才感觉好些。衣服是照着本国的式样做的,有点儿波斯服装的风格,又有种中国衣服的味道,穿起来倒也庄重合身。

王后非常喜欢我陪伴在她的左右,后来简直到了没有我就食不下咽的地步。她让人在她就餐座位的左边为我预备了桌椅。我吃饭的时候,格兰姆达尔克立奇站在我餐桌旁边的凳子上帮着照料。我有一整套银质餐具,碗、盘子和其他必需品一应俱全。但我的餐具和王后的比起来,就如同我以前在伦敦玩具店里看到的娃娃房里摆设的餐具一样。小保姆把我的餐具装在银盒子里,随时放在身上。我吃饭要用的时候她就拿出来给我,平时她都是亲自帮我刷洗干净。和王后一同进餐的还有两位公主,大的十六岁,小的才十三岁零一个月。王后总是往我的碟子里放上一小块肉,让我自己慢慢地切着吃。看到我把肉切成那么琐碎的小块儿，一小口一小口地吃下去，她觉得有趣极了。王后的食量其实并不大，但一口下去也有十二个英国农民一顿饭加起来的饭量。看她这样子吃饭，有一段时间我觉得非常恶心。她能把一只百灵鸟的翅膀，连骨头带肉一口嚼得粉碎。他们国家一只百灵鸟的翅膀就像九只肥大的火鸡那么大。她往嘴里塞的一片面包，也有两个价值十二便士的面包那么大。她用金杯喝酒，一口就比我们的一大酒桶还多。她的餐刀有我们的两把镰刀拉直了那么长。汤匙、叉子和其他餐具也都跟餐刀的大小比例相称。记得当初我出于好奇，要格兰姆达尔克立奇带我去看宫廷的人吃饭。十几二十把这样巨大的刀叉一起挥舞，场面相当恐怖，现在想起来还心有余悸。

按照传统，每到周三（我前面已经说过，周三是他们的安息日）国王和王后会邀请王子、公主们到他们的内宫就餐。现在我已经成为国王的新宠，因此在聚餐的时候，他们就把我的餐桌椅放在他左手边的盐瓶跟前。国王陛下很喜欢跟我聊天，听我讲欧洲的风俗、宗教、法律、政府和学术方面的情况。我每次也竭尽所能给他最为详尽的描述。他头脑灵活、判断精准，所以对我所讲的欧洲的情况能发表睿智的评论和感想。不过说老实话，一谈到我亲爱的祖国，讲到祖国的贸易、海陆战争，讲到宗教派别、政党之争，我的话不免就多了起来。他所受的教育使他的成见根深蒂固，有些自以为是。听到我讲这些的时候，他会禁不住用右手把我拿起，用左手轻轻地抚摸我，然后又哈哈大笑一阵，问我："那你说你是托利党还是辉格党啊？"首相握着白色权杖伺候在国王身后，他的权杖有"王权号"①的主桅那么高。他转过身去对首相说："我们人类的尊严真是微不足道，随时都会被践踏。像他这么大点儿的昆

---

① 王权号（Royal Sovereign），当时英国最大的船。

虫都敢模仿。不过，"他又说，"我敢保证这些小家伙们也设了爵位和官衔呢。他们筑些小窝，挖些小洞就当房屋和城镇了。他们也装模作样装饰打扮，而且居然还谈情说爱，甚至也有战争、争辩、欺骗和背叛。"他就这样滔滔不绝地一直说下去，把我气得脸一阵红一阵白的。我那伟大的祖国竟这样被他瞧不起。我伟大祖国的文治武功都堪称世界无敌。我们曾打败法兰西，成为整个欧洲的仲裁人，这些丰功伟绩都将永垂史册。我的祖国是道德、虔诚、荣誉和真理的中心，不但令全世界景仰膜拜，更令全世界羡慕不已，可是在这里却受到他如此的轻蔑。

　　但是考虑到当时的处境，我对这种侮辱也只能隐忍不发，不敢表示出丝毫的愤慨不平之意。不过思忖再三之后，我开始怀疑我是否真的受到了伤害与侮辱，因为在这个国家居住几个月下来，我已经看惯了这些国民伟岸的身躯，听惯了他们的谈话腔调，眼中所见之物也都大小相宜起来。刚到这个王国时看到他们的身躯和面孔时的恐惧感已经渐渐消失。现在若是看到一群英国的老爷太太们身着华丽的生日盛装，在那儿装腔作势地行礼问安，高傲地仰着头什么都不放在眼里，嘴里不停地说些空洞无聊的大话，那么说实话，我也非常有可能轻蔑地嘲笑他们，就如同这里的国王和贵族们嘲笑我一样。王后常常把我托在手心里照镜子。这时镜中映出两个人的身躯，大小相差竟如此之大，我甚至会禁不住嘲笑我自己。再没有比这种对比更可笑的了。我甚至怀疑自己的身形是不是比原来的缩小了许多倍。

　　我在这个国家所受的屈辱简直是数也数不过来，不过最让我气愤难平的莫过于王后的侏儒对我的不敬言行了。他是这个国家有史以来个子最矮的人（我确信他的身高不足三十英尺），但是当他看到有人比他还矮小得多的时候，却不禁表现出傲慢无礼的姿态。每次我站在王后会客室的桌子上与宫里的老爷太太们聊天的时候,他总会不失时机地大摇大摆从我身旁走过,嘴里还要说上几句目中无人、自高自大的话。每次他要是不说一两句讥讽我身材矮小的话,好像就不是他的风格似的。听到这些冷言冷语,我就叫他"小兄弟"作为对他的报复,还向他挑衅说是不是要摔摔跤,比试比试什么的。这些其实也就是经常挂在宫廷侍从嘴边的俏皮话而已。一天晚饭的时候,我说的一句话把他惹恼了。这个坏家伙站在王后的椅子上,一把将我拦腰抓起来,扔进了盛满奶酪的银碗里,然后撒腿就跑掉了。当时我正要落座吃饭,根本没想到有人会害我,所以没有任何防备,便一头栽进碗里。幸亏我擅长游泳,不然可要吃大苦头了,后果也会不堪设想。王后见此情景吓得惊慌失措,不知该如何救我。幸好小保姆当时在房间的另一头,她立刻飞奔过来,把我从银碗里捞出来。那时我已经吞下至少一夸脱的奶酪了。随后我被放到床上休息。还好除了当时穿的那身衣服已不能再穿之外,我其他地方都完好无恙。之后,那个侏儒被结结实实暴打了一顿,作为惩罚,他还被逼着把我掉进去的那碗奶酪全吃了。不久王后把他赏给了一个贵妇,他的荣宠从此一去不返,我就再也没见到他了。这样的结局让我非常高兴,因为如果他还在宫里待着,真不知道这坏小子会想出什么恶毒的点子来报复我呢。

这个侏儒以前也曾用卑劣的手段玩弄过我,当时还惹得王后哈哈大笑,不过随后也让她因此而勃然大怒。如果不是当时我宽宏大量替他求情,他早就卷铺盖走人了。那天王后盘子里有根髓骨,她把骨髓敲出来之后,又把骨头重新放回到盘子里,骨头是直立着放的。侏儒看到格兰姆达尔克立奇正好到餐具架那边去了,就趁机爬到小保姆照顾我吃饭时站着的凳子上,双手把我捧起来,捏着我双腿往髓骨里塞,再使劲地往下按,一直塞到我腰部。我卡在里面半天动弹不得,样子非常滑稽好笑。过了一分钟左右,才有人发现我出了这样的事。我当时觉得如果因为这事大叫会有失体面,就一直默不作声地忍着。好在帝王们的饮食也不是很烫,所以我的腿没有被烫坏,只是袜子和裤子被弄得一塌糊涂罢了。如果当时不是我替侏儒求情,他肯定不会只挨一顿鞭笞了事。

因为我的胆子比较小,王后就常常嘲笑我,还问是不是我的同胞们也跟我一样胆小怕事?事情是这样的:一到夏天,这儿的苍蝇就到处乱飞,十分恼人。这些可恶的家伙在我看来每个都有邓斯特堡①的夜莺那么大。我每次吃晚饭的时候它们就一刻不闲,在我耳边嗡嗡嗡地飞来飞去,吵得我不能有片刻的安宁。有时苍蝇居然还落在我吃的食物上拉屎产卵。这些场面当地的巨人都看不到,因为他们的眼珠子太大,看微小的东西当然不如我敏锐,可是我都能看得一清二楚。苍蝇有时还落在我鼻子上、额头上,趁机狠狠地叮我一口,那气味难闻至极。对它们身上的胶黏物质,我可以说是尽收眼底、一览无余。据生物学家的研究,苍蝇正是靠这些物质倒粘在天花板上,随心所欲地行走却不会摔下来。为了避开这些恶心的苍蝇,我费尽了周折,伤透了脑筋,因为我实在不想被它们伤害。每当它们扑到我脸上的时候,我总是禁不住被吓一大跳。那个侏儒常常抓苍蝇戏弄我。他像小学生玩恶作剧一样,手里抓着一把苍蝇,凑到我鼻子底下突然撒手,苍蝇一下子都朝我脸上飞过来。他就是存心吓唬我,以为这样能讨王后的喜欢。我反抗的办法就是抽出腰刀来,趁苍蝇在空中乱飞的时候狂砍一阵,我身手十分敏捷,常令大家惊叹折服。

我受动物困扰的经历远远不止那一回。有一天早晨天气晴朗,格兰姆达尔克立奇像往常一样把我连同木箱一起拿到窗户旁边通通风。我不敢让她像英国人挂鸟笼一样把我挂在窗户外面的钉子上,觉得那样太冒险了。当时我往上拉起木箱的窗户,坐在桌

---

① 邓斯特堡(Dunstable),位于伦敦西北三十里的一个城市。

子边准备享用我的早餐——一块美味的甜饼,不料二十多只黄蜂闻到香味,齐刷刷往我屋里飞。它们一起飞的嗡嗡声比二十多只风笛奏出的乐声还要响。有几只飞到我甜饼上,叼走了好几小块。其他的都围着我头和脸飞来飞去,嗡嗡嗡的声音把我震得头昏脑涨,心里又特别害怕它们蜇我。好在我当时鼓足勇气站了起来,拔出腰刀在空中朝它们挥舞,抵抗它们的袭击。很快就有四只黄蜂的尸体落地,其余的见状都轰地逃走了,我赶快关上了窗户。这些黄蜂的个头有鹧鸪那么大。我拔出像针尖一样锋利的蜂刺,竟有一英寸半长。我把这四根蜂刺小心收了起来。后来在欧洲的很多地方,我曾把它们拿出来,和其他一些稀奇古怪的玩意儿一起展示给众人看。回到英国之后,除了给自己留下了一根外,其他三根都捐给了格雷萨姆学院①。

---

① 格雷萨姆(Gresham College),指伦敦英国皇家学会。

第 四 章

作者描述了这个国家的风貌，提出了修改现代地图的建议。作者还描写了国王的宫殿和首都的概况。除此之外，还有对作者的旅行情况以及关于大庙宇的描述。

我曾到首都洛布鲁格鲁德四周方圆约两千英里的地方去旅行游览，在这里就把我的一些旅途见闻跟大家简要地说一说吧，让大家也大致了解一下这个国家的情况。我一直陪伴在王后左右，但是王后陪国王出巡的时候却不会超过这方圆两千英里的范围。如果国王去边境巡视，王后就在原地等待，这样我的视野范围就受到了一定的限制。这位君王的领土大约有六千英里长，三千到五千英里宽。由此我得出结论：欧洲的地理学家认为日本和加利福尼亚之间只是汪洋一片，根本没有陆地，其实是个极大的错误。我一直认为，肯定有一块陆地和鞑靼大陆①相对应，只有这样地球才能保持平衡。他们应该纠正地图和海图上的错误，在美洲的西北部绘上这一片广袤的大陆。如果他们需要帮助，我会随时伸出援手。

说到这个王国，它应该是个半岛，东北边境有条三十英里高的

---

① 鞑靼（Tartary），包括东欧及亚洲的广大地区，中古时期鞑靼人曾入侵并定居于此。

山脉。山顶上有火山，因此没有人能越过那座山。迄今为止，就连国内最博学的智者也无从知晓山那边住着些什么人，或者究竟有没有人居住。王国的另外三面都环海，但境内没有海港。因为河流入海处的岸边布满锋利的岩石，海面上波涛汹涌，没有任何船只敢冒险出海。所以，这里的居民与外界完全隔绝开来，从没有任何来往。不过，王国境内有几条宽阔的河流，这些河流上船只穿梭往来，热闹非凡。河里盛产美味的鲜鱼，居民们主要吃河鱼，很少食用海鱼，因为这里海鱼的大小和欧洲境内的海鱼差不多，在他们眼里也就根本不值得捕捞了。令人匪夷所思的是，这片陆地竟然独一无二地生产出这些庞然大物般的动植物，其间的奥秘只能留给哲学家们去揭晓了。不过，鲸鱼偶尔会撞在海里的岩石上，老百姓会跑去把它捉回来，然后美美地大吃一顿。我见过这种鲸鱼，个头确实很大，一个人扛一条都扛不动。有时他们会把鲸鱼当成稀罕物，用箱子装着运到京都。有一次国王餐桌上曾出现过鲸鱼这道菜，可以说是罕见的美味佳肴了。但据我观察，国王好像并不怎么喜欢吃，我想是这个大块头让他没胃口吧。不过我在格陵兰见过比这条还大的鲸鱼。

这个国家城镇稠密，人口众多。境内共有五十一座大城市，近一百座有城墙的小城，还有无数的村庄。为了满足一下读者们的好奇心，我还是来描述一下京都洛布鲁格鲁德吧。都城倚河而建，一条大河从城中蜿蜒流过，将城市分成大致相等的两半。城内共有八万多户人家，六十万左右的人口。都城长三"格隆姆格仑"（约合五十四英里），宽两个半"格隆姆格仑"。当时我测量的时候参照的是御制的皇家地图。为了方便我测量，他们将地图平铺在地上。地图展开有一百英尺长。我赤着脚在地图上来回测量了好几次直径和周长，又按比例计算，所以测量结果还是相当准确的。

皇宫占地面积七平方英里左右，外观并不规则，房屋建得满满当当。主殿的房间有二百四十英尺高,长、宽、高成比例设计,看上去很是和谐。国王赐给我和格兰姆达尔克立奇一辆马车供我们差遣。她的女教师常乘坐这辆马车带她出去游玩,或者去逛商店。她们出门的时候也常常带着我。我就待在我的木箱里,小保姆则把木箱紧紧抱在怀里。在我的请求下,她也常常把我拿出来放在手心上,这样我们穿过街道的时候我就能更清晰地观察沿途的建筑和居民了。我粗略地估计了一下,我们乘坐的马车有西敏寺的大殿那么大,却没有那么高,当然这只是我的肉眼估计,并不是很精确。一天,女教师吩咐车夫在几家店铺门前停了几次车,她想去里面逛一逛。附近的乞丐瞅准机会都一窝蜂地围到马车两旁,这倒使我看到了欧洲人从没看到过的可怕景象。有个女人的乳房上长了毒瘤。毒瘤肿大发炎,上面全是生了溃疡的烂洞,其中两三个洞非常大,我整个人都能轻易地爬进去,藏得严严实实。有个家伙脖子上生了个粉瘤,那瘤子比五个包羊毛的大包裹还要大。还有一个人装了一副木头假腿,每条假腿长约二十英尺。不过最让人恶心的还是看到在他们衣服上攒动爬行的虱子。我用肉眼看这些害虫的腿都能看得清清楚楚,比在显微镜下观察欧洲虱子的腿还要清晰。这些吸血的虱子的嘴跟野猪嘴一样往前突着,那模样真是丑陋无比。这是我第一次看虱子看得这么清楚,如果当时身边有合适的工具,我一定会解剖一个好好看看,满足一下好奇心。可惜解剖器械都落在船上了。不过这种场景确实让人作呕,我当时胃里就翻腾得直想吐。

下面说说我外出时用的木箱子。除了我平时居住的大木箱外,王后特别下令给我打造了另外一个小一些的木箱,方便我外出时使用。这个木箱约十二英尺见方,十英尺高。打造这只箱子的起因是以前的木箱放在格兰姆达尔克立奇腿上有些大,出门时不太方便,而且放在马车里也稍显笨重。小箱子也是那个小工匠制造的，整个过程我都在旁边监工指导。小箱子是正方形的，三面墙的正中各开有一扇窗。为了防止旅途中出什么意外，或者发生危险，就在窗外加装了铁纱格子网以确保安全。第四面墙没有开窗户，而是安了两个粗壮的锁环。我想骑马的时候，带我的人就在铁环中间穿根皮带，再把皮带捆在他腰上，这样箱子就能结结实实绑在他身上了。如果碰巧赶上格兰姆达尔克立奇身体不舒服，带我骑马的重任就会落到深得我信任的老成稳重的仆人身上。我可以这样骑着马出行，或者去陪国王王后出巡，或游览花园，或拜访朝廷的达官贵妇。不久我就得到了达官贵人的认可与赏识，我想这多半归功于国王王后对我的宠爱，而非我个人的任何才干。旅途中，如果我在马车里坐累了，骑马的仆人会把我住的箱子在他身上扣好，轻轻地放在他面前的一块垫子上。这样透过箱子开的三面窗户，我就可以随心所愿地饱览沿途的风光。我的这间小房子里有一张行军床，还有一张吊床，吊床是从天花板上吊下来的。屋里还有两把椅子和一张桌子。床和桌椅都用螺丝牢牢地拧在地板上，这样马车或马颠簸得再厉害，床和桌椅都可以纹丝不动。我早已习惯了海上的颠簸生活，所以即使马车摇晃得非常厉害，我也泰然自若。

只要我想骑着马出去到城镇上看看，肯定会坐在这个旅行用的小箱子里。格兰姆达尔克立奇把箱子抱在膝盖上。她坐本国的一种敞篷轿子，由四个男丁抬着，后边还跟着王后的两名侍从。镇上的居民常常听人说起我，看到格兰姆达尔克立奇坐的敞篷轿子就会立刻好奇地围上来观看。小保姆总是很有礼貌地请轿夫停轿，把我从箱子里拿出来，捧在手里，让大家看个清楚。

我一直想参观一下这个国家的大庙，因为据说大庙的钟楼是全国最高的，我特别想一饱眼福，后来有一天小保姆就带我去了。说实话，看过之后我觉得非常非常失望，因为这号称最高的钟楼从地面到最高的尖顶也不过三千英尺而已。考虑到他们和欧洲人的身高差异，按比例算起来，这都不能与索尔兹伯里教堂①的尖顶相提并论（如果我没有记错的话），所以也没有什么可以称奇的了。但是我此生都对这个国家感激不尽，绝不会破坏它的声誉。不可否认，这座名塔虽然没有高耸入云，但建造得美丽而坚固，足以弥补它在高度上的不足。塔身墙壁差不多有一百英尺厚，砌墙的石头每块约四十英尺见方。墙壁四周的壁龛里供奉着神像和帝王像，塑像都是用大理石雕刻而成的，比真人要高出很多。有个雕像的手指掉了下来，跌落在垃圾堆里，没有人注意到。我捡起来量了量，足足有四英尺一英寸长。格兰姆达尔克立奇看见了，拿过来用手帕包好放进口袋里。她带回家后就把它和其他小玩意儿摆在一起。这个年龄的小姑娘通常都爱玩这些东西。

国王的厨房建造得雄伟富丽。厨房的屋顶呈拱形，高达六百多英尺。厨房内的大炉灶与圣保罗教堂圆顶相当，仅仅小十来码而已。我之所以知道得如此确切，是因为我回国之后专门步量过圣保罗教堂的圆顶。如果我把厨房里的炉格子、大锅大壶、烤肉架上的烤肉和其他东西都如实一一描写下来，恐怕很少有人会相信，至少严厉的批评家们会提出质疑，认为我夸大其词。旅行家的见闻通常都这样招人猜疑，可是为了避免大家的责难，我怕我又会走向另一个极端。如果这本书有机会翻译成布罗丁格奈格语（当地人一般把他们的国家称为布罗丁格奈格），再流传回到这个国家的话，那么国王和百姓们肯定会因为把他们描写得太过渺小，太缺乏真实性而埋怨，认为我的描述是对他们的侮辱。

国王陛下极爱养马，但是马的数量一般不超过六百匹。他养的马都非常高大，高度大多在五十四到六十英尺之间。每逢国王

---

① 索尔兹伯里教堂（Salisbury），英国最高的教堂。

节日出巡的时候,为了显示他的赫赫威仪,总会带着由五百匹马组成的骁骑卫队。当时我认为那是我见过的最壮观的场面了。后来我又见过他的陆军操演,那场面又比这五百骁骑卫队更加宏伟壮观。关于陆军操演的情形,我将另找机会详述给读者听。

第 五 章

作者描述了几次冒险经历。他观看了罪犯被处死刑的情形，而且表演了航海的技术。

在那个国家，我本来可以过得开开心心，但是由于我体形微小，反倒惹出了几桩令人忍俊不禁的麻烦事。我现在给大家来说说其中的几件吧。小保姆格兰姆达尔克立奇经常把我装到小木箱里，带到皇宫的花园里玩耍。有时候她会把我从木箱里拿出来，捧在手心上，有时则把我放在地上，让我随便溜达。我记得有一次，那是王后的那个侏儒还没被送出宫的时候，他悄悄地跟在我和小保姆后面，尾随到了花园。小保姆放我到地上散步。我跟侏儒挨得非常近，我们站在几棵很矮的苹果树旁。为了卖弄聪明，我就乱开玩笑，暗示他和这几棵矮矮的苹果树之间有很大的相似之处。恰巧他们语言里也有这种表达方式。侏儒听了就有些气急败坏，当我走到苹果树下的时候，这坏家伙瞅准机会，在我头顶使劲摇起树来。适逢苹果成熟的时节，经他这么一摇，十几只苹果劈头盖脸地砸了下来。要知道，每只苹果差不多都有布里斯托尔的酒桶那么大。我弯下腰躲避时，一只苹果不偏不倚地砸到我的腰上。砸下来的力量太大了，我一下子就跌倒在地，摔了个狗啃泥。好在我只是受了点轻伤而已。因为这次是我挑起的事端，所以我请求王后宽恕他。王后的确仁慈，没有给他什么处罚。

还有一次，格兰姆达尔克立奇把我放在一块光滑平整的草地上让我自己找乐子，她到不远处和女教师散步去了。这时候突然下起了冰雹，冰雹来势汹汹，我立刻被打倒在地。我趴在地上，冰雹噼里啪啦打遍我的全身，就像数以百计的网球一股脑地往身上砸。我手脚并用，匍匐前进，终于找到了一处避难所。我脸朝下躲在淡黄色的百里香花坛的背风面，挨过了这场灾难。冰雹过后我全身都是淤青，趴在家里整整十天没能出门。冰雹给我造成这么大的伤害倒也没什么可大惊小怪的，因为这个国家所有的一切都体形庞大，大自然的变化当然也要遵照同样的比例。这儿的冰雹差不多是欧洲的一千八百倍。对此数据我颇有经验，因为当时出于好奇，我曾称量过这些冰雹。

就是在这个花园里，我还遇到过更危险的事情。那次小保姆嫌抱着我的小木箱出来太麻烦，就把木箱丢在家里，直接把我带出来了。她找到一个自以为非常安全的地方，把我放在那儿就去了花园的另一侧，和她的女教师还有其他几个女朋友玩去了。我常请她把我单独放在某个地方，让我有独自一人静静思考的空间。她后来走到了挺远的地方，我怎么喊她都听不见。这时一只花园总管员养的白色长毛小猎狗不知怎的跑到花园里来了。小狗碰巧在我待着的地方嗅来嗅去觅食。它循着我的气味，很快就发现了我。它把我衔在口里，摇着尾巴跑到主人那儿去了。见到主人之后，它把我轻轻地放到地上。好在这只狗训练有素，我被它用牙齿叼了这么久都毫发未损，连衣服都没有撕破。我和狗的主人很熟，他待我也非常友好。这个可怜的管理员看到我被叼着过来，着实吓了一跳。他温柔地用双手捧起我，轻声地问："这是怎么回事啊？"我当时惊魂未定，喘得上气不接下气，一句话也说不出来。

过了好一会儿，我才回过神来，让他把我送回小保姆那里。那时小保姆已经跑回她原来放下我的地方四处找我了。她看我不在，喊了半天也没人应，正急得要命呢。看到我平安归来，她又因为这只狗狠狠地训了管理员一顿。但是这件事没有张扬出去，宫里的其他人也不知道。因为小保姆怕王后知道之后责骂她，而我呢，也觉得这不是什么光荣的事，传出去有损名声。

这次意外之后，小保姆再也不敢放我单独出去，再也不敢让我离开她的视线范围，而这正是我所担心的，我实在不喜欢她形影不离地跟着我。所以有几次我偷偷溜走，一个人外出遇到了一些危险经历，但我从没跟她说起过。有一次，一只正在花园上空盘旋的鸢鹰突然朝我俯冲下来，要不是当时我眼疾手快地掏出腰刀挥舞，同时又迅速跑到一个枝繁叶茂的树架下面躲避，我肯定就被它当成猎物抓走了。还有一次，我沿着鼹鼠新挖的土堆往上爬，一下子掉进了鼹鼠运土出来的地洞里，土一直没到我脖子那儿，把衣服全都弄脏了。回家以后，我随口撒了个谎把事情掩饰过去。至于撒的是什么谎，现在就不值得再去多想了吧。再有一次，我独自在路上漫步，满脑子想的都是我那可怜的祖国，却一不小心被蜗牛绊了一跤，擦伤了右小腿。

我独自散步的时候，个头小一些的鸟儿好像一点儿都不怕我，它们兀自在一码以外的地方找虫子和其他食物吃。在它们眼里，我这个生物仿佛根本不存在似的，它们都是一副全然无惧、漠然自在的神态。对这一点，我是该高兴呢还是恼怒呢，我自己也说不清楚。记得有只画眉鸟居然胆子大到敢从我手里抢食物吃。它把我手里的饼干叼跑了，那可是格兰姆达尔克立奇拿给我当早餐的。我有时想逮住它们，可它们竟敢反抗，企图啄我的手指头，害得我不敢伸手去捉。接着它们又扭过头，一如既往、满不在乎地继续觅食，去找毛毛虫或蜗牛等美餐了。不过有一天，我拿着一根又短又粗的棍子,拼尽全力朝一只红雀砸去。我侥幸打中了它,就用两只手拎起它的脖子,得意扬扬跑去给小保姆看我的战利品。但是红雀刚才只是被打晕了而已,它一恢复知觉,就左右呼扇着翅膀使劲扑打我的头和身体。我伸直胳膊,不让它的爪子抓到我。当时我想干脆把它放了算了。好在有个仆人很快给我解了围,他一把拧断了红雀的脖子。第二天,王后下令把它烧了给我当晚饭吃。我至今还能记得,这只红雀似乎比英国的天鹅还要大一些。

　　一些有头脸的侍女常常邀请格兰姆达尔克立奇到她们的屋里去玩,并且要求小保姆带我一起去,为的就是趁机见见我、摸摸我。她们经常把我从头到脚脱个精光,让我躺在她们的胸脯上。我觉得这样做挺恶心的。说实在的,她们的肌肤总是散发出一种难闻的臭味。我这样讲不是想诋毁这些漂亮的姑娘们,我对她们始终是尊敬有加的。我觉得这是因为我体形微小,嗅觉就格外敏锐的缘故吧。其实这些漂亮的人儿在她们情人眼里,抑或彼此之间都是清新可人、一点不令人讨厌的,就像在英国,对于这样的姑娘,我们也都宠爱有加一样。不管怎样,她们身上天生的味道我还可以忍受,可一旦用上香水,我就会立即被熏得晕过去。我清楚地记得,当我还在利立浦特的时候,有一天天气很暖和,我运动完,有位朋友直言不讳地跟我说他能闻到我身上强烈刺鼻的体味。其实我和英国大多数男同胞一样,根本没有那样的毛病。我想,他对我身上的气味特别敏感,一如我对大人国里的人的体味敏感一样。在这一点上,我要为我尊敬的王后殿下和我的小保姆格兰姆达尔克立奇说句公道话,她们的身体和英国的小姐们一样芬芳宜人。

　　小保姆把我带到女官们的屋里玩耍的时候,最让我坐立不安的是她们对我一点儿礼貌也没有,好像我这个生物的存在完全微不足道似的。她们把我放在梳妆台上,当着我的面就脱得精光,然后换上衬衫。可是,直面她们胴体的时候,说实在话,我感受不到

113

任何诱惑,除了恐惧和恶心之外,没有其他感情。在我眼里,她们的皮肤粗糙不堪、凹凸不平、颜色不一。近看时,我能看见她们遍布全身的黑痣,那些黑痣大得就像我们切面包的垫板,从黑痣上垂下来的毛发,也像我们包扎用的绳索那样粗。她们身体的其他部分的状况,我在这里也不便一一细述了。她们毫不忌讳地在我面前小解,将身体内的水分排空。每次小便至少有两个大水桶那么多,而盛小便的容器就像我们的大葡萄酒桶那么大。女官中最漂亮的那个姑娘才十六岁,她生性爱嬉笑打闹。有时她竟异想天开地把我的两腿分开横跨在她的乳头上。她还有许多新奇花样,在此我就不再一一赘述了,请各位读者谅解。这些把戏弄得我特别不开心,后来我让格兰姆达尔克立奇找了个什么借口,就再也不去见她了。

有一天,小保姆的女教师的侄子到这里来,他是位年轻的绅士。他力邀她们俩去看处置死刑犯的场面。这个罪犯谋杀了这位绅士的一位至交好友。格兰姆达尔克立奇性情温和,特别不愿意去,但经不住他们的大力劝说,最后同意和女教师一起去。我心里也厌恶这种场面,但是好奇心却驱使我随他们一同去看。我料定这个场面一定非同一般。刑场上,犯人被绑在断头台上的一把椅子上。行刑的大刀约有四十英尺长,一刀下去,犯人的人头就会落地。罪犯的动脉静脉的血管都被砍断,鲜血猛地喷涌而出,血柱冲天,凡尔赛宫的大喷泉也不会喷这么高。人头落地时跌落在地板上,发出一声巨响。尽管我站在至少半英里以外的地方,还是给吓了一大跳。

王后经常听我说起航海的经历,每当我郁郁寡欢的时候,她都会提航海的事给我解闷。她问我是否会行帆划桨?还问我稍稍做些划船运动是否对我的身体有益?我说帆桨我都操作得非常娴熟。尽管在船上我主要是做医生的工作,但必要的时候,也做些普通水手的活儿。这个国家的一切都巨大无比,我实在看不出我能怎样在这样一个国家使桨弄帆。这里最小的舢板船也有我们的一流军舰那么大。我能驾驭的小船在他们的河流里是永远不会出现的。王后殿下说,只要我能设计得出,她手下的细木匠就一定能做出一艘供我使用的小船,她也会安排好供我行船的地方。这个木匠的确技艺精湛、巧夺天工。在我的指导下,他花了十天的工夫就造好了一艘船具齐备的游艇,如果容纳欧洲人的话,八个也绰绰有余。船造好之后,王后非常高兴,她用衣服兜着船跑去给国王看。国王下令把蓄水池放满水,然后把船放进去,让我去船里试一下身手。可是那个蓄水池地方不够大,根本划不开那两把小短桨。好在王后早就盘算好了。她吩咐细木匠凿了个长三百英尺、宽五十英尺、高八英尺的木水槽。凿好之后,刷上一层沥青防水,然后把木水槽靠着墙边放在王宫外殿的地上。槽底有个水龙头开关,时间久了水开始发臭就打开开关放水,放干水之后再关上开关。两个仆人不到半小时就能重新把水槽蓄满水。我经常在这个水槽里划船消遣,也给王后和贵妇们解闷。我划船的技术娴熟、动作灵巧,她们看了非常开心。有时我挂起帆,贵妇们就用扇子扇风,助我鼓帆前进,我只要掌掌舵就行了。贵妇们扇累了,内侍就用嘴吹气,让我鼓帆前进。我则在船上随心所欲地左行右驶,大显身手。每次划完船,格兰姆达尔克立奇就把我的小船拿到她房里,挂在钉子上晾干。

有一次我在划船的时候碰到了意外,差点儿丢了小命。当时有个内侍负责把船放进水槽里,格兰姆达尔克立奇的女教师多管闲事,她把我举起来,要放我到船里去。但我竟从她的手指间滑落。真是天不亡我,我被她胸衣上插着的别针挡住了,不然肯定会从四十英尺的高空跌落到地上。胸针的针头从我的衬衣和裤腰带中间穿过,我就这样被吊在了半空。后来小保姆跑过来才将我救下。

有个仆人负责每三天就往木水槽里注满清水。有一次,他注水的时候一时粗心,把水桶里一只巨大的青蛙倒进了水槽。青蛙一直趴在水槽底一动不动,因此谁也没注意到。后来我在里面划船,它发现了可以休息的地方,就跳上船来。它一跳上来,船身就急剧地倾斜晃动。我被迫跑到船的另一侧,靠着全身的重量保持船体平衡,才没有翻船。青蛙上船之后,一跳就有半条船那么远,接着又在我头顶上忽前忽后地跳来跳去。它身上那些恶心的黏液涂得我满脸满身都是。那副又肥又丑的模样,真算是动物当中最难看的了。但是,我要求格兰姆达尔克立奇不要插手,让我一个人对付这个怪物。我挥动木桨,狠狠地打了一阵,青蛙才被迫跳下船去。

但是,我在这个国家遇到的最大危险是由一只猴子惹出来的,它是御厨的管理员养的。那天格兰姆达尔克立奇出门办事去了,似乎是去拜访什么人,走时把我锁在屋子里。当时天气非常暖和,屋子的窗户都开着通风,我住的大木箱的门窗也都开着。我静静地坐在桌子旁边沉思,忽然听到有什么东西从宫殿的窗户里跳进来,然后就从屋子的一头跳到另一头。我虽然恐惧至极,还是壮着胆子往外望去,但身体却坐在桌子旁边没敢动弹。我就看到了这只顽皮的动物,它在那儿上蹿下跳,来回折腾。最后它走到我住的木箱子旁边,流露出一副又惊又喜的表情。它从各个窗户和门口朝里面不断张望。我躲到房间(箱子)最远处的角落里藏起身来。猴子从四面往里探头探脑的时候,我被吓得呆住了,竟然忘了我原本可以藏在床底下躲一躲,而且钻到床下对我来讲是非常轻而易举的事。那猴子龇牙咧嘴吱吱地叫了半天,终于发现了我。它从门口伸进一只爪子,像猫逗老鼠玩儿一样逗我。我左躲右闪,不想让它抓到。但最后它抓到了我上衣的下摆(上衣是用本地丝绸做的,厚重而结实),把我拽了出去。它用右前爪把我抓起来抱在怀里,像护士抱着小孩要喂奶一般。我在欧洲也见过猴子这样抱着小猴子。我越挣扎它抱得越紧。我觉得还是顺从一些,不再动弹的好。我完全有理由相信,它肯定是误把我当成一只小猴子了,因为它总是轻柔地用另一只爪子摩挲我的脸。它玩兴正浓的时候,房门口传来一阵响动,好像有人要开门进来,这声音打断了它的兴致。听到响声后它突然从原来跳进来的窗户跳了出去,沿着导水管和檐槽,一直爬到旁边屋子的屋顶上去了。它用三只爪子爬来爬去,腾出一只爪子紧抱着我。猴子将我抱出去的刹那,我听到格兰姆达尔克立奇凄厉地发出一声尖叫。可怜的小姑娘急得快要疯了。皇宫众人知道我被猴子掳走的消息后嘈嘈嚷嚷,仆人们跑着去拿梯子。宫里数以百计的人看到猴子坐在屋脊上,一只前爪抱着我,像抱婴儿一样,另一只前爪喂东西给我吃。它从嘴中的嗉袋里挤出食物就往我嘴里塞,我闭着嘴不肯吃,它就用前爪轻轻拍打我,惹得下面一帮人哈哈大笑起来。我丝毫也不怪他们,见到这种场景,除了我之外,所有的人都会觉得滑稽可笑的。有几个人想往屋顶扔石头,把猴子赶下来,但立刻就被严令禁止了,因为石头很可能扔到我身上,如果扔到的话我肯定会被砸得脑浆迸裂。

这时仆人们架好了梯子,好几个人顺着梯子往上爬。猴子见势不妙,发现自己几乎要被包围了。如果抱着我的话,三只腿毕竟跑不快。于是它就把我放在屋脊的一块瓦片上,自己跑掉了。我坐在屋脊上等着大家来救我。屋顶离地面有五百码高,我觉得屋顶的狂风随时能把我吹下去,或者自己因为头昏目眩也会跌倒,从屋脊滚到屋檐那里。这时,我保姆的一个跟班,一个特别诚实可靠的小伙子飞快地爬上来了,把我放进他的马裤裤袋中,安安全全地带回地面。

猴子往我喉咙里塞的东西差点儿把我噎死,还好我亲爱的小保姆用一根细细的银针把这些脏东西都掏了出来。我狂吐一阵之后，感觉就好多了。猴子把我抓得浑身淤青，也吓得够呛，身体就变得特别虚弱，我在床上躺了十四天才慢慢好转。卧床期间，国王、王后和宫里所有的人每天都派人来探望我。特别是王后殿下，她亲自来看望了很多趟。之后，这只调皮的猴子被宰杀了。宫里也下了新的命令，再也不允许饲养这种动物了。

我康复后去觐见国王，向他谢恩。我的这次冒险经历使他觉得特别好玩，有好长一段时间，他都拿这件事揶揄我寻开心。他问我，躺在猴子怀里时作何感想啊？猴子喂我的食物好不好吃啊？喜不喜欢猴子喂我啊？屋顶的新鲜空气是不是很让人神清气爽啊？他还想知道，要是我在自己的国家遇到这种情况，会怎么办。我告诉国王，欧洲没有猴子，有的话都是从外地当作稀罕的动物运过去的。它们的个头都不大，如果胆敢向我进攻的话，我同时对付十二只都绰绰有余。至于我最近刚碰上的这只猴子，在我看来它庞大无比（实际上它有一头大象那么大），如果当时不是我被吓坏了，忘了使用我的腰刀（说这话时我手按刀柄，样子非常凶狠），它把爪子伸进木箱的时候我就会一刀砍过去，让它立马缩回爪子，比它伸进来的时候还要快。我说话时语气坚定，好像生怕别人怀疑我的勇气似的。但是，我这一番勇气可嘉的话却仅仅引来一场哄堂大笑。就连国王周围对他毕恭毕敬的人也都忍不住大笑起来。这些都令我反思，如果周围的人都比你强大，你跟任何人都无法比拟，却还要妄自尊大，那真是白费力气、自讨没趣。返回英国后，我也常见到像我这样妄自尊大的人。有些卑鄙小人，他们的出身并不高贵，风采也不出众，既无才智，更无学识，甚至连基本的常识都不懂，却竟敢自高自大，妄图与国内最了不起的人物相提并论。

我每天的行为总有让宫里的人拿来开心寻乐的地方。格兰姆达尔克立奇虽然爱我极深，但是如果我做了什么傻事，她觉得可以讨王后欢喜,也会立马向王后报告。这样看来,她也是极其狡猾的。有一天,小保姆身体不适,女教师带着她到离城三十英里以外的野外去散散步,呼吸一下新鲜空气。马车要走一个小时的车程。她们下了马车,走上一条田间小路。格兰姆达尔克立奇把我外出乘坐的小木箱拿下来,让我也出去走走。小路上有堆牛粪,我非要一显身手,试试能不能跳过去。我先助跑,可是不幸起跳时太近了,整个人正好落在了牛粪里面,牛粪一直没到膝盖。我好不容易才狼狈地从牛粪里爬出来,浑身弄得脏兮兮的。有个跟班用他的手帕帮我擦拭干净。小保姆回来后一直把我关在箱子里,直到回了家才放出来。她立马把我这件丢人的故事报告给王后殿下,仆人也跟着在宫里大肆宣扬,搞得一连几天大家都拿我当笑柄,一说起来就笑个不停。

第六章

作者说了自己讨好国王、王后的几种方法。他展示了自己的音乐才华。国王询问英国的情况，作者也都一一解答。国王的意见也都在这里列出来供大家了解。

我一周有两次觐见国王的机会，每次都是早早就过去。这时候往往正赶上理发师给他剃胡子，场面初次看到确实挺吓人的，因为那把剃刀差不多有普通镰刀的两倍长。按照当地的传统，国王陛下每周只能刮两次胡子。有一次我说服理发师，把刮胡子用过的肥皂沫给我一些。我接过肥皂沫后，从里面拣出了四五十根最粗壮的胡子楂，然后我寻来一截好木头，削成梳子背的模样。我又从格兰姆达尔克立奇那里借来一根最小的针，在做好的梳背上均匀地钻几个小孔，把挑好的又粗又硬的胡子楂巧妙地嵌在小孔里，再用小刀把胡楂削得尖尖的。这样，一把很实用的梳子就大功告成了。我自己原来的那把梳子断了很多齿，几乎不能用了，这把新梳子做得很及时。况且我也知道，这个国家没有哪个工匠能有我这么精巧的手艺，不可能按我原来的梳子样式再帮我做一把。

说到做梳子，我又想起来另一件特别有趣的事情。后来我在空闲的时候，在这上面可是花了不少工夫。我先请王后的侍女给我保留些王后梳头时掉落的头发,没过多久我就积攒了不少。然后我跟帮我做木匠活的细木匠(这个工匠奉命平时给我干点零活儿)商量,让他按我的想法,做两把椅子框。椅子大小跟我住的木箱里的椅子差不多就行,椅背和椅面都按我的设计打造。做好之后,我让他在椅背和椅面的边上用细钻钻些小孔。接着我挑出王后的头发中最粗的那些,穿过这些钻孔,照着英国藤椅的编法编织起来。做好以后,我把这些椅子当作礼物献给了王后殿下。王后特别喜欢,平时就收藏在她的房间里,有时拿出来当奇珍异宝展示给人看。看到的人都不禁连连称奇。王后想让我坐在这些椅子上,我果断地拒绝了。我说,我宁愿人头落地也不要把我身体最不体面的部分放在这些最高贵的头发丝上去,这发丝曾经是长在尊贵的王后殿下头上,为殿下增辉添彩的。由于我在机械制造方面有些才能,就按照做椅子的思路,又用头发做了一个很精巧、很漂亮的小钱包。钱包约有五英尺长,上面用金线绣着王后的名字。王后把钱包赏给了格兰姆达尔克立奇。说实话,这个钱包中看不中用。头发太脆弱,里面放个大一点儿的硬币都会压断,所以格兰姆达尔克立奇就只放些女孩儿们喜欢的小娃娃之类的玩意儿。

国王钟情于音乐,经常在皇宫举办音乐会,有时候我也有幸参加。我去的时候就待在我的木箱里,木箱放在桌子上。但是音乐声音太大,闹哄哄乱糟糟的,我根本听不出是什么曲调。我绝对敢肯定的是,我们整个皇家军队的鼓弦乐器一起在你耳边吹打演奏,也没有这儿的声音大。所以我通常会让人把箱子搁在离乐手很远的地方,越远越好,然后再关上门窗,拉下窗帘。这样才能觉得他们的音乐不那么难听。

我年轻的时候学过几下键琴。格兰姆达尔克立奇屋里有一架键琴,还有老师专门教她弹奏,一周教两次。我把她屋里的这个琴叫做键琴,是因为外观很像,弹奏方法也大同小异。有一次我突发奇想,要用这架乐器为国王和王后演奏一首英国的曲子取乐。这可不是件容易的事:键琴将近六十英尺长,每个琴键几乎有一英尺宽。就算我把双臂完全张开来,最多才能够到五个琴键。我握紧拳头,用尽浑身力气砸下去才能按响一个琴键,这未免太费力气了,而且效果也不怎么好。后来我想出个主意,解决了这个难题:我准备了两根圆棍,大小和普通棍棒差不多。但圆棍一头粗,一头细。我手拿着细的这头,粗的那头用老鼠皮包起来,这样粗的那头在敲琴键的时候,既不会损伤琴键表面,也不会干扰音韵。键琴前面,琴键下方四英尺左右的地方放一把长凳,我演奏的时候,就斜着身子在长凳上跑来跑去。我手握两根圆棍,该敲什么键就狠狠地敲下去,只是我必须不停地跑来跑去才行。就这样设法演奏完了一首快步舞曲。国王和王后听了非常满意。不过对我来说,这次演奏是我生平最剧烈的运动了。就这样我也只能照顾到十六个键,不能像其他艺术家那样同时演奏出高低音来,这就使我的演奏没有办法尽善尽美。

我前面说过,国王思想深邃,很有见地。他常命人把我的木箱拿到他房间里,放在桌子上。他再命我从木箱里搬把椅子出来,坐在箱子顶上。他把箱子放在离他三码远的地方,这样我就和他的脸差不多高了。我们有过几次深入的交谈。有一天,我非常冒昧地向他直言,他对欧洲乃至世界其他地方抱有偏见,而这与他伟大的思想和杰出的才干不大相称。人并不是因为身材高大,头脑才发达。相反,在我的国度,我们注意到,体形最大、个头最高的人往往最没有才能。同样,在动物界,体形娇小的蜜蜂、蚂蚁却声名卓著,往往比个头大的动物更勤劳能干、更聪明伶俐。所以,尽管国王认为我微不足道,我仍然希望能为陛下建非常之功,效犬马之劳。国王仔细倾听我这番话,对我的看法较之以前也大为改观。他要我尽我所能,详细叙述一下英国政府的情况,尽管君王都对自己的政治制度情有独钟（根据我几次的谈话，他推想，其他的君主也是这样的），但对于可借鉴的政体，他也愿意聆听一二。

敬爱的读者，你们想想，当时我是多么希望我有德谟西尼斯①或者西塞罗②的无双辩才，用他们的如簧巧舌，以最恰当的语言、最精美的词句来描述我的祖国的盛世繁华和国泰民安，歌颂我可爱的英格兰啊！

我告诉国王，我们的疆土由两座岛屿组成，共有三大王国，但归于一位君主治理，另外，在美洲我们还有广袤的殖民地。我颇费唇舌地详细讲述了英国肥沃的土地和温和的气候。然后又大费周章地谈及了英国议会的组成情况。议会的一部分由贵族组成，称为上议院。上议员血统高贵，世袭最古老最富足的祖传家业，并且重视文才武略方面的教育。这样他们才可以更好地做国王或王国的参议，帮助国家立法，成为最高法院的法官，公正地处理所有的诉讼。良好的教育还使他们成为勇敢、正直、忠诚的斗士，随时准备为君主和国家而战。他们是王国的荣耀、国家的栋梁。他们无愧为盛德隆名的祖先的后代，他们的先人因种种德行而久享盛名，他们的后人也圣德不衰。议员之外，还有一部分神职人员——主教，一起组成上议院。他们专门负责宗教事务，带领教士引导世人。这些人是君主和议员从全国筛选出来的精英，他们生活圣洁、学识渊博，是教士和人民的精神领袖。

议会的另一个组成部分称为下议院。议员都是国内重要的绅士，由民众自由选举产生。这些人才能卓越，秉持强烈的爱国热情，是全国人民智慧的典范。这两院人士组成了欧洲最严正公允的议会，整个立法机构由他们和君主共同掌管。

---

① 德谟西尼斯（Demosthenes，公元前384—公元前322），古希腊政治家及演说家。
② 西塞罗（Cicero），古希腊政治家及演说家。

我又说到法庭,讲到了法官们。他们都是德高望重的贤明之士。他们通晓律法,主持审判,维护人民的权利和财产安全。同时,他们惩恶扬善、保护弱小。我又提到了我国节俭的财政管理制度,提到海陆军的英勇战绩。我先估算了每个教会或政党大约拥有几百万人口,进而算出国家的总人数。我没忘提及国家的体育盛事和休闲娱乐。只要能为祖国增光添彩的事情,哪怕是极其琐碎的细枝末节,我都没有遗漏。最后我对英国近百年来的大事做了一番简要的叙述。

我被召见了五次才把事情说完,每次都历时好几个小时。国王全程都聚精会神地聆听,不时地用笔记录我的观点,同时也写下他以后会问我的问题。

我介绍英国的长篇大论接近尾声的时候,国王第六次召见我,他一边看着笔记,一边逐条逐项地提出了他的许多疑点、问题和不同意见。他问,我们用什么方式教育年轻贵族?他们在早年,即最容易接受教育的时候,都做些什么?如果贵族无后,怎样填补议员的空缺?这个当选的新议员要具备什么资格和条件?是否仅凭君王的心血来潮,或者给哪位宫廷贵妇一笔贿赂,或者违背公众利益,私自加强某一党派的实力,就能使这人成为新贵?这些贵族裁决同胞的财务纠纷时,他们对国家的法律法规知晓多少?从何种途径习得?他们难道从不贪婪、偏私、奢侈,从不接受贿赂,不会搞阴谋诡计吗?还有我提到的那些神圣教士,他们都是因为宗教知识渊博,生活圣洁高贵才被提升到这个职位吗?他们还是普通教士的时候,难道没有随波逐流、趋炎附势吗?就不曾依附于贵族门下,做卑躬屈膝、低贱无行的牧师吗?选入议会以后,他们不会对贵族的意志百依百顺吗?

国王还想知道,选举下议员的时候都会耍什么伎俩。如果有个外乡人,腰缠万贯,他难道不会鼓动选民投他的票,以此排挤掉他们本土的乡绅,或附近最有资格的绅士?参选议员劳民伤财,既无薪金又无年俸,大家为什么还不惜倾家荡产,削尖了脑袋往里挤呢?貌似大家都极富修为,秉持全心全意为公共服务的精神,但国王却怀疑那是否完全出于热诚?他想知道,这些热情高涨的乡绅们会不会牺牲公众的利益去屈从软弱、无德的君主和腐败内阁的意志,以后找机会补偿当初为当选下议员而破费的金钱和精力?他还提了许多别的问题。并就这些问题从各个方面提出了质疑和意见。在此如果一一赘述,未免不够谨慎。

关于我国的法庭,他想了解以下几点。这方面的问题我回答得还算游刃有余,因为之前我曾在英国最高法院五个部门之一的大法官法庭打过一场旷日持久的官司,花了不少钱才得以判决,几乎搞得我倾家荡产。他的问题是,判定一场官司的是非对错一般要花多长时间?需要多少钱?如果判案明显不公,故意与人为难,欺压其中一方,辩护人和原告有没有申明抗辩的自由?教派或政党是否会影响公正执法?那些为人辩护的律师是否受过教育?衡平法的常识是否完备?他们是否只了解一省、一国及其他地方性的习俗?律师和法官们既然可以任意阐释或曲解法律,他们是否会参与法律的起草工作?他们是否在不同的时期,为不同的利益,就同一案件有过不同的立场?他们是否厚颜无耻地援引先例证明自己前后矛盾而不以为耻?他们属于富人还是穷人阶层?他们为人辩护,发表公论,是否收取报酬?他还特别想知道,他们是否有参选下议员的资格?

他还质疑并攻击我国的财政管理制度。他说,我肯定没记清楚,因为我计算的国家的一年税收只有五六百万左右,可是我提到的各项开支总额却非常巨大。他发现,有时竟然超支一倍有余。这一点他在笔记上记得非常仔细,他说,本以为他可以借鉴我国的财务管理制度,以后筹划预算时才不会被蒙骗。但是,如果我跟他讲的都是真话,他始终不能明白,为什么这样一个庞大的国家,居然也和私人一样,可以超支呢?他问我,国家找谁借钱?从哪里弄钱还债?听到我说起耗资巨大的大规模战争,他也惊讶不已。他认定要么我们这个民族天性喜好争吵,要么就是我们的邻国不安分,并且将军们比国王还有钱。他问我,在本国以外的地方,除了进行贸易,订立条约,出动军舰保卫海岸线外,我们还有什么事情可做?最令他疑惑不解的是他听我说起我们招募了一支庞大的常备军。在和平时期,对于这个号称是自由民族的国家来说,这一切都不可思议。他说,既然执政的人都是按照我们的意志选举的代表,他想不出我们还怕谁,要与谁作战。他想听听我的意见,一个人的家宅靠自己的子女和家人来保卫不是很好吗?难道不强似花几个钱到街上胡乱拉几个流氓来保护?如果这些流氓把全家人杀了,不是可以多赚一百倍的钱吗?

我计算国家总人口的时候是按照教派和政党的人数来推算的。他笑话我的这种计算方法,说它很离奇,他喜欢说"离奇"两个字。因为,他说,他搞不明白,为什么一定要强迫那些对公众事物怀有偏见的人改变自己的主张,为什么不能使他们私下持有这些偏见而不敢对外声张呢?无论哪个政府,只要强迫他人改变自己的主意,就是专制。反过来,如果人人都敢于公开表达对大众不利的意见,则可见政府之软弱无能。虽然可以允许个人私藏毒药,却不能允许他拿着毒药当兴奋剂四处兜售。

他还注意到,我谈到贵族绅士们的娱乐活动时,提到了赌博。他问,他们大约在什么年纪开始玩这种游戏?什么时候收手?他们会花多长时间玩赌博?赌注是不是很大,会不会导致倾家荡产?卑鄙邪恶的人会不会因赌术高超而变成巨富?以致贵族老爷有时也得仰其鼻息,终日与他们为伍,完全不思上进?而赌输之后,贵族老爷们会不会也去学那些下流伎俩并施于他人?

我所叙述的近百年来的英国大事让他非常震惊。他不以为然地说，那不过是堆积如山的阴谋、叛乱、暗杀、屠杀、革命和流放罢了，是贪婪成性、党派争端、伪善虚荣、背信弃义、残忍暴虐、愤怒疯狂、仇恨嫉妒、淫乱纵欲、狡诈阴险和勃勃野心所能产生的最严重、最丑陋的恶果。

在另一次召见的时候，国王又不厌其烦地概述了一遍我跟他讲的所有内容，对照了一下他所提出的问题和我给出的答案。然后他把我捧在手中，轻轻抚摸着我，说了几句话。我永远不会忘记他跟我说的话和他说话时的态度。他说："我的小朋友格里德里格啊，你为你的祖国发表了一篇最为堂皇富丽的颂词。可是你却清楚地证明了，立法者只有具备无知、懒散和腐化这些特性才能胜任工作，那些有心机和谋算，有本领歪曲、混淆和逃避法律的人，才能最好地解释、说明和应用法律。我想你们原本的几条规章制度还是可行的，可是有一半已被废除，剩下的都被腐败的政治给玷污甚至完全抹杀掉了。从你刚才所说的话来看，好像在你们的国度，职位的获取与道德无关，封官加爵并非因其厚德笃行。同样，教士升迁也不因其博学虔诚；军人晋级不因其行为正直、勇气可钦；法官高升不因其廉明公正；参议员的褒贬不因其是否爱国护民；参政大臣的当选也不因其智慧超群。至于你，"国王接着说，"你过了大半辈子的旅途生涯，我很希望你没有沾染上你同胞们的恶行。但是根据你之前的表述和我费尽力气从你齿缝中挤出答案这点来看，我只能得出这样的结论：你同胞中的大部分人，是大自然亘古至今容忍在地面爬行的小小害虫中最可憎、最有害的一类。"

第 七 章

作者对祖国的爱。他提出了一项对国王极为有利的建议,但却遭到拒绝。国王对政治一无所知。这个国家的学术很不完善,而且范围狭窄。作者还介绍了他们的法律、军事和政党的情况。

我对真理的热爱促使我把这段经历毫无隐瞒地全部写下来。国王讽刺、嘲弄英国的方方面面的时候,我即使表示愤慨、不满也是枉然,因为我的行为只会遭到他们的嘲笑。所以我不得不耐着性子,听凭他人无情地嘲弄、侮辱我高贵、亲爱的祖国。面对此情此景,我真的痛心疾首。相信亲爱的读者陷入这种境地也会同我一样难过。偏偏这位君主的好奇心又特别强烈,方方面面都要事无巨细地探问清楚。如果我不竭尽所能给他满意的答复,便会有忘恩负义之嫌,况且这也不合乎礼数。在此我要为自己辩白两句,我回答国王的提问时,已经巧妙地避开了许多问题。严格地说,对每个问题的答案我都尽可能地加以粉饰,让它们比事实美好得多。因为我生就了偏袒祖国的个性,而且这应该是一种值得称颂的美德。哈立卡那修斯的狄昂尼修斯①曾劝诫历史学家勿忘此美德,

---

① 狄昂尼修斯(Dionysius,公元前54—公元前7),古希腊历史学家、哲学家。

固然有他的道理。所以我决心掩饰亲爱的祖国的政治缺陷和丑陋行径,竭力宣扬她的美善和德行。在与这位伟大君王的谈话中,我曾尽力这样做,但是很不幸,我没有成功。

当然,我们应当对这位君王的行为稍稍体谅一下,因为他和他的臣民都与世隔绝,对其他国家最普通的人情世故当然是一无所知。因无知而产生偏见、狭隘的观点。这些偏见、狭隘在我国和欧洲的文明社会则没有生长的土壤。如果把离群索居的君王的善恶观念当成全人类的是非标准,那可真是强人所难了。

为了证明王国的偏见和狭隘,以及这种偏见、狭隘教育下产生的恶果,我为大家再讲述一段小小的插曲吧,这段故事几乎到了令人难以置信的程度。那时为了获取国王更多的宠幸,我拿文明世界的一项发明来邀功请赏。我说,三四百年前,有人发明了一种威力极大的粉末。哪怕有个小火星掉到这个粉末上,也会瞬间将粉末点燃。即使粉末堆成山一样高,情况也是如此。点燃的粉末会一冲上天,声响和震动胜过惊雷。如果把粉末装进空的铜管或铁管里,根据管子大小调整填充的粉末量,点燃的粉末可以将管内的铁弹或铅弹迅猛弹出,速度之迅疾,力量之巨大,世上无物可挡。如果将这个发明用于军事领域,发射出最大的弹丸,就可以力摧千军于一瞬,那么夷平城池、击沉千军战艇,就都是轻而易举的事了。即使敌舰用铁锁相连,炮弹也可以打断桅杆和船索,将千军之躯炸成两段,乃至片甲不留。我们常把这种粉末装入空心大铁球中,用特制的机器发射,直指目标城池。所到之处,道路尽毁,房屋夷平,碎片纷飞,靠近的人全都脑浆迸裂。我禀告国王,我对粉末的成分非常熟悉,原料也都廉价易得,调配方法我也烂熟于心,因此可以指导他的臣民进行加工制造。所造之物可以与国内所有物件的比例相称,最长不过一百英尺。如果建造二三十根炮管,装入适量粉末和铁球,即可在数小时内摧毁国内最坚固的城池。如果京都有人胆敢反抗，违背陛下的旨意，那就炮弹齐发，转瞬间就可将京都摧毁。我谨将此计献与陛下，略表寸心，以报陛下无数次的恩典和庇护。

哪知陛下对我的提议和我描述的庞大、可怕的机器大为震惊。他疑惑不解，我这只弱小、卑贱的小动物（这是他的说法）怎会有如此惨无人道的想法。说起来随随便便，似乎对毁灭性机器造成的血流成河、天崩地陷的后果完全无动于衷，反倒认为是寻常结果。他说，最初发明这些武器的人肯定是恶魔般的天才、是人类的公敌。至于他本人，他表示，尽管艺术的创新、自然界的发明创造是他愉悦的源泉，没有什么快乐可与之相媲美，但他宁愿失掉半壁江山，也不要这样的秘密。他下达严令，如果我想保命，从此以后禁止再提此事。

看吧！死板的教条、短浅的目光就产生了如此奇怪荒诞的结果！这样一位君王，才能卓越、智慧超群、学识渊博，有治国雄才和种种令人崇敬、爱戴、敬仰的品质，竟因为一丝微不足道、毫无必要的顾忌，让唾手可得的机会白白地溜走，这完全出乎欧洲人的意料。如果他不是这样的话，他将会成为绝对的主宰，统领世间所有臣民的生命、自由和财产。以上所述，并非想要减损这位杰出君王的诸多美德。我深知，基于此点，英国的读者对这个国王的品德会多有褒贬。但我相信，他的所做所想完全是出于无知。在这里，至今政治还没有成为一门科学，而在欧洲，很多精英才俊们早已深谙政治这门学问。我依稀记得，某日与国王深谈，我偶然提到关于统治这门学问，我们写过上千本书。出人意料，国王因此而鄙视我们的智慧。他表示，君臣都应该坦坦荡荡，任何的矫揉造作、阴谋诡计都令他深恶痛绝、鄙夷轻贱。我提到了国家机密，他却不知所谓何物。因为他既没有敌人，也没有敌国。他所谓的治国之道，无外乎常识和理智，正义和仁慈，从速判决民、刑各种案件，以及其他不值一提的简单事项。他坚持认为,要是有人身怀过人才干,那就要使原本生产一串谷穗的土地长出两串谷穗,原本生产一片草叶的土地长出两片草叶,这样的人的功劳大于所有政客的功劳,他的贡献多于所有政客的贡献。

这个民族的学术不甚完备,仅有伦理、历史、诗歌和数学几科,但这几科还是成就卓然的。他们的数学成就完全应用在有益于生活的事情上,比如改良农业以及机械技术,而这在我们看来,则完全不足称道。至于观念、本体、抽象、先验这些概念,是无论如何也灌输不到他们头脑中的。

他们的语言共有二十二个字母。所有的法律条文没有一条超过这个数目,事实上,这么长的条文也寥寥无几。所有条文都简单明了,人们都憨厚淳朴,不会殚精竭虑地思考如何对法律条文做歪曲的阐释。而且,谁要胆敢这么做,就会被判处死刑。至于民事诉讼的裁决或刑事审判的程序,由于他们判例太少,两方面都没有什么值得吹嘘夸耀的特殊技巧。

曾几何时,他们也像中国人一样,发明了印刷术。但国内的图书馆都不大,皇家图书馆算是最大的了,藏书也不过千卷。图书陈列在一千二百英尺长的长廊里,这些书我可以随意借阅。为了方便我看书,王后的细木匠在格兰姆达尔克立奇的房间里安装了一架二十五英尺高的木质云梯。云梯的每层踏板长五十英尺,梯子可以任意地搬动,放置时,梯子腿离墙壁十英尺远。我找到想看的书时,就把书斜倚在墙上,然后我爬上梯子最上层的踏板,脸对着书,从一页的头几行读起。根据每行的长度,左右移动,来回走大约八到十步即可读完一行。待到下面的字看不清了,再沿级而下,直到梯子最后一层。读另一面时也如法炮制。读完以后就将这一页翻过去。我用双手即可轻易地翻书,因为书页又厚又硬,就像硬纸板一样,而且最大的对开本也不过十八到二十英尺长。

他们的文章风格清隽、雄健、流畅，但是却不华丽。他们最忌讳堆砌华而不实的辞藻，最厌恶花样繁多的表达方式。我曾仔细研读过他们的书籍，特别是历史和道德方面的著作。至于其他方面的书籍，我最爱的莫过于一本比较陈旧的小书了，那是本一直摆在格兰姆达尔克立奇卧室里的小书，是她的女教师的。那位老成持重的太太平时爱好道德和宗教信仰方面的著作。她的这本小书论述了人类的弱点。除了女人和凡夫俗子外，此书并不怎么受重视。然而，我却很好奇，对于这一高深的论题，哪个国家的作家们会有这样的真知灼见。书的作者一如欧洲的道德学家们，把所有常见的话题一一论述完毕。书中指出，人天性十分卑鄙、渺小、无能，既无力抵御恶劣的天气，又不能抵抗凶猛的野兽。而其他动物，论气力，论速度，论视力，论勤劳，都各有所长，远远胜过人类。作者还说，近代世界在走下坡路，连大自然都退化了。跟古代人相比，大自然如今降生的都只是些矮小的早产儿。古代人种不仅比现代人高大威猛许多，而且那时候还时常有巨人出现。历史和传说都有记载，王国境内偶然挖掘出的巨大骨骼和骷髅，也证明古人远远超过当今羸弱的人类。他表示，自然律法要求我们像当初一样长得高大、威猛，而不是像如今这样弱不禁风。屋顶掉落的瓦片、孩童手中的石子、失足跌落小溪等，这些小小的事故都能取人性命。作者依此推论，总结出几条道德法则，指导人们为人处世，在此不便一一转述。我自己却不由得浮想联翩，人类在与自然的争辩中吸取经验教训，这种才能还真是普天之下如出一辙呢。但事实上，这不过是人类发发牢骚，略表其不满罢了。经过周密的调查研究之后，我认为，他们与自然的争辩，也如同我们一样，是毫无根据的。

说到军事，他们号称拥有步兵十七万六千、骑兵三十二万。其实管他们叫步兵也很勉强，因为这支军队由各个城镇的商人和乡下的农民组成,当地的贵族和乡绅担任指挥。他们不领薪饷,也从不接受赏赐。他们虽然操练娴熟、纪律严明,但我看不出有什么了不起的优点。因为农民都由他的地主指挥,市民都由城里的领袖统率,这些人又都是按照威尼斯的做法那样投票选出来的,所以操练能不娴熟,纪律能不严明吗?

我常看到京都洛布鲁格鲁德的民兵拉出去操练,他们集合到离都城不远的空地上,空地面积约二十平方英里。民兵总数不过两万五千名步兵、六千名骑兵,不过具体数字我无法算清,因为他们所占的地盘太大了。一匹大战马上的骑兵大约有九十英尺高。我曾亲眼看见操练的场面,一声令下,整队骑兵都齐刷刷抽出腰刀,在空中闪亮挥舞。那情形绝对是壮丽堂皇、惊心动魄,简直令人无法想象,更难以用言语形容!看上去仿佛万道闪电在天空中从四面八方同时耀射。

起初我疑惑不已,既然本国与他国从无交通往来,为何国王会想到蓄养军队,军事化训练百姓呢?不久,通过与国王交谈,以及阅读历史书籍,我终于参透了其中原委。原来几个世代以来,他们也犯了人类的通病:贵族争权夺势,人民争取自由,君主要求绝对专制。三方明争暗斗,无论法律如何协调,时不时也会有一方破坏法律,从而引发多次内战。最近的一次内战幸而被当今国王的祖父率大军平定了。于是三方面一致同意从此设立民兵团,并严格履行它的职责。

第 八 章

国王和王后巡视边境,作者也一同随行。作者还叙述了离开那个国家的详情,最后作者得以返回英国。

如果有朝一日能重获自由该多好啊!这种强烈的愿望一直深藏在我心底。但是选择什么方式、用什么可行的计谋,我却一直没想清楚。据说,我原先乘坐的小船是这个王国的军民有史以来发现的第一艘。国王已经颁布严格的命令,无论任何时候,只要发现类似的船只,就务必将其俘虏上岸,船上所有的水手及乘客无一例外装进囚车,运往都城洛布鲁格鲁德。国王一心想寻找身材跟我一样的女子,让我们传宗接代。而我宁死也不愿意忍受这样的羞辱,留下子嗣却被终日关进牢笼,如同金丝雀一般被人观赏玩耍。又或许会在某时某日,他们被当作稀罕的玩物,在王公贵族间转手出售。虽然此时,王国上下对我的确礼遇有加,国王、王后也是百般宠幸,朝野中上下群臣看到我都欣喜非常,然而我的身份和地位却有辱为人的尊严。家乡和妻儿经常萦绕在心头,令我难以忘怀。我渴望在人群中生活,与人平等地交谈,而且能够无拘无束地行走在大街小巷和田野地头,不用随时担心自己像青蛙或小狗那样的小动物一般被人踩死。我可真是万万没想到,我的脱险之日竟来得如此迅速，脱险方式也是如此非同寻常。下面我将向大家详详细细、老老实实地讲述一下整个过程。

我流落该国已经两年有余了。第三年开始的时候，我和格兰姆达尔克立奇陪同国王、王后一起南巡，走到了王国的海岸线那里。我像平日一样，乘坐自己旅行专用的小木箱。我以前已经详细描述过这个小木箱，木箱宽达十二英尺，非常方便舒适。按照我的要求，木箱里面安有吊床，吊床四角用丝绳吊在箱顶。仆人骑马时，为了减少颠簸之苦，会连箱带人一起抱在胸前。旅途中，我经常在吊床上睡觉休息。在木箱顶部稍稍偏离吊床中间的位置，细木匠按我的要求开了天窗，天窗大约有一英尺见方。天热睡觉时，空气可以流通进来。天窗上安有木板，可以顺着木槽前后推拉，随时将天窗关上。

出巡结束后，国王想去行宫小住几天，行宫在离海边大约十八英里的弗兰弗兰斯尼克市。我和格兰姆达尔克立奇由于长途劳顿都疲惫异常。我是偶感风寒，这个可怜的小姑娘也病得不轻，根本出不了门。我特别希望去看看大海，因为如果有机会的话，大海将是我唯一可以逃生的路径。因此我假装病得很重，要求去海边呼吸一下新鲜空气，促进健康的恢复。小保姆因为病重不能跟我一起去，我就希望带上我喜欢的一位仆人，他们也很信任他，从前也经常把我托付给他照看。格兰姆达尔克立奇听说以后，心里非常不情愿，但最终还是同意了。她流露出的关切神情我终生都难以忘怀。她一再叮咛这个仆人要好好照顾我，告别时她几乎哭成了个泪人，似乎已经预见到将要发生的事情似的。仆人提着我的箱子出了行宫，走了大概半个小时的路程，我们到了海岸的岩石边。我吩咐他把箱子放下来，我拉开一扇窗，无限忧郁地看着大海。我感觉有些不舒服，就跟仆人说我想在吊床上小睡片刻，希望这样能好得快些。我爬上吊床躺下来，仆人怕我着凉，就落下了窗户。我很快就进入了梦乡,之后到底发生了什么事情,我只能靠猜测了。大概的经过应该是:我睡觉的时候,仆人觉得我不会发生什么危险,就爬到岩石中间找鸟蛋玩去了。我记得睡觉之前看到他在岩石那边到处寻找,还捡到了一两个鸟蛋。大概就是这样吧。我睡眠正酣时突然被惊醒,感觉顶上提箱子的铁环被猛拽了一下,箱子随即就到了半空中,接着开始以极快的速度往前飞驰。刚开始的强烈震动差点儿把我从吊床上摔下来,之后就慢慢平稳地往前移动了。我撕心裂肺地大叫救命,可是喊破了嗓子也没人理睬。从窗户往外望去,只能看到漂浮的白云和无垠的天空。后来我头顶上传来一些声响,好像是拍打翅膀的声音,我才意识到我当时的处境有多么悲惨。原来是一只鹰,它正用喙叼着箱子的铁环,想找机会把箱子摔碎在岩石上,就像平时对付缩头乌龟一样,先把龟壳摔碎,然后把龟肉啄出来吃掉。这种鸟聪明机警,嗅觉也很敏锐,能在数里之外发现猎物,就算猎物的藏身之处比我这两英寸厚的木板还厚还结实,被它发现后也难逃厄运。不久,头顶上翅膀的拍击声越来越大,我的木箱也开始上下颠簸起来,好似风中的路标牌一般,不停地来回晃动。箱子外突然传来几声撞击的声响,我猜想可能是老鹰遭到了袭击(至此我已确信木箱正被老鹰叼着)。接着,我突然感到自己开始飞速地往下掉,速度实在太快,吓得我几乎无法呼吸。这样足足往下掉了一分多钟,随着可怕的一声巨响,我听到了重物从高处落入水中的声音,我便停止了跌落。那声音震耳欲聋,远胜过站在尼亚加拉大瀑布旁边倾听水流往下倾泻的声音。之后我陷入一片漆黑当中,过了一分钟,我感到箱子高高地漂浮了起来,窗户顶上透出了光亮。这时我才意识到我掉进了大海里,木箱正在海面上漂浮。由于我本身的重量,加上箱子里所有的物体以及固定在箱子上下四角的宽铁板的重量,箱子浸在海水中大约有五英尺深。当时我已猜想到,而且现在还是这样认为,老鹰叼着我的箱子在飞行过程中遇到了两三个同伴，它们想要分一杯羹。老鹰为了腾出手来与它们较量，不得不把我丢进大海。固定在箱子下部的宽铁板非常厚实，这才使得箱子在下落时保持了平衡，而且用力撞在水面上时也没有跌碎箱子。箱子所有接缝处的木槽都做得严严实实，门也和窗户一样是上下推拉的结构，而不是用铁合页钉上的，所以整个木箱严丝合缝，几乎没有海水渗进来。我费尽周折才从吊床上爬下来，大胆地打开前面提到的箱顶的活板，透些空气进来，否则我简直快要被闷死了。

当时我多么希望与我亲爱的格兰姆达尔克立奇在一起啊。我们日夜相伴，分开的时间从没有超过一个小时。说实话，当时我虽然身陷囹圄，倒不禁为我的小保姆悲伤起来。她该怎样承受失掉我的痛苦？王后知道后会怎样勃然大怒，迁怒责骂于她？她的富贵生活是否就此结束，而且永远不得翻身？或许很多旅行家都没有遭受过我当时的艰险和痛苦。在这危急的关头，木箱随时都会被撞成碎片，或被一阵狂风、一个巨浪掀翻。窗玻璃上一条小小的裂缝也有可能让我送命。若不是窗户外有铁丝网保护，窗户也早已保不住了。铁丝网是当初为防止旅行中出意外安上的。现在水从几处裂缝处慢慢地渗进来，虽然水流不大，我还是在尽力把裂缝堵住。我想打开木箱的天花板，无奈力气不够，不然坐在屋顶上勉强延长几个小时的性命也是好的，总比在这里关禁闭（我称之为关禁闭）要强得多。但是即使我能爬上箱顶侥幸多存活一两天，严寒和饥饿就横亘在面前，我又如何能逃离一死？我就这样熬过了四个小时，我知道我每时每刻都有可能死去，有时我也真心希望就这样死掉算了。

我曾告诉过读者，木箱没开窗户的一面安了两个结实的铁环。平时仆人骑马带我外出的时候，将皮带穿过铁环，就能把箱子牢牢地绑在腰间。我正发愁绝望的时候，突然听到了一种声音，至少我以为听到了，是铁环那面轧轧作响的声音。过了一会儿，我开始想象有什么东西在海面上拖着木箱前进，因为我时时都能感到拖拽的力量。激起的水花几乎漫过了窗户，于是我又不时地陷入黑暗。我虽然想象不出发生了什么事，但这却给了我一丝获救的希望。我冒险把固定在地板上的一把椅子卸下来，把固定的螺丝拧开，费了不少劲儿把它搬到刚打开的天窗边上，然后重新把椅子用螺丝拧到地板上。我费力地爬上椅子，把嘴尽量对着窗口，开始大声呼救。我用我会的所有语言大喊救命，然后又找出一条手帕，系在我随身携带的一根手杖上，把手杖伸出天窗外，在空中挥舞了很久。如果碰巧有大小船只经过，水手可能会想到这个箱子里关了个可怜的人儿。

　　我所做的一切并没有产生预期的效果，但是我分明感到箱子一直被拖着前进。一小时之后，或者更久，木箱没有窗户、安了铁环的那一面撞到了坚硬的物体上。我担心那是一块礁石，而且我感觉颠簸的剧烈程度也比以前厉害多了。我清楚地听到箱子上面轧轧作响，好像是缆绳穿过铁环的碰撞声。接着我感觉自己被逐步升高，至少比以前高了三英尺。我再次把系着手帕的手杖伸出天窗外，大喊救命，差点儿把喉咙喊破，嘶哑得都快出不了声了。我的呼喊终于有了回应，我听到外面传来三声强有力的应答，这真叫我欣喜若狂！没有切身感受的人不会明白我当时的喜悦之情的。头顶上传来脚步声，有人通过天窗的小洞向我喊话，他们说的居然是英语！"底下有人吗？有人请回答！"我赶紧答道："我是英国人！我命运不济，全世界谁也没像我这样受这么大的罪啊！"我苦苦哀求，希望他们能把我从这个可怕的牢笼里救出去。那个声音回答说我已经安全了，还说木箱已经被拽到大船上了，等一下木匠到了，在箱顶上锯个大洞，就能把我拽出来。我说，不用那么麻烦，那样太费时间了。只要水手用手指勾住铁环，把木箱拉出海面,再放到船长室就行了。有人听到我这样胡说,还以为我疯了,其他人也都不禁大笑起来。当时我确实忘了,我周围的这些人都和我体形一样,力气也和我相同。木匠来了以后,很快锯了个四英尺见方的缺口。他们放下一架小梯子,我小心翼翼地爬上去,他们把我弄到了大船上。此时我已经虚弱得浑身无力。

　　水手们看到我都惊异非常,围着我问了成千上万个问题,可我当时没有心思回答。见到身边这么多小矮子,我也同样惊奇不已。我把他们看做小矮子,是因为我许久以来已经看惯了刚离开的那些大巨人的缘故。船长托马斯·威尔柯克斯先生是什罗普郡人,为人非常诚恳和善。他看到我已经虚弱无比,就把我带到他的舱里,给我服了一种强心药,使我安定下来。他又让我睡在他的床上,劝我稍微休息一会儿。我当时太需要休息了。休息之前我告诉船长,木箱里有我一些珍贵的家具,丢了就太可惜了。里面有一张很精致的吊床、一张漂亮的行军床、两把椅子、一张桌子和一个橱子。木箱四壁都挂着,或者说镶着漂亮的、上好的丝绸和棉絮。如果他命令水手把木箱抬到这个船舱里,我会当着他的面打开木箱,把我的家当展示给他看。船长以为我在说胡话,也由此断定我肯定是疯了,不过他还是照我说的做了(我想是为了让我安定下来)。他回到甲板上,吩咐几个水手下到木箱里把我的东西搬出来,把墙壁上的东西也扯下来(我后来才知道他们是这样做的)。可是水手们不知道,椅子、橱柜和床架都是用螺丝固定在地板上的,他们用力往上扯的时候,大多都损坏了。他们敲下了几块木板,拿到船上来用。把想拿的东西拿完之后,他们便把空箱子扔到了海里。因为四周和底部已有了不少裂缝,所以箱子立即沉到了海底。说实话,我很高兴没有亲眼看见他们将我的东西毁坏殆尽的场景。我相信那一定会触动我的心弦,令我想起一件件往事,而我宁愿把那些全都忘掉。

我睡了几个小时，但睡得一点儿也不沉稳。我不时地梦到我刚刚离开的那个国度，梦到我侥幸逃过的这场灾难。不过醒来之后，我还是发觉体力恢复了很多。晚上八点钟左右，船长吩咐立即开饭，他觉得我好久没吃东西，肯定饿坏了。他见我并不粗野，说话也有条有理，于是态度非常和蔼，于是极其热情地款待了我。等到四下无人的时候，他就让我讲讲旅途的情况，我是如何被关在那个巨大无比的大箱子里，又被放到海上漂流的。他说，那天中午十二点左右的时候，他从望远镜里发现远处有样东西，他起初以为是艘帆船。心想那里离航线不远，同时船上的饼干也快吃完了，就想着从那艘船上买些过来，便驱船向那边靠拢。等靠近后才发现，那不是帆船。他派人坐着大艇去看看那漂浮的东西到底是什么。水手回来后都惊慌失措，信誓旦旦地说见到了一个在海上漂流的房子。船长笑他们净说傻话，便亲自坐上小船去一探究竟，同时还吩咐水手们带好结实的缆绳一同过去。当时海上风平浪静，他绕着我的小木箱划了好几圈，发现箱子上居然有窗户，窗户外还有铁丝网保护。有一面则完全是木板结构，不透一丝光亮，上面安着一对铁环。他吩咐水手把船划到有铁环的一面，把缆绳穿过其中一只铁环，拽着这个柜子（他是这样说的）往大船划去。箱子拖到大船边上，他下令把另一根缆绳拴在箱顶的铁环上，用滑车把木箱吊起来。可是木箱太重了，所有水手一起动手，才能吊起不过两三英尺高。他说，后来大家看到我从洞里伸出手杖和手绢，断定箱子里肯定关着个不幸的人。我问，起初发现我的时候，有没有发现空中有大鸟经过？他回答说，刚才我睡觉的时候，他和水手们谈过此事。其中有一个说看到有三只鹰往北飞去，但是那鹰也不是太大，跟普通的鹰大小差不多。我猜想那是因为鹰飞得太高的缘故。他当时搞不明白我为什么会问这个问题。我接着问船长，按他的估算，我们现在离陆地有多远了。他说，据他精确估算，至少有一百里格。

我说,他至少多算了一半的路程,因为我掉进大海的时候,离开那个国家才不过两个小时。听我说出这句莫名其妙的话,他觉得我肯定是脑子出了毛病,言语间便暗示我又开始疯癫了。他给我准备了一间船舱,建议我去船舱里休息一下。我说,由于船长之前的细心照料和热情款待,我已经恢复过来了,现在和平常一样,神志很清醒。他却蓦地严肃起来,说他想坦率地问我一句,是不是我犯下了什么滔天大罪,被君王下令严惩,才被关在木箱里放逐的。有些国家对待重刑犯的手段,就是强迫他们在一只破船上漂流,而且不供给吃喝。他虽然懊恼误救了一个坏人上船,但他会遵守诺言,把我平安送上岸,只要一到港口就立刻把我打发走。他又补充道,他起初对我怀疑是因为我对水手们说的胡话,后来关于那只木箱我又讲了些不着边际的话,加上我吃晚饭时的神情和举止都非常古怪,这就更加深了他对我的怀疑。

我请求船长耐心一些,听我把故事说完。我把从上次离开英国,直到他们发现我之前发生的事情原原本本、一五一十地讲给他听。事实总能说服懂道理的人。船长是位诚实、可敬的绅士,颇有几分学问,思维也很有条理,所以他很快便相信我是个坦诚的人,说的都是实话。为进一步证实我所说的话,我请求他叫人把我的橱柜搬进来,我告诉他,我口袋里有把钥匙可以打开橱柜。之前他已经把水手们如何处置木箱的事告诉了我。我当着他的面打开橱柜,把在那个国家收集的稀奇玩意儿拿出一部分给他看。真没想到,我居然能从那个国家被人救出来。我给他看那把梳子,就是我用国王的胡子楂做成的那一把。还有另一把用同样材料做成的,不过梳子背是王后的大拇指的指甲。我又拿给他几根缝衣针和别针,尺码从一英尺到半码不等。还有那四根像细木匠用的平头钉一样粗的黄蜂刺。此外,还有王后梳下来的几根头发及一枚金戒指。戒指是有一天王后心情大好时,格外开恩送给我的。当时她

141

把戒指从小手指上摘下来,像套项圈似的一下套在我头上。我想把戒指送给船长,以报答他对我的盛情款待,但他坚决不收。我又拿出一只鸡眼给他看,这是我亲手从王后侍女的脚趾上割下来的。它足有肯特郡的苹果那么大,质地非常坚硬。回英国后,我把它挖成了个杯子,用白银镶嵌起来。我还请他看了我当时穿的用一只老鼠皮做的裤子。

船长什么都不要,最后我只送给他一个仆人的牙齿,我见船长很惊奇地细细把玩,对它很感兴趣的样子,就硬劝他收下了。我给他后,他还千恩万谢的,这么件小东西真不值得他这样道谢。这个牙齿是当时一个技术不济的外科医生从格兰姆达尔克立奇的仆人嘴里误拔下来的。那个仆人牙疼,但是牙医却拔下了这颗没毛病的牙齿。我要了过来,清洗干净,收进了橱柜里。牙齿有一英尺长,直径四英寸。

我把这段奇特的经历简要地讲给船长听,他对我的描述很是满意。他说等我们返回英国后,希望我可以把这一切写下来公之于世。我说,现在出版的游记太多了,没有什么卓越超人之处是不可能成功畅销的。现在我怀疑有些作家由于虚荣心作祟,为了名利,或是为了博得读者的欢心,便不惜偏离事实真相。我的故事只是普普通通的寻常事,没有其他作家笔下的奇花异草、珍禽走兽、蛮夷之地的风土人情或是偶像崇拜等华而不实的描写。尽管如此,我仍对他善意的提议表示了感谢,答应他会好好考虑一下出书的事。

他说有一件事使他沉思良久,也未能参透其中原委:为什么我说话总是声音这么大,难道是那个国家的国王和王后耳朵不好使?我告诉他,我说话声音大是因为在那儿已经住了两年,习惯这样了。现在我也很奇怪,看到他和水手们说话如同耳语般喊喊喳喳,而我却依然能听清楚。当时在那个国家说话时,就如同人走在大街上,却要和从教堂塔顶里探出头来的人说话一样,声音不大根本听不到。如果我站在桌上或者别人的手掌里说话,声音就用不着这么大了。我说,我还发现了一件特别有趣的事儿。当初我刚上船的时候,看到站在我旁边的水手们,还感觉他们是我生平见过的最不起眼的小动物呢。那时候,我已经看惯了身边的庞然大物。在那个巨人国里,我都不敢照镜子,因为镜子里的自己和周围的人物比起来有天壤之别,让人不由得自惭形秽。船长说,吃晚饭的时候,他注意到我看周围的每样东西都似乎充满好奇,经常好像忍俊不禁的样子。他当时不明白事情的原委,还以为我大脑有点儿问题。我回答,吃饭的时候确实是那样。我当时觉得一切都太奇怪了,盘子只有三便士的银币那么大,酒杯没有胡桃壳大,一条猪腿不够一口的量。之后我用同样的方式描绘了那个国家其余的家用器皿和食品。我为王后效命时,尽管她吩咐人为我准备了一套精致小巧的生活必需品,但是我的视线所及,都是些庞大的物件,所以对自己的微弱渺小视而不见,如同人们对待自己的缺点一般。船长很能领会我善意的嘲弄,轻快地引用了一句古老的英语谚语回敬我,说他怀疑我的眼睛比肚子还大。我虽然饿了一整天,他却发现我胃口倒不怎么好。他又开玩笑说,他愿意出一百英镑,再看看那只老鹰叼着我的小木屋从高空丢进海里的场景。这绝对是旷世奇观,一定非常惊心动魄,值得记录下来传给后世子孙。这完全可以和法厄同①的故事相媲美。他情不自禁地提到了这个故事,我却觉得有点儿牵强附会,心里并不很赞同他的这种比较。

　　船长之前去了越南的东京,现在是在返英的途中。船向着东北方向行驶,方位是北纬四十四度,东经一百四十三度。我上船两

---

① 法厄同(Phaeton),希腊神话中太阳神赫利俄斯(Helios)与克吕墨涅(Clymene)的私生子。克吕墨涅是海洋女神之一,俄刻阿诺斯与忒提丝的女儿。在希腊语中"法厄同"意为"熊熊燃烧"。

天之后,遇到了信风①。我们向南航行了很长时间,又沿着新荷兰(即澳大利亚)的海岸航行,之后一直走西南西的航线,直到绕过了好望角,才改走南南西。我们一路的航行非常顺利,我就不把每天的航海日记拿出来叨扰读者了。船长曾把船驶进一两个港口,派人坐大艇前往采购食品和淡水,补给船用。不过,我在到达唐兹锚地前,一直没有下过船。到达唐兹锚地的时间是一七〇六年六月三日,那时离我脱险已经有九个来月了。我提出留下我所有的物品作为搭船的费用,但船长却坚决表示分文不收。我们亲切地话别,同时他答应以后会到雷德里夫我家里来看我。我问船长借了五个先令,雇了一匹马和一名向导往家赶去。

在回家的路上,我一路观看着沿途的房屋、树木、牛羊和人群,觉得他们都异常矮小,仿佛我身在利立浦特似的。我很怕踩到路过的行人,经常大嚷着让他们闪开,不要挡道。由于我这样无礼,有一两次我差点儿被人打得头破血流。

我一路打听往前走,终于回到了自己的家。有个用人前来开门,我弯腰进门(仿佛我比门框要高很多似的),害怕碰到头。妻子跑出来拥抱我,我弯下腰,怕她太矮够不到我的嘴,不料却一下趴到了她膝盖底下。女儿跪下要我降福,我习惯了站着仰头看六十英尺以上的东西,所以等女儿直起身来时,我才看见她。我走上前,将她拦腰抱起。我最瞧不起家里的用人,还有当时在家做客的一两个朋友,仿佛他们是小矮人,我是大巨人似的。我对妻子说,她太节俭了,把自己和孩子饿得这样骨瘦如柴的。总之,他们觉得我的举止很怪异,就如同船长初见我时一样,都以为我精神不正常了。我提到这些事,是想要告诉大家习惯和偏见的力量竟然如此

---

① 信风(trade wind),在赤道两边的低层大气中,北半球吹东北风,南半球吹东南风,这种风的方向很少改变,它们年年如此,稳定出现,很讲信用,这是 trade wind 在中文中被翻译成"信风"的原因。

强大。

　　不久之后，我跟家人和朋友们就能相互理解、相互沟通了。这次妻子坚决表示，以后我绝对不能再出海了。然而这是我前世注定的命运，她也无力阻拦。以后还发生了什么样的故事，读者以后自会知晓。我这不幸的航海旅程的第二部分到此便画上了句号。

第三部　拉普塔、巴尔尼巴比、
　　　　勒格奈格、格拉布杜德
　　　　里布、日本游记

未知区域

耐心角

圣雅各湾地区　弗　康帕尼斯
　　　　　　　莱
　罗宾岛　　　斯
耶索　　　　　　斯戴斯岛
　　萨尔门湾　海
　克莱纳尔　　峡

拉普塔

朝鲜海
三田岛　　　　　　　　　　巴尔尼巴比
托比亚　四庭　　　　　　　　　　　拉格多
　京都绍玩具港
　　江户红港
大阪日本房州港　　　　公元 1701年被发现
　　　　巴尔纳弗兹
　　　昂格鲁格岛
东萨岛南岛
番户岛　　勒格奈格
迪莫里斯海峡　　　特拉德拉格达布　克鲁米格尼格
店岛格朗格恩斯
　　马尔多纳达
德西他岛　　格拉布杜德里布岛

乌克拉
铁木尔

第 一 章

作者描述第三次出海的过程,途中被海盗所劫。作者遇到心肠毒辣的荷兰人。后来他登上小岛,被接入拉普塔。

我在家仅仅住了十天,威廉·罗宾逊船长就到我家来拜访了。罗宾逊先生是康沃尔郡人,他指挥着"好望角号"这艘载重三百吨的大商船。他之前在另一艘船上当过船长,拥有那艘船四分之一的股份。我当时在他船上做外科医生,随他一起航行到过黎凡特。他待我不单单是下属的船员,而是如同亲兄弟一般。听说我远航归来,他立刻就来登门拜访。我原以为这仅仅是因为我们多年来的深厚友谊,因为老友许久不见,互相看望一下也属人之常情。但他频频来访,而且看到我身体健康如旧,禁不住喜悦非常,问我是否打算就此安定下来,再不出海远航了? 他还说,他打算两个月后出海去趟东印度群岛。最后,虽然有些许歉意,他还是直截了当地邀请我去他船上做外科医生。他说,除了两名助手外,我手下还有另外一名外科医生归我管理。我的工资待遇也比一般的船员多一倍。他知道我的航海经验丰富,至少航海知识与他不相上下,他说保证会采纳我的意见和建议,甚至还说我们可以共同指挥这艘商船。

他对我的态度确实非常客气,好话也说了不少。我知道他为人诚实,面对他的盛情邀请,我实在不知道如何拒绝。虽然之前我的航海经历困难重重,不幸连连,但是到世界各地走一走、看一看的渴望,依然像从前一样炽热。唯一的困难是如何说服妻子,争取她的同意。最后她出于为儿女前途的考虑,就应允了我的请求。

我们于一七○六年八月五日动身,第二年四月十一日到达印度南部的圣乔治要塞。很多船员都生病了,需要休整一下,所以在圣乔治滞留了三个星期左右。之后,我们航行至越南的东京。船长的意思是想多停留些时日,因为他要在那儿买的东西还没买全,估计需要几个月的时间才能一切就绪。但为了支付必要的开支,他买下了一艘单桅帆船,与邻近岛上的居民做起了生意。平时东京人也是用这种船做生意的。船上装满了货物,他还安排了十四名船员跟船,其中有三个是当地人。他让我做船长,授权我自由交易。这期间,他在东京料理一切。

航行还不到三天,海上就起了大风暴。我们被迫往正北偏东方向漂流了五天,随后又漂向东边。之后天气虽有转好,但西面刮来的风仍然非常猛烈。第十天的时候,两艘海盗船蓦然出现在海面上,开始追赶我们。因为我们的单桅帆船载重太多,航行速度根本提不起来,所以很快就被他们追上了。我们无力自卫,只能束手就擒。

两艘船上的海盗头目带领海盗们几乎同时登上船来,摆出一副气势汹汹的架势。我当时下令让大家都趴在甲板上,于是海盗们一上来就用粗大的绳子把我们绑了,留下一个人看守我们,其他人就到船上搜刮抢劫去了。

我发现海盗中有个荷兰人,虽然不是头目,却也有些权势。他上上下下打量我们的相貌,推断我们是英国人,就用荷兰语叽里呱啦地诅咒我们,非要把我们背对背捆起来,扔进大海里。我的荷兰语讲得相当不错，就告诉他我们的来历，请求他看在我们都是基督徒、新教徒的分上，看在两国是比邻之邦的分上，替我们向船长说说好话，可怜可怜我们。没想到我的话倒激怒了他。他一遍遍重复刚才对我们说的狠话，又转身跟海盗同伙语气激昂地说了半天，还一再提到"基督徒"这个词。我猜测他们说的是日语。较大一只海盗船的船长是日本人，会说点儿荷兰语，但说得不好。他走到我跟前，问了我几个问题，我都毕恭毕敬地一一作答。听完之后，他说他不会杀我们。我向船长深深一鞠躬，转身对那个荷兰人说，我很惭愧，我能从外邦人身上找到怜悯，基督徒弟兄却没有同情之心。但我马上就为我说的这句蠢话后悔不已，因为这个心狠手辣的恶棍好几次企图说服船长把我抛进海里（他们已经答应我不会杀死我们，所以也不会听他的话）。虽然他的最终目的没有达到，他却占了上风，他竟说服海盗们用另一种比处死还狠毒的方式来惩治我。我的水手被分成两伙分别押送到这两艘海盗船上，我的单桅帆船上则另派了新水手。至于我，他们决定把我放逐到一只独木船上随波逐流，只给我帆、桨和四天的饮食。最后那位日本船长倒是心肠好，从自己的存货里拿出一些食物，给我多加了一倍的给养，并且不许任何人过来搜查。我登上了小船，那个荷兰人还站在甲板上，把荷兰语里所有的谩骂和诅咒一齐毫无保留地发泄在我头上。

　　遭遇海盗大约一小时以前，我曾测定过方位，发现当时处于北纬四十六度，东经一百八十三度的地方。我驾小船离开海盗相当远距离之后，就用袖珍望远镜瞭望，发现东南方向有几座小岛。当时正是顺风，我便挂起帆，打算登上最近的一座小岛。航行很顺利，不到三个小时我就到了岛上。岛上岩石密布，还好我捡到许多鸟蛋。用火石取火后，我点着了一些石南草和干海藻，将鸟蛋烤熟。我晚饭只吃了些鸟蛋，没吃带的东西，因为想尽量节省粮食。

我在岩石下面找到一个避风处,铺上石南草过夜,睡得相当舒服。

第二天,我驶向另一座小岛。我时而扬帆,时而划桨,接着又驶向了第三座、第四座岛。我就不劳烦读者听我一一表述当时的困苦情景了。总之,到了第五天,我登上了视力所及的最后一座小岛,这座岛位于之前那几座岛屿的正南偏东方向。

这座岛比我预估的要远些,我花了几乎五个小时才到达那里。差不多绕着岛转了整整一圈,才找到一个方便登陆的地方。这是个小港湾,只有我的小木船的三倍宽。登上岛后我才发现,岛上也是岩石耸立,只是不时点缀着一簇簇的青草和药草,药草散发着香甜的味道。我拿出口粮吃了一些,恢复了点儿体力,找了个山洞把剩下的藏在里面。附近有很多这种可以藏东西的山洞。我在岩石上寻到很多鸟蛋,又收集来一些干海藻和干草,打算第二天生火,烤鸟蛋充饥。我随身带着火石、火镰、火柴和取火镜。我躺在藏食物的山洞里,把准备生火用的干草和干海藻铺在洞里。我整夜都辗转反侧,难以入眠。虽然疲劳不堪,但心烦气躁的情绪却使我难以合眼。想想在这个荒无人烟的地方,求生的希望是多么渺不可及,我的结局该是多么的惨不忍睹啊!我无精打采、神情沮丧,也就懒得爬起来。等我强打精神爬出山洞的时候,天已经不早了。我在岩石丛中走了一会儿。蓝天晴空万里,太阳炙热耀眼,我不得不转身背对阳光。突然间眼前却昏暗了下来,可我觉得这和云彩遮住太阳时的阴影大不一样。我转身发现头顶上有个巨大的不透明物体挡在我和太阳之间,那东西直朝小岛飞过来。它看起来有两英里高,足足把太阳遮蔽了六七分钟。但太阳被遮住后,空气也没变得凉爽,天也没变得更暗,只是跟站在山背面感觉差不多。随着那物体慢慢向我站着的地方靠近,我才看清这是个固体,底部平滑,在海水的映照下闪闪发光。我站在离海边大约两百码的高处,眼看着这庞大的物体慢慢下降,降到跟我平行的高度,离我还不足一英里远。我取出袖珍望远镜，可以清楚地看到不少人在物体的边缘上上下下。边缘看起来呈倾斜状，但我却看不清那些人到底在做什么。

求生的本能掀起我内心的狂喜之情。我内心燃起一股希望，觉得眼前的奇迹无论如何都会把我从这荒无人烟的绝境中拯救出来。同时我也无比地惊讶和震撼，这种感情估计读者很难想象出来。看到这满载居民的空中孤岛，居然能够升降自如（看起来是这样），我想如果他们愿意，也能疾驰而行吧。但处于当时的境地，我实在无心进行深入的哲学思考，只想看看这庞然大物将要驶向何方，因为它有一阵似乎静止不动。不一会儿，这座岛离我更近了。我看见它的边缘布满层层的走廊，每隔一段距离就有楼梯连接，方便岛上的人上下。最底层的走廊上，有人拿着长钓竿垂钓，还有人在旁边观看。我朝着岛的方向挥舞便帽（礼帽早就破了）和手帕，等它靠近了，就拼命地高声呼喊。随后我仔细地观察了一下，发现能看清楚的这一面聚集了一大群人。他们朝着我指指点点，互相交头接耳，显然他们发现了我。他们没有回应我的喊话，但我看到四五个人急匆匆地跑上楼梯，跑到岛的顶端就不见了。如果我猜得不错，他们肯定是为这事向管事的请示去了。

岛上聚集的人越来越多。不到半个钟头，这个岛又开始动起来，慢慢往上升，直到最底层的走廊和我站的地方平行，相距不过一百码的距离。这时我做出苦苦哀求的姿势，用最低声下气的语气说话，但他们没有应答。从衣着看起来，站得靠我最近、高高在上的那几个人应该是些权贵，颇有些地位。他们正进行一番热烈的讨论，还不时地望望我。最后，其中一个人高声喊起来，他口齿清晰、语音文雅悦耳，像是意大利的语调。所以我也用意大利语回答，至少听起来可以顺耳一些。虽然我们语言不通，但看到我的窘况，他们很容易猜到我的意图。

他们朝我打手势,让我从岩石上走下来,走到海边那里,我都一一照做。那飞岛升到一个合适的高度,边缘正好在我头顶上方的时候,从最底层的走廊上放下来一条链子,链子底端拴着一把椅子。我坐上椅子,把自己系好,他们就用滑轮车把我拉了上去。

第 二 章

作者描述了拉普塔人的脾气禀性,以及这里的学术情况。作者还介绍了国王和他的朝廷,以及在这里受到款待的情形。作者还描述了居民们惶恐不安的生活状态,并对当地的妇女也进行了介绍。

我上岛以后,立即拥来一群人将我团团围住,靠我最近的似乎是些有身份有地位的人。他们看到我之后,都掩饰不住无限惊奇的神情。我也同样感觉惊奇无比。这群人的外形、服装、面貌都奇怪至极,是我从未见过的模样。他们的头不是朝左歪就是向右偏,一只眼睛深陷内凹,而另一只眼睛却是直瞪向天。他们的衣服上绘有太阳、月亮、星星的图案,同时交织着提琴、长笛、竖琴、军号、六弦琴、羽管键琴以及许许多多我在欧洲见都没见过的乐器的图形。我发现四周有不少人穿着仆人的衣服,他们手里拿着手杖,手杖的一端拴着一个气囊,气囊吹得鼓鼓的,如同木枷一般。后来我才知道,气囊里装的是一些干豆,也有些装的是小石子。仆人们时不时地用气囊拍打站在他们旁边的人的嘴和耳朵。我当时不懂他们为什么这样做,后来才明白个中原委。原来当地人好像很容易陷入沉思默想之中,如果发声器官和听觉系统不受到外界刺激的话,他们就好像不会讲话,也听不到别人讲话似的。为此,家境富裕的人家就会在家仆中养一名专门的拍手(原文是"克里门脑儿"),他们出门访友时都会带上他。这位拍手的职责是,有两三个人或多个人一起的时候,拍手要用气囊先轻轻拍一下发言人的嘴巴,然后再拍拍听他说话的人的右耳。主人行走时,拍手同样要侍奉左右,适时轻轻拍打拍打主人的双眼。因为主人如果深深陷入沉思之中,就极容易从悬崖坠落,也会把头撞在柱子上。如果路上遇到其他人,就会将人撞倒,或者被别人撞翻到路旁的水沟里。

　　我把以上的信息告诉读者是极为必要的。否则,读者就会像我一样不知所措,对他们行径感到莫名其妙。当初他们引领我登上楼梯,上到小岛顶端的王宫时,就曾几次三番地忘记他们的初衷,将我抛之脑后。若不是有拍手随时提醒,恐怕我很难一路顺畅地到达那里。见到我后,他们对我的奇装异服、离奇相貌也无动于衷,甚至对底下百姓们的呼喊也置若罔闻,就像完全没听到一样。百姓们倒不像他们那样整日眉头紧锁、思虑重重的样子。

　　及至入了王宫,到了正殿,我看到国王端坐在宝座上,高官显贵侍立两旁。宝座前摆放一张大桌子,放满了天球仪、地球仪以及各种各样的数学仪器。虽然我们入宫时吵吵嚷嚷,宫廷里所有的人都拥了上来,但国王却丝毫没有注意到我们。当时国王正在思考一个问题,我们足足等了一个小时,他才把问题解决。他左右两侧各站着一名年轻侍从,手里拿着拍子。他们见国王思考完毕,有了余暇,就轻轻拍打国王的嘴和右耳。经此一拍,国王才如大梦初醒一般,看到我和簇拥我进来的人,想起他曾下令召见我。国王刚开口说了几句话,立刻就有位年轻人拿着拍子走到我身边,轻轻拍打我的右耳。我做出手势,尽量使他明白,我不需要这个工具。之后我才发现,我的这一举动使国王和全体王公大臣极其鄙视我的智力水平。看情形猜测,国王是在问我问题,于是我用我所会的所有语言回答,可是双方依然不知所云。后来,国王命令下人带我到王宫的另一个房间里,并指派两名仆人伺候我。这个国王对陌生人热情好客的程度,胜过以往历任的君主,并以此而闻名于世。晚饭端上来以后,有四位达官显贵赏光陪我吃饭。我记得他们都是随侍在国王左右的人。晚饭共有两道菜,每道菜三盘。第一道菜是羊肩肉、牛肉和布丁。羊肩肉切成等边三角形,牛肉切成长菱形,布丁则是圆形的。第二道菜有两只鸭子、香肠、布丁和小牛胸肉。鸭子被捆扎成小提琴状,香肠和布丁则摆成长笛和双簧管状,小牛胸肉是竖琴的形状。面包也都被切成圆锥形、圆柱形、平行四边形和其他一些几何图形。

进餐的时候,我冒昧地询问这几样食物在他们语言里的说法。这几位显贵靠拍手的帮忙,才能很高兴地作出回答。他们希望我能与他们交谈,这样就能了解他们的伟大才能,从而心生敬佩。不久,我就可以叫仆人上面包、上酒,或者送进来我需要的别的东西了。

进餐完毕,陪同我进餐的显贵们告辞。国王又派来一个人,他随身带着拍手,还携带着笔墨纸张和三四本书。他通过打手势告诉我,他是奉命教我语言的。我跟他学了四个小时。学习的时候,我把单词竖排着写下来,解释则写在对面。我又想方设法记住了几个短句子。语言老师让仆人做出一系列动作,如取物、转身、鞠躬、坐下、起立、走路等,我把这几个句子也写下来。他拿出本书来,把月亮、星星、黄道、热带、南北极圈的图形指给我看,还告诉我许多平面和立体图形的名称。接着他又告诉我各种乐器的名称和功能,演奏每种乐器时的一般术语。他走后,我就将所有单词及解释按字母顺序排列起来。这样,过了几天之后,凭着我颇强的记忆力,已经对他们的语言有了些许了解。

我称作"飞岛"或"浮岛"的这个词,原文是拉普塔,写作"Laputa"。可它的真正来源,我到现在也没能搞清楚。"Lap"在古老的、已经荒废的死语言里，是"高"的意思，而"untuh"则表示"统治者"。他们以讹传讹，都认为"Laputa"由"Lapuntuh"派生而来。我不赞成这种派生论，这听起来未免有些牵强附会。我曾冒昧地向他们的学者提出我的看法：拉普塔其实应该写作"quasilapouted"。"Lap"的正确意思应该是"阳光在海上舞蹈"，而"outed"指的是"翅膀"。不过我并不固执己见，只是提出来请有见识的读者自行判断。

奉命照管我的人看到我衣衫褴褛，便吩咐裁缝第二天一早为我量体裁衣。这儿技工的做法与欧洲大相径庭。他先用四分仪量我的身高，接着用尺子和圆规量我的长、宽、厚和整个轮廓，所得数据一一记录在纸上。六天之后，衣服送来了，可是整件衣服却连基本的衣服形状也没有，根本无法上身。原来是裁缝在计算时偶然弄错了一个数字。后来我发现，在这个国家这样的事情实在是司空见惯，谁都不以为意，于是也算得到了些许安慰。

因为没有合适的衣物出门，而且身体也觉得很不舒服，我便在房间里多停留了几日。这几日工夫却使我的词汇量突飞猛进。等我第二次进宫时，就可以听懂国王说的许多话，也能偶尔作答了。国王下令，让飞岛驶向东北偏东的方向，停留在拉加多上空。拉加多是建筑在坚实大地上的整个王国的首都，离我们现在所在的位置大约九百里格，我们航行了四天半才到达那里。飞岛在航行的过程中就像陆地般平稳，我竟然丝毫也觉察不出来它一直在运行。第二天早晨十一点左右，国王偕同王公贵族、朝臣官员，把所有的乐器都准备齐全，连续演奏了三个小时。音乐声震耳欲聋，我却听得昏昏沉沉。如果不是老师给我讲解，我根本不可能知道其中奥义。他说，岛上居民喜欢听天上的乐曲，每隔一段时间，天上都要演奏一次。那时宫中众人将一齐参与这样的盛典，大家分别演奏各自擅长的乐器。

在前往首都拉加多的途中，国王陛下命令在某些城镇村庄稍作停留，以便接受当地居民的请愿书。为此，他们放下来几根绳索，绳索底端系着些重物。老百姓把请愿书绑在绳子底端，他们再把绳子拉上来，这就像小学生喜欢把纸片系在风筝线的一端一样。有时老百姓会奉上酒水、饮食，他们也用滑轮拽上来。

我之前的数学知识对我学习他们的语言大有裨益，因为他们很多词汇都与数学、音乐有关，而我在音乐方面也颇有造诣。他们的思想总是与线型和其他图形有关。比如说，他们赞美妇女或其他动物的美貌时，常用菱形、圆形、平行四边形、椭圆形以及其他几何术语来形容，要不然就使用一些来源于音乐的艺术名词，这里就不再重复了。御膳房里摆放着各种数学仪器和乐器，厨师们按照这些东西的模型将肉切好，呈送给国王享用。

他们的房屋建造得并不坚固，式样也不美观。墙壁倾斜，屋内没有一处是直角。究其原因，主要是由于他们对实用几何学的鄙视。在他们看来，实用几何学粗俗不堪、机械呆板。他们下指令时精细准确，但工匠却不能领会，结果就错误百出。尽管在纸上使用起规尺、铅笔和两脚规来相当熟练灵巧，但在日常行为活动中，他们行为的笨拙与粗陋却是见所未见的。除了数学和音乐，他们对其他学问也极其迟钝，没有丝毫的理解力。他们不善于摆事实讲道理，却总喜欢粗鲁地反对别人。除非别人的观点碰巧和他们的完全一致，可是这种情况又是极其罕见的。他们对想象、幻想、发明都茫然无知，在语言中也没有表达相关概念的词汇。他们的思维和心理活动仅限于前面提到的两门学科而已。

大多数岛民，特别是研究天文学的那群人，对决断占星学①趋

---

① 决断占星学(Judicial Astrology)，一般来说现代占星学可分为两大类型：一是决断占星学，二是本命占星学(Natural Astrology)。决断占星学主要是指占星学家根据特定事件所呈现的占星命盘来进行决断。

之若鹜,持极其虔诚的信奉态度,但却耻于公开承认。他们最令人惊讶,同时也最令人不可思议的是对政治和时事的热衷。他们孜孜不倦地探究公众事务,对国家大事发表判断,而且满怀热情地争论某个党派的主张。当然,据我观察,我所知的欧洲大多数数学家也有相同的癖好。但我在数学和政治这两门学问之间确实找不出任何共同点来。除非那些人如此假设:既然大圆、小圆度数相同,那么治理这个世界也无须多大本领,只要会转动一个球体即可。可是我宁愿相信,爱议论政事的根源在于人性中非常普遍的病症,那就是:越是与我们毫无干系,越是不适合我们天性的讨论争辩,越是不适合我们研究探讨的事情,我们越是要煞费苦心地介入,而且还要持自以为是的态度。

　　岛上的居民终日惶惶不安,精神上没有片刻安宁。这恐慌的根源却完全是杞人忧天的。他们担忧天体会发生若干变化。比如说,太阳在一步步逼近地球,最终,地球将被太阳吸收、吞没。他们还担心太阳在不断地散发臭气,这些臭气会逐渐在太阳表层形成一层外壳,这样阳光就再也照不到地球上来了。地球十分侥幸地逃过了上一次彗星尾巴的撞击,不然的话肯定早已化为灰烬了。可是,据他们推算,再过三十一年,彗星将再次出现,那时地球可能就没有这么幸运了,极有可能厄运难逃。还有,据他们推算的结果显示,当彗星运行到近日点的时候,在太阳一定的位置上,彗星所吸收的热量,将会是炽铁热量的一万倍。因为彗星离开太阳后,拖在后面的尾巴约有一百万零十四英里长,炽热无比。如果地球从距离彗核或者彗星主体十万英里的地方经过,那么地球在运行中必然会着火,然后被烧成灰烬。这个推算结果也的确能使他们日夜担忧,害怕不已。另外,太阳的光线每天都在消耗,却得不到任何补给,最后太阳会消耗殆尽,彻底毁灭。而地球以及一切受太阳光照的行星,也都将随之陨灭。

出于这种种恐惧以及他们所预见的危险,他们全都夜不能安稳入睡,昼不能欢歌享乐,惶惶不可终日。每天一早碰到相识的人,就会询问太阳的运行情况是否正常,以及日出日落的情形怎样,能否有希望躲避日益临近的彗星来袭。他们谈话中流露的心情如同小孩子一般,既乐于聆听妖魔鬼怪的故事,听完后又被吓得不敢睡觉。

　　飞岛上的女人却活泼异常、精力充沛。她们非常鄙视自己的丈夫,却对外来客十分热情,喜爱有加。岛上常有不少外来客,他们从下面的大陆到岛上来朝觐,有的是因为市镇、团体的公事,有的是因为个人的私事。他们备受岛上男人们的轻视,因为他们缺少岛上居民的独有才能。但女人却从他们中挑选情人。令人气恼的是,他们偷起情来从容不迫、安然无忧。因为做丈夫的通常都在沉思默想,只要给他们纸笔和仪器,而且不让拍手侍立在侧,女人就可以和情夫在丈夫的眼皮底下寻欢作乐、肆意亲热。

　　虽然我认为这飞岛是人间仙境,世间极乐,但是这里的妻女们却很愁闷,整天哀叹自己被囚禁于小岛之上。她们生活富裕,衣饰华丽,事事可以随心所愿,但她们还是想去看看外面的世界,想去首都走走、消遣娱乐一番。但是走出小岛,到下面大陆需要得到国王的许可才行,而获得特许很不容易,因为权贵们吸取以往的惨痛教训,已经深深明白,说服妻子从下面回到飞岛上来简直比登天还难。据说有个朝廷贵妇,她儿女满堂,夫婿还是当朝首相。首相本人优雅体面,对她疼爱有加,他们住在王国中最华美的府邸。可是贵妇却借口调养身体,下到首都拉加多去了,之后就藏在首都数月不归。最后国王签发了搜捕文书,才将她找到。她当时衣衫褴褛,住在一家偏僻的小饭馆里,为了养活一个又老又丑的脚夫,把自己的衣服都当了。脚夫每天对她非打即骂,可是即使这样,抓她回来时,她还是恋恋不舍。丈夫满心欢喜地接她归家,并没有丝毫责备之心。但是没过多久，她带着所有的金银首饰又偷偷溜到下面，去会那个老情人了，自此便再无音讯。

读者或许会认为，与其说这种故事是发生在那遥远的国度，不如说是发生在近在咫尺的欧洲或英国。再细想一下倒也有趣，女人的反复任性可真是放之四海而皆准的真理，丝毫不因气候、国家的差异而有任何差别。天下女人都一样，这倒是我们没有想到的。

大约过了一个月，我已能颇为熟练地掌握他们的语言了。在侍奉国王的时候，也能回答他提出的大部分问题。国王对我所在国家的律法、政府、历史、宗教和习俗没有任何兴趣，只是询问了一些与数学相关的问题。即使有拍手在两侧拍打提醒，他对我的陈述还是漠不关心，满脸的鄙夷之态。

第 三 章

作者描述了一种已经被现代哲学和天文学阐释的现象。作者还讲了拉普塔人在天文学上的成就，最后描述了国王镇压叛乱的手段。

我请求国王允许我四处走走，见识一下这座飞岛上的罕世之物。国王愉快地答应了，并吩咐教我语言的人陪同前往。我想大致搞清楚，这座飞岛的运行是出于人工原因还是借助了自然的力量。在此我将给读者做一个全面完整的解释。

这个岛被称作"飞岛"或"漂浮岛"，它呈正圆形，直径七千八百三十七码，约合四英里半，折合面积有十万英亩。飞岛的厚度是三百码。从地下往上看，岛底或称下表面是一块平滑、匀称的金刚石，金刚石的厚度约为两百码。金刚石板的表面按常规序列埋藏着一层层种类不一的矿物。最上面是一层松软肥沃的土壤，有十到十二英尺厚。飞岛的上表面边缘到岛中心形成一个斜坡，岛上的雨露顺着斜坡沿小河沟流向岛中心。最后汇入四个大池塘中，每个池塘长约半英里。这些池塘离飞岛的中心约有两百码的距离。白天，依靠太阳的照射，水塘里的水不断蒸发，所以不会溢出。另外，国王有能力将飞岛升到云层以上，可以随时防止雨露降落到岛上。科学家们认为,云层不会高过两英里。至少在这个国家还从来没有听说过有这么高的云层。

飞岛的中心有个洞穴,直径约五十码,天文学家由此可以进入一个巨大的圆顶洞。圆顶洞被称为"佛兰多纳·革格诺尔",意思是"天文学家之洞"。这个洞从金刚石岛底的表面算起,往下延伸有一百码。洞内有二十盏长明不熄的灯,灯光通过金刚石板面的反照投射到洞内四面八方,因此洞穴里面明亮如昼。洞内收藏着各式各样的六分仪、四分仪、望远镜、星盘以及其他天文仪器。洞内最稀奇珍贵之物,也是整个飞岛的命脉所在,却是一块巨大的磁石。磁石形状如同织布梭,有六码长,最厚的地方则是三码有余。磁石中间穿过一根质地坚硬的金刚石轴,凭借该轴,磁石可自由转动。由于磁石在轴上处于绝对平衡的状态,所以用极小的力气即可转动它。磁石嵌在金刚石的圆筒里,圆筒直径四码,水平放置于地面。圆筒底部有八根金刚石柱子支撑着,每根柱子长六码。圆筒内壁的中部有一个十二英寸深的槽,轴的两端镶嵌在槽里,可根据需要随时转动。

任何人、任何力量都无法将磁石搬开,因为金刚圆筒、支柱和组成岛底的金刚石板连在一起,已经是不可分割的一体了。

借助这块磁石,飞岛即可升降自如、往来无阻。因为君王统治的这块大地,对磁石而言,一端具有吸引力,另一端具有推动力。把磁石具有吸引力的一端指向地球,飞岛就会下降;反之,把具有推力的一端指向地球,飞岛就会上升。如果磁石位置倾斜,则飞岛的移动随之倾斜,这是因为磁石的吸力、推力总是在磁石的平行线上发生作用。

依靠这种倾斜运动,飞岛得以在君王的疆土上自由往来。为了更清楚地解释飞岛运行的过程,我们假设 AB 代表横贯君王的领地之一巴尔尼巴比的一条线,CD 线代表磁石,D 是有推动力的

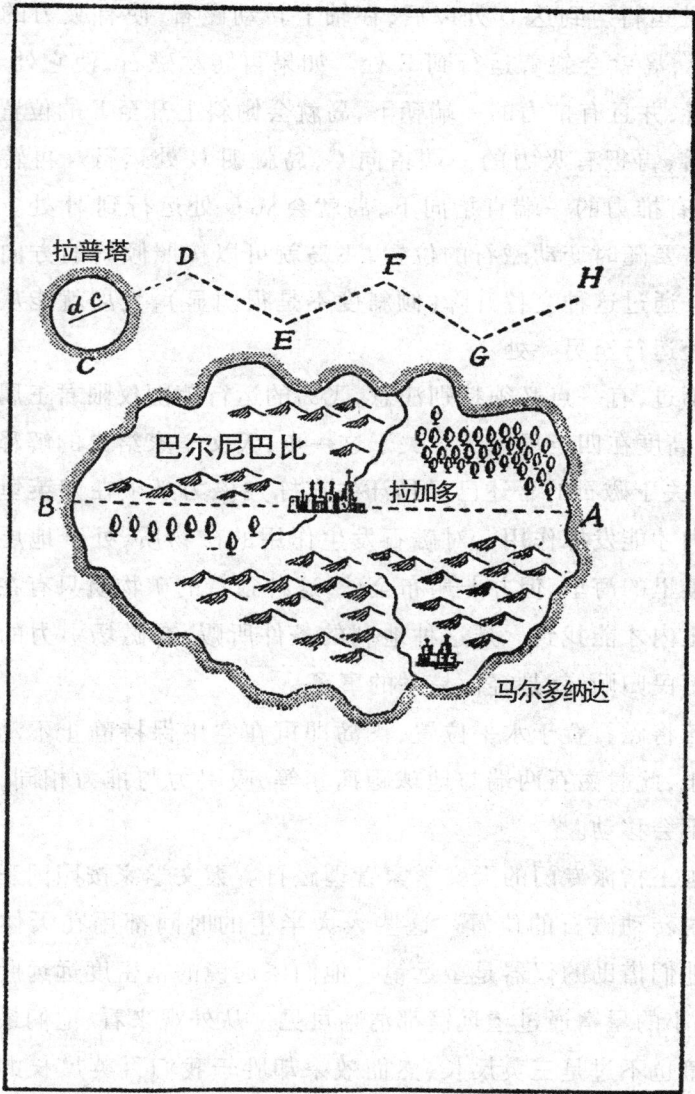

一端，C 是有吸引力的一端，飞岛正停在 C 端上空。假如将磁石按 CD 位置摆好，有推力的一端朝下倾斜，那么，岛就会倾斜着上升，向 D 处运行。到达 D 处以后，在轴上转动磁石，使有吸力的一端指向 E，岛就会斜着运行到 E 处。如果再转动磁石，使它处于 EF 的位置，并且有推力的一端朝下，岛就会倾斜上升至 F 的位置。到达 F 后，再把有吸力的一端指向 G，岛就朝 G 处运行。再转动磁石，令有推力的一端直指向下，岛就会从 G 处运行到 H 处。这样根据需要随时变动磁石的位置，飞岛就可以按照倾斜的方向升降自如。通过这种交替升降（倾斜度不是很明显），飞岛就能从领土的一处运行至另一处。

不过，有一点必须特别注意，飞岛的运行范围仅限君王属地的上空，高度在四英里以下。关于这一点，天文学家给出的解释如下（他们关于磁石的著述已经是汗牛充栋）：磁力必须在四英里的高度以内才能发挥作用。对磁石发生作用的矿物质，处于地层及离岸六英里的海里，但并非遍布全球，这种独特的矿物质只有在国王的疆土内才能找到。拜这种地利的条件所赐，在磁场引力的范围内使万民归顺，就是轻而易举的事了。

若将磁石置于水平位置，飞岛即可在空中保持静止不动。原因在于，此时磁石两端与地球距离相等，吸引力与推力相同，所以飞岛不会移动。

国王指派专门的天文学家管理磁石。天文学家按照国王的指令随时转动磁石的位置。这些人大半生的时间都用在天体观察上。他们借助的仪器是望远镜。他们望远镜的精密度远远胜过我们，大小的星宿通过望远镜都清晰可见。从外观来看，他们最大的望远镜也不过是三英尺长，然而效果却胜于我们百英尺长的望远镜。望远镜上的这一优势帮助他们在天文学上取得了很大的进步，其成就遥胜欧洲。他们曾编制出一份万颗恒星表，而在欧洲，我们最大的恒星表数目也不及他们的三分之一。他们还发现围着火星绕行的有两颗小行星，或者叫卫星。靠近主星的这颗卫星离主星中心的距离，恰好是主星直径的三倍，外面那颗与主星中心的距离为主星直径的五倍。前者运转一周需要十个小时，后者需要二十一个半小时。所以它们运转周期的平方，就差不多等于它们和火星中心距离的立方。由此可见，这两颗卫星的运行显然也受着影响其他天体运行的万有引力的支配。

他们还观测到九十三颗不同的彗星，并且极为精确地确定了它们的运行周期。如果这个消息可靠的话（他们确信无误），我倒非常希望他们把观察的结果公之于世。这样，目前粗浅单薄的彗星学说，也许会像天文学的其他组成部分一样，变得充实而完美。

如果国王能说服内阁与他通力合作，那么他就可成为宇宙间最专制的君王。但是内阁大臣都在下面的大陆上拥有产业，而且鉴于宠臣的地位朝不保夕，他们绝对不会和国王同心同德，共同奴役自己的国家。

如果有哪座城市发生暴乱，引发内战，或者拒绝像往常一样纳贡效忠的话，国王有两种方法可以平息事端。第一种方法比较温和。国王会命令飞岛浮翔于该城市及周围的大陆上空，使这座城市得不到阳光雨露的滋养，居民不久便会瘟疫频发、饿殍遍野。如果事端严重，飞岛上就会往下抛落大石块。陆地上的居民毫无招架之力，大小房屋尽数被毁，他们只能躲入地窖或洞穴避难。但是如果居民仍然执迷不悟，或者负隅顽抗的话，国王会使出最后一招，就是命令飞岛直接降落在城市之上，这样房屋、居民将无一幸免地被碾压成碎片。不过，这种极端的方式国王也很少使用。首先，他于心不忍，也不想见到覆巢倾卵的场景；第二，大臣们也不敢提议这样做，否则不仅会招致民众愤恨，而且他们在下面的产业也将不保。而飞岛上全是国王的产业，却永远不会受到影响。

除非在万不得已的时候,国王才会被迫采取这种极端的手段。国王惧怕使用这种极端手段还有一个更重要的原因。如果要毁灭的城市中有高高耸立的岩石(大些的城市中一般都会有这种岩石,当初选定岩石周围做居住地,很可能是为防止这样的祸端),或者城市中遍布高高的尖塔或石柱,那么飞岛突然降落可能会损坏飞岛的底部。诚然,正如我前面所说,飞岛底部的确是由二百码厚的一整块金刚石板构成,可是巨大的冲力也有可能将金刚石板震碎,或者因为靠近下方的房屋炉火太近而发生迸裂。就像我们的烟囱,尽管是由铁石做成的,有时也会因火烧而爆裂。所有这些情况,百姓们都心知肚明。事关他们的自由、财产,他们知道可以顽固抵抗到什么程度,很懂得适可而止的道理。如果国王忍无可忍,誓要将这座城市碾成废墟的话,也会下令飞岛缓慢降落。表面看是宽以待民,实际上则是怕损坏飞岛底部的石板。因为哲学家们已经达成共识,如果岛底被毁坏的话,磁石将再也无法使飞岛升起,整个飞岛就会跌落到地面上。

　　大约在三年以前,那个时候我还没到这里来,国王在视察其领土的途中遭遇了一次惊险异常的意外。那场意外差点将整个王国毁于一旦,不过不管怎样,这个王国如今依然运转如故。国王当时视察的第一个地方是这所王国的第二大城市林达里诺。国王离开这个城市的第三天,一直对该城蛮横的高压制度深感怨愤的居民们就把城门都紧紧关闭起来,并且把总督也抓住了。他们以令人难以置信的飞快速度和劳动能力,迅速在这座四方形城市的四角建立起来四座高大的塔楼,每座塔楼都像耸立在市中心的那座坚固的尖顶岩石一样高。在每座塔楼的顶端,以及市中心的岩石顶上,都安装了巨大的磁石。为了以防万一,他们还准备了大量极容易燃烧的燃料。如果磁石计划出现什么意外,那么飞岛的金刚石底也会在这些燃料的包围中被烧毁。

国王在八个月之后才接到林达里诺居民集体叛乱的详细资料与报告。他紧接着下令把飞岛飘浮到该城的上空去。而那里的居民众志成城，团结一心。他们早已储备了粮食，而且城中有大河穿过，解决了饮水的需求。国王在他们头上盘旋了好几天，志在断绝他们的阳光雨露。国王还命人放下了许多绳子，可是却没有一个人通过绳子送上来请愿书。相反，他们送来了更加大胆的提议，比如说要平冤昭雪、赔偿损失、免除劳役税收、实行民选行政长官等类似的极端过分的要求。面对这些无理要求，国王怒不可遏，下令飞岛上的全体居民从下层走廊往城中投掷石块。可是城中的居民们早就想好了应对这种恶毒伎俩的策略。他们带着财物躲进了四座塔楼或其他一些坚固的建筑中，甚至躲进一些地下室中。

　　面对这种抵抗，国王决心好好挫一挫这些居民的狂傲之气，于是下令把飞岛慢慢降到离那些塔楼和岩石不到四十码的地方。人们领命而行。可是负责执行这个命令的官员发现，飞岛的下降速度比平常要快得多，他转动磁石希望把飞岛稳定住，却感到极其艰难，而飞岛居然出现了倾斜坠落之势。他们立刻把这件令人震惊的事件报告给国王知晓，并请求国王允许他们把飞岛升得高一些。国王表示同意，并立刻召开了内阁会议，命令管理磁石的官员一同参加。其中一位年龄最长、经验最丰富的官员获准出去做一项试验。他拿出一根长达一百码的结实的绳子，在飞岛升至城市上空的磁力范围之外的时候，在绳子的一头系上一块掺杂着铁矿石、和岛底成分基本一样的金刚石，然后从飞岛底层的走廊那儿慢慢地把石头送下去，一直送到塔楼顶端。金刚石刚刚下降了四码的距离，这位官员就觉得它被很强的向下的吸力吸住了。那股力量非常强大，他差点儿就拉不回那块金刚石了。接着他又扔下几块小金刚石，发现它们都被迅速而有力地吸到塔楼顶端那里了。他又对其他三座塔楼也做了同样的实验，结果完全一致。

这个结果彻底打碎了国王的计划与策略（其实际情况这里也不再过多叙述了），他只有被迫接受了该城居民提出的条件。

　　一位官位显赫的大臣跟我说过，一旦飞岛离城市太近而又无法升起时，居民们一定会毫不犹豫地把飞岛固定起来，杀死国王和他麾下的全部臣子，彻底更换政府，一劳永逸地把问题解决掉。

　　而且根据国家的基本法，即使飞岛跌落后，国王及他的两个长子也都不准离开飞岛。王后如果仍在可生育的年龄段，也要待在飞岛上，不准离开。

第 四 章

作者离开拉普塔，被送往巴尔尼巴比，并到了巴尔尼巴比的首都。作者描述了首都及近郊的景象。作者受到一位贵族的热情款待，二人相谈甚欢。

如果说我在飞岛上受到虐待，未免有些言之过重了，但是不得不说我的确备受冷落，而且受到了大家的轻视。因为国王及其岛民对数学、音乐之外的知识毫无兴趣，而我在这两方面的学问又与他们相差甚远，所以在飞岛上，我得不到任何重视。

另一方面，看过了岛上的稀世珍宝之后，我就非常渴望离开这个地方，因为我对岛上的居民深感厌烦。他们确实在这两门学科上造诣颇深，我对这两方面的知识也推崇备至，并且略知一二。但他们总是陷入沉思默想之中，真是我所见过的最乏味无趣的伴侣。我在岛上居住了两个月，只能跟妇女、商贩、拍手和宫仆们交谈，这就更叫他们看不起了。可是我只有从这些人身上才能得到合乎情理的回答。

我夜以继日地用功学习，已经能够熟练地掌握他们的语言了。我实在不甘心困顿在这个地方。我根本不可能得到敬重，因此决计只要一有机会，就立即离开这里。

朝里有位显赫的贵族,是国王的近亲,他也只是因为这层关系才得到别人的尊重。因为他是公认的最无知、最愚蠢的人。他之前曾为国王立下过屡屡战功,天分和学识也都不错,集忠诚和荣耀于一身。可是他有个致命的缺点,就是对音乐和数学一窍不通。诽谤他的人经常到处宣扬,说他常常打错拍子,数学老师费尽气力也无法教会他证明最浅显易懂的定理。他却常常对我施以恩惠,经常前来拜访我,希望听我讲讲欧洲的情况,讲讲我去过的几个国家的律法、传统、习俗和学术。他听的时候聚精会神,常常能提出真知灼见。为了摆摆排场,他也让两名拍手侍立两侧,但是如果不是在朝廷上或者隆重的场合,他从来不用他们。我们在一起的时候,他就会把拍手们遣退。

我请求这位贵族代我向国王说情,允许我离开这里。后来他向国王请示,总算得到了应允。不过他非常恳切地告诉我,他感到非常遗憾。确实,他之前曾推举我做几份不错的差使,我虽然很感激他的好意,但是都婉言谢绝了。

于是,二月十六日那天,我辞别了国王和朝廷的官员,离开了飞岛。国王送给我一份价值二百英镑左右的礼物。为我求情的恩人,就是这位国王的贵族亲戚,也送了我同样价值的礼物,同时还给我一封介绍信,让我捎给他在首都拉加多的一位好友。飞岛当时正位于拉加多两英里外的一座小山的上空,于是我走到最底层的走廊上,像我当初上岛时一样下了这座飞岛。

这块大陆隶属于飞岛国王的统治,一般被称作巴尔尼巴比,首都叫拉加多。这些我之前都曾介绍。登上坚实的陆地之后,我感到几分小小的满足。我一路走到首都,都没怎么惹人关注,因为我衣着与大家相同,语言也足够与大家交流。不久我就找到了介绍信上的地址,便将信呈上,递给我在飞岛上的大恩人的好友,并受到热情款待。这个大贵人名叫盂诺迪。他安排我住在他家里。我在首都停留期间始终住在那里，一直受到殷勤热切的款待。

　　到首都拉加多的第二天，孟诺迪带我乘坐马车到市里参观。拉加多大概有半个伦敦城那么大，但是房屋建筑特别奇特，大多数都年久失修。路上的行人步履匆匆，面相粗野，目光呆滞，并且大多衣衫褴褛。马车穿过城市的大门，行了大约三英里到达市郊。田野里很多人拿着各式各样的工具在劳作，但我却猜不出他们在做什么。虽然土壤广袤而肥沃，但田间看不到任何庄稼和草木。这一路行来，城镇和乡村的奇特景象都令我疑惑不解，于是我冒昧地问临时为我充当导游的孟诺迪，为何在街市和田间人人都忙忙碌碌，争分夺秒，却看不到他们的劳动有任何效果。事实却是田地荒废，房屋颓败，人人脸上都彰显着艰辛劳苦，衣着也显示出他们的贫困交加，这到底是怎么回事？

　　这位孟诺迪老爷是位上层人士，他在首都拉加多从政多年，职务曾是市行政长官。但由于官员们的阴谋排挤，他以办事不力为名被罢了官。好在国王宽大为怀，认为他虽然见识浅薄，但终究品行还是善良的。

　　当我对这个国家和人民不留情面地严加指责时，孟诺迪没作任何评判。他说，我来这儿时日尚浅，不足以立刻做出论断。况且，不同的国家有不同的习俗。他又说了很多话，大致都是这个意思。等到我们返回他府上后，他问我觉得他家的建筑如何，有没有荒唐可笑之处，还问我对仆人们的面貌、着装有什么建议。他这样发问是完全合乎情理的，因为他衣着齐整，面貌庄严，极富涵养。我说，由于阁下行事严谨，而且出身名门，当然不会有这些缺点。其他人的这些缺点也是由于愚蠢和穷困造成的。他问我是否愿意随他去他乡下的住宅一趟，那个住宅离这里二十英里（他的产业都在那里），这样我们就可以畅谈此类话题了。我说我愿意听从阁下的安排。就这样，我们第二天一早便启程往他乡下的住宅赶去。

一路上,他让我仔细观察路旁田地里农民耕作的方法,我看了以后觉得一头雾水。除了极少的地方之外,根本就不见一穗麦子、一株小草的影子。但是三小时之后,景象就完全不同了。我来到了最美的田野:抬眼望去,农舍修建得整整齐齐,块块农田点缀其间,葡萄园、麦田、草地,应有尽有,美不胜收。我从未见过如此赏心悦目的美景。这位贵族看到我满面红光、无限欣喜的样子,就深深地叹了口气说,从这儿开始就是他的产业了。里面的景致都是这样美丽,一直到最里面他的住宅。但是他说,正因为如此,他饱受了同胞的讥笑和蔑视。大家都说他的产业管理不善,说他树立了一个坏榜样。仿效他做法的人简直少之又少,即使有也都是些像他一样老态龙钟、虚弱不堪、孤行己见的人。

最后我们来到了他的住宅。住宅建造得高贵大气,堪称古代建筑之典范。喷泉、花园、大路、小径、树丛都安排得妥妥当当,彰显了主人的见识和品位。每看到一样东西,我都不失时机地赞赏一番,而他却毫不在意,一副不以为然的样子。等到吃晚饭、没有外人在场的时候,他才满面愁容地跟我说,他正在考虑把他市里和乡下的房子推倒重建,改成现在流行的颓败样式。同时把所有的种植园也全部毁掉,改成现在大家都流行的荒芜模样,还要求他所有的佃户效仿。否则的话,他就会遭人责难,被人批评他是傲慢自大、标新立异、矫揉造作、愚钝无知、反复无常的人,说不定还会让国王更加讨厌他。他还说,等他告诉我一些具体的事情之后,我对他的赞叹之情也许会烟消云散。这些事情我之前在皇宫里应该没有听过,因为朝廷里的人太爱冥思苦想,根本不会注意到下方的事情。

他所说的事情大致是这样的:大约四十年前,有些人或因公事,或为散心,上到拉普塔飞岛上去了。在上面住了五个月后,虽然只带回来些一知半解、零零碎碎的数学知识，却同时沾染上了高空地区十足的浮夸之气。他们回来以后，就开始对下面的一切横加指责，并筹划重新发展艺术、科学、语言、技术等各个领域。为此，他们上奏国王，获许在首都拉加多建立一所设计家科学院。结果这种风尚在民间流行起来，王国境内稍具规模的城市都建立了这种科学院。在这些科学院里，专家学者们开始规划新的农业种植方法，筹划新的建筑规范，创造发明新的工商业新工具、新仪器。按照他们的设想，一人可做十人工；辉煌大殿一周之内便可建成，而且大殿用材坚固耐用，完全可以免除修缮烦恼；地上的果实终年长熟，可以在任何季节采摘，产量也可提高百倍之多。除此之外，当然还有其他无数精巧神奇的建议。唯一不足的是，所有这些计划无一实现，而在实施这些计划的过程中，全国逐渐变成了满目荒凉之地，断垣残壁遍布，人民缺衣少食。尽管结局惨淡，他们却愈挫愈勇，投入了比以前高达五十倍的热情继续专门研究这些计划和项目，希望和绝望共同驱使他们更加努力。至于他自己，因为毫无进取之心，所以安于按照以前的方式生活，住在祖上建造的房子里，按照老祖宗的规矩行事。他的生活中处处如此，没有革新。有少数的贵族和绅士也像他这样做，却都招人讥讽，被人轻视，认为他们是学术的敌人，国家的无知败类，只图个人逍遥自在，置国家的前途于不顾。

这位贵族推荐我去科学院参观参观，还说我肯定会很感兴趣的。但他不愿再多说什么，以免扫我的兴。随后他给我看了一间废弃的破烂不堪的房子，那房子建在三英里以外的山坡上。他说，之前在离他的住宅不到半英里的地方，他有一个水磨，那水磨完全靠大河的水流转动。水磨很便利，产出足够他一家老小和很多佃户使用。大约在七年前，一群设计家找到他，建议他把水磨推倒，在山坡上再重建一个。当时的设想是在山冈上开一条运河，修建一座储水池,然后靠水管和机器运水去推磨。因为山顶的风和空气可以激荡水流,水流就会更大,由于水从斜坡上流淌下来,和平面的河水比起来,一半的水流就足以推动水磨了。他说,当时他和朝廷关系一般,再加上很多朋友相劝,才同意了这个建议。他雇了一百个人,埋头干了两年,结果工程却失败了。设计家一走了之,把责任都推到他身上,并且一直都责怪他。听说他们在别处也开展了这个项目,开始都是信誓旦旦地说保证能成功,但最后都以失败告终。

几天后,我们回到城里。贵族老爷考虑到自己在科学院的名声不好,就没有亲自陪我同去。他推荐了个朋友随我一同前往。他向朋友介绍说我崇尚发明,好奇心强,容易接受新观念。这倒也说得不错,我年轻时也堪称是位有雄心的设计家呢。

第 五 章

作者得到许可，参观了拉加多大科学院。他描述了科学院的概况，还介绍了教授们研究学术的情况。

这所科学院不是一座独立的建筑，而是街道旁的两排房子。由于房子年久失修、破落不堪，他们就买下来，做科学院用。

院长热情接待了我，我在科学院住了很多天才离开。每个房间都住了一位或多位设计家，大致算算，我大概一共参观了五百多间房子。

我见到的第一个人形容枯槁，手和脸像被烟熏过一样黑乎乎的。他的头发和胡子又脏又长，穿的是破衣烂衫，衣服上有好几处被火烤煳的痕迹。他穿的外套、衬衣都快和皮肤分不出来了，成了脏兮兮的同一种颜色。他辛勤工作了八年之久，专门致力于研究一项工程：从黄瓜里提取阳光，然后将阳光密封在玻璃瓶里，遇到阴雨湿冷的夏天，就将阳光放出来，温暖空气。他说，他有信心，再过八年，就能以合理的价格把阳光卖给长官的花园了。不过他又抱怨原料不足，特别是这个季节黄瓜价格很高，他请求我给他点资助，鼓励他继续搞创造发明。于是我送给他一份薄礼。幸亏我那个贵族朋友在我出门之前特地给我准备了一些银两，他知道，科学院的人惯于向参观的人索要钱财。

我到了另一间屋子，但是刚到门口，就几乎被屋里恶臭无比的气味熏倒，匆匆忙忙地退了出来。向导催促我进去，还悄声告诉我说，千万不要得罪他们，否则会被他们恨之入骨。我只好迈腿进去，吓得不敢把鼻子堵住。这里面的设计家是拉加多科学院资格最老的一位，脸色和胡子已都是淡黄的，手和衣服上沾满了污秽。向导把我介绍给他之后，他便紧紧地拥抱了我。我当时多想找个借口拒绝这份深情啊。他从一进科学院，就开始研究怎样把人的粪便还原为食物。他的做法是把粪便分解为几部分，先是去除胆汁带来的颜色，之后让臭气蒸发，再把浮着的唾液除去。每周人们都会供应他一桶粪便，那桶约有布里斯托尔的酒桶那么大。

还有一个人在做将冰煅烧成火药的工作。他还给我看了他撰写的论文，详述了火的可煅性，他正打算将论文发表。

有位精巧的建筑师，发明了一种新型的建筑方法：从屋顶建起，自上而下一路盖到地基。他的根据是，世上最精明的两种昆虫——蜜蜂和蜘蛛——的筑巢方法就是如此。

有个生来就瞎眼的人，带着几个眼瞎的徒弟，作为画家调色的工作。他教导徒弟要靠触觉和嗅觉分辨颜料。他们的功课做得并不好，教授自己也常常弄错。但是这位艺术家却深受全体研究人员的敬重和鼓励。

在另一个房间，我看到设计家设计出了用野猪耕地的方法，不禁欣喜万分。这种方法可以节省耕具、牲畜和人力，一举三得。具体做法是：首先在要耕种的一英亩见方的田地里，每隔六英寸的距离，在深八英寸的地方埋下大量野猪爱吃的食物，如橡子、枣子、栗子等其他类似的坚果和蔬菜。然后，将六百头或更多野猪赶进地里。这样，几天之后，野猪为了觅食，会将田地整个翻遍。这不但适于耕种，而且它们拉的粪便也可同时肥沃土壤。当然，实验研究

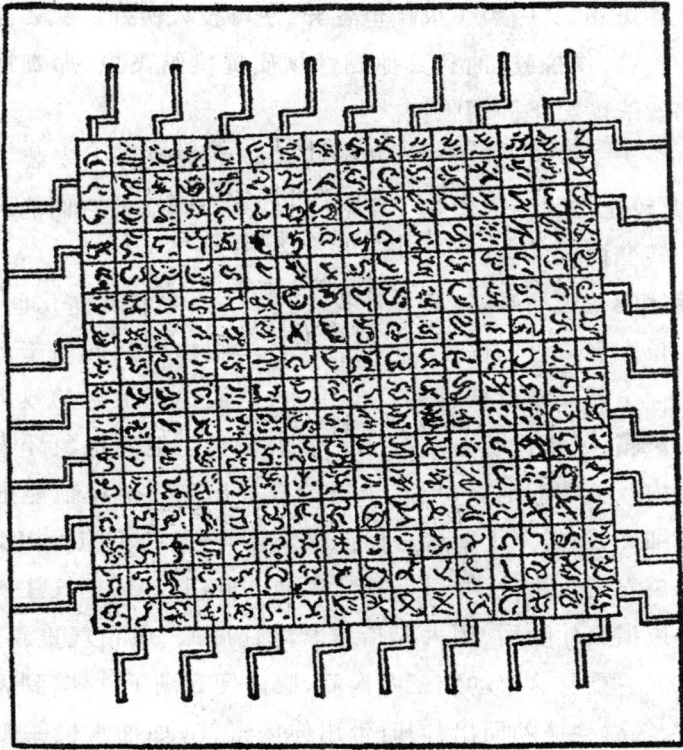

（教授发明的改善思辨知识的机器）

发现,这种方式耗费巨大,收成却极少。不过,大家都坚信,这种耕
种方法有很大的改进空间。

我走进另一个房间,发现墙上和天花板上挂满了蜘蛛网,只留
下狭窄的通道供学者进出。我刚进门,他就大声喊叫,千万别碰乱
这些蜘蛛网。他感叹世人犯下了一个极大的错误,许久以来只会
用蚕抽丝。但世上有很多昆虫远胜于蚕,它们不但会吐丝,更会织
网。他进一步建议,用蜘蛛代替蚕,可以省却整个织网的费用。后
来我才明白他的意思,因为他给我展示了大量色彩艳丽的飞虫,并
介绍说这些飞虫是蜘蛛的食物。他确信,蛛网可以由此获得色彩,

变得色彩斑斓，又因为飞虫颜色各异，便可投人所好。只要能找到适当的食物，像橡胶、油和其他黏性物质提供给飞虫，那蜘蛛纺织出来的丝线就会坚固而强韧。

有个天文学家，致力于在市政厅房顶的大风标上安装一架日晷，以此校正地球与太阳在一年和一天中的运转，使它们能与风向的意外转变协调一致。

突然间我腹痛难忍，向导带我去找大夫。我们走进房间，里面坐着一位声名卓著的医生，他以治疗各类腹痛疾病闻名于世。他能用同一个器具施行两种相反的手术，从而达到治病的效果。他有个大风箱，风箱口装着一根细长的象牙嘴。他会把象牙嘴插入肛门以内八英寸的地方，把肚子里的气抽出来。他说他能把肚子抽得又细又长，像个干膀胱。但如果病症顽固，他将施行相反的治疗方式。先把风箱鼓满气，把象牙嘴插入肛门，然后把气注入患者体内。拔出象牙嘴后，用大拇指紧紧堵住屁眼，风箱气重新充满，重新打气。重复这个动作三四次后，腹内便充满了气体，到无法承受之时，气就会蓬勃而出，同时带出体内毒气（如抽水机一般），这样病患自然就会痊愈。我看到他拿一条狗做实验，在狗身上施展两种治疗方法。第一种下去，无任何疗效。第二种方法实施之后，小狗身体肿胀，如要爆炸一般。接着便猛地排泄一番，把我和向导熏得不轻。之后，狗当场毙命。我们走的时候，医生正用相同的方法企图让它起死回生呢。

我参观了许多房间，但我不想拿这些奇闻逸事来叨扰读者了，只希望讲得简洁明了些。

至此，我只参观了科学院的一部分，另一部分是特意留出来供沉思空想者使用的。介绍沉思空想者之前，先让我给大家介绍一位声名远播的著名人物，大家都尊称他为"万能学者"。他告诉我们，他倾注了整整三十年的心血，研究改善人类生活的途径。他占了两间大屋子,里面满是稀奇古怪的东西,有五十个人在里面工作。

有的试图把空气凝结成干燥可触的固体,他们首先从空气中提取硝酸钠,然后过滤掉液体分子。有的在研究如何软化大理石,以便用来做枕头或针毡使用。有的则投身于硬化活马的马蹄,以防它们跌倒。此时这位"万能学者"正致力于两项伟大的计划。第一个是用秕糠播种。他坚持秕糠有真正的胚芽作用,他做过多项实验证实这一说法。不过我生性愚钝,怎么也听不明白。第二是将树脂、矿物质和蔬菜混合之后,涂抹在两头羔羊身上,防止羊毛生长。他希望经过相当一段时日的研究,能够繁殖出无毛羊,在全国推广。

穿过一条通道,我就看到了科学院的另外一部分。之前我提过,这里是沉思空想的设计家住的地方。

我在此所见的第一个人,在一间大房子里工作,另有四十名学生簇拥着他。房间内有一个大架子,占了屋子绝大部分的地方。大家打照面之后,他看我盯着架子出神,就说,看到他研究运用实际的、机械的方法改善人的思辨,我也许会感到奇怪。但世人不久就能体会到它的价值了。他洋洋得意地说,世间从没有人想出过如此高贵、如此卓越的伟大计划。众所周知,想要在艺术和科学上取得点儿成就,是一项多么劳心劳力的差事啊!但是如果用他的方法,即使愚夫蠢妇,只要支付适当的费用,费些许的体力,那么不需要任何天分和学识,即可写出哲学、诗歌、政治、法律、数学和神学方面的传世著述。他领我到大架子跟前,架子四边站着他的一排排学生。这架子有二十英尺见方,放置在屋子正中央。它表面由许多木块构成,每一块有骰子大小,不过个别的要稍微大一些。木块的每一面都贴着一张纸,纸上写满他们语言的单词。单词有不同的语态、时态和变格,总体上杂乱无章。所有这些木块用细绳串起来。这时教授要我看仔细了，他现在要开动机器。随着他的一声令下，学生们各执一个铁把手。原来架子的四周固定着四十个把手。他们这样一转，词的排列顺序就被完全打乱了。然后他又吩咐三十六个学生轻声念出架子上出现的字，只要有三四个单词连起来可以凑成句子，就念出来给剩下的四位学生听，由他们负责抄写记录的工作。这种工作一般要做三四遍。因为机器每转一次，木块就会上下翻滚，木块上的文字就会重新排列。

这些年轻学生每天要工作六个小时。教授把几卷对开的书给我看，书里已经收集了大量支离破碎的句子。他打算将这些句子拼凑起来，利用这些翔实的资料，编撰一部文学和科学全书，贡献给世人。不过，如果公众能筹措一笔资金，在拉加多建造五百个这样的架子，从事这项工作，同时要负责人把搜集的资料全部贡献出来，那么这项工作将会大大改进，并且加速完成。他还说，他从青年时代起就致力于这项工程的研究。他已经把所有的词汇都写到了架子上，并精确地计算过书中出现的虚词、名词和动词与其他词类的比例。

我对这位名人真切地表达了我诚挚的感激之情，感谢他给我做的详尽解释和说明。我保证，假如我有幸回到故土，就会向世人宣布，他是这架精妙绝伦的机器独一无二的发明者。我请求他准许我把机器的式样和构造画在纸上。我说，现在欧洲剽窃他人发明成果的风气日益严重，如果让他们知道有这样一项伟大发明，他们必定会蜂拥而至，都希望能分一杯羹，争相做这台机器的发明者。不过我一定会加倍小心，只让他独享盛誉。

我们接着来到了语言学校。三位教授正襟危坐，讨论如何改进本国语言的伟大课题。

他们的第一项伟大计划，是简化言辞。将多音节词简化为单音节词，去除语言中的动词和分词。因为他们认为，现实生活中能想象到的都是名词。

另一项伟大计划是要取消语言中所有词汇。他们坚信这不但对健康大有裨益，而且会使语言简洁平实。其中的道理很简单，我们所说的每句话，都或多或少会伤及胃部，寿命因此而大大缩短。他们想出来一个补救的方法，既然语言只是事物的名称，那么在谈一件事情的时候，把要表达的事物带在身边，不是更方便更健康吗？当时如果不是妇女、凡夫俗子和文盲们联合起来反对，这一伟大计划早就实施了。这项计划将给臣民们提供莫大的方便，对健康也有诸多益处。可是妇女联合了凡夫俗子和文盲，要求有像祖先那样用嘴说话的自由，否则就要起来造反。俗人常常是与科学势不两立的敌人。不过，许多学富五车、聪明睿智的人还是坚持这种以物示意的新方法。这方法只有一点不便：如果这人要办的事情很多，涉猎范围很广泛的话，他就需要将一大捆东西背在身上。当然有钱的话可以雇一两个身强力壮的拥人随侍左右，负责搬运东西。我就常看到这样的智者，背负着重物与人谈话。他们背上的负荷几乎将腰都压断了，就像这儿走街串巷的小商贩一样。他们在路上相遇时，放下背上的包裹，一一打开，谈上整整一个钟头，随后再收起各自的东西，互相帮衬着把东西背上，然后挥手道别。

如果谈话简短，只需把所需物品放置在口袋中就行了，也可以夹在腋下。如果谈话是在自己的家里，那就更简单易行了。如此一来，用以物示意法交谈的人家里摆满了各种物品，凡是这种矫揉造作的谈话所需之物皆放于伸手可及的地方。

这种谈话新法还另有一个不可忽视的益处，即它可作为文明世界的通用语言使用。因为不同国度所使用的物品器皿大致相同或者相近，物品器皿的用途也简单易懂。如此一来，驻外大使即使不懂他国的语言也可与国外的君王、大臣们"交谈"甚欢。

我之后到了数学学校，那儿教授数学的方法令欧洲人无法想象。他们先把命题和定理清清楚楚地写在薄薄的饼干上，一律用颜色和头皮一样的墨水书写。然后，命令小学生把饼干空腹吞下。学生们在三天内只允许吃面包、喝白水，不许吃其他食物。饼干消化以后，头皮颜色的墨水会带着命题走进大脑。不过到目前为止，此法还没有什么功效，一方面是因为墨水成分有误，另一方面是因为孩子们顽劣不驯。他们觉得这么大的药吃下去令人作呕，所以常常偷偷跑到一边，不等药性发作，就把药片吐了出来。他们也不太听话，不愿遵照处方上的要求，在服药之后长时间禁食。

第 六 章

作者继续介绍科学院的情形,他提出了几项建议,都荣幸地被采纳了。

到了政治设计家学院,我可真是备受冷遇。依我看来,这里的教授都丧失了理性,这种境况让我不禁哀伤不已。这些郁郁寡欢的人们正在提出各种规划,畅想着美好的愿景,他们要向国王进言,要求按照个人的智慧、能力和美德选干提优。他们还教导大臣们考虑公共利益,同时奖赏功勋卓著、才能出众、贡献不凡的人。他们也指导君王把自己的真正利益同人民的利益放在同一基础上加以认识,要提拔有能力胜任的人担任官职。他们甚至还提出了一些荒诞不经、无法实现的空想,这都是前人从没想过的。这倒使我想起一句老话来:凡是夸张无稽和悖理荒诞的事,哲学家无一不奉为真理。

说到这里,我真是很想对科学院的人说句公道话,并不是所有的人都是幻想家。有这样一位头脑极其聪慧的医生,他似乎对政府性质、运行体制知之甚深。这位名人善于应用自己专业所学,为各个公共行政机关的一切弊病和腐化堕落行为找出行之有效的治疗方法。这些弊病的根源一部分在于执政者本身就有很多恶习和缺点,另一方面,被统治者既自由散漫又不守规矩。所有作家和理论家都一致认为,人体和政体严格说来具有普遍的相似性。那么既然这两个系统都必须保持健康,那么他们的通病就可以用同一个处方来治愈,还有比这更浅显易懂的道理吗?众所周知,参议员和枢密顾问官常犯的毛病是,说话啰嗦冗长,而且容易冲动,控制不住感情。除此之外,还有其他一些歪风邪气。比如说,他们思想上的毛病不少,心病就更多了。他们有时会剧烈地痉挛,双手的神经和肌肉痛苦地收缩,其中右手的神经和肌肉收缩得更严重;有时会肝火上升,肚子发胀,头晕目眩,满嘴胡话;有时也会长满恶臭的脓包和淋巴性结核瘤;有时还会反胃酸,口吐白沫,总是感觉饥饿却又消化不良,等等。当然还有许许多多其他的病症,我就不在此一一列举了。因此,这位医生建议说,每次参议员开会的时候,开始的三天内要请几位大夫列席。每天辩论完毕之后,要让大夫为议员们诊脉。经过大夫们的深思熟虑后,讨论出各种病症的性质和相关的治疗方法。第四天大夫们带着药剂师,预备好对症的药品,赶回参议院。议员入席之前,让每个人根据病情分别服用镇静剂、轻泻剂、利泻剂、腐蚀剂、健脑剂、缓和剂、通便剂、头痛剂、黄疸剂、去痰剂、清耳剂。下次开会时,根据药性决定是再次服用还是换服其他药品,抑或是停止用药。

医生的这项计划实行起来对公众的负担不大。依我个人愚见,在参议员有立法权的国家,这项计划对提高办事效率大有裨益。这既可以营造全场和谐一致的氛围,缩短辩论时间,又可以使缄默不语的人开口说话,使喋喋不休的人稍事休息。同时还能遏制青年人冒冒失失、性情急躁的脾气,纠正老年人自以为是的态度,还可以使糊涂人变清醒,冒失鬼变谨慎。

同时,国王宠臣的记性太差已经招致了大家的不满,为此这位医生提议说,任何人谒见首相大臣时,在言简意赅地汇报完公事,即将要告辞退出的时候,应该拧一下这位大臣的鼻子,或者踢一下他的肚子,或者跺一脚他的鸡眼,或者捏住他的两只耳朵扯上三下,或者在他屁股上扎一根针,或者把他的手臂拧得青一块紫一块的。这样做完全是为了让他长记性,不至于把事情都忘记。以后每个上朝的日子都这样做,一直到他把事情办好,或者坚决拒绝办理为止。

医生还指出,每位议员参加国民议会的时候,在发表完意见、举行完答辩、准备投票表决时,必须投票反对自己的决议。因为只有如此,做出的决定才会真正对公众有利。

针对国家各党派纷争激烈的现象,医生提出了个绝妙的建议,能够促使党派之间和解。具体的做法是:每个党派选出一百名有头有脸的人物,把两党中脑袋大小差不多的人分成一组。之后,两名技术精湛的外科医生把配好对的两党人士的枕骨的一部分同时锯下来,锯的时候要保证大脑平分为二。随后,将切下来的枕骨部分交换一下,分别安在另一党派的人的头上。这项手术要求外科医生做得极其精准,不过教授向我们保证,只要手术做得精准利落,疗效是绝对可靠的。他说,这样一来,由两个人的半个脑子组成的一个完整大脑,就会共同在一个脑壳里自己辩论起来,因此就很容易达成和解,也会心平气和、有条不紊地思考。我们多么希望那些自认为来到世上是为了观察世界、支配世界运动的人能够心平气和、有条不紊地思考啊。如果碰到两党领军人物脑袋的质量和大小都不一样,那也无足轻重,不会影响到全局。医生对这一点很肯定,他说就他所知道的专业知识来看,这点差别根本无足挂齿。

我听到两位教授正在进行激烈的争论,争论的焦点是,在不使百姓受苦的筹款方法中,哪种才是最方便、最有效的。第一位教授说,他认为最公平的方法是,应该对丑陋邪恶和愚蠢无知的行为征收一定的税款。每个人应缴的税额要由邻居组成的公审团公平合理地进行裁定。第二位教授的意见则恰恰相反。他说,有些人爱炫耀自己有过人才能,在体力和智力上卓越出众,对这样的人应该征税。应该缴纳多少税额由他们自己按照才能出众的程度自行决定。最受异性宠爱的男子应交纳最高的税,至于税额的多少,则应根据他们所接受的爱情的性质和受到多少次宠爱来决定。关于爱情的性质和宠爱的次数,在他们保证忠于事实的情况下允许他们自我裁定。他还建议说,对于聪明、勇敢和礼貌等品德也应该敛收重税,收税的方法与前面的相同,由个人决定税额。至于荣誉、正义、智慧和学问等世间罕见的才能品德,就无须征税了。因为没有人肯承认其他人秉持这项才能,而且当具有了这项才能时,也不会觉得自己有何高人一等之处。

妇女则应按照她们的美貌程度和打扮才能进行征税。像男人一样,她们也可以自己来决定税额。不过对于像忠贞、节操,以及辨别是非的能力和温柔善良的品性则不进行征税,因为如果征收的话,这部分的税额将巨大无比,妇女们根本无法承担。

为了保证议员们始终忠心为王室的利益服务,他建议议员们通过抽签的方式获取职位。每个人在抽签之前,要先郑重宣誓,保证不论是否能够抽中理想的职位,都会投票效忠于朝廷。抽签之后,没有中签的人还有机会在下次官位空缺的时候抽签。这样的话,他们会一直怀有希望,就不会抱怨朝廷不守信用,没实践之前的诺言。因此在失败的时候,他们只能把失败的原因归咎于命运的安排,不能埋怨其他内阁大臣们。毕竟命运的肩膀要比内阁大臣的肩膀宽厚坚实得多,是经得起重担的。

另一位教授拿出一大本文件给我看,上面写着如何侦破反政府的种种阴谋诡计的方法。他建议大政治家们仔细检查所有可疑人物的各种行为:他们的饮食和饮食的时间;他们睡觉时脸的朝向；他们擦屁股时用的手。还要严格检查他们的大便，观察粪便的颜色、气味、味道、浓度、粗细以及食物的消化程度，以此来判断他们在想什么、准备实施什么计划。因为人在大便的时候，思考最为严肃认真、周密仔细、专心致志。这个结论是他经过多次试验才得出来的。如果他在盘算如何谋杀君王，那么大便会呈现绿色；如果正在思考如何煽动叛乱，或者焚毁都城，那么粪便的颜色就会大不相同了。

整篇文章写得既准确又犀利，其中不少见解对政客们来说既有趣，又非常实用。不过在我看来，这还不够完善。于是我冒昧地对作者说，如果作者愿意的话，我可以提供几点补充意见。他很愉悦地接受了我的建议。这种虚心接受他人建议的作家可真是世间罕见啊。特别是那些把自己标榜为设计家的作家，更是少之又少。他表示，如果我有进一步的建议，他很乐意洗耳恭听。

我告诉他，我曾到过一个名叫特里布尼亚①的王国，在那里逗留了一些时日。当地人称这个王国为朗敦②。那里的人民大部分是侦探、见证人、告密者、指控者、检举人、指证人、赌咒发誓作伪证的人，以及他们手下那些谄媚奉承的爪牙。他们为国家的高官大臣及参政议员们卖命，听从他们的指使，当然也从他们那里捞好处。在那个王国里，政客们最惯常使用的伎俩就是耍阴谋诡计，这些人一心通过阴暗的手段从晦暗深沉的政治环境中抬高自己的身份，抬高自己的身价。他们的目的要么是为了使一个摇摇欲坠的政府恢复元气；要么是为了镇压或者转移群众的不满情绪；要么是为了把没收来的财物中饱私囊；要么是为了左右公众舆论，从而尽量满足一己私利。他们事先达成一致，商定好可疑分子的名单，控

---

① 特里布尼亚（Tribnia），该词的字母与 Britain，即英国完全相同，只是拼写顺序不同。此处影射英国。
② 朗敦（Langdon），影射伦敦。

告他们图谋不轨。接着就会采取有效的手段,查获可疑分子的书信和文件,然后就可以堂而皇之地把他们囚禁起来。缴获的文件则交给一伙能巧妙地从词语、音节及字母中找出神秘意义的非同一般的能手们处理。比如说,他们会破译出"马桶"指的是"枢密院","一群鹅"则代指"参议院","瘸腿狗"指涉"侵略者","瘟疫"指的是"常备军","秃鹰"暗指"首相","痛风"指代"祭司长","绞刑架"意指"国务大臣","夜壶"暗讽"贵族委员会","筛子"则是"宫廷女官"的暗语,"扫帚"指代"革命","捕鼠器"暗指"官职","无底洞"则直指"财政部","臭水沟"诬蔑的是"朝廷","小丑戴的系着铃铛的帽子"是对"宠臣"的绝妙代称,"折断的芦苇"用来指涉"法庭","空酒桶"则暗讽"将军"的无能,"流脓的疮"是对"行政当局"的尖刻讥讽。

如果这种方法不奏效,他们还有两种更有效的办法。学者称这两种方法为"离合字谜法"和"颠倒字谜法"。第一个方法是指,他们可以把所有单词的开头字母解释出它们所需要的政治含义。如此,N指的是"阴谋",B指的是"一个骑兵团",L则指代"海上舰队"。或者使用第二种方法,就是通过颠倒变换可疑文件上字母的排列顺序,揭开对当局不满的政党最诡秘的阴谋。例如说,如果我朋友写信说:"我们的汤姆兄弟最近患了痔疮。"一个本领高超的释义专家在把这个句子里的所有字母一一分析过后,就会得出下面的话:"反抗吧!谋划已经成熟。图尔。"这就是"颠倒字谜法"。

教授对我提的意见感激得无以言表,满口答应要在他的论文中提及我的名字以表敬意。

我觉得这个国家再没有什么值得留恋,不想再住下去了,于是就思量着要返回英国老家去。

第 七 章

作者离开拉加多，到达马尔多纳达。由于没有可以搭乘的船只，作者到格拉布杜德里布做了短暂的停留，并受到当地行政长官的热情招待。

这个王国只是整块大陆的一部分。我有理由相信，这块一直向东延伸的大陆，应该是延伸到美洲加利福尼亚以西的无名地带。大陆北部濒临太平洋，距拉加多不到一百五十英里的地方有座不错的港口，港口与名为勒格奈格的大岛有着频繁的贸易往来。勒格奈格位于这块大陆西北方向大约北纬二十九度、东经一百四十度的地方。勒格奈格岛东南方向一百里格以外就是日本。日本天皇和勒格奈格的国王结成了亲密的同盟，两个岛国之间有船只密切往来。因此我打算沿这条路线返回欧洲。我雇了名向导带路，又租了两头骡子帮我驮行李，我的行李其实并不算多。我向在拉加多的亲爱的朋友告别。一直以来他对我都是礼遇有加，临走时，他又十分慷慨地送了我一份厚礼。

我这一路上的经历平淡无奇，没有什么值得一提的意外或奇遇。到达了马尔多纳达港（港口名称的确就是这样），港里却根本没有开往勒格奈格的船，而且最近一段时间也不会有。马尔多纳达大小与英国的朴次茅斯港差不多。没过多久，我就在这儿结识了几位朋友，受到了他们的热情款待。其中一位颇有名望的绅士对我说，既然得一个月之后才会有到勒格奈格的船，这段时间为什么不到附近的格拉布杜德里布岛去看看呢，也许我会在那里找到些乐趣。格拉布杜德里布岛在西南方距此五里格的地方。他主动要求陪同我一起前往，还有另外一位朋友也一起跟着去。他们给我提供了一艘轻便的三桅小帆船。

　　根据我的理解，要翻译"格拉布杜德里布"这个词，最接近原意的译名应该是"魔法岛"。这个岛的面积大约有英国南海岸的怀特岛的三分之一，岛上物产极为丰富。住在那里的居民全是有巫术魔法的人，部落的首领统治着全岛。他们只允许人民在部落内部联姻，年龄最大的人继位为岛主或长官。这位长官拥有一座富丽堂皇的宫殿，还有一座占地约三千英亩的大花园，四面由二十英尺高的石头围墙环绕。花园内又圈出几块地，用来养牛、种庄稼以及栽培花花草草。

　　侍奉长官和他家人的那些仆人也都非同凡响，个个都有异于常人之处。这位长官对魔法十分精通，有随时召唤鬼魂出来的能力，并且能够在二十四小时内随意使唤这些鬼魂。不过，超过二十四小时之后，法术就会失去魔力。而且除非是极其特殊的情况，在三个月内他不能重复召唤同一批鬼魂。

　　我们大约在上午十一点钟登上了格拉布杜德里布岛。陪同前来的一位绅士先去拜谒这里的长官，告诉他有位朋友远道而来，希望能有幸拜见长官大人。长官大人立即应允，于是我们三个一起走进了宫殿大门。大门两侧有两排卫兵把守站立，卫兵的服饰、盔甲都非常古怪。脸上的表情也令我不寒而栗，恐怖之情无法用言语形容。我们穿过几间内殿，内殿的两侧也有同样的卫兵把守。我们就这样战栗着来到大殿上。向大殿上的长官深深地鞠了三躬，又回答了几个问题之后，长官让我们坐在他宝座下最后一级台阶旁的三个凳子上。虽然岛上有自己的方言，但是长官听得懂巴尔尼巴比语。他要我给他讲讲旅途上的见闻，为了表示他对我们亲和有加，并不拘泥于虚礼，他动了动手指，站立两旁的可怕侍从一转眼便全都不见了。侍从们能在转瞬间消失得无影无踪，着实令我大吃一惊。这如同从睡梦中醒来时，梦中的景象赫然消失一样。我的心情久久不能平静，长官安慰我让我放心，说他不会伤害我的。我看到两位同伴对此却一脸满不在乎的样子，想必之前他们已经见识过，如今也算是司空见惯了吧。我这才鼓起勇气，粗略地给长官描述了我这几次旅行中的一些见闻。不过，我心中未免踌躇不安，一边说着，还一边不时地回头看看刚才鬼魂侍从站过的地方。我很荣幸地得到和长官一同进餐的机会。在用餐时，一批新的鬼魂侍从负责端盘上菜，然后就站立一旁静侍。我不像早晨那样心慌害怕了。一直到日落西山的时候，我才起身告辞。长官盛情邀请我留宿在他的宫中，我却婉拒了他，并恳切地求他原谅我。之后我和两个同伴在附近镇上找了家私人旅馆休息。这个镇是小岛的首府。第二日早晨，我们又去长官那儿拜访，他倒是非常乐意招待我们。

我们就这样在岛上停留了十天的时间。白天，我们大部分时间都同长官畅谈，晚上回到住处休息。不久以后，我看到鬼魂也就不以为怪了，又经历了三四次以后，完全可以做到无动于衷。要说害怕还是微微地有一些，不过却是好奇心远胜过恐惧心理。长官大人说我可以随意指名召唤我想见的鬼魂，不管我想看多少鬼魂，他都能满足我。从创世之初到现在的鬼魂他都可以随意召唤。只要问题合情合理，他们都可以一一回答，不过唯一的条件是这些问题不能超过鬼魂生活的时代。我一点儿也不用担忧他们可能会说谎，因为说谎这项才能在阴间根本没有施展的空间，因此他们绝对会如实回答所有的提问。

长官大人给我这样隆重的恩典，我真是感激不尽。我们随后到了内殿，从那里可以清清楚楚地欣赏到花园的美丽景致。我首先想见识一下富丽堂皇的壮观场面，就希望见到亚历山大大帝在阿贝拉之战后统帅万军的壮美景象。长官随即手指一动，我们站着的窗户底下立即呈现出一个宏大的战场。亚历山大被召进内殿。他讲的希腊语我很难听懂，因为我本身希腊语也不是很好。但是他很郑重地告诉我，他不是被人毒害致死，而是饮酒过度发高烧病死的。①

接着，我看到正在穿越阿尔卑斯山的汉尼拔。汉尼拔说，他的军营里根本就没有醋。②

我又看到统率着大军的恺撒和庞培③，他们正准备交锋。恺撒获得了最后的胜利。我想看看罗马元老院在一间大厅里开会的情形，同时也想看一下近代的议会④在另外一间大厅里开会的样子。相比之下，罗马元老院的会议如同英雄和半人半神的聚会，而现代的下议院则是一群乱哄哄的乌合之众，里面有小商小贩、扒手、土匪和暴徒。

应我请求，长官示意恺撒和布鲁特斯⑤走向前来。一见到布鲁特斯，我不觉肃然起敬。他脸上任何细节都在彰显着他至高无

---

① 亚历山大（Alexander，公元前356—公元前323），马其顿的皇帝，曾征服波斯建立了亚历山大帝国。后人常认为他是被毒死的。

② 汉尼拔（Hannibal，公元前247—公元前182），北非古国迦太基名将，军事家。据李维所著的历史记载，汉尼拔率部越过阿尔卑斯山时，为了清除路障，曾在火烧巨岩后泼上醋，使之软化破碎。

③ 恺撒和庞培（Caesar，公元前102—公元前44，Pompey，公元前106—公元前48），均为著名的古罗马前三雄之一。公元前49年恺撒和庞培展开战斗，庞培失败。

④ 这里影射英国的议会。

⑤ 布鲁特斯（Brutus），刺杀恺撒大帝的凶手。莎士比亚的戏剧《裘力斯·恺撒》中，布鲁特斯在杀害恺撒后说："不是我不爱恺撒，而是我更爱罗马。"

上的品德、坚定无畏的胸怀、真诚炽烈的爱国之心以及对人类的热爱之情。看到这两位伟人已经能够互相理解,我觉得非常高兴。恺撒坦率地向我承认:他一生虽然建立了很多丰功伟绩,但是与布鲁特斯的荣耀相比却逊色得多,因为正是布鲁特斯为他的一生画上了句号。我很荣幸和布鲁特斯畅谈了许久。他说,他和他的祖先尤尼乌斯①、苏格拉底②、埃帕米农达③、小伽图④和托马斯·莫尔爵士⑤永远在一起。他们这个六人集团举世无双,世上历朝历代都找不出第七个人够资格加入。

　　我希望各个历史时期都能如此生动地出现在眼前,让我有机会逐个欣赏。为了满足我的奢望,长官把许许多多的著名历史人物召唤而来。可是,如果我在此一一详述的话,读者一定会感到沉闷无趣。很多推翻了暴君和篡位者的英雄、为受压迫受侵害的民族争取自由的赫赫名人都活生生地出现在我面前,确实让我一饱眼福。但心中的喜悦之情、畅快之感我无法淋漓尽致地诉诸笔端,无法使读者与我一样感同身受,享受欢畅的感觉。

---

①　尤尼乌斯(Junius),公元前 5 世纪人,据说是罗马的第一任执政官。
②　苏格拉底(Socrates,公元前 469—公元前 399),古希腊著名哲学家。
③　埃帕米农达(Epaminondas,公元前 410—公元前 362),古希腊城邦底比斯的统帅。
④　小伽图(Cato the younger,公元前 95—公元前 46),罗马哲学家。
⑤　托马斯·莫尔爵士(Sir Thomas More,1478—1535),英国哲学家、作家,代表作品为《乌托邦》。

第 八 章

作者继续描写了格拉布杜德里布的情况，同时校正了古今历史的一些错误。

我特意留出了一天的时间，就是为了能够有幸与古代的智者和贤士见面。我请求长官把荷马和亚里士多德这两位声名卓著的智者召唤前来，并希望由他们带领批注他们著作的后人一起出现。不过批注者太多了，差不多有好几百人，只好在大殿前面和外殿那里等候。我一眼就认出了两位伟人，不但能够在人群中轻易地辨认出他们，甚至能够把他们俩清清楚楚地区分开来。两人相比，荷马长得更高大威武一些，面容也更俊秀。他走起路来比较挺拔，在他这个年龄来说，也真算是很硬朗了。他的眼睛非常吸引人，我从没见过如此活泼锐利的双眼。亚里士多德的腰弯得很厉害，还挂着根拐杖。他面容清瘦，头发稀疏，声音低沉。我很快就看出来，他们一点儿都不认识给他们做批注的人，甚至从来也没见过或听说过他们。有个鬼魂，名字就不说了，附在我耳边悄悄说，在阴间的时候这些做批注的人就总是远远地躲着这两位伟人，因为他们给后世介绍这两位智者和他们的著作时，总是错误百出，漏洞不断，他们自知羞愧难当，无颜面对他们。我将批注过荷马作品的迪迭摩斯和尤斯忒修斯①介绍给荷马,并劝荷马对他俩好一点,可是荷马很快看出他们缺乏天赋,根本无法了解诗人的精神。而当我把批注过亚里士多德作品的司各特斯和拉摩斯②介绍给亚里士多德时,他一听我的介绍就怒不可遏。亚里士多德毫不隐讳地质问他们,其余的人是不是和他们一样都是大笨蛋?

接着我请求长官把法国著名的哲学家笛卡尔③和伽桑迪④召唤过来。我劝说他俩把自己的思想体系解释给亚里士多德听。亚里士多德听后,坦率地承认了自己在自然哲学方面的过失。他说,他也犯了大家都会犯的错误,就是对很多事情的论断都是靠猜测和想象。亚里士多德还发现伽桑迪一直在大力宣扬希腊哲学家伊壁鸠鲁⑤的学说,可是伊壁鸠鲁的学说与笛卡尔的涡动说一样,早已被人驳得体无完肤了。他预言说,当代学者所热衷的万有引力学说,最终也难逃被后人驳倒的厄运。他说新的自然体系不过是一时的风尚,流行风尚在每个时代都会有新变化。即使有人自认为能用数学原理证明这些自然体系,他们的想法也只能红极一时,及至得出结论,他们的思想也就过时了。

我一共花了五天时间和古代的其他智者谈话交流。古罗马早期的皇帝我大都见到了。我还说服长官召来伊里欧枷布鲁斯⑥的厨师,请他为我们做一顿丰盛的宴席。不过由于食材不够,他无法把高超的厨艺施展出来。阿格西劳斯⑦的农奴为我们做了一盆斯巴达式的肉羹,但是我只喝了一勺,就再也喝不下去了。

---

① 迪迭摩斯(Didymus)和尤斯忒修斯(Eustathius)均为评注《荷马史诗》的学者。
② 司各特斯(Scotus)和拉摩斯(Ramus)均为评注亚里士多德著作的学者。
③ 笛卡尔(Descartes,1596—1650),法国哲学家。
④ 伽桑迪(Gassendi,1592—1655),法国哲学家。
⑤ 伊壁鸠鲁(Epicurus,公元前341—公元前270),古希腊哲学家。
⑥ 伊里欧枷布鲁斯(Heliogabalus),罗马皇帝(205—222),以奢侈著称。
⑦ 阿格西劳斯(Agesilaus,公元前444—公元前360),斯巴达国王。

陪我来到这个岛的两位先生因为急于办理一些私事,必须在三日之内离岛。于是我在这最后三天又见了一些近代去世的伟人,都是二三百年来在英国和欧洲其他国家声名显赫的人物。我一向对名门望族崇拜有加,因此请求长官召唤一二十位君王,连同他们八九代的祖先一同前来见面。可是结果却大大出人意料,让我大失所望。在长长的皇族谱系中,并非每个人都是头戴皇冠,更不是天生富贵。我看到有一个家族中有两名提琴师、三名衣冠楚楚的朝臣和一名意大利的高级教士。在另一个家族中,居然有一名理发匠、一名修道院主和两名红衣主教。我对头戴皇冠的人向来十分尊崇,所以这个高贵而敏感的话题还是就此打住,不再深谈的好。至于公爵、侯爵、伯爵、子爵等的贵族脉系,我就顾不上那么多了。不过必须承认的是,我因为能从他们祖先身上找出一些名门望族的特征,追根溯源,倒也不无乐趣。比如说,我看得清清楚楚,这一家族的长下巴怎样来的,另一个家族为什么会出两代恶棍,再接下去的两代又全都是傻子。第三个家族为什么都疯疯癫癫。第四个家族又为什么全是骗子。这倒像罗马诗人维吉尔在谈及一个名门世家的时候所讲的那样:"男子不勇敢,女子不贞洁。"残忍暴虐、欺世盗名和胆小懦弱怎么会渐渐就成为某个家族的特征,这些丑恶行径又怎么会变得跟他们家族的盾牌纹章那样举世闻名呢?是谁第一次给一个高贵的家族带来了梅毒,从此便代代相传,子子孙孙都生上瘰疬毒瘤?我看到高贵的家族谱系中出了小厮、仆人、走卒、车夫、赌棍、琴师、戏子、军人和扒手,那上面的疑惑也就不足为奇了。

最令我作呕的要数现代史了。我仔细查看了一下近百年来宫廷里出现的大人物,发现世人都被一帮像娼妓一样无德的作家欺骗了!在他们的著作里,懦夫居然能立下赫赫战功,傻瓜能提出绝顶聪明的建议,阿谀奉迎者被描写为最真诚的人,卖国求荣者居然具有了古罗马人的美德,异教徒最虔诚,鸡奸犯最贞洁,告密者最诚实。有多少无辜的人才,由于奸臣左右了腐败的法官,以及混乱的党派倾轧,最后被判处死刑、流放外地,下场凄凉。多少恶棍却升上了高位,受到国王的信任与宠爱,以致能够大权独揽,获钱获利,作威作福,横行一时。朝廷、枢密院和参议院里发生的国家大事、大臣们的政治活动,其实本质上与鸨母、妓女、皮条客、寄生虫和小丑的行为毫无二致。世界上伟大事业和革命事业的动机原来竟是如此不堪与肮脏。他们之所以取得成功,只不过是靠了一些可耻的偶然事件。了解到这些实情后,我无法不对人类所谓的智慧和正直产生深深的鄙视!

在这里我还发现,那些装模作样书写奇闻逸事的人是多么狡诈、多么无知。在他们笔下,他们用一杯毒酒就轻而易举地把多少君主帝王送进了坟墓;他们也能把无一人在场的君王和首相之间的密谈一一记录在案;他们还能把驻外大使和国务大臣的隐秘思想一眼看穿并公之于世,不过其中连篇累牍的错误却也世代相传下去了。在此我还发现了震撼世界、改变时局事件的真正原因:一名妓女把握了后宫,后宫操控着枢密院,枢密院又左右着上议院。有位将军在我面前承认,他取得胜利完全是由于自己的胆小怯懦、指挥无方。另一位海军大将则说,因为情报有误,他本来已经打算率领舰队投降了,不料却阴差阳错地把对方打了个落花流水。三位国王言辞凿凿地向我表示,他们在执政期间,之所以偶尔选拔了几个真正有才能的人,完全是因为一时的失误,或者是听信了亲信宠臣的诡计,纯属误打误撞。如果他们能重回阳间执政,绝对不会再傻乎乎地举贤任能了。他们居然还为自己这种丑陋的观点提出了充足的理由。他们说,如果消除了腐败,那么拿什么让人拥护我,没人拥护的话,皇位自然就保不住。他们还坚信,美德昭昭的人所拥有的那种积极、自信和刚强的性格,对公众事务来说却是一种永恒的障碍。

我出于好奇，特地询问了达官贵人们，他们是通过什么手段获取这些高官显爵、巨额产业的。我的提问仅仅局限于近代的一些情况，绝对不会触及当代社会，我可不想因此冒犯任何外国友人（我希望不必再向读者声明，我在此所谈的一切，绝不涉及我的祖国）。大量相关的人物被召唤进来，我只稍微地询问一下，就发现他们居然都已经寡廉鲜耻到无以复加的地步。后来我每次想起这些，心情就无法控制地变得十分沉重忧郁。伪证、欺压、教唆、欺诈、拉皮条等罪行，居然还算是他们所提及的可以原谅的手段。相比之下，这些毕竟还算说得过去，我在这里就不再一一深究了。可是，有人还承认他们犯了鸡奸、乱伦等滔天大罪，有人竟然强迫自己的妻女卖淫，有的背叛祖国、出卖君王，有的用毒药坑害他人，更有人屠杀忠良和无辜，竟到了滥用权力、视法律为儿戏的地步。这些身在高位的人看上去仪表堂堂，很有威严，他们本该受到我们这些卑贱小人的尊敬。然而，我在这里请求大家原谅，因为我觉得我发现的这些事实，会使我对他们的崇敬之情大大减弱。

我经常在书里读到忠君爱国的丰功伟绩，所以特别想见一下这些创建功勋的大人物。我经过一番询问后才知道，除了极个别人物以外，这些人在历史上是没有任何记载的。即使有一些记载，这些忠良贤士也都被历史学家篡改成了卑鄙无耻的流氓和卖国贼。至于其他的忠臣义士，我连他们的名字都从未听说过。这些人形容憔悴，模样颓废，衣着粗陋。他们中有很多人告诉我说，他们最后都死得很惨，要么因穷困潦倒殒身毙命，要么在断头台或绞刑架上身首异处。

在这些人当中，有一个人的经历非常特别。他身边站着一位十八岁左右的青年。他告诉我，他之前做过多年的军舰舰长。在阿克提姆岬的海战①中，曾幸运地突破敌人的主要防线，击沉敌人三艘主力战舰，还俘获了一艘，最终导致安东尼②大兵溃败，从而保证整场战争的胜利。站在他身边的青年是他唯一的儿子，在那场战役中英勇阵亡了。战争结束之后，他只身前往罗马，想凭借这场战功得到奥古斯都大帝③的提拔，让他到另一艘更大的战舰上任职，因为那艘战舰的舰长已经阵亡。可是帝国的朝廷对他根本不予理睬，却把舰长的职位给了一个从未见过大海的、乳臭未干的毛头小伙。原因是那个小伙儿是国王情妇的仆人利柏蒂那的儿子。没有办法，这位舰长只好又回到原来的战舰上，却莫名其妙地被朝廷安了个玩忽职守的罪名，最后把战舰也移交给了海军副将帕勃利科拉的一位侍从。他无奈选择隐退，穷困落寞地在罗马远郊的一个村庄里终了一生。我很想知道这件事情的真相，就请求长官把那次战役中的海军大将阿格瑞帕召来询问。阿格瑞帕到来后所说的话，证明了舰长之前所言句句属实。他还补充介绍了舰长的很多感人事迹。舰长生性谦逊宽厚，却导致其大部分的战功都被一笔带过或绝口不提。

　　看到腐化堕落之风在那个帝国竟如此猖獗，蔓延得如此迅速，我不禁大吃一惊。但是奢侈浮夸是新近才盛行的啊。这样看来，在各种恶行盛行已久的其他国家，出现类似的状况，也实在是不足为奇了。在那些国家，总指挥、总司令总是醉心于歌功颂德、聚敛财富，可事实上，他们既无功绩，更不配拥有财富。

　　每个被召叫前来的人和他们在世时候的样子是一样的。这倒使我注意到这几百年来，人类确实退化了不少。想到此情此景，我

---

① 阿克提姆岬（Actium）海战，公元前3□年，屋大维最终在阿克提姆岬战役中打败了安东尼和克利奥帕特拉。

② 安东尼（Antony，公元前83—公元前30），罗马后三雄之一。

③ 奥古斯都大帝（Augustus，公元前63—公元前14），罗马后三雄之一，罗马帝国的开国皇帝，原名屋大维。

又不免伤心起来。各种名称怪异的花柳病毒，彻底改变了英国人的面貌，现在他们变得身材矮小、精神涣散、肌腱无力、面色苍白、肌肉松弛、体臭难闻。

我的想法越来越卑贱、越来越堕落，最后居然想要召见几个古代的英国农民前来。他们却都衣着朴素、饮食简单、热爱公平交易、崇尚自由精神、天性勇敢善良、满怀爱国热忱。在过去，这些美德都是备受世人敬仰的。拿当今的活人和他们一对比，我不禁感慨万千。他们原有的淳朴美德被后世子孙为了几枚铜钱全部卖光了。他们的子孙热衷于出卖选票、操纵选举，沾染上以前只有宫廷里才能学得到的种种恶行和腐败之风。

第 九 章

作者重返马尔多纳达，后来又航行到勒格奈格王国。作者被拘捕并被押解到朝廷，之后被引见给国王。作者描述了国王对臣民宽厚仁慈的心胸。

到了我们离岛的日子，我辞别了格拉布杜德里布的长官大人，和两位同伴一同回到马尔多纳达。在马尔多纳达等了十四天后，终于等来了驶往勒格奈格的船只。我的两位同伴和其他一些朋友送我上船。他们特别慷慨，为我准备了很多食物。到勒格奈格的航程足足持续了一个月之久。途中我们遇上了强风暴，船只好改道西行，借着信风一直往前行驶了六十多里格。一七〇八年四月二十一日，船驶进了克鲁米格尼格河口。克鲁米格尼格是座港口城市，位于勒格奈格的东南角。我们在离城不到一里格的地方抛锚，发出信号要求派一名引水员来。不到半个小时，两名引水员就来到了船上。他们领着我们一路前行，航道相当凶险，到处是暗礁浅滩，他们带着我们一一顺利避过，最后驶进一个开阔的内湾。在这个河湾里，离城墙不到一链的地方能够安全停泊整整一支舰队。

船上有些水手告诉引水员，说我是远道而来的大旅行家，真不知道他们是要专门与我作对，还是无心之失。引水员把我的情况向海关官员作了汇报。这样一来，我通过海关的时候就受到了特别严格的检查。海关官员用巴尔尼巴比语向我问话。由于两岛之间的贸易往来非常密切，岛上的不少居民，特别是一些水手和海关工作人员，都懂些巴尔尼巴比语。

我向海关官员简要描述了我旅行的情况，并尽量叙述得合情合理、前后一致，但我觉得有必要隐瞒自己的国籍，就自称是荷兰人。因为我日后想借道日本回国，据说所有欧洲人中，日本只允许荷兰人入境。我告诉那位官员，我的船在巴尔尼巴比海岸触礁沉没，我被遗弃到一块礁石上，后来被接到拉普塔或者说是飞岛上（他常听说有座飞岛）。现在我打算到日本去，也许在那儿能有机会回国。那位官员说，在接到朝廷命令以前，他们必须把我拘禁起来。他会立即上奏朝廷，朝廷的指示有望在两周内收到。于是，我被带到一处舒适的住所里，门口有哨兵把守。不过我可以自由地在大花园里走动。我受到的待遇极有人情味，饮食起居的一切费用由国家负担。还有很多人前来拜访我，他们来主要是出于好奇，因为据说我来自一个非常遥远的国度，他们听都没听过这么个国家。

跟我同船来的有个年轻人，他本来是勒格奈格人，但在马尔多纳达住了几年，两国的语言都颇为精通。于是我雇他做我的翻译。有他的帮助，我就可以和来拜访我的人交谈沟通了。不过谈话的内容仅限于他们提问，我回答而已。

朝廷的指令在我们预期的两周内就到了。原来是张传票，命令十名骑兵把我和我的随从押送到特拉尔德拉格达布，或者叫特利尔德洛格德利布（就我记忆所及，这个名字有两种读法）。我的随从只有给我做翻译的这个可怜的孩子，我费了一番唇舌才说服他随我同往。我态度非常谦卑地请求他们给我俩一人一头骡子骑，有幸得到了他们的允准。有位信使比我们提前半天出发，先给国王报信去了。他请求国王陛下大施圣恩,挑选一个良辰吉日,让我"有机会有幸跪舔御座前的尘土"。这是一种宫廷礼仪,后来我才发现这可不仅仅是形式而已。我到达两天之后,荣幸地受到了国王的接见。他们居然命令我匍匐前进,一边往前爬一边用舌头舔地上的尘土。但因为我是远道而来的客人,得到了特殊照顾,他们已经把地打扫得非常干净,尘土的味道也就没有那么令人作呕了。其实臣子舔尘土是国王特殊的恩典,只有高官贵胄受到召见时才能享受这种待遇。不但如此,如果受召见的人碰巧在朝廷有些有权势的劲敌,那么地上会被故意撒上尘土。我曾亲眼看见有位大臣,一路舔得满嘴都是尘土,等他爬到御座前面规定的地方时,已经一句话也说不出来了。遇到这种倒霉的情形也只能无奈地面对,因为朝觐的人在国王面前吐痰或者擦嘴都是死罪。这儿还有种风俗,说实话我也不能完全赞同。如果国王有心处死某位贵族,但又想宽大为怀,就会下令在地上撒上一种褐色的致命粉末,被召见的人舔到嘴里后,在二十四小时之内肯定会毙命。但是说句公道话,这位国王宽厚仁慈,对臣民是极为爱护的(在这一点上,我希望欧洲的君主也能效法这位国王)。为了国王的盛誉,还有一点我必须提到,那就是每次行刑之后,国王会严令仔细清理地面的每个角落,将沾染了有毒粉末的地方全部洗刷干净。如果仆人有任何的疏忽,就会惹祸上身,国王会为此大发雷霆。我曾亲耳听国王下令,要用鞭刑惩罚他手下的一个仆役。原因就是行刑之后本该由他吩咐人清洗地板,可是他却玩忽职守,没有通知。由于他的疏忽,一位年轻有为的年轻贵族被召入宫行舔礼时,不幸中毒身亡。当时国王根本没想过要取这年轻贵族的性命。不过好在国王仁慈,后来免了这位仆役的一顿鞭打。国王只是要他保证,以后绝不再犯同样的错误,除非接到了什么特殊的命令。

我们回到正题上来。当时我爬到离御座不到四码远的地方后,轻轻地抬起头来,双膝跪地,接连磕了七个响头。我用当地的语言大声说了一句话,这是他们昨天晚上教我的,是觐见国王时必须对国王讲的赞美之词。当地的法律规定,所有觐见国王的人都要这样称颂一番。这句话翻译成英语的意思是,"祝国王的寿命比太阳还要长十一个半月"。说完后,国王回答了几句,虽然我听不明白他在说什么,但还是按他们教我的,又用当地的语言作了回应。这句话的字面意思是说,"我的舌头在我朋友的嘴里",其实也就是请求皇上让我的翻译进来。于是前面提到过的那个小翻译被带了进来。在他的帮助下,我回答了国王提出的诸多问题,整整回答了一个多小时。我说的是巴尔尼巴比语,翻译把我的意思译成勒格奈格话。

国王非常喜欢与我畅谈,他还命令他的侍卫长为我和翻译准备一处住所,要求他们每天都对我们盛情款待,并赠给我一袋黄金供我们日常开支使用。

我遵从国王的旨意,在这里住了三个月之久。国王对我恩宠有加,意欲给我加官晋爵。可我却希望能够与妻子、孩子共度余生,觉得那种生活更安稳、更踏实。

第 十 章

作者高度赞扬了勒格奈格人民，详细描写了"斯特勒尔布勒格①"，并就这一话题和岛上的知名人士做了深度交流。

勒格奈格人民彬彬有礼、慷慨大方。尽管他们也难免有些东方国家人民特有的骄傲自大，但是对异乡人非常热情好客，特别是对朝廷重视的人更是礼遇有加。我在此结识了不少朋友，都是上流社会的人物。有翻译在旁帮忙传话，我们的交谈还是相当愉悦的。

一天，我和许多朋友一起的时候，有个贵族问我是否见过他们的"斯特勒尔布勒格"，意思是"永生不死的人"。我说我从没见过，希望他解释一下，为什么会给肉胎凡人加上这个"永生不死"的名号？他告诉我，虽然这种人极其罕见，但总有人家会偶尔生出这样的孩子。这种孩子一生下来额头上有个红色的圆点，就在左边眉毛的正上方。这个红点就是孩子永生不死的铁证。他向我继续描述，这个圆点有三便士的银币那么大，随着年龄增长，圆点会变大、变色。孩子长到十二岁的时候，圆点变成绿色。到二十五岁

———————————
① 斯特勒尔布勒格（Struldbrug），该词已进入英语词汇，专指虚构中的永生不死之人。

的时候,则会变成深蓝色。四十五岁时渐渐变成炭一样的黑色。
圆点会长到英国先令那么大,之后就不会再长了。他说,这样的孩
子出生得很少,全国上下、男男女女加起来也不过一百一十人而
已。他估计京都里大概有五十人,其中最小的是三年前出生的一
个女婴。这类与众不同的婴儿并不是任何家族的特产,他们的出
生纯粹是偶然罢了。"斯特勒尔布勒格"的子女和其他人别无二
样,也会生老病死。

　　我坦率地承认,当听到世上有这种人时,我内心的喜悦之情简
直难以言表。我的巴尔尼巴比语说得不错,碰巧这个贵族听得懂
巴尔尼巴比语,我就情不自禁地发了几句感慨,由于情绪太激烈,
当时难免有些失态。我像发疯了一般高声大叫:"幸福的民族啊,
你们的每个孩子都有希望长生不老啊! 幸福的人民啊,你们有多
少古代道德的活的典范生活在身旁,他们可以随时教导你们先代
的卓越智慧! 但最幸福的还是那些杰出的'斯特勒尔布勒格'啊!
他们免除了全人类谁也摆脱不了的灾难,他们永远不用为死亡担
忧,他们的思想永远无重担,精神常欢畅啊!"我转而又觉得非常
奇怪,为什么在朝廷里没有看到这些杰出的人才呢? 这些人的额
头上有黑痣,这么明显的特征,我总不会忽略不见吧? 再说,国王
如此贤明豁达,怎会忘掉有这样一群智者贤士呢? 他为什么不把
他们召集到身边做枢密官呢? 不过可能也有这种情况,那些令人
敬重的圣贤们对事对人都非常严肃认真,所以道德败坏、乌烟瘴气
的朝廷容不下他们。根据以往经验,我们经常看到自以为是、高傲
浮夸的年轻人,他们一向不愿意接受老成持重的先辈们的教导。
但是,国王特别乐意我与他接近,那么他应该会听取我的建议。于
是我下定决心,只要一有机会就让翻译直截了当地转达我在这件
事情上的看法。不管国王是否接受我的意见,反正在这件事上我
已拿定了主意,一定会坚持到底。国王陛下已经屡次提出要我留

在这个国家任职，那么这次我就感念他的恩德与信任，接受国王的恩典。只要这些卓尔不群的"斯特勒尔布勒格"愿意让我接近，我就希望国王能够恩准我和这些名叫"斯特勒尔布勒格"的先贤们终日畅谈不疲，共同度过此生。

我上文曾经提到，同我谈话的这位贵族会说巴尔尼巴比语。他听完我的一番话后，一边面带神秘的微笑——只有听到别人说出幼稚自大的话时，人们才会露出这种怜悯的微笑——一边跟我解释，如果能有幸把我留下来，住在他们这儿，他将非常高兴。同时他希望我允许他向同伴们解释一下我刚才说的话。他解释过后，他们用当地话一起讨论了好一阵子，不过我却一个字也听不懂。从他们脸上我也看不出他们对我刚才所说的话有任何触动。经过一阵短暂的沉默，这个贵族对我说，他的朋友们和我的朋友（这是指他自己，他觉得这样说很贴切）听了我对长生不老的好处和乐处的高谈阔论，都觉得特别高兴。他们倒是希望我能详细地描述一下，如果我命中注定生下来就是"斯特勒尔布勒格"，我将会怎样规划我的生活。

我回答说，这个话题内容丰富，令人愉悦，容易发挥，有很多话可说。特别是对我来说，更是易如反掌。因为我原本就喜欢幻想自娱，常设想假如我做了国王、将军或者大臣，我会怎么做。就长生不老这件事来说，我就经常做过这方面的幻想，曾经全面筹划过我该做些什么事，该怎样度过这悠远漫长的时光。

我说，如果我能有幸成为"斯特勒尔布勒格"的一员，我就会明了生死之别，发现长生不死的幸福所在。那么我首先要做的，就是想尽一切办法创造财富。我会勤俭节约、妥善经营，我想用不了两百年，我就会成为全国最富有的人。之后，我会规划从年轻的时候起，就致力于学习各种文学艺术。终有一天我的学识会超过其他人，成为卓尔不群的佼佼者。最后，我会详细记录下公众生活中发生的每项重要活动和事件,特别是通过自己的观察所感悟的真相,还会记录下历朝历代的君主和官员的性格。我还要准确无误地记录下风俗、语言、服饰、饮食和娱乐方面的变化。由于具备以上的种种学识和见识,我将成为智慧和知识的活宝库,成为整个民族的先知。

六十岁之后我将不再结婚,准备过乐善好施的生活,但还是要勤俭朴素。我会培养和教导有前途的年轻人,通过我的经历、观察和记忆,通过数以万计的范例,教导他们如何使美德在公众和私人生活中发挥作用。不过我精心挑选的忠实朋友却应该也是"斯特勒尔布勒格",就是和我一样永生不死的弟兄。我要从长辈和同辈中选出十二个志趣相投的朋友。如果哪一位朋友需要我提供资产帮助,我就会在我的产业附近给他安排舒适的住所。而且我每天都会盛情款待我的一些好友。在你们这些凡人中,我只打算挑选几个最优秀的人和我交往。不过,时间一长,生死经历得多了,我就不会再轻易悲伤。你们死了我也不怎么惋惜,或者根本就不会惋惜,我会以同样的态度对待你们的后代子孙。这就如同有人在花园里种上一些石竹和郁金香,石竹和郁金香每年都要凋谢枯萎,而种植的人却不会为花草的凋零而悲伤一样。

我会和"斯特勒尔布勒格"不断地交流岁月流逝中我们所观察到和能回忆起的一切,深入研究腐化堕落之风是如何步步侵蚀世界的。我们会时时警醒世人、教导世人,时刻严防腐化堕落。我们希望通过以身作则的强大影响,使阻止历代以来人人扼腕叹息的人性堕落的厄运成为可能。

此外,我会亲眼看到许多帝国和小的邦国发生各种各样的革命;看到上流社会和底层世界的纷繁变化;看到古代名城终于化为一片废墟,而名不见经传的小村庄却成为帝王的金銮圣殿;看到莽莽江河变为潺潺浅溪;大海的这一面变为旱地,另一面却被海水吞没；看到不知名的国度被人发现，最文明的民族遭到最野蛮的民族的奴役，而后来最野蛮的人却渐渐习得了文明之道……看到这些，我的内心将是何等喜悦啊。我还会见证人们发现黄经、永恒运动和万能灵药的伟大时刻，看到其他许许多多领域中尽善尽美的发明。

我们将在天文学上有多么卓越不凡的发现啊！我们活着就能看到预言变为现实，这是多么美妙的事情啊！我们能观测到彗星的运行和再现，看到日月星辰的种种变化。

我又从其他方面发表了很多长篇大论，对永生的自然欲望和尘世的幸福感的畅想与体悟让我谈得滔滔不绝、兴致高昂。我讲完之后，那个贵族像刚才一样，把我说的主要内容翻译给他的同僚听。他们又用本地话谈论了好久，我的高谈阔论不时地使他们大笑不止。最后，我的贵族翻译说，他的同伴们要求纠正一下我的几点错误，这些错误都是由于人性中的缺陷造成的，因此我倒不用为此负太大的责任。他说，"斯特勒尔布勒格"只有他们国家才有，在巴尔尼巴比和日本都找不到。他曾有幸受国王派遣在巴尔尼巴比和日本做过大使，发现当地人根本就不相信世界上有这样永生不死的人存在。其实我起初听到这件事的时候，也是惊奇万分，说明我也是把这事当成完全难以置信的世间奇闻来看待的。他在巴尔尼巴比和日本这两个国家做驻外大使期间，曾与很多人交谈过，言谈间发现长寿是人类普遍的欲望和心愿。即使一只脚已经踏进坟墓的人也会不顾一切地想把脚抽回来，希望能依然留在人世间。老态龙钟的人仍然希望再多活一天，他们视死亡为最大的魔鬼，全都敬而远之。人的天性敦促他要想方设法避开死亡。只有在我们勒格奈格岛上，人们求生的欲望才没有那么迫切，因为他们眼前时时有"斯特勒尔布勒格"作为儆戒。

他说，我所设想的长生不老的生活既不合理，也不真实。因为我首先假定了人是在青春永驻、健康永葆、活力永在的情况下获得永生。虽然这是人类的奢求,但人也不能想入非非到如此地步。所以现在的问题不是如何永葆青春年少、永享健康幸福,而是在人年老体弱、疾病缠身等种种不利情况下,如何度过这永恒的生命。虽然很少有人愿意在如此悲惨的境地下长生不死,但他注意到在上面提到的在巴尔尼巴比和日本两个国家中,每个人都希望将死亡推迟,而且推迟得越久越好。他很少听到有人死的时候是心甘情愿的,除非生前遭受了极度的痛苦和折磨。他问我,在我的祖国和我到过的国家,我是否也注意到了这一普遍存在的心理现象。

说完这段开场白后,他为我具体描述了他们那儿的"斯特勒尔布勒格"的情况。他说,他们三十岁之前和普通人无异,之后,他们渐渐忧郁沮丧起来,并且情绪会越来越低落,一直会持续到八十岁。这是他听"斯特勒尔布勒格"亲口跟他说的。否则的话,一个时代只有两三个"斯特勒尔布勒格"降生,这么少的人数实在不足以得出这种普遍性的结论。他们到八十岁的时候(这个国家活到这个岁数就算是极点了),不只会有普通老人的种种缺点和荒唐行为,还会表现出更多的恶习,这些恶习出现的根源就是他们对永远不会死的强烈恐惧。他们不但性情顽固、暴躁、贪婪、忧郁、虚荣、爱唠叨,而且没有丝毫的友情,其他的情感也极为淡薄,最多就是对儿孙还有点感情罢了。内心全部被嫉妒和妄想占据了,可是让他们深以为妒的却主要是年轻人放纵欢乐的行为和老年人平静安详的死亡。他们羡慕年轻人,是因为一看到他们,就想到自己已经永远丧失了寻欢作乐的任何可能;看到送葬的队伍,他们就垂头叹息,羡慕别人终于进入了安息的港湾,自己却永远都没有指望。他们记忆所及的事情只是年轻时代和中年时期的所见所学,可是就连这些许记忆也是断断续续不完整的。所以想获悉任何事实的真相和细节,最好还是依靠流传下来的传统习俗,而不是相信记忆，即使他们当中记忆力最好的人也不值得信任。他们中最幸福的、能够远离悲惨命运的，却是那些年老昏聩、完全丧失了记忆力的人。这些人不像其他人一样身上积累了种种恶习，也就能够得到大家更多的怜悯和帮助。

如果"斯特勒尔布勒格"正好和他同类结为连理，那么按照国王的恩典，只要夫妻二人中年轻的那一位活到八十岁，他们的婚姻就算自动解除了。法律制定这一条是因为他们认为给"斯特勒尔布勒格"这样的恩典非常合情合理。他们在自己毫无过错的情况下，就已经受到了永远在世上生存、永远不能死亡的惩罚了，那就不要再给他们加上妻子的负累，这只能徒增他们的痛苦。

这些人一旦活到八十岁，在法律上就被认定为死亡了。他们的子嗣便可立即继承产业，只留少量的金钱维持他们的生活，没有产业的穷"斯特勒尔布勒格"则由公众来负担。此后，人们就认为他们再也没有能力承担任何工作，因为他们既不能为公众谋福利，也不能获得公众信任。他们不可购买土地，不可租赁土地，不可为任何民事或刑事案件作证，甚至不允许参加地界的勘定工作。

他们到九十岁的时候，牙齿全都脱落，头发变得稀疏。他们已经毫无味觉，有什么就吃什么，既没有食欲，也没有胃口。早年的病痛依然在折磨他们，病情既不加重也不见好转。他们说话的时候，连普通事物的名称和人们的姓名都记不起来，甚至连最亲近的朋友、亲属的姓名也印象全无。由于记性太差，他们也无法享受读书的乐趣，因为连一个完整的句子也读不明白，读到后面就忘了前面的意思。这种坏记性剥夺了他们唯一可能享受到的娱乐活动。

这个国家的语言时刻都在变化，所以一个时代的"斯特勒尔布勒格"听不懂另一个时代的话。他们二百岁以后就无法与周围的凡人交谈了，至多能说几个简单的、通用的词。这样，他们虽然生活在自己的国家，可事实上就如同外国人一样有诸多不便。

这是他们给我讲的"斯特勒尔布勒格"的生活情况,我所能记得的只有这么多。之后我见过分别属于五六个不同时代的"斯特勒尔布勒格",他们是由几个朋友带过来的,其中最年轻的一个还不到二百岁。他们知道我是个很有名的旅行家,到过世界的很多地方,却一点也不好奇,也不想问我任何问题。他们只希望我可以给他们一件"斯兰姆斯库达斯克",意思是纪念品。这是一种委婉的乞讨方式,因为法律严令禁止他们乞讨,他们就这样来规避法律。尽管津贴确实少得可怜,但他们毕竟是由公众供养的。

　　人人都鄙视他们、痛恨他们。他们的出生被认为是不祥之兆。因为他们的出生都有特别记录,所以大家可以通过查阅登记簿了解他们的年龄。当然登记簿上的记录还不到一千年,或者一千年前的记录有时候会随着时间推移而丢失,或因社会动乱而遭到损坏。最常用的计算他们年龄的方法是问他们所记得的国王或伟人的名字,然后再通过查阅历史书籍了解他们的年龄。因为他们记得的最后一位君王,不会在他们八十岁以后才登基。

　　这些"斯特勒尔布勒格"是我见过最让人痛心的人,而女"斯特勒尔布勒格"的生活比男的更可怕。她们除了染上所有"斯特勒尔布勒格"老年所共有的弊病外,还有其他难以用言语表达的可怕行为。这些行为随着年龄的增加而越来越多,越来越可怕,所以在五六个女"斯特勒尔布勒格"之中,我一眼就能看出来谁是年龄最大的,尽管她们彼此相差也不过一二百岁。

　　读者看到我的见闻应该很容易猜到,我现在对长生不死的欲望锐减。一想到我刚才对长生不死所持的美好愿景、所发表的高谈阔论,我不禁深感羞耻。看到他们的生活,我就想,以后如果有哪位暴君发明任何一种可怕的刑法将我处死,我都将轻松从容地赴死。国王听说我跟朋友们讨论了这件事情,就颇为得意地把我挖苦了一顿。他说,希望我能带几个"斯特勒尔布勒格"回国,这样可以帮助人们抵御面对死亡时的恐惧心理。可惜按照当地的法律，"斯特勒尔布勒格"是不允许出国的，不然哪怕费钱费力，我也要不惜一切代价把他们千里迢迢地带到祖国去。

　　对于这个王国制定的关于"斯特勒尔布勒格"的相关法律，我由衷地表示赞成。这些法律的确非常合情合理。任何处于此种境地的国家都应该制定类似的相关法律，采取相同的做法。不然的话，那些长生不老的人终究会掌控全国的产业，掌握全国的权力。然而，贪得无厌是老年的必然结果。这些既无能力又无德行的不死之人掌握权柄之后，最终必将导致整个社会的毁灭。

第十一章

作者离开勒格奈格,乘船前往日本。之后又乘坐荷兰的船只到达阿姆斯特丹,并从阿姆斯特丹返回英国。

以上关于"斯特勒尔布勒格"的描述,我想读者读后肯定会觉得非常有趣吧。这些人看起来的确有些不同寻常呢。至少我从没在其他游记里读到过类似的描写。当然如果我记错了,就请读者们多包涵了。有时旅行家到了同一个国度,不免会就同一件奇事大谈特谈,不过谁也不会因为这样做而背负抄袭剽窃或借用前人著作的罪名。

这个王国确实和大日本帝国有密切的贸易往来,因此我觉得很可能会有日本作家曾经描写过"斯特勒尔布勒格"。不过由于我在日本停留的时间很短,并且丝毫不懂日语,无从就这事进行深入探究。我倒是希望经过我这样的介绍后,可以燃起荷兰作家对此事的好奇探求之心,从而可以继续探索原委,以弥补我的游记的不足之处。

国王陛下曾几次三番邀请我在朝廷供职,但他知道我执意要回国时,就宽宏大量地准许我离境。我还非常荣幸地得到了国王陛下亲笔为我写的介绍信,让我呈交给日本天皇。他还赏赐我四百四十四块金子(这个国家喜欢偶数)和一颗红宝石。回到英国后,我把红宝石卖了一千一百英镑。

一七〇九年五月六日,我郑重地辞别了国王陛下和我的朋友们,离开了勒格奈格。国王特别仁慈,专门安排卫队引领我到皇家港口格兰古恩斯达尔德,这个港口位于勒格奈格西南部。六天后,我找到了开往日本的船,在海上航行了十五天后,顺利抵达日本。我们在一个叫滨关的小港口登陆,滨关位于日本的东南部。滨关市西口有个狭长的海峡,往北一直延伸到内海,而京都、江户就在内海的西北岸。我一登陆,就将勒格奈格国王写给日本天皇的介绍信给海关看。日本海关非常熟悉勒格奈格国王的印章。这枚印章有我的手掌那么大,上面的文字是:"国王扶起了地上一个瘸腿的乞丐。"滨关镇上的官员听说有这么一封信,就以大臣之礼款待我。他们为我备好马车和仆役,一路把我护送到京都,所需的费用全部由京都承担。我到京都后立刻受到接见,并呈上了信函。他们拆信的仪式非常隆重。翻译官把信函的内容解释给天皇听,天皇听后下令说,不管我有什么要求,他们都会照办。这当然是看在他勒格奈格王兄的面子上。这个翻译官是专门负责处理与荷兰人事务的。他从面相上看出我是欧洲人,遂用低地荷兰话重复了一遍天皇的命令。他荷兰话说得非常地道。我按事前想好的回答说,我原本是荷兰商人,在一个遥远的国度遭遇了沉船事故。后来通过陆路和水路辗转到了勒格奈格,之后又来到日本。我知道我有些同胞与你们常有贸易往来,所以希望能有机会搭乘他们的船只一起返回欧洲。接着我又请求天皇陛下格外施与我恩典,把我安全护送到长崎。之后,我又请求,看在我的恩主勒格奈格国王的面子上,开恩豁免我践踏十字架①的仪式,我知道我的同胞来这儿

---

① 当时正值日本的德川幕府时代,因为当时有多次基督徒对抗幕府命令的事件,因此这一时期基督教在日本被视为邪教,信仰者多被处以刑罚,踩十字架就是应这一政治时期的需要而产生的一种仪式。

都要有这种仪式，而我是因为遭遇不幸才来到日本的，并不想做生意，所以希望陛下可以格外开恩。翻译把第二个请求翻译给天皇后，他听了似乎有些惊讶。他说，据他所知，我是第一个提出这种请求的荷兰人。因此他对我到底是不是真正的荷兰人产生了一些怀疑，但他更怀疑我到底是不是基督徒。尽管如此，基于我以上所陈述的原因，更主要的是看在勒格奈格国王的面子上，他还是决定格外开恩，迁就我这与众不同的脾气，只是这件事要做得巧妙一些。他会命令官员准许我离境，就当这事从没发生过。他说，如果这事被我的荷兰同胞发现了，他们肯定会在航行的时候割断我的喉咙。我通过翻译表达了我对天皇格外施恩于我的感激之情。那时恰巧有一支军队要开到长崎去，天皇就命令指挥官护送我前往，他还特别叮嘱了十字架的事。

　　一七〇九年六月九日，我到了长崎，这一路路途遥远、风波不断。还好，不久我就结识了一些荷兰水手，他们都是阿姆斯特丹一艘载重四百五十吨的大船"阿姆波伊纳号"上的船员。我曾在荷兰住过很长时间，当时是在莱顿求学，所以我的荷兰话说得相当不错。这些水手不久就知道我是从哪里来的了。他们非常好奇，询问了我很多关于航行的事情和一些生活经历。我尽可能地编造故事，使这些故事能不露马脚地蒙混过关，而大部分的真相我都隐瞒不提。我在荷兰认识一些人，所以就编造了我父母的姓名。我说他们是荷兰东部格尔德兰省的身份卑微的普通老百姓。我本来准备付给船长（船长名叫西奥多拉斯·凡格鲁尔）到荷兰的船费，但他听说我是个外科医生后，说只要我可以做些本职工作为他服务，他就很乐意只收我一半的费用。我上船之前，有几名水手一再追问我有没有履行践踏十字架的仪式。我都模棱两可地回答说，我所做的所有事情都令天皇和朝廷非常满意。但是有个水手很坏，他跑到官员面前指着我说，我根本没有践踏过十字架。但是这个官员已经接到命令要放我过关,所以他拿起根竹棍子在这个流氓肩膀上打了二十下。之后再没有人拿这问题骚扰我了。

一路航行风平浪静,没有什么值得一提的事情。我们顺风顺水地到达好望角后登陆,在那里仅作了短暂的停留,取了些淡水。一七一○年四月十日,我们平安抵达阿姆斯特丹。一路上只有四名水手丧生,其中三名死于疾病,另一名在离几内亚海岸不远的地方从前桅上失足掉进了海里。到阿姆斯特丹后不久,我乘坐当地的小船启程回到英国。

四月十六日,我们到了唐兹。翌日一早我离船上岸,再一次看到了我久违的祖国,我离开了五年零六个月的祖国。我马上动身到雷德里夫去,当天下午两点到家,推门看到了久别的妻儿,他们全都平安健康。

第四部　慧骃国游记

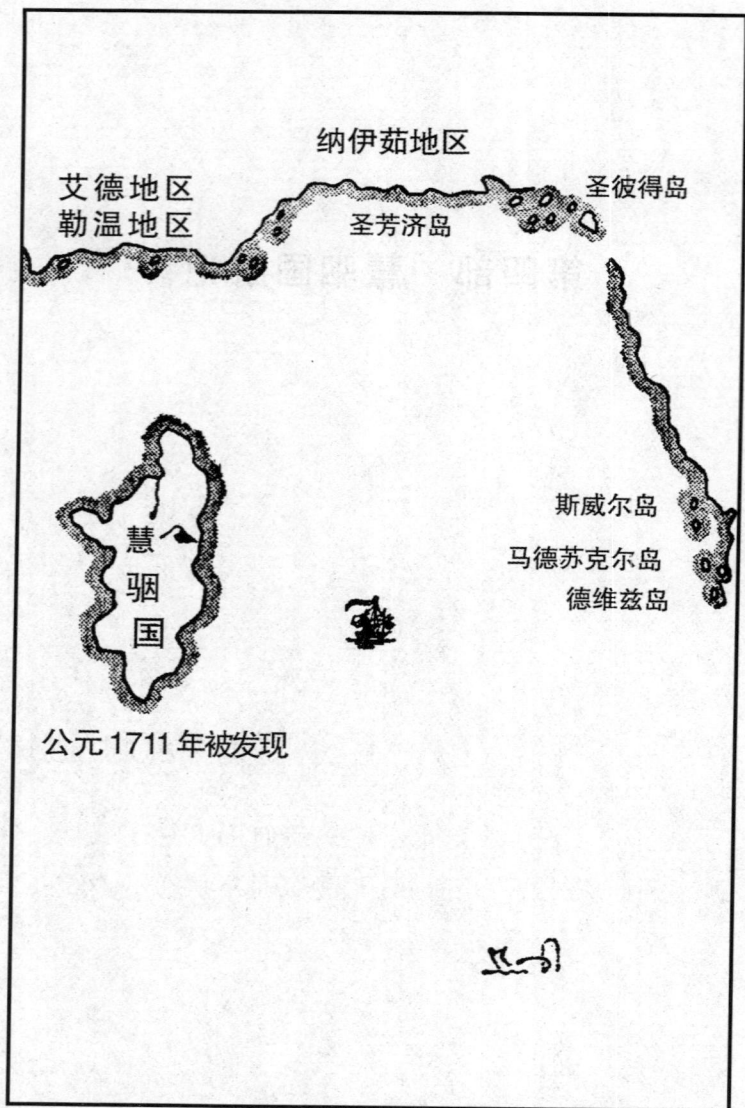

艾德地区
勒温地区

纳伊茹地区

圣彼得岛

圣芳济岛

慧
骃
国

斯威尔岛

马德苏克尔岛

德维兹岛

公元 1711 年被发现

第 一 章

作者当了船长，开始带船出海。可他的手下却合谋造反，将他长期囚禁在船舱里，继而又弃他于不知名的陆地上。他来到这个国家，描述了一种名为野猢的奇特动物。作者还遇见了两匹慧骃。

我与妻儿在家待了近五个月，这是段平安快乐的时光，只是那时我还不懂得知足常乐的道理。妻子有孕在身，我却撇下可怜的她，接受了薪酬可观的"冒险号"船长一职。这是艘载重达三百五十吨的商船。能当上"冒险号"的船长，完全得益于我深谙航海术。我在船上聘了一位名叫罗伯特·普尔弗伊的外科医生，他年轻而且业务纯熟。虽然我一般情况下也能胜任该职，但我实在厌倦了这个职业。一七一〇年九月七日，我们从朴次茅斯出发，十四日，在加那利群岛的特内里费岛①遇到了布里斯托尔的普可克船长，他正要前往坎伯基湾②采伐苏木。十六日，一场暴风雨将我们与普可克吹散了。而我这次回来时却听说他的船已经沉入大海，除了一个船舱招待侥幸逃生外，其他人无一生还。普可克为人正

---

① 特内里费岛（Teneriffe），大西洋中由七大火山岛屿组成的加那利群岛中的一个小岛。该群岛位于非洲西北海岸之外，隶属于西班牙。
② 坎伯基湾（Campechy），北美洲东南岸的墨西哥湾的一部分。

直,是个好海员,但是顽固的性格让他同许多海员一样把自己毁了。如果当初他听我的劝,现在应该和我一样安全到家,跟家人共享天伦了。

　　船上有几个水手因染上热带狂热病丢了性命,我迫于无奈,只能在巴巴多斯岛①和背风群岛②上又招了些人手,雇用我的商人曾领我到这两个岛上来过。没过多久,我就对此事追悔莫及,因为我发现新招来的这些水手大部分是海盗出身。船上共有五十个水手,根据雇用我的商家的要求,这次航行的目的是到南海跟印度人做生意,同时尽可能地探寻发现新地区。而我亲手挑选的这些无赖竟然教唆其他水手一起图谋夺取我的船,并把我囚禁起来。一天早晨,他们冲进我的船舱,绑住我的手脚,还威胁说,如果我敢反抗就把我扔进大海。他们逼我发誓"甘心成为他们的囚徒,对他们言听计从",之后才给我松绑,仅用一根链子把我的一条腿拴在床边,门口有个看守,携着上了膛的枪。看守得到命令,我胆敢企图逃跑,就把我一枪打死。他们给我送来本就属于我的吃食,却霸占了我的船。他们图谋操起海盗旧业,去抢劫西班牙人。但是由于人手匮乏,计划一时还不能得逞。于是,他们决定先抛售船上的货物,再去马达加斯加岛招募人手。在我被囚禁的这段时间,水手中又有一些人因病死去。他们驾驶商船在海上航行了几周的时间,之后与印度人做起了买卖。至于走的哪条航线,我就不得而知了,作为他们严密看守在船舱里的囚徒,我时刻担心会被杀掉,而且他们也的确经常以此来威胁我。

　　一七一一年五月九日,一个叫詹姆斯·韦尔奇的家伙来到我舱里,声称他接到新船长的命令把我送上岸去。我跟他理论了半

---

　　① 巴巴多斯岛(Barbadoes),西印度群岛中的一个小岛。
　　② 背风群岛(the Leeward Islands),西印度群岛中的一个岛群。

天，却也是徒劳无功，他甚至不肯透露新船长是谁。他们把我推进一艘大艇中，让我穿上最好的衣服，那衣服居然还是崭新的。接着又让我收拾了一包贴身杂物，但是除了腰刀之外不准我携带任何武器。他们还算客气，并没有搜空我的口袋，因此我还带了些钱和日用品。他们大约划了一里格的路程，就把我丢在一片浅滩上。我问他们到了什么国家。他们发誓说，他们跟我一样也不知道，只说船长（他们对他的称呼）在卖掉了船上的货物后，就想赶紧靠岸把我扔掉。他们随即撑船离岸，还劝告我快点走开，别被潮水淹没了。他们就这样和我告了别。

我备感荒凉无助，只好一直向前走去，没过多久脚便踩到了结实的土地上。我坐在一个沙土堆上一边休息，一边想着接下来的出路。等我稍稍缓了口气，便径直走入这个国家。我已经打定了主意，先向我遇见的第一伙野人投降，再用手镯、玻璃指环和一些小玩意儿为自己讨回条性命，这些都是水手们在航海途中经常携带的，此刻我手头上也恰好有些这样的小东西。蜿蜒绵长的一排排树木将陆地划分开来，这些树都不是人工种植，而是自然生长出来的。四周野草繁茂，还有几块燕麦田。我小心翼翼地走着，唯恐遇到什么把自己吓到，还担心身后或两边突然来支暗箭把我射死。我走上了一条有人迹的道路，上面有许多人的脚印，也有牛的蹄印，但大部分还是马蹄印。之后，我在田地里看到了几只动物，还有一两只同样的动物高高地坐在树上。这些动物外形奇特，甚至可以说是畸形，让我不禁心生恐慌，于是我便在一丛灌木后躺下来，以便更好地观察它们。其中有几只朝我的方向走来，让我有机会把它们看了个清楚仔细。它们的头上和胸前长着或卷或直的毛，还长着山羊胡子。除此之外，背部、腿前和脚上都有很长的一道毛，而身体其他地方却是光秃秃的，我能看到它们浅褐色的皮肤。它们没有尾巴，除了肛门周围，屁股上一点毛都没长，我想，它们经常坐在地上或者躺在地上，还经常用后蹄支撑身体站立，肛门周围的毛便是大自然对它们的保护。它们的长爪强壮有力，爪尖锋利如钩，这使得它们能像松鼠一样敏捷地爬上高树。它们不时地上蹿下跳，身手极为灵活。母兽的块头没有公兽那么大，头上的毛又长又直，脸上却没有毛，除了肛门和阴部周围，身上其他地方仅覆盖了一层薄薄的绒毛。它们的乳房耷拉在两条前腿中间，走路时甚至能够碰到地面。无论公母，身上的毛发都有好几种颜色，有棕有黄，有红有黑。总的来说，我在历次旅行中从来没见过这么恶心的动物，也从来没有哪种动物能让我如此反感。既然看也看够了，又对它们无比鄙夷和厌恶，我就站起来继续上路，满心希望沿着这条路能找到某个印第安人的小屋。可是没走多远，就有一只这样的动物堵在路中间，然后朝我走过来。它发现我时，这个丑陋的怪物不断扭曲着它脸上的各个部位，眼睛紧盯着我，就像看到了什么稀奇玩意儿一样。随后，它走上前来，抬起了前爪，我也不清楚它这样做是出于好奇还是想要伤害我。我抽出腰刀，用刀背狠狠地打了它一下，我不敢用刀锋打它，生怕当地居民知道我杀伤了他们的牲畜，会对我心生怨恨。这畜生挨了我这一下，向后退了一步，大声咆哮起来。咆哮声从邻近的田里招来了至少四十只同样的怪兽，它们将我团团围住，一边嚎叫，一边做出各种可憎的表情。我奔向一棵大树，用后背抵住树干，不断挥舞着腰刀让它们走开。而这些该死的畜生，有那么几只竟然抓住我身后的树枝，一跃跳到树上，在那里往我头上拉屎。亏了我紧紧抵着树干躲了过去，不过粪便落得遍地都是，单是那气味就足以令我窒息了。

　　就在我几近绝望之际，它们却突然之间飞快地跑开了。我这才离开那棵大树，继续沿路前行，心里还一直纳闷究竟是什么让它们如此害怕。这时，我看见有匹马在我左手边的田里慢慢走着，那群要害我的畜生正是看见了它才逃走的。它向我走过来，见到我有些吃惊,但很快就平静了下来。它盯着我的脸,一副疑惑不解的样子。它看看我的手,又瞧瞧我的脚,围着我转了好几圈。我本想接着走我的路,可它却挡在我面前,不过它的眼神一直是非常温和的,不会给人带来丝毫的不安。我们你看看我,我看看你,就这样站了一会儿,最后我大着胆子把手伸向它的脖子,想抚摸一下它,还摆起驯马师对付生马的姿势,吹起了口哨。但是这动物似乎对我的示好不屑一顾,它摇着头,皱着眉,轻轻抬起右前蹄拨开了我的手。接着它嘶叫了三四声,声音抑扬顿挫,让我禁不住想,它肯定是在用自己的语言自言自语吧。

就在我俩僵持之际,又来了一匹马,它礼貌地走向第一匹马,它们轻轻碰了碰彼此的右前蹄,相互嘶叫了几声,声调迥异,像人在对话一样。它们退到离我几步开外的地方,好像要在一起商量什么事情。这两匹马并排走着,踱来踱去,真的好似两个斟酌事情的人一般。它们还不时地看看我,像是怕我会突然跑了。这样的行为举止出现在野蛮的畜类身上,实在是不可思议。我暗自揣测,这个国家的马都如此理性,人肯定也是世界上最聪明的。想到这里,我心中不禁非常欣慰,决定继续前行,希望能发现几间房屋村舍,或者遇到几个当地居民,就让这两匹马在那边谈去吧。开始遇到的那匹马是灰色斑马,当它看到我要悄然离开时,就冲我嘶叫起来,叫声像是要表达什么意思,而我似乎也明白了它要表达的内容。因此,我竭力掩饰住内心的恐惧,转身向它走去,看它还有什么指示。真不知道这次奇遇会有什么样的结果,而这种悬而不决的未知命运让我有些苦恼恐慌。我对当时的处境甚为忧虑,读者们或许能够体会吧。

那两匹马同时向我走来,认真端详着我的脸和手。灰色那匹用右前蹄不停地摩挲我的帽子,把它弄得不成样子,我只得把帽子拿下来整好再重新戴上,这个动作让它们很是惊讶。它的同伴

（栗色的那匹马）摸了摸我衣服的前襟，发现它竟然是穿在我身上的，更觉得不可思议。它轻抚我的右手，似乎在羡慕它的白嫩。接着又用蹄子和蹄趾中间的部位把我的手夹得生疼，害我疼得直叫唤。随后，它俩又极尽温柔地抚摸我。我的鞋袜更是让它们不解，它们不时地摸一摸，再对彼此嘶叫一番，还摆出各种姿势，俨然一副哲学家解决疑难问题的派头。

总之，它们的举止有条不紊，不乏理性，思维颇为敏锐，且判断精准，我甚至认为它们是魔法师特意变形而来，路上遇见我这个陌生人，就暂且拿来消遣消遣。要么就是它们看惯了在这荒僻之地居住的当地人，我异于他人的习惯、外表和肤色令它们惊讶不已。思来想去，我觉得自己的分析很有道理，于是就壮着胆子对它们说："先生们，如果你们是魔法师——我觉得你们一定是，你们肯定能听懂我的话。我冒昧地告诉你们，我是个可怜的英国人，途中遭遇不幸来到这片海岸，我斗胆请求你们中的一位，像马一样将我驮起来，带我到某间房屋村舍去吧，这样我才有获救的希望。作为回报，我会把这把刀子和这个手镯送给你们。"说着我把东西从衣袋里掏了出来。在我说话期间，这两只动物安静地站在那儿，仿佛在专心听我说话，我刚一说完，它们就冲着彼此嘶叫个不停，好像在谈论什么严肃的话题。不难看出，它们的语言很能表达感情，而且词汇不用费多大力气就能用字母表拼出，这可比中国汉字的书写容易多了。

我听到它们在不断重复"野猢"这个词。虽然我不懂这是什么意思，但在这两匹马忙着谈话的时候，我就试着练习这个词的发音，它们一安静下来，我便大着胆子高声叫出"野猢"，并尽可能地模仿马嘶的声音。显然，它们对我的举动很是吃惊。灰色马又将这个词重复了两遍，像是在纠正我的发音，我也尽量跟着它练习，虽然发音仍不标准，但每说一遍都有明显的进步。随后，栗色马尝

228

试教我第二个词，它比第一个要难得多，我尝试把这个词按照英语的拼写读出来，大致可以读做"慧驷"。这次我没有前一个念得好，但是练了两三遍以后，也算是不错了，我的这种能力让它俩很是惊叹。

它们谈论了一番后（我觉得应该是在说我），就告别了。告别礼跟见面时的礼节一样，是相互碰碰蹄子。灰色马示意我走在它前面，我想，这也不错，反正此时也找不到更好的向导。每每我走得慢了，它就会发出"慧慧"的叫声，我猜它在示意我快走。而我也想法子让他明白，我太累了，走不快。这时它就会停一停，让我休息片刻。

第 二 章

作者在一匹慧骃的带领下来到它们的住所。作者描述了慧骃的房子及作者受到的招待,还写到了慧骃的食物。作者苦于吃不到肉。最终这种对肉的渴求得到了满足。作者还介绍了这个国家的吃饭方式。

走了大约三英里的路程,我们来到了一座很长的房子跟前。房子由插在地上的木材搭建而成,四周又以枝条团团围住。屋顶很低,上面压满了草。看到房子我稍稍安心了些,随即拿出一些小玩意儿(旅行家常常拿这些东西送给美洲的印第安野人),希望这些礼物能让房主对我友好些。灰色马示意我先进去。房间很大,地面是泥土铺的,很是平坦,房里放有秣草架和马槽,满满占据了房子的一面墙。屋里还有三匹小马、两匹母马,它们都没有吃草,看起来跟普通的牲口并无两样。只是其中几匹马屁股着地坐在那里,让我觉得很是不可思议。当我看到其他的马竟然在做家务时,更是咋舌不已。这些更加证实了我最初的想法,一个民族能将野蛮的牲口驯化得如此文明,他们本身必定是世界上最智慧的民族。灰色马紧跟着我进来了,用极富权威的语调冲着这些马嘶叫了几声,像是担心其他马匹会对我不好,其他马匹对它的嘶叫也予以了回应。

　　除了这间屋子,这一长排房子还有三个房间,进入这些房间要穿过三道门,这一道道门都是相互正对着的,像是走进了一条街道一般。我们穿过第二个房间向第三间房走去。这次是灰色马先进去了,它示意我在门外等候。我在第二间房等待时,准备好了要送给房主的礼物:两把刀、三串假珍珠手链、一个小玻璃杯和一串珠子穿的项链。听到三四声马的嘶叫声后,我本以为会有人声应和,但是除了马嘶还是马嘶,只不过有一两声更为刺耳罢了。我越发觉得房主肯定是个大人物,我要经过若干繁复的仪式才能被他接见。我转念又一想,这么重要的人物,身边的侍从竟然全都是马,真是让人费解。难道过去这些天的不幸遭遇让我神志不清了?我振作了一下精神,打量着我独自一人身处的这个房间:房间布置与第一间差不多,不过整体的风格更雅致些。我使劲揉了揉眼睛,没错啊,看到的还是这些东西。我又掐了掐胳膊和腰,希望把自己从睡梦中唤醒。我甚至认为,眼前的一切肯定是因为有人对我施了魔法巫术才会如此。我还没来得及往下想,灰色马就走到门口,招呼我跟它到第三间房里去。在那里我见到一匹漂亮的母马、一匹小雄马,还有一匹小母马,它们都屁股着地,坐在一块精美又整洁的草垫上。

　　我一进来,母马就从垫子上站了起来。它走近我,仔仔细细地把我的手和脸打量了半天,然后极为鄙夷地看了我一眼。我看了看灰色马,听到它俩说话时频频提到"野猢"二字。虽然这是我学会念的第一个词,但当时我并不知道它的意思。不过很快我就明白了,随之而来的便是刻骨难忘的耻辱。灰色马一边向我点头,一边像刚才在路上一样不断发出"慧慧"的声音,我将此理解为"跟我来"的意思。它带我出了房间,走进一个院子。院子里距马房不远处还有一座房子。我们走了进去,里面有三只我刚上岸时遇到的那种可恶的畜生,它们在嚼着树根和某种动物的肉,后来我才知道是驴肉和狗肉,偶尔也会是病死或意外死亡的牛身上的肉。它们的脖子上都拴着结实的藤条,那藤条将它们牢牢绑在一根柱子上。它们用前爪捧住食物,再用牙齿撕咬。

马主人(之后我都将称灰色马为主人)吩咐它的仆人,即一匹栗色的小雄马,把其中最大的一只畜生的藤条解开,带它到院子里来。它们把我和那畜生并排放在一起,马主人和仆人仔细地把我们的外貌做了比较之后,嘴里连连冒出"野猢"这个词。当我发现这种可憎的动物恰恰长着一副人的皮囊时,简直惊恐得无以言表。跟一般人相比,畜生的脸盘又扁又宽,鼻子塌塌的,嘴唇厚厚的,嘴巴非常的大,而这些差别在野蛮民族身上却是很常见的,因为他们常常让孩子脸朝下趴着睡觉,要么就把孩子背在身后,孩子的脸在妈妈肩膀上磨来磨去,久而久之面容也就走了样。野猢的前蹄与我的手几乎一模一样,只是野猢的指甲更长些,蹄面也更加粗糙些,颜色是难看的棕黄色,蹄背的毛发也比我手背更深更重。我很清楚,我们之间双脚的差别跟双手的差别类似。因为我穿着鞋袜,所以马主人无从知晓这一点。我们身体各部分的差异也仅仅是毛发的疏密和颜色的深浅而已,这些我刚才已经描述过了。

对于我身体的其他部分为何会与野猢有非常大的差异,这两匹马也实在摸不着头脑。我心里很明白,这都是因为我穿了衣服的缘故,而它们却不知道衣服为何物。那匹栗色小雄马"拿"给我一个树根,说是"拿",其实也就是把东西夹在蹄子和蹄趾之间,这个动作以后有机会我再详述。我用手接过来,闻了闻又还给了它,整个动作我都尽可能表现得彬彬有礼。它又从野猢窝里掏出一块驴肉,味道很是刺鼻,我禁不住厌恶得扭过头去。接着,它把肉扔给野猢,那些畜生满脸贪婪的表情,大口把肉吞了下去。随后,它又给了我一小捆干草和一马蹄(就像人用手捧着一样)燕麦,我摇了摇头，表示这些东西我都不吃。这时候我心里明白了，要是我遇不到同类的话，肯定得饿死。可以想象，那时的我对于人类的热爱之情该是多么热烈啊，世上再没有谁有我这样强烈的感情了。尽管如此，我看到这些卑劣下作的人形野猢时，却觉得这是我有生以来所见过的最恶心可憎的物种。我在那个国家期间，越是与野猢接触得多，就越是觉得无比厌恶。马主人仔细观察我的一举一动，看出了我对野猢的态度，于是便将野猢赶回窝里去了。紧接着它又把自己的前蹄放进嘴里，它做起这个动作来一副轻松自然的样子，而我却十分惊奇。它还做了一些其他的动作，意思大概是问我想吃什么食物。可是我怎么回答才能让它明白呢？即使它能明白，这里也未必有我要吃的食物啊。正当我们为难的时候，一头母牛从我们旁边走过，我指了指牛，告诉它我想去挤牛奶喝。这次交流倒有了效果，它随即把我带回房里，然后令他的侍从，即一匹母马打开一间满是牛奶桶的屋子。这些牛奶桶排列得整洁有序，有的桶是陶土做的，也有木质的。它给我倒了一大碗牛奶，我痛痛快快、一口气喝了下去，精神也顿时为之一振。

　　大约到了中午时分，我看见一辆类似雪橇的车子朝这座房子驶来，拉车的是四只野猢，车里面坐着一匹老马，看上去那匹马的地位非常显赫。由于之前它的左前蹄不小心受伤了，下车时它就用后蹄发力跃下雪橇。老马是来这里与主人们共进午餐的，主人对它礼让有加，非常客气。它们在最好的房间用餐，第二道餐是牛奶煮燕麦，只有老马吃热的，其他马吃的都是凉的。食槽摆成一圈，放置在房间正中的位置，而且被隔成了许多个格子，它们坐在草堆上团团围住食槽。食槽上面有一个大大的架子，架子上的尖角对应食槽的各个格子，这样每匹马吃的都是自己的那份草和牛奶燕麦，整个用餐过程得体而有序。小马驹们也很懂礼貌，马主人夫妇格外恭敬，态度谦和而愉悦。主人让我站在它身旁，它跟朋友聊天时肯定谈到了我，因为那朋友不时地看看我，而且我还听到它们在说"野猢野猢"的。

　　我当时恰好戴着手套，马主人疑惑地盯着我的手套，好像我在前蹄上施了什么魔法似的。它把蹄子放在手套上比画了三四下，像是在让我把它们恢复原形，于是我立刻把手套摘下来塞进了口袋里。我的举动又引起了新的讨论，大家对我的行为都流露出非常满意的神情。更让我惊喜的是，这一举动还产生了极其不错的效果。他们让我念出我知道的那几个单词，在用餐期间，主人又教给我燕麦、牛奶、火、水以及其他一些东西的说法。我很乐意跟他学习，而且学的效果也非常好，因为我从小就在语言学习方面能力超群。

　　用餐结束后，主人把我带到了一边，连说带比画地告诉我，它很担心这里没有什么我能吃的食物。它们把燕麦叫做赫伦赫。我连续把这个词说了两三遍。一开始我并不想吃燕麦，但转念一想，我也许可以用燕麦做成面包，再配上牛奶，这样就足以维持我的生存，我就有机会想方设法活着逃到别的国家了。马主人立刻让它家的仆人，一匹白色的母马，给我拿来一大木盘燕麦。我把燕麦尽量放置在靠近火的地方加热，然后把麦皮搓掉，并设法分开燕麦和麦皮。随后，我把燕麦放在两块石头中间敲打研磨，粉碎之后加上水，和成面团或饼块，最后用火烤熟，这样就可以配上牛奶热腾腾地吃下去了。这种吃法在欧洲不少地方都很常见。不过我刚开始吃的时候，觉得实在是没什么味道，好在慢慢地也就习惯了。我这辈子经常会窘迫沦落到只有粗饭果腹的境地，我发现在很多时候，人的天性是如此容易满足。我在这个国家停留期间，没生过一小时的病。有时候我用野猢的毛发编织成网，设法捉只兔子或者小鸟。我还常常采集一些利于健康的草药煮着吃，配着面包就像吃蔬菜沙拉一样。间或我也做一丁点儿的奶油，然后喝掉上面的乳清。刚开始我总是为盐发愁,觉得没有盐的日子太难过,后来也就习惯了。我逐渐觉得人们在日常生活中用盐烹饪是种奢侈。其实,最初盐也只是饮料中的一种兴奋剂而已。或者是人们在离市场远的地方用盐腌制肉类,使那些肉不易变质。还有就是在长途旅行的时候用这种方法来保存肉制品。我们也许已经意识到了,除了人类之外,没有哪种动物喜欢吃盐。就我自己而言,离开这个国家后,吃的所有食物中都有盐,所以有好长一段时间都不能适应。

关于我的饮食已经说得不少了。很多旅行家都喜欢在自己的游记中就饮食问题长篇大论,好像读者真的有多么关心我们吃的是好是坏一样。而我把这个问题讲清楚却是极为必要的,否则世人怎么会相信我能在这样一个国家与这些动物共处了三年之久呢?

傍晚时分,主人给我安排了一个地方住下。这里距离马主人的住房有六码远,与野猢窝也是隔开的。我在地上铺满干草,把自己的衣服盖在身上,睡得很是不错。没过多久,我的住宿条件就得到了改善。我还要在下文详述我在这里的生活,读者接着往下看就知道了。

第 三 章

作者在慧骃主人的帮助下非常认真地学习该国的语言。作者对这种语言作了一些描述。出于好奇,一些慧骃贵族来看作者。作者向主人简单讲述了他的航行经历。

我非常用心、非常努力地学习它们的语言,而且无论我的主人还是它们的儿女,甚至是它们家的每一个仆人,都很乐意教我。在它们眼里,我不过是一个野蛮的动物而已,而我能有如此理性的行为举止,真算是个奇迹了。每次遇到一种事物,我就问它们名称,然后独处时赶紧把名称记到日记本里,之后再请家里的马儿多说几遍来纠正发音。家里有个仆人,是一匹栗色的小雄马,也非常喜欢帮助我学习它们的语言。

它们说话的时候经常发出鼻音和喉音。在我所知道的欧洲语言中,高地荷兰语和德语跟它们的语言相似之处比较多些,只不过它们的语言要优美含蓄得多。查理五世也曾说过与此相近的话,"如果有机会与马说话,就应该使用高地荷兰语"。

马主人一直对我感到十分好奇,总是迫不及待地想知道有关我的事情。因此,它大部分的休息时间都用来与我相处,教我学习语言。后来它告诉我,它坚信我就是一只野猢。只是有些事让它特别费解:我不但具备学习的能力,而且举止有礼有节,穿戴干净整洁。这些与野猢可是格格不入的。最让它困惑的还是我的衣服,它猜想这是我身体的一部分,因为我只有在它们都睡着的时候才脱下衣服,早晨它们醒来之前,我又已然穿戴整齐了。马主人急切地想知道我到底是从哪里来的,为什么我的一举一动都如此理性,它希望我很快就能亲口把这些问题的答案告诉它。我不断地学习拼读它们的词语和句子,很快就取得了极大的进步,主人看到后非常欣慰。为了能够更好地记忆,我把学到的所有东西都用英语字母记下来,并在后面附上翻译。过了一段日子,当着主人的面我也敢这么做了,不过我真是费了很大力气才让它明白我究竟是在干什么,因为它们对书籍文学什么的毫无概念。

大约过了十周左右,它提出的大多数问题我都能够听明白了。又过了三个月,对于其中的一些问题我也能够勉强作答了。它急于知道我来自这个国家的哪个地区,又是怎么学会模仿理性物种的。在它看来,我就是一只野猢(因为我露在外面的头、手还有脸与野猢一模一样),而野猢虽然有几分聪明,却异常顽劣,是所有兽类中最不服管教的。我告诉它,我来自遥远的地方,那里有我的同类。我们用树干做成一种中间凹下去的大容器,我就是乘着它漂洋过海来到这里的。我的同伴们强迫我在这里上岸,想让我在此自生自灭。我用它们的语言表达这些很有难度,我连说带比画,费尽力气才让它大致明白我的意思。而它回答说,我一定是搞错了,要么就是我在编造子虚乌有的事,因为它们的语言里没有表达撒谎或假话的词汇。它觉得,海的那头不可能有什么国家,而且一群畜生怎么可能乘着木质的容器,在水上任意地漂来漂去呢?它确信,没有一个慧骃能够造出这样的容器,那些野蛮卑劣的野猢就更不用说了。

在它们的语言里,慧骃指的就是马。究其词源,这个词的词义是"至善至美"。我对主人说，我不知道怎么才能把我心中的所思所想说明白，但我会尽快学会它们的语言，希望不久就能向它讲述更多的奇闻轶事。它也很喜欢让妻子、儿女及家里的仆人一有机会就教我，而它自己每天也要在我身上花费两三个小时的时间。邻家的一些慧骃贵族听说来了一只奇特的野猢，不但能说慧骃话，而且言行举止还有些理性，就纷纷到我们的房子来拜访我，满足自己的好奇心。它们都喜欢跟我说话，对于它们提出的问题，我也尽自己的所能一一作答。这些有利条件让我在语言方面进步神速，仅仅用了五个月的时间，我就能听懂它们所有的谈话，也能比较自如地表达自己的想法了。

那些来主人家看我并跟我说话的慧骃觉得我并不是一只真正的野猢，因为我的身体与其他野猢相比差异很大。它们还惊奇地发现，除了头、脸和手之外，我身体其他部分的毛发和皮肤与野猢也不一样。但是，两周之前，因为一次偶然的机会，我才将这个秘密告诉了马主人。

我已经跟读者讲过，每天晚上等马主人一家入睡后我才脱掉衣服，把衣服盖在身上睡觉。有一天，一大清早主人就派它的贴身仆人，就是那匹栗色的小雄马来叫我过去。小雄马进来时，我还睡得正酣，身上盖的衣服掉在了一边，衬衫也被扯到胸部以上去了。小雄马把我吵醒后，开始向我传达主人的指示，可是它却说得语无伦次、颠三倒四。小雄马说完就赶回去了。我立刻抓紧时间穿戴整齐去见马主人。我赶到的时候，栗色小雄马正惊慌失措地把它看到的情景向主人乱说一通。主人问我这是怎么一回事，为什么我睡觉时会变了模样。它的贴身侍从还告诉它，我身上有些地方是白色的，有些不那么白，看上去是黄色的，还有些地方居然是棕色的。

我向马主人坦白说，我一直隐瞒衣服的秘密是为了尽可能跟那群该死的野猢区分开来,但是现在我没办法再隐瞒了。而且,我的衣服和鞋子已经破烂不堪,很快就要穿破了,必须用野猢皮或者其他什么野兽的皮再做一套,否则秘密就会被揭穿。我告诉主人,在我的国家,我的同类都以缝制好的动物毛皮遮蔽身体,这样不但看上去很体面,而且还能抵御严寒酷暑。我可以用自己的身体来证实这一点。如果马主人愿意的话,我会马上向它展示大自然让我们遮掩的部分。马主人觉得我的话非常奇怪,尤其是最后一句,它实在不能理解,大自然既然给了我们身体,为什么又要让我们遮掩它?无论它还是它的家人从来不会以自己身体的任何一部分为耻,更不用说遮蔽了。它说,我如果愿意的话,它倒很想一探究竟。于是,我开始解开外套的扣子,把外套脱下来,继而又脱掉背心,褪下鞋袜和裤子。我把衬衫脱到腰间时,提起底襟拦腰打了个结,这样才不至于一丝不挂。

整个过程中,主人一直紧盯着我看,看得出他既好奇又羡慕。它用蹄趾把衣服一件件拿起来,把每件都看了个仔仔细细。然后,它轻轻地抚摸我的身体,把我前前后后、左左右右打量了好几遍。它看完后说道,我分明就是一只完美的野猢,不过跟我的那些同类又有明显的差异。我的皮肤更加柔软白嫩,身上有些地方没有毛发,前后爪都比较短小,爪子的形状与这里的野猢也很不相同,而且我还总是用后蹄走路。它不愿意再看下去了,就让我把衣服穿好,因为当时我已经冻得瑟瑟发抖了。

我十分憎恨那些被称作野猢的可恶的、令人鄙夷的畜生,而马主人却也总是把我叫做野猢,这让我觉得很不舒服。我恳请马主人不要把这个词用在我身上,希望它能嘱咐全家人以及前来看我的朋友都不要叫我野猢了。我还请求它,不要让别人知道我身上有一层衣服做伪装,希望它帮我保守秘密,至少等我把这身衣服穿破再说。同时我还希望马主人命令它的贴身仆人,就是那匹栗色的小雄马,对这件事也保持缄默。

主人生性仁慈善良,他非常体贴地答应了我所有的请求,并承诺为我好好保守这个秘密,直到我把身上的这套衣服穿破为止。至于如何再添置新的衣服,我会在下文中提到。马主人希望我尽全力学习它们的语言。在他看来,我的身体是否有伪装已经不重要了,它更想知道我为什么竟然能有如此惊人的语言能力和分析能力。它还说,它太想听我讲我经历的那些奇闻轶事了,等了这么久,真是等得有些心急如焚了。

在接下来的日子里,马主人加倍用心地教导我。把我介绍给各种各样的朋友,并让它们对我以礼相待。它私下告诉它们说,这样能让我开心快乐,而我一开心,就能让大家都更加开心。

每天我服侍马主人的时候,它除了教我语言,还会问一些关于我的问题。我都尽我所能一一作答。于是,它也慢慢了解到一些基本的情况,尽管了解得并不全面。我想让读者了解谈话是如何一步步趋于正常的,但为了这个目的就把我们的谈话一字不落地详细叙述下来,也未免太过沉闷无趣了。不过我第一次是如何详尽而有逻辑地介绍自己的,倒是可以说一说,具体内容大概是这样的:

我曾经告诉过它,我来自一个遥远的国度。当时与五十多个同类一起在海上航行。我们乘着一种中间凹下去的木制大容器,而这个容器比它的房子还要大。我尽量用精准美妙的词汇来描述我们的船,并且借助手绢做道具,向它解释船是如何借风行驶的。后来,我与我的同伙发生了争执,同伴们就把我抛弃在这里,我只好被迫在这里上岸了。上岸之后,我漫无目的地向前走,遇到了那些可恶的野猢,被它们欺负凌辱,一直到马主人把我救出来。它问我,船是谁造的,那个遥远国度的慧骃怎么会把船交给兽类来管理?我回答说,如果它能够保证听完之后不生气,我就告诉它我曾许诺讲给它听的那些奇闻，否则我是断然不敢说下去的。马主人同意后，我就接着告诉它，船是由我们这种被称为人类的动物建造的。在我所游历的所有国家以及在我自己的国家里，人类是唯一的理性动物，是绝对的统治者。我来到这里，看到慧骃的一言一行竟然能像人类一样理性，真是大吃一惊。正如它和它的朋友们看到我这样的野猢竟然也能如此理性，会觉得不可思议一样。说到野猢，虽然我与它们在外表上极为相似，但却实在无法理解它们下作野蛮的本性。我还说，如果我将来能有幸回到祖国，一定要把这里的见闻讲给那里的人们听。不过，估计没人会相信我说的话，他们定会认为这些全都是我凭空捏造的。我的同胞肯定不会相信慧骃能掌管一个国家，而野猢却成了畜生。我非常尊敬马主人一家以及主人的朋友们，而它也答应我绝不会因此而生气，所以我才大胆说了这些话，我心里绝对无意冒犯它们。

第 四 章

作者讲述了慧骃的是非观。主人不赞成作者的说辞。作者更为详尽地介绍了自己以及旅途中的遭遇。

马主人听我说这些话的时候,神情颇为不安。因为在这个国家,慧骃们从来不知道"怀疑"和"不信任"为何物,所以也不知道在这种情况下该如何表现是好。我记得,我曾经多次跟马主人说起世上其他地方的人性,有时会提到"撒谎""说假话"这样的词汇,尽管马主人在其他方面有着精准的判断力,但是每每这个时候,它总是很难理解我到底是什么意思。它辩驳道:"语言就是让我们彼此理解,接受事实信息的,如果有谁说的话与事实不符,我就无法充分理解它,那么语言还有什么意义呢?而且我听了这些话后,会接受到错误的信息,这比不知道还要糟糕。明明一件东西是白的,我却以为是黑的,明明是长的,我却以为是短的。"这就是它对谎言的理解,人类虽然明白这个道理,可还是常常去编织谎言。

回到我刚才的话题。当我说起野猢在我的国家是唯一的统治者时,马主人说,它对此完全无法理解。它问我,我的国家有没有慧骃,如果有的话,慧骃在做什么工作呢?我告诉它,那里有很多慧骃，夏天它们在田里吃草，冬天在房里吃干草和燕麦，而且有专职的野猢为它们擦拭身子、梳理鬃毛、修剪蹄子，照顾它们的饮食起居。主人又说："从你说的这些情况来看，不管野猢伪装得多么有理性，慧骃还是它们的主人。我国的野猢要是也能这么温顺就好了。"我恳请它原谅我不能再继续说下去了，因为我接下来要讲的事情会令它极其不悦，甚至愠怒难当。但是它却坚持让我讲，它说不管事情是好是坏，它都想知道。于是我就只能遵命了。我向它坦言道："在我们那里，慧骃被称作'马'，在我们豢养的所有动物中，马最为高贵，外形也最为英俊潇洒。它们体力强健，而且能飞速奔跑。贵族养马是为了骑马旅行、赛马或者用马拉车，因此它们会得到细心呵护和精心照料。倘若病倒或者腿脚不好了，就会被卖掉，之后就只有在繁重的杂役中度过余生。等到它们死了，马皮会被剥下来卖钱，尸体则会喂给狗或其他猛禽吃掉。不过一般的马可没有这样的福气，它们一般都是为农民、脚夫或其他下等人所养，终日做着沉重的苦力，吃的东西也都特别不好。"我尽量跟马主人讲明白人是如何骑马的，并且描述了马缰、马鞍、马刺和马鞭这些东西的形状及用途。我还告诉它，马蹄底部会被钉上一种叫"蹄铁"的硬铁块，我们常常骑马走石子铺成的道路，有了蹄铁，马蹄就不会磨坏。

听到这里，马主人表现出强烈的愤怒。它惊诧于我们胆敢骑在慧骃的背上，因为它家最弱小的仆人也能把最强壮的野猢颠翻在地，躺在地上打个滚就能把这畜生活活碾死。我告诉它，我们那里的马从三四岁的时候就要接受不同的训练，以便能胜任将来的角色。异常顽劣的马通常会被派去拉车。如果小马搞出什么恶作剧，就会招来一顿痛打。一般用来骑坐、拉车的公马会在两岁左右被阉割，为的就是除去它们的烈性，使它们更加温顺。诚然，它们有感知奖惩的能力，不过在行为上却没有理性，在这一点上跟这里的野猢没什么区别。

　　我真是耗尽了心力、费尽了唇舌才让主人明白我的意思,因为慧骃没有我们人类这么丰富的需求和情感。因此,在它们的语言中,词汇也较为匮乏,很难表达出如此复杂的事情。然而,得知我们对待慧骃如此野蛮,尤其听我讲到阉割公马是为了阻止它们繁衍后代,以便更好地奴役它们时,它对人类所表现出来的深切怨恨我实在无法用言语形容。它说,如果真有这样一个国家,只有野猢被赋予了理性,那么由它们统治国家倒也当之无愧,因为理性能够战胜蛮力。但是,瞧瞧我们的体格,尤其是我这样的,与我们身形相近的动物中再也没有如此笨拙的了,更不用指望我们能在日常生活中展现出理性与清明的思维能力。此时,它又问我,与我生活在一起的那些同类长得像我,还是像它们国家的野猢。我告诉它,跟我年纪相仿的人,长得跟我差不多,小孩和女人则更为柔嫩,尤其是女人,皮肤像牛奶一样白皙。它还说,我的样子的确不同于其他野猢。我看起来更干净整洁,样子也没那么丑陋,不过这些差别却恰恰体现出我身体的劣势。我前后脚上虽然都长着指甲,但这些指甲却毫无用处。说到我的前脚,那根本就不能称之为脚,因为它从来没见过我用前脚走过路。它们的样子也太柔嫩了些,根本不能着地。我走路的时候一般会把前脚暴露在外面,有时候也会用个什么东西把它套起来,可那个东西的形状与后脚上套的那个东西的形状完全不同,看起来也没有后脚上的那个结实。我走起路来一点儿都不稳当,哪怕一只后脚稍微滑一下,我也就跟着摔倒在地。接着,它又开始对我身体的其他地方挑剔挖苦起来。他说我的脸太平了,鼻子太突出了,眼睛长在前面,想要看两边的东西必须扭过头去。吃东西的时候还必须用一只前脚把食物放进嘴里,正是为了这种需要,大自然才给我的身体装了很多关节,方便我扭动身体。它也搞不懂我后脚上的那些分叉究竟有什么用,而且还那么娇嫩,根本碰不得坚硬锋利的石头,必须套上个兽皮做的东西保护起来。我全身上下还需要一层抗寒防暑的衣服,每天重复着穿上来又脱下去,真是枯燥又费事。最后它还指出,这个国家的所有动物天生就讨厌野猊,比它弱的躲着它,比它强的赶跑它。就算我们真的具有理性,也不可能摆脱所有动物对我们天生的厌恶感,更不用说能够驯化并差使它们了。但是它说它也不想再继续争辩下去了,因为它对我个人的经历更为好奇,想了解一下我出生的国家的情况,以及我来这儿之前的一些遭遇。

我告诉它,我非常希望它能听懂我要讲的一切,但是它对某些事物毫无概念,而且它的国家里也没有类似的东西,所以我很怀疑自己能否解释清楚。不管怎样,我会尽我所能,尽量运用生动的比喻让它明白,而我也恳请它在我不知道如何措辞时帮帮我。它高兴地答应了。

我告诉它,我出生于老实本分的家庭。我的家位于英格兰岛上,距离它们国家非常遥远,相隔十万八千里。哪怕是它最得力的仆人,也得跑上一年的光景才能到达。我是一名外科医生,负责治疗身上因意外或暴力留下的各种伤口。我的国家由一个女人统治,我们称她为女王。我离开祖国的初衷是希望谋条财路养家糊口。在最后一次航行中,我担任船长,手下大约有五十只野猊,其中大多数死在了海上。没有办法,我只好从其他国家挑选人手填补空缺。有两次我们的船差点儿沉入大海,第一次是因为暴风雨,第二次是撞到了暗礁。这时,马主人打断我的话,奇怪地问我,既然航行途中风险重重,甚至时常有性命之忧,而且我已经遭受了非常惨重的损失,为什么还要把其他国家的人劝上船跟我一起冒险呢? 我说,他们都是些亡命之徒,因为贫困或罪行被迫逃离故土,远走他乡。他们中有的吃了官司,有的吃喝嫖赌以至于倾家荡产,有的则犯了叛国罪出逃,有的犯了谋杀、盗窃、投毒、抢劫、伪证、伪造、强奸或鸡奸等各种罪行,还有的开了小差逃跑,犯了叛国投敌的大罪。另外,还有很多都是越狱的逃犯,根本不敢再回到自己的祖国,害怕回去被吊死或在监狱饿死。这就是他们要在异国他乡另谋生路的原因。

　　我说这些的时候,主人打断了我好几次。我告诉它,这些新招来的水手大部分都是因为犯了罪才逃逸出国的,我还费尽唇舌地向他描述这些罪行的性质和原委。我花了七天的时间才算大致讲明白,让马主人了解到其中的意思。可它完全不能理解人为什么要犯罪,犯罪的用处和必要性是什么?为了解释明白这个问题,我还得向它灌输一些权力、财富和欲望的概念,还告诉它淫欲、放纵、怨恨、嫉妒的可怕后果。我通过举例子、做假设来描述这些概念。听我说完这些后,马主人像是被这些前所未闻、前所未见的事情惊呆了似的,它瞪起眼睛,抑制不住满脸的惊讶和愤怒。权力、政府、战争、法律、惩罚以及其他许多概念,在它们的语言里根本就不存在,而我却想把它们表达清楚,这困难简直难以克服。好在马主人的领悟力极强,它时而沉思,时而同我交流,最终彻底明白了人性在我们那个世界到底是什么样子。它还希望我能多讲讲那个叫做"欧洲"的地方,特别是更详细地说说我的国家。

第 五 章

作者遵从主人的命令,讲述了英国现状,分析了欧洲各国发生战争的原因。作者还向主人解释了英国宪法。

现在请各位读者注意了,接下来摘录的是两年来我与马主人几次谈话交流的梗概。随着我慧骃语的不断进步,主人总是希望我能讲得更详尽些。于是我尽量把整个欧洲的状况呈现在它眼前。我跟它谈起商贸往来以及制造业,还提到艺术和科学。它常常就我谈的话题提出各种问题,而这些问题涉及的内容又不是只言片语就能讲明白的,但是我依然尽我所能、费尽心思地逐一作答。在此我只想谈谈有关我的祖国的一些对话,我是严格遵循事实,把谈话的主要内容有条理地整理出来的,只是姑且不论时间的先后顺序,也不受其他一些情况的限制。唯一让我苦恼的事情是,我能力有限,很担心无法把马主人的观点和意见充分表达出来,而且还要把它们译成粗俗的英语。

我遵从主人命令,向它讲述了奥兰治亲王①领导的革命以及

_____

① 奥兰治亲王(the Prince of Orange,1650—1702),是在英国的"光荣革命"后继位的英国国王。

对法国的长期战争。对法战争是由奥兰治亲王发起的,当今的安妮女王①继任后又挑起战端,战事至今仍在继续,主要的基督教国家都卷入了这场战争。主人问我战争的损失如何,我粗略地计算了一下,大概有一百万只野猪在这次战争中丧生,一百多座城市被毁,五百多艘战船被炸毁或击沉。

它还问我,一般来说,一国向另一国发起战争的理由或者动机是什么。我回答说,理由很多,下面是几个主要原因。有的是因为君主野心勃勃,总觉得他们的领土不够辽阔,统治的人民不够众多。有时是因为大臣腐败,唆使主子参与战争,以便压制或转移人民对他们恶政的不满。有时双方仅仅因为意见不合也能让数百万人丧生。比如,究竟圣餐里的肉是面包,还是面包是肉呢;葡萄汁是血还是酒;吹口哨是恶习还是美德;到底是应该亲吻十字架(其实就是一根棍子)还是应该把它扔进火里;外套颜色哪种好看,是黑色、白色、红色,还是灰色;长款外套好呢,还是短款的好,修身的好呢,还是宽松的好;干净的好呢,还是肮脏的好。意见不合引发的战争最为激烈,最为血腥,持续时间也最长,而他们争执的往往还是些不怎么起眼的东西。

有时两个君主会因为应该由谁来占领另外一个国家的领土而起争端;有时一个君主跟另一个君主争吵,是担心第三个君主找麻烦;参与一场战争可能因为敌人强大,也可能是因为敌人不堪一击。有时邻国觊觎我国的东西,或者我们觊觎他国的东西时,就会引发争斗,而且不达目的誓不罢休。当一个国家的人们死于饥荒、瘟疫或内部争斗时,其他国家就会趁机挑起战争,入侵该国,不过这也算合情合理吧。当一座城池唾手可得,或者一块领土能让国家的疆土更为辽阔,那么为了这座城池、这块土地,哪怕向最亲近

---

① 安妮女王(Anne of Great Britain),1702—1715 年在位的英国女王。

的同盟开战，也是可以谅解的。当一个君王进驻他国后，发现那里的人民贫穷而愚昧，那么为了使这个国家更加开化，使当地人民摆脱蛮夷的生活方式，他就可以将其中的一半处死，使另一半沦为奴隶，这在法律上也是允许的。有时，一国君主协助另一国君主赶走外敌，随后自己占领了被侵略的领土，并将该国君主或者杀死，或者囚禁，或者放逐蛮荒之地。这种事情是经常发生的，采取这种策略的君王极具王者风范，令人闻之生畏。血缘或婚姻关系也能让两国君主开战，而且关系越亲近越容易发生争端。穷国为饥饿所困，富国则洋洋自得，骄傲与饥饿永远互不相容。所以，士兵是最可敬的人。因为他们是靠杀人赚钱的野猢，会残忍地杀死那些与他们并不相干的同类，而且杀得越多越好。

在欧洲，还有一类君主，他们穷得像叫花子一样，自己根本无力发起战争，就把本国的军队租借给别的国家，每天按人头收钱，其中四分之三的收入被他们捞去维持开支。欧洲北部很多国家都属于这一类。

这时，马主人开口说道，你们还自以为是地说自己有理性，但是你上面讲到的有关战争的这些事情，倒真是让人见识了你们所谓的理性到底是什么货色。这些行径虽然带来的是重重危险，可是与它们本身的无耻相比，那还真是小巫见大巫呢。感谢大自然根本没允许你们具备为害伤人的能力。瞧瞧你们的样子，脸上那张嘴巴又扁又平，就是想咬对方又如何能撕咬得起来呢，除非别人一动不动等着你咬。还有，你们前后蹄的爪子那么短小，还那么娇嫩，就你们这样的野猢，一大群也顶不上我们这里一个野猢厉害。所以，你说打仗死了这么多人，我觉得肯定是你在无中生有地瞎说罢了。

对于它的无知，我禁不住笑着摇了摇头。对于战争的艺术，我可是明白得很呢。我告诉它什么是加农炮、长炮、火枪、卡宾枪、手枪、子弹、火药、剑、刺刀、战役、围攻、退却、进攻、挖地雷、埋地雷、用炮轰、打海战等,还对它谈起了战船沉没,数千人丧生的场景。敌我双方各有两万人阵亡,战场上硝烟滚滚,哀号声、骚乱声等各种噪声不绝于耳,有的四肢被炸飞到半空中,有的丧生于马蹄之下。溃逃、追击、胜利,一桩接一桩。尸横遍野,人转眼就成了狗、狼和鹰鹫的吃食。劫掠、抢夺、奸淫、焚烧、摧毁等行径无处不在。为了把同胞们的壮举说得更形象直观些,我告诉它,我曾亲眼见到他们在一次围攻中将一百个敌人炸死,还见过同样数量的敌人被炸死在船上。看着被炸成碎片的尸体从空中跌落下来,围在一旁的人都觉得心情大快,极为尽兴。

　　我还想再把细节讲一讲,马主人却不让我再说下去了。它说,凡是了解野猢本性的慧骃都相信,如果它们的力量跟狡诈赶得上它们的邪恶程度的话,那么野猢这种卑劣的动物确实能干得出这些恶行。我讲的事情只能让它更加憎恶野猢一族,同时,这么多陌生的概念让它思绪有些混乱。它以为,要是它听多了这些邪恶的词语,慢慢地就会习以为常的,那以后再说起野猢的恶劣来,可能就不会像现在这么厌恶了。事实上,它虽然厌恶这里的野猢,但并不觉得那些野猢的品性本身有多么可憎。它对野猢的憎恶,就像憎恶生性残忍的猛禽"格纳耶",或是划伤它蹄子的锋利石头一样。但是一种声称有理性的动物能够犯下如此残酷的暴行,它担心理性的堕落倒比单纯的残暴更加邪恶可怕。它由此断定,我们有的不是理性,而是拥有某种能够助长本性中的邪恶特性的东西。湍急的水流中映出的丑陋的躯体,不但会比原物更大,而且也更加畸形、更加丑恶。

　　它又说,在这次谈话以及之前的一些谈话中,它已经听了太多有关战争的事情了。现在,它还有一点不明白。我曾经跟它讲过,我们一些水手因为法律(我跟它解释过这个词)导致倾家荡产,最后被迫离开祖国。这里它就搞不懂了,法律明明是为了保护人民的,为何又会让人倾家荡产呢?因此,它希望我能结合我国的实际情况,解释一下法律的执行者究竟是谁,它认为,既然我们总说自己具备理性,自然和理性就完全会为我们指明是非,让我们知道什么该做,什么不该做。

我告诉主人,对于法律这门科学,我也涉猎不深,只是有几次受到不公平的待遇,曾请过律师为我辩护,但是他对我的帮助也不是很大。虽然如此,我还是会尽我所能把我知道的情况给它讲明白。

我说,我们中有那么一群人,从年轻时就学习如何搬弄文字颠倒是非,把白的说成黑的,黑的说成白的,他们拿多少钱就办多少事。在这群人眼里,其他人都是奴隶。举例来讲,如果我的邻居觊觎我家的牛,他请的律师就会证明他抢走我的牛是理所当然的。这时,我也得雇个律师捍卫我的权益,因为法律上是不允许自己为自己辩护的。在这起纠纷中,我虽然是牛真正的主人,却有两大不利因素摆在我面前:第一,我请的律师打小就只学会了如何为谎言辩护,现在要他伸张正义,显然他并不长于此道,因而做起来也不能得心应手,现在让他勉强接手这个案件,他难免对我有些怨恨;第二,我的律师必须谨慎行事,否则就会被法官谴责,被同仁憎恶,因为伸张正义会使他们的业务减少。所以,我要想保住我的牛,只有两条路可走。第一,用双倍的钱买通对方的律师,到时候,他会出卖自己的委托人,婉转地表明他要站在正义一方;第二,让我的律师极尽可能把我说成无理取闹的样子,好像牛本来就是对方的一样,如果做得精妙,法官必然会站在我这一边。现在您应该明白了,法官就是判决财产纠纷、审判罪犯的,其实,法官就是从业务最为娴熟的律师中挑选出来的,他们一般岁数更大些,而且懒散成性,好逸恶劳。反对真理和平等是他们毕生的目标,偏袒欺诈、伪证和压迫行为是他们永恒的使命。据我所知,有的法官宁可拒绝正义一方送来的可观的贿赂,也不愿意违背本性做出任何渎职的行为,原因是他唯恐因此伤害了自己的同行。

在他们律师界有这么一条准则:当前的判罚要与前例一致。所以,他们特别留心记录以往违背正义及人类良知的判决,制造出所谓的前例,再打着前例的名号为恶行辩护,而法官在判决时也总是以前例为参照。

辩护时,他们有意避开问题的本质,纠结在那些压根儿不相关的事实上驻足不前,他们叫嚣着,啰里啰嗦地说些没用的废话。比如上面这个案件,他们根本就不想知道对方有何理由或名目霸占我的牛,却一味纠结于这头牛是红是黑,牛角是长是短,牧场是圆是方,是在家挤奶还是在户外挤奶,这头牛可能染上什么病等。之后,他们要参考参考前例,一再把案件搁置,过上十年二十年或是三十年才最终结案。

还有一点值得注意,他们这行有自己的行话隐语,不在这一行就根本听不懂。他们费尽心思在法律条文中堆砌这些行话,目的就是将是非对错的本质彻底混淆。因此,他们也确实需要三十年时间来判决我家六代相传的土地到底是属于我,还是属于三百里开外一个毫不相干的陌生人。

在审讯叛国的罪犯时,方法倒是极为简单,而且也值得称颂。法官先将权贵们的意见打探一番,之后要么轻松地吊死罪犯了事,要么就毫不费力地饶他一命。不过整个过程看起来确实还能恪守法律程序。

说到这里,马主人禁不住插了一句话。他说,根据你的描述,律师应该是一群才能卓越的动物,而他们却不能在心智或学识上为人表率,实在可惜。我回答说,暂且不论他们的本行业务,从其他各方面来讲他们都是我们之中最无知最愚昧的,与他们说上几句就能看出他们的卑鄙无耻。众所周知，他们与一切知识学问为敌，而且不管谈论什么话题，都会像在他们的本职工作中一样，致力于扭曲人类理性，颠倒是非黑白。

第 六 章

作者继续介绍安妮女王统治下的英国概况，还描写了欧洲宫廷中一位首相的性格。

主人实在不明白律师们为何热衷于做这些伤害自己同胞的不伦不义之举，这不只严重地伤害了别人，同时也让自己疲惫不堪。当我告诉它律师是受人雇用才做这些事情时，它也无法理解何为"雇用"。因此，我又着实费了一番工夫向它描述钱可以用来干什么，钱是用什么造的，以及各种金属的价值等。我是这么跟它解释的，当一只野猢拥有很多这种珍贵的物品时，它想要什么都可以买到。比如，最漂亮的衣服，最富丽堂皇的房屋，大片大片的土地，最昂贵的肉食和酒品，而且还能选择最漂亮的女性。既然有钱就有一切，我们那里的野猢就会觉得钱再多也不够花的，再多也不够攒的，因为他们的天性就是挥霍无度，贪得无厌。穷人为富人干活。一千个人里面也就有一个富人，所以大部分人生活窘迫，终日劳作也只能获取很少的工钱，他们的辛苦只是为了让少数人过得富足。

我就这个话题做了很多补充，讲了很多细节，但是主人还是不能理解。因为它一直认为，对于大地的物产，所有的动物，尤其是统领者，都有自己应得的一份。所以它让我解释明白，那些昂贵的肉食是什么东西，为什么我们会缺肉吃。我把能想得出的肉类都列举了出来，还告诉他各种各样的烹调方法。若要烹调美味的食物，就需要派船出海，到世界各地去寻求美酒、烹饪调料以及其他各种珍奇食品。我告诉它，为了给一位有钱的母野猢狲准备早餐，或是找到合适的杯子来装早餐，至少要绕地球走三圈才能采办齐备。它说，这个国家真是贫穷得可悲可怜，竟然无法满足本国居民对食物的需求。让它更为疑惑的是，我口中偌大的一片土地上竟然没有淡水，人们还得漂洋过海去找喝的。我回答说，据统计，我亲爱的祖国英国生产出来的食物是国民需求的三倍，由粮食酿造的酒，或是某种树上的果子榨汁酿成的美酒，以及其他一切生活用品都是这样，产量都是需求量的三倍。但是为了满足男人的奢侈和女人的虚荣，我们要把大部分必需品运到其他国家去，换来那些给我们带来疾病，让我们变得愚昧、邪恶的东西。因此，大部分人就变得无以为生，只得去乞讨、抢劫、偷盗、欺诈、拉皮条、阿谀、教唆、作伪证、伪造、赌博、撒谎、奉承、威吓、包办选举、滥写文章、星象占卜、投毒、卖淫、伪善、诽谤以及异想天开等，以此来维持生计。上面每一个词，我都要费力解释一番才能让它明白。

我们从别的国家换来葡萄酒不是为了缓解淡水或其他饮料的短缺，而是因为酒这种液体能让我们失去正常知觉，感到莫名的快乐，能够暂时将烦恼抛在脑后，任由脑袋里天马行空地幻想一通，从而能让我们燃起希望，丢掉恐惧。这个时候理性会暂时离我们而去，腿脚也变得动弹不得，直到我们酣睡过去为止。但是必须承认，酒醉醒来之后，我们常常感到恶心不适，精神不振，而且酒这种东西能带来种种疾病，甚至使我们早早就结束生命。

而我们当中还有那么一大群人，专门给彼此或者向富人提供生活必需品，并以此谋取生计。比如，我在家的时候穿得有模有样，单单我这一身衣服就汇集了一百名工匠的手艺。而我家房子的建筑、家里的摆设牵扯到的商人又岂止一百,再看我太太的那一身打扮,更是需要五百名工匠的劳作才能完成。

接着我要跟它讲讲另外一群人,他们靠照顾病人谋生。我曾经告诉过它,我的许多水手都死于疾病。这也曾让它很难理解。它只知道,慧骃在死亡前几天会变得孱弱不堪,行动迟缓,或者也有可能出于意外伤了腿。但是它不相信凡事尽善尽美的大自然会让我们的身体承受病痛。因此,它急于知道这种难以理解的恶行究竟是如何造成的。

我告诉它,我们吃的食物不下千种,有的还彼此相克。我们不饥不渴的时候也会大吃大喝,有时还会彻夜豪饮烈酒,却不吃任何东西。这些行为让我们变得懒散疲惫,浑身发热,消化不良。卖淫的女野猢会染上一种脏病,不论是谁,只要投入她们的怀抱就会烂掉骨头。这种病,以及其他很多疾病,都会父子相传的。所以很多野猢生来就有各种疑难杂症。人体四肢的每一处关节,或者说身体的各个部位,无论是外表还是内脏器官,都有对应的疾病,细细数来不下五六百种,我实在无法给它一一列举。我们之中有这么一群人,他们从年轻时就学习医治这些疾病,并以此为职业,当然也有些人打着治病救人的幌子,行坑蒙拐骗之实。既然我对这行还算比较了解,为了报答主人,我愿意将这些个行医的门道讲给它听听。

行医的基本原理是,所有疾病的根源都在于过度饮食,因此他们得出结论,彻底清空身体很有必要。要么通过自然的通道排空,要么就从嘴里吐出来。为此,我们就用草药、矿石、树胶、油、贝壳、盐、果汁、海藻、粪便、树皮、蛇、蟾蜍、青蛙、蜘蛛、死人的肉和骨头、鸟、兽、鱼等配成药方,这药不论是闻起来还是吃下去,味道都令人恶心得厉害,胃部自然就会非常排斥这些药剂,这种反应被称为"呕吐"。他们还有可能在同样的药方上再加上有毒的添加物,然后从病人的上孔(即嘴巴)或者下孔(即肛门)灌进去(具体从哪儿灌要视医生的心情而定),这种药同样能使肠道不适,从而排出里面的内容,以达到清空肠胃的目的,这种做法叫做"通便",也叫"灌肠"。(医生们宣称)造物主创造上孔是为了吸收固体和液体,下孔则是负责排泄的,这些艺术家们经过一番奇思妙想,认为疾病之所以产生,是造物主不得已将身体本末倒置了,要纠正这个错误,必须要反其道而行之,将上下孔的用途置换一下,把固体和液体的药液灌入肛门,然后从嘴里排出来。

除了真正的疾病,还有很多病症纯粹是我们假想出来的,医生便紧接着创造出清除很多假想病症的药方来。这些病各有其名,药也对号入座;一般来说,母野猢常常被这些假想的病症困扰。

这群人还特别擅长预测病症,而且他们鲜少有预测错误的时候。如果病情非但没有起色,反而持续恶化,最后致使病人濒临死亡,那么这种情况下他们的预测当然是正确无误的。可是如果他们给病人判了死刑,而病情却有了好转的迹象,他们也能从容应对,只需要适量的药物就能摆脱预测失误的罪名,向世人证明他们精准的判断。

对于那些厌倦了配偶的丈夫妻子、家中长子、国家大臣,甚至一国之君来说,这些人的存在的确是颇具价值的。

我曾经笼统地跟主人讲过政府的本质,还特别提到过我国完善的宪法体系,其优越性足以让全世界羡慕有加,赞叹不已。这里我偶然提及了国家大臣,它让我以后找机会再告诉它,这又是一群什么样的野猢。

我告诉它,我要讲到的这个人是国家首相,这种动物没有喜怒哀乐,或者说除了一味地渴求财富、权力和头衔之外,没有其他欲望。他总是言不由衷地讲话,因此即使他说了真话,也会让你以为是假的,要么就是说了假话,却让你以为是真的。他要是喜欢谁,就在那人背后说尽坏话，而如果他在别人面前赞扬你，或者当面恭维你，那你就彻底被孤立了。最糟糕的是他许下的诺言，尤其那些他还发了誓要兑现的诺言，聪明人都知道，要指望他兑现，那是绝对不可能的。

想要爬到首相的职位，有三种途径。第一，要有先见之明，利用自己的妻女姐妹为自己铺路；第二，出卖或暗害前任首相；第三，在公共集会时，要激情澎湃地指责宫廷腐败。聪明的君主总是青睐通过第三种途径当上首相的人，因为越是这种激情澎湃的人，对主人就越是毕恭毕敬、卑躬屈膝。而这些首相，一旦上了位，就忙于贿赂元老院或枢密院的大部分官员，以保住自己既得的权力。最后，他们满载着贪来的赃款赃物退职，而且有了"赦免法令"（我向主人解释了该法令的性质）的庇护，他们还能免于事后清算。

首相的官邸亦是培养这方面人才的摇篮。他的随从、仆人和看门人都学着主人的嘴脸在他们管辖的领域作威作福起来，并且在傲慢、说谎及行贿这三大方面精益求精，甚至比其主人更胜一筹。他们逐渐建立了自己的小朝廷，达官贵族供奉着他们，如果他们本人再多些精明和无耻，就能一步步往上爬，甚至能够继了他们主子的职位，成为首相。

首相往往受制于一个年老的荡妇或是亲信的男仆，他们是权贵们溜须拍马的桥梁，因此，他们才是这个国家真正的统治者。

有一天，我与主人的谈话中提到我们国家的贵族阶层，主人夸赞了我几句，这让我实在受之有愧。它认为，我一定是出身贵族阶层，因为无论从我的外形、肌肤色泽还是整洁程度，我都远胜于它们国家的野猢。尽管我没有力气，动作也不够灵活，但这两大劣势也正是我异于其他兽类的生活方式造成的。而且，我不仅具备语言能力，还有那么点儿理性，所有与它相识的主人，都称我为奇才。

它让我观察一下，在所有的慧骃中，白色、栗色和铁青色的慧驷与火红、灰斑、黑色慧驷并不完全相同。它们与生俱来的才智是不一样的，而这种才智后天也无力改变。所以白色、栗色和铁青色的慧驷将永远处于仆人的位置，丝毫没有出人头地的机会。而且在这个国家里，谁要是妄图改变自己的地位，谁就是大逆不道。

我对主人的夸赞表示了感谢，但我也坦白地告诉它，我的出身较为卑微，父母都是老实本分的普通人，勉强让我读了些书。在我们那里，贵族的含义跟它所理解的有些出入。那些年轻的贵族自小就养尊处优，无所事事。他们终日荒淫无度，染上了可怕的疾病，没几年就耗空了身体。当他们家财散尽时，就会娶个出身卑微、面目可憎、身体孱弱的女人为妻，他们对这些女人既憎恶又鄙视，跟这种女人成家的原因不过就是为了几个钱而已。这种结合所生出来的孩子也都是病恹恹的，不是得瘰疬病、软骨病，就是天生残疾。这样一来，这个家撑不了三代就死光了，除非家里的女人在邻居或仆人中找个健康人，为这家改良品种传宗接代。体弱多病、形容枯槁、面色蜡黄，这就是贵族的真实写照。如果一个贵族身强体健，那会是很丢脸的事儿，因为大家会断定他真正的父亲不是个侍从就是个马夫。而且，他们的内在品质与外在样貌一样存在着巨大缺陷，他们忧郁易怒、呆笨迟钝、无知愚蠢、反复无常，而且还荒淫好色、傲慢无礼。

然而，我国的法律正是由这些出色的贵族制定、废除或修订的。他们还有肆意处置我们财产的权力，而且根本不容我们申辩。

第 七 章

作者表达了对祖国的热爱,描述了英国的宪法体系及行政机构。马主人通过类比和对比做出一些评论,同时马主人还对人性进行了一番阐释。

读者也许会感到疑惑,由于人类与他们国家的野猢极为相似,慧骃们已经对人类极为鄙夷了,我为何还如此随意地在这种凡俗的动物面前批评我的同类,这无疑会使慧骃对人类的评价更加不堪。但是我必须承认一点,与人类的腐败堕落的本性不同的是,这些优秀的四脚动物身上有着许多美德,正是这些美德拓宽了我的视野,加深了我的认识,使我能够从一个不同的视角重新审视人类的行为和情感,因此我越来越觉得没有必要刻意维护人类的尊严。而且,面对主人犀利的判断,我也无从顾及尊严了。主人每天都能指出我身上成千上万个错误,而这些错误我以前却从未注意到。甚至对我们来说,有些错误在人类看来,压根儿就算不上是什么弊病。在它的感召下,我开始憎恨一切谎言和伪装,并把真理看得弥足珍贵。为了真理,我甚至可以牺牲一切。

我还要坦白地告诉读者,我之所以这么大胆地讲述这些事情,还有一个更为充分的理由。那就是:虽然我在慧骃国才居留了不到一年的时间,但我对这里的居民建立了既爱又敬的情感,因此我决定不再回到人类当中去,而是要永远与这些可爱的慧骃们生活在一起,在这个不知粗俗邪恶为何物的国度里,感受并欣赏它们的美德,并且亲身实践这些美德。然而,命运总是处处与我为敌,我命中注定不能享有这样的幸福。不过,虽然作为我的听众的马主人极为严格审慎,但每当我谈起我的同胞时,我都尽可能地把他们往好处说,讲到的每件事都希望尽量能有好的转机。如今回想起来,我也觉得甚为安慰。的确,世上有谁能够不偏袒自己出生的地方,不想为故乡多多美言呢?

在马主人身边侍奉的大部分时间里,我们进行了很多次谈话。这里我已经讲了其中的主要内容,为了使文章更加简洁,我省略的内容要多得多。

对它提出的所有问题,我都一一作了回答,似乎能完全解除它的疑惑。一天清早,它又召唤我过去,让我坐在离它不远的地方(这是我从未享有过的待遇)。它说,它一直在认真思考我说的每件事,包括关于我自己的,还有关于我的祖国的。它觉得,我们这种动物只是偶然具有那么一点理性,可我们究竟是怎么得到这点理性的,它实在想不通。我们虽然具备理性,却无端滥用它来助长我们本性中的堕落,并通过它染上了本性中没有的恶劣品性。我们抛弃了大自然所赋予的一些能力,使原始的黑暗欲望不断滋生。我们毕生都在谋算着如何去满足这些欲望,到头来却也只是徒劳而已。再看看我本身,根本就不具备普通野猢的强壮矫捷,只会用后蹄跟跟跄跄地走路。可是同时又想出了个法子把爪子保护起来,让爪子变得更加毫无用处,彻底丧失了防御能力。我们还褪去了皮肤上的毛发,而这恰恰是遮阳保暖的基本屏障。所以最后导致我根本不能像我的弟兄(它这么称呼它们),即他们国家的野猢一样飞速奔跑,更不能像它们一样爬树。

我们的政府机构以及法律体系正是我们欠缺理性的体现，理性的欠缺也就造就了道德的沦丧，因为理性本身就足以统治理性的动物。的确，即便我把自己的同胞好一顿夸赞，我们也称不上理性动物。它也明白，我因为偏袒他们而对很多细节避而不谈，而且经常说得与事实不符。

它非常确信自己的看法是正确的。因为它发现，我身体的每个部分都与野猢相同，只是在力量、速度、灵活性以及爪子长度方面比不上野猢，而且有些缺点其实并非天生造成的。根据我对我们生活、礼仪以及行为的描述，它发现我们与野猢的性情也大为相似。它说，大家都知道，比起其他动物，野猢更加憎恨它们的同类，因为看不到自己丑陋的外形，只能去厌恶同类的丑陋。它曾经以为，我们遮掩身体也算得上是明智之举，因为这种畸形的躯体如果裸露在外面的话，会引起诸多难堪与不适。但是它现在觉得自己想错了，就我的描述来看，人类产生纠纷的原因与它们国家那群畜生争斗不休的原因完全相同。它说，当你扔给五头野猢足够五十头野猢吃的食物时，它们不但不会安静地吃东西，反而会乱作一团，每一头野猢都想将这些食物据为己有。所以，如果在户外给野猢喂食，要有一位仆人站在一旁盯着，而拴在窝里的野猢，彼此之间要隔上一定的距离。如若有头老死或意外死亡的牛，而牛主人慧骃还没来得及把死牛留给它豢养的野猢，邻居家的野猢就有可能跑来把牛抢走，这就会引发野猢之间的一场恶战，就像我所说的人类战争一样，它们用爪子互相撕扯，但是却不会因撕扯而使对方毙命，因为它们还没有我们所发明的那些杀人工具。住所相邻的野猢之间常常会无缘无故地发生争斗，一个地区的野猢常常伺机突袭临近的野猢，打它们个措手不及。如果突袭失败，没了对手，它们也会回家打一场我刚才所说的内战。

在它们国家的一些地方，有一种色彩斑斓的闪亮石头，野猢们对其极为钟爱。这种石头一半露在地上，野猢们会用爪子挖上一整天，直到将石头挖出来为止。之后，它们会把石头带走，藏在自己窝里的土堆下面。藏完石头后还不住地四处张望，唯恐同伴发现了它们的宝贝。主人说，它一度无法理解野猢为何会有如此毫无理由的偏好，也不明白它们到底拿这些石头作何用途；现在它知道了，野猢的这种行为像极了我所说的人类的贪婪。它曾经做过一次实验，偷偷地把一只野猢埋藏的石头拿走。这可恶的畜生发现宝贝丢了，便高声哀号起来，号叫声引来了一群野猢，这只野猢哀号着冲向其他野猢开始乱撕乱咬，之后就郁郁寡欢，不吃不睡也不劳作。直到主人派人偷偷地把石头放回原处，像先前一样埋起来，这野猢找回石头后，精神立刻焕然一新，而且费尽心思找了个更隐蔽的地方放置它的宝贝石头。自此以后，它就非常驯服了。

主人又告诉我说，富藏这种闪亮石头的地方，也是野猢之间恶战频发之处，因为附近的野猢会不断地前来骚扰。我自己其实也已经察觉到了这一点。

它说，当两头野猢争抢一块石头时，常常会有第三头野猢乘虚而入，把石头夺走。主人认为，这与我们打官司的情形颇有些相似之处。而我则坦诚地告诉它，它说的解决办法比我们的法律条款公正得多，因为这里的原被告无非就是丢了块石头，而在我们那公正无私的神圣法庭里，官司不打到原被告双方都倾家荡产、一无所有，就决不会罢休。

马主人接着说，野猢最为可憎的地方就是它们的贪得无厌。对于眼前的东西，无论是药草、树根、浆果还是动物的腐肉，它们都会不加辨别地吞进肚子里，有时候还把这些东西搅和在一起吃下去。它们性情乖张，家里再丰盛的食物似乎也比不上远道抢来、偷来的东西好。食物再多也要吃下去，哪怕肚子就要炸了也不会停。吃完以后，再吃上大自然为它们准备的一种草根，把肚子排个干净。

还有一种草根，汁液特别丰富，只是比较罕见，很难找到。野猢们热衷于寻找这种草根，找到后就不顾一切地扑上去美美咂上一通。这种东西就像我所描述的酒一样。野猢们咂完后，时而彼此拥抱，时而互相撕咬；或大声嚎叫，或咧嘴大笑；要么喋喋不休地唠叨，要么踉踉跄跄地走路。最后糊里糊涂地摔上一跤，就躺在烂泥里呼呼大睡去了。

我发现在这个国家，只有野猢才容易得病，但是它们生的病也不如我们国家的马生的病多。野猢得病不是因为受到虐待，而是因为它们自身的下作贪婪所致。在慧骃的语言中，这些疾病有一个总称，叫做"赫尼亚·野猢"，或者就叫"野猢病"，这名字正是从这畜生的名字中借用来的。治疗野猢病有一个妙方，就是把它们自己的粪便尿液搅和在一起灌进喉咙里。这种方法非常奏效，屡试不爽。为了公众的利益，在此我要向同胞们推荐这个奇妙的法子，来治疗由于过度饮食而引起的各种疾病。

马主人承认，在学习、政府、艺术、制造等方面，它们国家的野猢与我们倒没什么相似之处，因为它所关注的只是野猢和我们在性情品质上的共通之处。它曾听说，一些好奇的慧骃曾通过观察得知，大部分野猢群都有一个首领（就像我们公园里的鹿群也会有一个领头鹿一样），作为首领的野猢外形更丑陋，性情更顽劣，身边大都有个长相跟它极为相似的宠仆。宠仆的职责就是舔舔主子的蹄子和屁股，并把母野猢赶到主子的窝里去。主子会时不时地给它块驴肉作为奖赏。其他野猢都恨透了它，所以它为了保护自己，必须寸步不离地跟在主子左右。一旦主子找到了一头更为恶心丑陋的野猢做宠仆，它就会被抛弃，结束其无耻的为虎作伥的生涯。这时，新任宠仆会带着这个地区的所有野猢，无论公母老少，来对它拉屎撒尿，把它全身上下淋个遍。主人让我琢磨琢磨，野獉群里的首领和宠仆的关系,与我们宫廷的首相和宠臣的情形到底有几分相似。

我不敢回应主人这种一针见血的嘲讽言辞。在它看来,人类的智慧甚至比不上一只普通的猎犬,猎犬尚且能够精准地识别狗群首领的吠声并紧随其后。

主人告诉我,野獉还有一些显著的特点,而根据我对人类的描述,这些特点在人类身上鲜少存在。它说,这些畜生与其他兽类一样,没有固定的交配对象。而不同于其他兽类的是,母野獉在怀孕时也会跟公野獉交配。公野獉跟母野獉争吵厮打起来时,就像跟其他野獉厮打一样凶猛暴虐。这些行为都残暴到了令人发指的地步,是任何理性动物都做不来的。

所有的动物天生都是爱干净的,而野獉却生性喜欢肮脏污垢,这也让主人觉得不可思议。对于前两条罪名,我都默不作答,因为我实在无法替我的同类辩护什么,虽然在其他情况下我常常忍不住这么做。对于这最后一条癖好,如果慧骃的国家有猪这种动物的话(很遗憾它们没有),我倒是可以替人类开脱。与野獉相比,猪的性情倒是可爱得多,但是论起干净卫生来,公正地说,猪与野獉可谓半斤八两,不相上下。主人如果见过猪吃食时的肮脏样,知道它们喜欢在烂泥里滚爬睡觉,一定会赞同我的话。

主人又说,野獉还有一个特点令它百思不得其解,这是它的仆人在几只野獉身上观察出来的。有时候野獉会沉浸在自己的冥冥空想之中。它们缩在一个角落里,无所事事地躺在地上,时而大声嚎叫,时而哀婉呻吟。不管是谁,只要想靠近它,就会被它赶走。它年轻肥硕,又没有任何疾病伤痛,不缺吃不缺喝,任谁也猜测不出它到底为什么这样。不过要治疗野獉的这种症状,倒是有个法子,那就是把它拉去干些重活,把活干完它也就彻底清醒了。听到这些,再想到我的同类,我只能沉默以对。这时只有沉默无言才是对它们最大的袒护。也正是在此时此刻,我恍然明白了忧郁症的真正根源,为何只有那些懒惰奢侈的人或是物质条件优厚的富人才会患上忧郁症。如若效仿此法给他们治病,我有把握一定能治好他们。

主人还发现,母野猻常常站在土堆或灌木丛后面,盯着过往的年轻公野猻不住地打量挑逗。它假装躲躲藏藏,做出些古怪夸张的动作,还不停地扮些鬼脸,同时散发出一股难闻的臊臭味。如果公野猻跟上前来,它就慢慢朝后退,不时向后张望张望,一副忸怩作态的寒碜样儿。它表现得像是害怕公野猻似的,继而就扭着屁股奔向一个方便行事的地方,因为它知道公野猻必然会追过去。

有时,野猻群里来了一头陌生的母野猻,三四头母野猻就会将它团团围住,盯着它上下打量,喊喊喳喳地对它品头论足,咧着嘴发出阵阵坏笑,还把鼻子凑过来嗅遍它的全身。然后就会做着怪样一哄而散,像是在表达鄙视和不屑的情绪。

关于野猻的特点,有的是主人亲自观察到的,有些是听说的,可能它在讲述的时候还省略了一些粗俗难堪的细节。或许女人天生就有放荡、轻浮、刁难、诽谤的本性吧。听到这些,我不由得感到吃惊,同时又有些悲哀。

我每时每刻都在希望,主人能够将公野猻和母野猻这些违背自然的癖好严词指责一番。其实,这些癖好在我们人类身上也是极为常见的。然而,造物主似乎并不善于教化。在地球的另一端,在我们那里,这些则摇身一变成为比较文雅的消遣与爱好,甚至居然还成了艺术和理性的产物。

第 八 章

作者讲述了有关野猢的几个细节,同时描述了慧骃的美德,年轻慧骃的教育和操练方式,并介绍了它们的全国代表大会。

在我看来,我对人性的理解要比主人深刻得多,所以在它描述野猢的时候,我总会想起自己以及我的同胞们,所以我也相信,通过自己的观察能有更多的发现。我常常请求主人让我到附近的野猢群里去看看,而它也总是欣然答应,因为它确信,凭我对野猢的憎恨,我是绝对不会被它们带坏的。它命令它的侍从,那匹健壮的栗色小雄马贴身保护我。这匹小马性情温和,也很忠诚,正因为有了它的保护,我才敢于如此冒险。我在前面已经告诉过读者,我刚到这里的时候遭到了这些可憎动物的骚扰。之后又有三四次,我险些被它们抓住,当时我散步到了稍远一些的地方,身上又忘了带短刀。我觉得它们认为我是它们的同类,跟保护我的栗色小雄马在一起的时候,我常常卷起袖子,它们会看到我裸露在外的胳膊和胸口。这时,它们就会尽可能地靠近我,像猴子一样模仿我的动作,明显表现出对我的憎恨。正像一只戴了帽子穿了袜子的穴鸟,偶然遇到一群野鸟,肯定会被它们欺负一样。

小野猢们也力大无比。有一次,我抓住了一只三岁的公野猢,尽管我对它极尽温柔之能事,想让它安静下来,可这小畜生却竭力嘶叫,狠命抓咬,最后我只好把它放走了。正在此时,一大群老野猢闻声而至,看到小东西已经安全逃跑,而且栗色小雄马又护在我左右,也就没敢逼近我们。我发现小野猢的皮肉有一股腥臭味,这种气味像是黄鼠狼的味道,又有些类似于狐狸,但是却比它们的臭味更为浓烈恶心。我差点儿忘了,还有一次(但愿读者不会怪罪我讲述这一段),我手捧着这恶心的小东西,它却对着我大便,黄色的稀屎弄得我满身都是。好在旁边有一条小河,我赶紧跑过去把自己洗得干干净净。等到臭味散尽了,我才去见马主人。

我发现野猢是所有动物里最不可教化的,除了拖拉东西搬运重物,它们什么都不会。在我看来,这种缺陷是它们反常而懒惰的天性造就的。它们狡猾、邪恶、奸诈,而且报复心极强。它们虽然身强体壮,但却懦弱卑鄙,这就使得它们既傲慢骄横又卑劣下贱,而且还无比凶残。据说,红毛野猢,无论公母,都比其他野猢更为淫荡邪恶,在力气和灵活性方面,也比其他野猢更胜一筹。

慧骃们在离自己房子不远的茅屋里豢养了一些野猢供它们差使,其他野猢则被放养在田地里。在那里,它们挖草根,嚼药草,还把动物的腐肉找来吃,时而还会捉住一些黄鼬和"路希木斯"(一种野鼠),狼吞虎咽地吃个精光。它们天生会用爪子在土堆旁挖一些深洞,每个洞里只能够躺一只野猢,只有母野猢的洞穴要大些,还能容得下两三只小兽。

野猢自幼就能像青蛙一样游水,不仅如此,它们还能长时间潜在水底捕鱼,然后母野猢再把鱼带回家喂给小兽吃。说到这里,我希望读者能容我讲讲我曾经的一次经历。

一天,我与我的护卫,那匹栗色小雄马在户外溜达。那天天气异常炎热,我请求它允许我在旁边的小河里洗个澡。它同意了。我即刻把衣服脱了个精光,慢慢地走进河里。就在此时,一只站在土堆后面的年轻的母野猢,看到了我脱衣进水的整个过程。它飞速向我奔来,一下子跳进水里,游到离我只有五码远的地方,看我洗澡。我和小雄马事后猜想,它是受欲望驱使才这样做的。我当时害怕极了。小雄马正在远处吃草,丝毫没有发现我正处在危险之中。母野猢谄媚地抱住我。我开始不顾一切地大声呼救,小雄马听到后即刻奔向这里,那只母兽这才极不情愿地把我松开,向对岸窜去。我在穿衣服的时候,它还一直站在那儿,盯着我直叫唤。

主人一家常常拿此事来消遣我,而我却深以为耻。既然母野猢都把我当作了它的同类,对我表现出了天生的爱慕之情,那我就更无法否认自己是个彻头彻尾的野猢了。那母兽的皮毛并非红色(若是红色,还可以借口说它品位奇特),而是像野李子一样黑,整体看来也不像其他野猢那么丑陋。看它那样子,我觉得最多也就十一岁大吧。

我在这个国家待了三年时间,我想读者们一定希望我像其他旅行家一样讲讲当地居民的风俗习惯,这也确实是我在那里研究的主要内容。

这些高贵的慧骃是所有美德的化身,作为理性的动物,它们不知道什么是罪恶,因此,它们视培养理性并受理性的支配与教导为它们的座右铭。与我们不同的是,在它们眼里,理性不是一个有待论证的问题,不是让双方在意见相左时还都能振振有辞进行辩驳的根据,它们认为理性就是让你即刻信服的事情,其中不能掺杂个人的情感和利益,也不可能被它们蒙蔽或歪曲。我还记得,当我向主人提到"意见"这个词,或者说起某个观点有"争议"时,我费了很大工夫才让它明白其中的意思。因为慧骃们认为,在理性的指引下,完全可以肯定或否定自己有把握的事情,如果没有十足的把握,就不能轻易加以肯定或否定。因此,对于慧骃来说,它们不知道还有争议、争吵、辩驳以及肯定伪命题或含混命题这些罪恶的概念。同样,当我跟它讲到一些自然哲学体系时,它讥笑道,一群自称有理性的动物竟然会如此重视别人的猜想,即便猜想是正确的,那也没什么价值。它完全赞同柏拉图阐释的苏格拉底的思想,我敬苏格拉底为哲学界的泰斗,这才向主人提到他。从那以后,我也常常反思,这种学说会给欧洲图书馆里的图书带来什么样的破坏,而学术界又有多少成名之路将被堵死。

　　友爱与善良是慧骃的两大美德,这两大美德不是某些慧骃特有的,而是整个慧骃群落所共有的。它们善待远道而来的陌生人,对待他们就如同对待近邻一般,使他们无论走到哪里,都像在自己家里一样安心舒适。它们最讲文明礼仪,却又完全不理会那些繁文缛节。它们不溺爱子女,而是遵循理性的指导,用心教育它们。我发现,主人对待邻居家的孩子就像对待自家的一样,毫无区别。它们相信,造物主教导它们热爱整个族群,只有理性程度的高低才能将彼此区分开来。

　　当母慧骃诞下一对子女后,就会离开自己的配偶,除非它们的子女因故夭折。当然,这样的情况是鲜少发生的。不过一旦出现这种事,公母慧骃会重新聚在一起。倘若这时的母慧骃不能再次生育,另一对慧骃夫妇会把自己的孩子送给它们,而这对夫妇就会再聚在一起,直到母慧骃受孕为止。它们如此慎重地对待生育是有道理的。因为这样一来,整个国家就不会承受因居民数量过多而带来的负累。但是作为仆人的下等慧骃在这方面并不十分严格,它们可以生育三对子女,这些子女日后就成为贵族慧骃的家仆。

　　它们在选择配偶的时候非常在意皮毛的颜色,以避免不同品种的慧骃相互杂交,生育出毛色不纯的后代。公慧骃视强壮有力为美,而母慧骃则以漂亮可人为佳。它们的结合不是建立在爱情的基础上,而是要确保子孙后代品种的优良。如果母慧骃强壮有力的话,那么它的配偶就一定要长得好看一些。

它们的思想里没有求爱、恋爱、送礼、遗产、赠产这些概念,而且它们的语言里也没有表达这些概念的词汇。青年慧骃的相遇和结合主要是父母之命或媒妁之言。它们对这些事情司空见惯,已经把这些看做是一个理性动物的必要行为了。它们从未听说过婚姻破裂或是不忠不贞的事情。慧骃夫妇互敬互爱地生活在一起,没有嫉妒、溺爱、争吵或者不满,它们彼此都怀有仁慈之心。实际上,哪怕是路上遇到的陌生人,它们也是心存仁慈和友爱的。

谈到慧骃对子女的教育,它们的方式的确令人称颂,并且很值得我们效仿。平日里(一些特别的日子除外),小慧骃是一粒燕麦都不能吃的,牛奶也很少喝,这样的饮食规矩要坚持到十八岁。夏天,它们早晚在户外各吃两个小时的青草,父母会在一旁监督。而仆人们吃草的时间不到它们的一半,而且大部分是在家吃的,这样,它们才能在方便的时间吃草,不致耽误劳作。

小慧骃们,无论公母,都要学习克制、勤勉、操练以及整洁等课程。而在我们国家,除了家庭管理,女人在其他方面接受的教育完全不同于男人,主人觉得这种做法十分荒诞。它还注意到,我们中有一半的人除了生孩子什么也不会,由这样一群无用的动物来照顾孩子,简直是残暴至极、野蛮至汲的事情。

慧骃们训练它们的子女沿着陡峭的山坡上下奔跑,或在硬石路上驰骋,以提高它们的力量、速度和耐力。当它们大汗淋漓时,父母会命令子女猛地跳入池塘或小河洗个痛快。每年都有四次机会让一个区里的青年慧骃聚在一起比试力气、灵活性以及跑跳方面的技艺,冠军的奖品是为它们唱一首赞歌。在这样的盛会里,仆人们会把一群野猢赶到地里,让它们背着干草、燕麦和牛奶,以供慧骃们就餐。野猢们干完这些后,就会立刻被赶回去,防止它们给聚会惹来什么麻烦。

每隔四年,在春分的那一天,就会在距它们房子二十里远的平原上,举行一次全国代表大会。大会一般持续四到五天的时间。它们在会上研究国家地区的现状,查看干草、燕麦、牛或野猢的数量是否充足,了解哪个地区在这些方面有短缺(很少会出现这种情况)。一旦有这样的情况发生,大家会一致同意踊跃捐赠,即刻帮助它们解决短缺问题。会上还可以解决孩子的问题。如果一位慧骃有两个儿子,它会跟那些有两个女儿的家庭置换一下。如果哪家的孩子因故夭折,而母亲又过了生育年龄,会上决定将哪家的孩子送与这家,之后自己再生育一个。

第 九 章

描述慧骃在会上的讨论情况，以及最后如何得出决议。作者还介绍了慧骃的认知、建筑、葬礼以及慧骃语的缺陷。

在我还有三个月就要离开慧骃国的时候，恰好赶上了它们的全国代表大会，主人以我们区代表的身份去参加大会。这次会议要继续讨论以前的一些问题，事实上，它们国家也只有这么一个问题。主人回来后，跟我具体讲述了一下会议的情况。

它们讨论的问题就是，是否要把野猢这一物种从地球上清除干净。一位赞成清除的代表列举了几个充分而有力的理由。它说，野猢是大自然中最肮脏、最讨厌、最丑陋的动物，它们懒惰不堪而又难以驯服，顽劣下作而且生性邪恶。它们偷呷母牛的奶，把猫弄死吞进肚子里，甚至还会踩踏田里的燕麦和青草。如果不严加看管，它们还能做出更多、更坏的事儿来。它还提到了一个传说，说的是它们国家从前是没有野猢的。很多年前，山上莫名其妙地出现了两只野猢。它们究竟从何而来？是滋生于太阳晒过的烂泥，还是从海水的泥浆泡沫中变出来的，这一直是个未解之谜。这两只野猢的繁衍使得野猢家族不断壮大，很快这种祸害就遍及全国。慧骃们为了除害，开始围捕野猢，最后将它们团团围住。老野獍被杀掉,至于小野獍,每个慧骃可以分到两只,目的是将它们驯服,以便豢养在家里拖拉重物。对于这样一种天性野蛮的动物,能驯化成这样也算难得了。这个传说或许不假,这种动物不可能是"伊赫尼亚阿姆奇"(意为"当地土著"),因为这里的慧骃及其他所有动物都无比憎恨它们,假如它们是当地土生土长的,即便生性邪恶,大家也不可能对它们如此仇视,否则它们早就被灭绝了。当地居民一心想着驯化野獍干活,不经意间忽视了对驴子的驯养。驴子这种动物不仅外形漂亮,而且容易豢养,性情也更为温顺,更守规矩一些。它们身上还没有野獍那种恶臭味。驴子的身体虽然没有野獍灵活,但干起活来也算是一把好手。诚然,驴的叫声不那么悦耳,但比起野獍那可怕的嚎叫,总是要好听太多了。

其他代表纷纷赞同它的观点,而主人受我的启发,提出了另外一个办法。它认可这位代表提到的传说,但是最早被发现的那两只野獍应该是漂洋过海被赶到这里的,它们被同伴遗弃,被迫上岸藏在山里。它们不断地退化,比起它们祖先国家的同类,变得野蛮可怖多了。之所以这么说,是因为它家里现在就有一只令人惊叹的野獍(指我),大部分代表都听说过,也有不少亲眼见过。接着,它讲述了如何发现我的经过,还说起我身上盖着由其他动物皮毛制成的东西,我有自己的语言,甚至还学会了它们的语言。它还讲了我是如何来到这里的。它见过我脱掉身上遮盖物的样子,与野獍完全一样,只是皮肤更白些,毛发更少点,爪子也没有野獍那么长。它还告诉代表们,我曾经尽力让它相信,在我的祖国及许多其他国家,野獍是国家的统治者,是理性的动物,而慧骃却要为野獍干活。它发现,我具备野獍的所有特点,只不过在理性的教化下更为文明一些。当然,我的文明程度远远赶不上慧骃,就像它们国家的野獍不如我一样。它说,我曾提到,在我们那里,人们习惯于阉割小慧骃来让它们更温顺,这种做法既简单又安全。从野兽身上学习智慧并不可耻，就像蚂蚁教我们勤劳，燕子（我把慧骃语的"利哈恩赫"译为燕子，其实比燕子要大得多）教我们筑巢一样，我们也可以效仿此法阉割小野猢，这样不仅能让它们更驯服，更好使唤，而且总有一天，无须我们杀生，它们也能自然灭绝。同时，我们应该花更多的力气去教化驴子，因为它们比其他动物更有价值，其他动物到了十二岁才能劳作，而驴子五岁就能干活了。

有关大会上的事，主人把它认为适合告诉我的都跟我讲了，但是它对我隐瞒了一件与我密切相关的事，很快我就感觉到了由此带来的种种不愉快，读者会在合适的时候知道这件事的始末。从那以后，我生活中的不幸之事就一件件接踵而来。

慧骃语中没有文字，它们所有的知识都是口耳相传的。况且，它们这个民族异常团结，每个居民都是集各种美德于一身，完全以理性为准绳，整个国家与其他国家也没有任何贸易往来，倒也很少有什么事情发生，因此，它们不需要费心思去记住历史。我也观察到，它们从不得病，所以也不需要医生。不过它们精于用药草制药，有时蹄趾或蹄叉会被锋利的石头擦伤、划伤，或者身体的其他部位有任何伤痛，都可以用这种药剂治愈。

它们通过太阳和月亮的公转来纪年，但是没有星期的划分。它们熟知这两大天体的运行，知道什么是日食和月食，而这也就是它们在天文学上的最大成就了。

在诗歌方面，它们则是无与伦比的。恰当的比喻和细腻而精确的表达在诗文中比比皆是，任何人都模仿不来。诗歌以赞美友谊和仁慈为主，或是为了称颂那些在竞赛和体能训练中的佼佼者。它们的建筑虽然质朴，住起来却很便利，而且设计精巧，足以保护它们躲避严寒酷暑。它们这里有一种树，长上四十年树根就开始晃动了，随便一场风雨都能把它吹倒。这种树长得非常笔直，它们用锋利的石头（慧骃不知道用铁器）把树干削成木桩，然后插在地上,彼此间隔十英寸的距离,木桩中间编上燕麦梗或是树枝条。房顶和门也都是这么做的。

慧骃蹄骸和前蹄中间凹空的部分相当于我们的手,它们的这个部位比我想象的要灵活得多。我还见过主人家里的一匹白色母慧骃用这个部位穿针引线(我故意借给它针线)。它们可以挤牛奶,收割燕麦,所有用手能干的活它们都干得来。它们有一种坚硬的火石,可以用其他石头将其磨成各种工具,来替代楔子、斧子和锤子。它们用这些工具收割田里自然长成的干草和燕麦。野猢们把这一捆捆的干草、燕麦用车拉回家,仆人们在茅屋里把燕麦粒踩出来,保存在仓库里。它们用泥土和木头做成一些粗糙的容器,泥制容器还需要在太阳底下晒干成型。

除了意外伤亡,慧骃都是上了年纪老死的。死后,它们被埋葬在最不起眼的地方,亲戚朋友对于它们的离去不喜不悲,将死之人也不觉得自己将要离世有什么遗憾,仿佛它拜访完朋友就要回家一样。我记得主人曾经邀请一个朋友全家来做客,商量什么重要的事情。到了那天,朋友的妻子与两个孩子来得很晚。它诚恳地致了两番歉意,并说丈夫没来是因为它在那天早晨"舍努慧赫"了。这个词在慧骃语里表达的感情非常强烈,但却不容易译为英语,意思是"回到第一母亲那儿去了"。它迟到是因为丈夫快到中午的时候"舍努慧赫"了,它花了好长时间跟它家的仆人商量把它埋在什么地方合适。据我观察,它在那天的表现和其他客人一样愉快。三个月后,它也死了。

它们一般能活到七十或七十五岁,很少有活到八十岁的。在死前的几周里,它们能感到身体的衰弱,但是并没有疼痛。在这段时间里,朋友们会频频拜访它们,因为它们不能尽情自如地外出了。然后,在死前的十天左右(它们计算得很少有错),它们会躺在野猢拉的橇里,一一回访那些住得较近的朋友。这种橇并非只有这种时候使才用，当它们上了年岁需要长途旅行，或者因为意外变得残疾时，都会使用这种交通工具。将死的慧骃回访朋友时，会与朋友们庄重告别，仿佛已经计划好要去这个国家某个偏远的地方度过余生似的。

还有一件事，我不知道是否值得一提。在慧骃的语言中，没有一个表达邪恶的词汇，只有借用描述野猢丑陋、恶劣的词汇来表达不好的事物。所以，无论它们指责仆人愚蠢、孩子懒惰，还是埋怨一块伤了它们蹄子的石头或者连续几天的坏天气等等，只是在每件事后面加上"野猢"一词。比如，"赫恩姆·野猢""乌纳赫尔姆·野猢""因尔赫尔姆德维赫尔玛·野猢"等等。一幢没盖好的烂房子则被叫做"因尔赫尔姆赫恩姆罗赫恩·野猢"。

我非常愿意再谈谈这个优秀民族的生活方式及其种种美德，但是，既然我打算不久后单独出一本书专门讲述这个话题，我想还是那时候再跟读者们详谈吧。在这里，我想接着说说我所遭遇的不幸。

第 十 章

作者讲述了在慧骃国的日常起居,描绘了与慧骃们一起度过的美好时光。在它们的感化下,作者在品德方面有了很大提高。作者还记述了他们之间的对话。主人要他离开慧骃国。他难过得伤心过度,晕了过去,却不得不服从主人的指示。在一个仆人的帮助下,他造了一只小船,并乘着这只小船冒险出海。

我把生活安排得很是惬意。主人令仆人为我造了一间与它们一样的屋子,离它们的房屋有六码远。我把四面墙和地面用泥糊上,再铺上我自己设计的灯心草席子。我把这儿的野生大麻打松做成被套,用野獾毛编成网,拿这种网来捕鸟,再把各种鸟的羽毛填充到被套里,鸟肉则成了我的美食。我用小刀做了两把椅子,较为粗重的活就交给栗色小雄马来干。衣服穿破了,我就用兔子皮,或是一种叫"努诺赫"的漂亮动物的皮做成衣服来穿,"努诺赫"跟我们的兔子差不多大小,皮肤上覆盖了一层细细的绒毛。我还用它们的皮做成袜子,倒也穿得过去。我从树上砍下木片做鞋底,再配上头层皮做成鞋子。这种鞋子穿破了以后,我就用晒干的野狐皮缝补。在一些枯树洞里,我还能找到蜂蜜。有时我把蜂蜜兑水喝,有时涂在面包上吃。有两条真理真是再适用不过了:"天性是容易得到满足的",以及"需要是创造的源泉"。在这里,我的身体非常健康,心境也更为平和。我既感受不到朋友的背叛、友谊的无常,也不用提防敌人对头的明枪暗箭。我不必行贿、阿谀或是拉皮条去讨好某个大人物和他的奴才,也无须防范别人的欺诈和迫害。这里没有医生摧残我的身体,也没有律师毁掉我的家产,更没有告密者监视我的言行,伪造罪名对我提出指控。这里没有人对我冷嘲热讽、指责非难或是恶意诽谤;也没有扒手、盗匪、抢匪、入室抢劫犯、讼棍、老鸨、蠢材、赌徒、政客、才子、性情乖戾者、言语无趣者、雄辩家、强奸犯、凶手、土匪和古董贩子;没有任何党派头目和他们的奴才走狗;没有人用言语行动教唆怂恿我犯罪;没有地牢、斧子、绞架、笞刑柱或枷铐;没有招摇撞骗的商贩和工匠;没有傲慢、虚荣或装腔作势;没有肤浅的纨绔子弟和恃强凌弱、狐假虎威的走狗;没有酒鬼无赖、街边招客的妓女或是梅毒病人;没有夸夸其谈、淫荡奢侈的阔太太;没有愚蠢傲慢的书呆子;没有纠缠不休、专横无理、动辄争吵、聒噪不堪、大吼大叫、空虚无聊、自高自大、满嘴脏话的同伴;没有以恶行发家的流氓或是品德败坏被贬为平民的贵族;没有官老爷、琴师、法官和舞师。

我有幸见到一些慧骃,每当它们来主人家拜访吃饭,主人就会仁慈地召我在房里伺候,聆听它们的谈话。主人及其同伴常常问我一些问题,我就认真地回答它们。有时,我还能陪主人去拜访朋友。我从不贸然开口说话,除非它们问我问题。而每次说完话后,我就会有些懊悔的感觉,因为我又浪费了一些提升自己的时间。我是非常乐于听它们谈话的,它们的每句话都简明扼要,让我受益匪浅。而且,我也曾经提过,它们最讲究礼仪,却又最不注重虚伪繁复的仪式。每匹慧骃说起话来都悦人悦己。说话时,它们从不会打断彼此,谈话内容也不会让人觉得寡淡无趣,其间也从来没有争吵或意见分歧。它们认为,大家聚在一起的时候,片刻的沉默对于谈话大有裨益。我也非常认可这种观点，因为我发现它们谈话中的小停顿总是能够激发出一些新想法，从而让整个谈话都活跃起来。它们的谈话一般是关于友谊、仁慈、秩序和日常生活的，有时也谈起大自然的各种现象、活动以及古代的传统，有时则会说说道德的范畴。除此之外，它们要么会谈谈理性管理是如何精准，或是讨论一下下届全国代表大会要做出哪些决议。它们还常常提到诗歌的种种妙处。不是自夸，我的存在让它们的谈话有了更多的话题，主人能借此机会让它的朋友们了解我，了解我国的历史。它们非常喜欢谈论这些话题，鉴于它们的谈话对人类不是很有利，在此我就不作重复了。据我观察，主人对于野猢本性的理解比我要深邃得多，我对此非常钦佩。它列举了我们的种种邪恶和愚蠢，有些甚至是我从未提到的，它只是猜想它们国家的野猢如果能多几分理性会是什么样子。最后它得出结论，我们这样的动物真是既可怜又可恨。此话也确实不假。

坦白地说，我那点有价值的知识要么是主人传授与我的，要么就是我从主人与朋友的谈话中学到的；在我看来，听它们谈话，比聆听欧洲最伟大、最智慧的议会演讲还要荣幸和自豪。我钦佩当地居民，即这些慧骃们的充沛的力量、优雅的姿态和敏捷的速度。这些可爱的慧骃集所有的美德于一身，我由衷地对它们抱有最崇高的敬意。其实，最开始的时候，我并不像野猢以及所有其他动物一样，对慧骃存有自然的敬畏之心，但是这种敬畏却随着我与它们的相处与日递增。没过多久，我对它们不仅敬爱有加，而且心存感激，感激它们对我另眼相看，把我与其他同类区分开来。

每当我想起家人、朋友、同胞或是整个人类时，我都会不由自主地把他们视为野猢，而事实上，他们也确实具备野猢的外形和性情，只不过看起来更文明些，并且具备语言天赋罢了。理性在人类那里，除了滋生出更多的恶行之外，简直毫无用处。相比而言，它们这个国家的野猢兄弟还只是靠着本性在作恶，还没有上升到更邪恶的思辨高度。当我在湖边或泉水边上偶然看到自己的倒影时，我感觉又害怕又憎恶，便不禁把脸扭过去。我还不如看见一头普通的野猢呢。我经常与慧骃交谈，看见它们便满心喜悦，我逐渐开始模仿它们的步法和姿态，久而久之也便成了习惯。及至我回国之后，朋友毫不隐讳地告诉我说，我走路的姿态像匹马一样。对这样的评介，我却觉得是种恭维。我还要承认，说话时我也在模仿慧骃的声音和方式，别人若是就这事取笑我挖苦我，我也丝毫不会觉得难为情。

我在这里生活得非常幸福，慢慢有了在这里安静地度过余生的打算。可是一天早晨，主人早早就来召唤我，比平时叫我的时间早了许多。我看到它面有难色，似乎对于它要讲的话，不知道如何开口才好。它沉默了一会儿后，告诉我，它不知道我会对它要说的话作何反应。在最后一次全国代表大会上提起野猢的事情时，代表们就都知道了主人在家里豢养着一头野猢（指我），这头野猢的行为举止不像畜生，而更像慧骃，大家为此都很生气。它们又得知主人常常跟我交谈，像是我的陪伴能带给它什么好处或快乐一样，代表们认为这种行为不符合理性，也违背了自然规律，而且这些事情都是前所未闻的。大会代表劝告主人说，它要么像对待我的同类一样差使我，要么就命令我游回我原来的地方去。而第一条决议即刻被那些在主人家或自己家见过我的慧骃们否决了。既然我具备那么一些理性，再加上我天生的劣根性，它们担心我很可能会引诱所有的野猢跑到山地林区中去，然后在半夜里成群结队地跑出来，毁掉慧骃的牲口，因为野猢天生就是好吃懒做、卑鄙下贱的。

主人还说，附近的慧骃每天都来催促它执行大会的劝告，所以它再也拖不下去了。它觉得我不可能游到另一个国家，所以希望我能造出个什么工具，类似于我曾向它描述过的那种东西，载着我在海上航行。它会吩咐仆人帮我造这个工具，而它的邻居们也都愿意出一份力。它最后说道，就它自己而言，非常愿意把我留在身边直到我死去为止，因为它发现我虽然本性卑劣，但已经在竭尽全力地模仿慧骃们的言行举止，并且已经改掉了很多卑劣的习惯和禀性了。

在这里，我要跟读者说明一下，在这个国家里，全国代表大会制定的"法令"用"赫恩赫洛亚因"一词表达，其实这个词更接近"劝告"的意思。因为强迫一个理性动物去做什么事情，对它们来说是无法想象的事情。它们认为，充其量只能是进行一番劝说或劝告，因为谁都不会违背理性，否则就不能被称为理性动物了。

听了主人的话后，我感到前所未有的悲哀和绝望。我实在无法承受这种撕心裂肺的痛苦，不由自主地晕在了它的脚下。当我醒来的时候，它告诉我，它还以为我死了，可是慧骃是不会如此脆弱的。我声音弱弱地回答说，要是能死去倒也是一种幸福了。我自然不能责备大会的劝告或是主人朋友们的督促，但是，依我微不足道，甚至有些荒谬的理性来判断，对我宽容些或许并不违背理性吧。离这儿最近的岛也有一百里格远，可我连一里格都游不到。要造一个能载我走的小容器需要很多材料，而那些材料在这里根本就找不到。当然，为了表达对主人的感激之情，哪怕不可能做到的事，我也会遵从主人的吩咐尽力去做。但是我仿佛已经看到自己终将毁灭的结局了，这种非自然死亡的前景也不算悲惨。即使真的能历经奇遇捡回一条性命逃回家去，我又怎能忍受终日与野猢为伍的日子，怎么能重过以往的堕落生活？而且，没有榜样的指引，我在道德之路上将是寸步难行。我很清楚，慧骃们的决定必然是以坚实的理性为基础的，我这只可怜的野猢如何辩解都不可能改变。所以，我感谢主人吩咐仆人帮我造容器，希望它能给我充裕的时间来完成这项困难的工作。我还告诉主人，我会尽力保住这微不足道的性命,如果能回到英国,我希望能对我的同类有些益处,我要歌颂慧骃的美德,鼓励人类效仿它们。

主人简单地回答了我两句,它给我两个月的时间要我把船造好。它还命令那匹栗色的小雄马给我当伙计(此刻我冒昧地这样称呼它),让它听从我的吩咐,因为我对主人说,有它帮忙已经足够了,它一直对我非常照顾。

首先,它陪我来到了那些叛变的船员们强迫我登陆的海岸。我站在一片高地上,向海面上四处望去,似乎在东北方向看到了一个小岛。我拿出袖珍望远镜,清楚地看到了这个小岛的大致情形。据我估算,那个岛离这里大约有五里格远。但是栗色小雄马看到的却是一片蓝色的云彩,因为它根本不知道还有其他国家的存在,也不像我们这些常年航海的人一样总是跟大海打交道,所以它要辨别海上远处的东西,实在有些力不从心。

发现这个岛后,我便不再犹豫了。如果顺利的话,这个岛将是我的第一个流放地,一切听天由命吧。

我回家跟栗色小雄马商量后,来到远处一片斑杂的树林中。我拿着小刀,它的工具则是在木头手柄上绑着的一块锋利的燧石,这种工具是以它们的方式特制的。我们砍了一些橡树枝,大部分树枝都像拐杖那般粗细,也有些稍大一点儿。有关我造船的过程,在这里就不向读者一一交代了。总而言之,我用了六周时间造成了一种印第安式的小船,其中大部分重活都是栗色小雄马帮我完成的。这艘小船比印第安小船大得多,表面盖上了一层野猢皮,我用亲手搓的麻线把野猢皮密密地缝起来。船帆由小野猢的皮做成,因为大野猢的皮又硬又厚。我还给自己做了四把桨。我在船上存了些煮熟的兔肉、鸟肉,还带了两个容器,一个装牛奶,一个装淡水。

我把小船放在主人家附近的大池塘里试水,之后又修补了一下缺漏,把野猢的皮脂涂在船的裂缝里,直到我认为放心可靠为止。这艘船能载得动我和我那些储备的物品。我尽可能地把船修整完备后,栗色小雄马和另一个仆人指挥野猢们把船慢慢拉向海边。

一切就绪,终于到了我离开的那一天。我向主人夫妇及其全家依依不舍地告别,眼里尽是泪水,心情很是沉重。但是,也许是出于好奇或是对我的友爱吧(请原谅我这种自夸的言行吧),主人坚持和一些邻近的朋友们一起送我上船。一个多小时后,潮水涨上来了,而且极为幸运的是,风正是朝着小岛方向吹的。我再次向主人郑重道别。正当我准备俯下身亲吻它的蹄子时,它轻轻地把蹄子抬高至我嘴边,这让我倍感荣幸。我很清楚,很多人会就最后这个动作指责、诋毁我。诋毁者们难以相信优秀的人类会放下身段,对这样一种远远劣于人类的动物另眼相看。我也知道,很多航海家善于吹嘘他们如何被当地人敬重。但是,倘若这些指责我的人了解了慧骃高尚有礼的性情,必然也会改变现在的看法。

我向随主人而来的朋友们一一致敬后便上了小船,撑船离开了岸边。

第十一章

作者讲述旅途的凶险。他到达澳大利亚,希望在那安顿下来,却被当地土人的弓箭射伤,之后又被抓进一艘葡萄牙船里。船长对作者以礼相待。作者回到英国。

不知是一七一四年还是一五年的二月十五日上午九点,我开始了这次冒险的航行。风向对我非常有利,刚开始的时候我只是用桨划船,但是考虑到这样很快我就会体力不支,而且风向也会改变,我就扬起了小帆。海水推动着小船在波浪里前行。据我估计,船速差不多能达到每小时一点五里格。主人和它的朋友一直站在岸边目送我远去,直到完全看不见我为止。一路远去时,我还听到一直以来对我关照有加的栗色小雄马不停地大叫,"赫努伊·伊拉·尼哈·玛加赫·野猢",意思是说:"保重啊!温和的野猢!"

我本打算找个荒岛安顿下来,在这个岛上依靠自己的力量过自给自足的生活。这样的生活对我来说,比当上欧洲最文明国家的首相还要幸福得多。单是想想回到野猢统治的社会,我就觉得无比恐惧。所以我希望能找个地方隐居起来,至少我还能随心所欲地思考,能在心里想念那些无与伦比的慧骃,沉浸在它们的美德给我带来的喜悦中,而不必身陷在我那些同类的罪恶堕落中无法自拔。

　　读者或许记得我曾说过,当我的水手合谋叛变,将我囚在船舱里时,有那么几周我根本不知道船是在朝什么方向行驶。当他们用大艇载我靠岸时,那些船员发誓说,他们也不知道我现在身处何方,当然他们的誓言是真是假我也无从知晓。不过,根据偶然听到他们说的只言片语,我猜想当时的位置应该是好望角往南十个纬度或者南纬四十五度左右的地方,他们应该是将要前往马达加斯加岛,当时大约是在该岛的东南方向。虽然这些不过是我的猜想而已,但我仍然决定往东走,希望能抵达澳大利亚的西南海岸,或许再往西就能发现我梦寐以求的小岛了。海风是朝正西方向吹,当晚大概六点的时候,我已经向东走了至少十八里格了。我发现距我大约半里格处有一个非常小的岛,没多久我就到了那里。岛上只有一片岩石,岩石周围是一个在暴风雨作用下形成的天然港湾。我把船停进港湾,顺着岩石的一面往上爬行,发现小岛往东竟然有块自南向北延伸的陆地。我在船里睡了一晚,第二天一早就又开始继续航行了。七个小时后,我到了澳大利亚的东南角,这让我确定了一直以来的猜想,地图和航海图上把这个国家的位置向东移了至少三个经度,我曾经把我的这个猜想告诉过我的挚友赫尔曼·毛尔先生,还跟他说了我这样猜测的依据,可是他却更愿意相信其他作家的说法。

　　我登陆的地方不见人迹,而我又没有任何武器,所以不敢深入这个国家探险。我在岸边捉了些贝类,因为怕被当地的土著人发现不敢生火,只能生吃。为了节省自己的口粮,我一连吃了三天的牡蛎和帽贝。幸运的是,我还发现了一湾清澈的溪水,让我喝了个痛快。

　　第四天早晨,我又朝里走得稍远了一些,突然看到在距离我五百码远的高地上有二三十个土著人,有男人、女人还有孩子,不过全都是赤身裸体的。我想他们应该正围着一堆篝火,因为我看到那里有烟冒出来。一个土人发现了我,就把这消息告诉了其他人。五个土人朝我逼过来,女人和孩子仍然留在篝火旁。我拼命向岸边跑去,迅速跳进小船里,慌忙划桨离开。这些野人见我逃跑了,却依然紧追不放。我的船还在近海的时候,他们放箭射中了我的左膝盖。伤口非常地深,恐怕我得带着这个伤口进棺材了。我觉得这箭很可能是有毒的,便拼命划桨逃出了他们的射程(好在那天海上风平浪静),之后急忙用嘴吸了吸伤口,尽力把伤口包扎好。

我也不知道接下来要干什么才好,我是绝对不敢再回到刚才那个地方了,只好不停地划桨向北驶去。此时的海风虽然风力不大,却是向西北方向吹的,正好与我逆向。正当我四处张望,努力寻找一处安全的地方登陆时,我看见东北方向有一艘船正朝我这边驶来,我犹豫了半天,琢磨着是否要在这里等他们。最终,我对野猢种族的憎恶占了上风,于是我调转小船,扬帆向南划去,将船停进了早晨刚逃出来的那个港湾。我宁愿让自己落入那些野人的手里,也不要与欧洲的野猢们一起苟活。我把小船尽量靠近岸边,自己则藏在小溪旁的石头后面,我上面提过这条小溪非常清澈。

那艘船也驶到距港湾不到半里格的地方来了,船上派出一只载着容器的大艇来取淡水(好像这地方还很有名)。我一不留神的工夫,那船就靠了岸,此时我也来不及另找地方躲避了。那些船员一登陆就立刻发现了我的小船,在里面搜寻了一番,根据情况应该不难猜想主人就在附近。其中四个带有武器的船员把四处搜了个遍,最后在石头后面找到了我,当时我正脸朝下趴在地上。他们看到我衣着粗陋,而且样式怪异,感觉非常奇怪。我的上衣是用皮子做的,鞋底是木头的,而袜子则是动物的皮毛做成。他们据此断定我不是当地的土著人,因为土著人根本就不穿衣服。其中一个船员操着葡萄牙语让我站起来,问我是谁。我十分精通这门语言,于是站起来说,我是一个被慧骃赶走的可怜野猢,希望他们能放我走。听到我用他们的语言回答,他们很是吃惊,之后又通过我的肤色判断我肯定是个欧洲人,但是对于我说的什么"野猢"和"慧骃",却完全不明白是什么意思。不过他们又忍不住笑话我说话时的怪腔怪调,好像是马在嘶叫一般。我身体不住地发抖,对他们既害怕又憎恶。我再次请求他们放我离开,并且慢慢朝我的小船走去。这时,他们一把抓住我,想知道我是哪国人,从哪里来,并且问了很多其他问题。我告诉他们,我出生在英国,五年前离开祖国,那时候他们的国家与我的国家还相安无事。所以,我希望他们不要把我视为敌人,因为我无意伤害他们,我只不过是只可怜的野猢,想找个没人的地方度过不幸的余生罢了。

看他们讲话的样子,我觉得我从来没有听过,更没有见过这么别扭、这么不自然的事情。在我看来,他们说话就像是英国的狗或牛张嘴说话,或是慧骃国的野猢说起人话一样。这些坦率的葡萄牙人惊讶于我奇怪的装束,而且他们虽然能够听懂我说的话,但我说话的方式却让他们很是费解。他们非常友善地对我说,他们确信船长会将我免费带到里斯本,我可以从那里回到我的祖国。其中的两个船员先回去报告船长这里的事,听他如何吩咐。同时,他们要我发誓不会逃跑,否则就把我绑起来。我想还是乖乖听他们的吧。他们对于我的经历非常好奇,我却不能满足他们的好奇心,所以他们猜测一定是不幸的遭遇让我神志不清了。两小时后,载着淡水回去的那艘船回来了,他们按照船长的命令带我回去。我跪下来求他们放我走,但一切都只是徒劳。这些人用绳子把我绑起来抬上大艇,然后驶回他们的大船,最后又把我押到船长的舱房。

船长名叫皮得罗·德·门德斯,他性情非常豪爽,对人也很客气。他请求我把我的遭遇大概讲一讲,他想知道我吃什么喝什么,还承诺我能得到和他们一样的待遇。他还说了很多令我心怀感激的话。我禁不住想,能碰到这样彬彬有礼的野猴,实属难得。尽管如此,我还是一言不发,因为我心里依然很难过。他和他手下身上的味道差点熏得我晕倒在地。最后,我请求他允许我从自己的小船里拿些食物来吃,可他却派人拿给我一只鸡以及一些美酒,还安排我住进了一间非常干净的船舱。我穿着衣服躺在床褥上,半小时后,估计他们到了吃饭的时间,我就偷偷溜了出去,走到船边上,打算跳进海里泅水逃命,因为我实在不愿意再与野猴为伍了。但是一个水手把我拦住了,他报告船长后,他们就用链子把我拴在船舱里了。

晚饭过后,皮得罗先生来到我的船舱,问我为何如此拼命地想要逃跑,还表示他没有别的意思,只是想尽可能地帮助我。他说的话非常感人,所以我决定把他当作一个有几分理性的动物来对待。我向他略述了我的航行经历,告诉他那些手下是如何谋反的,我又是如何被他们丢弃,之后居留在了一个怎样的国家,以及我在那里度过五年的生活过程。对于我叙述的一切,他觉得我像是在做梦,要么就是幻觉,这让我感到愠怒难当。时至那时,我已经忘记在野猴统治的国家里,撒谎是他们特有的本事,所以他们也习惯于怀疑别的同类在说真话。我问他,在他的国家里,说话与事实不符是不是一种风俗?还告诉他,我已经把虚假这个概念忘得差不多了。而且,哪怕我在慧骃国生活上一千年,也不会从最下等的仆人嘴里听到一句谎言。不管怎样,我一点儿也不在乎他是否相信,但是,为了报答他对我的款待,我可以容忍他本性中的堕落。我会回答他所有的质疑,直到他相信我说的话为止。

船长是个聪明人,多次企图在我的叙述中找到漏洞,却怎么也找不出来,最终他逐渐相信我说的都是实话了。他还说道,既然我这么信奉真理,从不说谎,那么他希望我向他保证在这次航行中会一直陪伴在他左右,不会再做什么傻事了。否则的话,他会继续将我囚禁起来,直到我们抵达里斯本为止。我答应了他的请求,同时我也坦率地表示,我宁愿经历千难万苦,也不愿意回到野猢群中生活。

这次航行比较顺利,一路上并没有什么事故。船长经常盛情邀请我跟他一起坐坐,为了报答他,我强忍着自己对人类的厌恶,同意了,但是这种厌恶时常会控制不住地爆发出来,而他也假装不在意。每天大部分时间我都把自己封闭在船舱里,不愿意见到船上的任何人。船长一再要我脱掉身上野蛮的装束,换上他给我准备的最好的衣服。对此,我是断然不能接受的,要我穿上野猢穿过的衣服,想想都觉得恶心难受。我只是请求他借给我两件干净的衬衣,我觉得既然衬衣穿完已经洗过,便至少不会污浊了我的身体。我每隔一天换一次衬衣,换下的衣服也由我自己洗净。

我们于一七一五年十一月五日到达里斯本。快要靠岸的时候,船长勒令我披上他的斗篷,他说害怕我的怪样子引起好事之徒的围观。我被护送到他的家中。我恳请他把我安排在房后最高的房间里,并且不要告诉任何人我对他讲过的有关慧骃的事情,因为这种事情哪怕走漏了一点风声都会招来一大群人来看我,异教徒们也极有可能因此而审判我、监禁我,甚至会把我烧死。船长说服我做了一套新衣服,但我是绝不会让裁缝给我量尺寸的。亏得皮得罗先生同我的身材大致相当,按他的尺寸做出来的衣服,我穿上也正好合适。他还给了我一些其他的生活必需品,即便都是全新的,我在使用之前也要晾晒上二十四个小时。

船长没有妻子,仆人也不过只有三个,而且吃饭的时候仆人是不用在旁边侍奉的。他天生乐于助人,而且通情达理,我跟他在一起时也就不觉得那么难受了。在他的影响下,我也有了很多变化,有时我也会从后窗向外看一看。慢慢地我可以去另一个房间走一走，从那里向街上望上几眼，随后又害怕地把头缩回来。他用了一周的时间引我下楼走到门前。我发现自己的恐惧在慢慢减少，但是对人类的厌恶和鄙视却在不断加深。最终我能够在他的陪伴下鼓起勇气走上大街了，但是鼻子里还得塞上芸香或烟草才行。

我跟皮得罗先生说过一些家里的事，十天后，他劝我说，出于荣誉和良知的考虑，我应该回国跟妻子、孩子一起生活。他告诉我，港口恰好有一艘英国的船正要出发，他会把我路上的必需品准备好，送我上船。有关他如何劝说我，我又是如何反驳他的具体内容，我就不在此赘述了。他说，要找到我理想中的这样一个孤岛是完全不可能的，所以我倒不如在自己家里随心所欲，想怎么隐居便怎么隐居。

最后我妥协了，因为我也的确没有更好的办法。我在十一月二十四日乘一艘英国商船离开里斯本，至于船长是谁我也没有兴趣打听。皮得罗先生把我送上船，还给了我二十英镑。他同我亲切告别，分手时还拥抱了我，对此我是非常反感，却也只能强忍着。在这最后一次航行途中，我没有和船长或任何水手打交道，只是以生病为由终日躲在船舱里。一七一五年十二月五日，大约上午九点的时候，船在唐兹停靠，下午三点我就安全回到位于罗瑟希斯①的家了。

妻子和家人看到我自然是又惊又喜，他们原以为我已经命丧大海了。但是我必须坦白承认，我看到他们的时候，心里只有憎恶、反感和鄙夷。越是想到我同他们的亲密关系，这种厌恶的情感就越是强烈。虽然我被赶出慧骃国以后，一直强迫自己每天对着

---

① 罗瑟希斯（Rotherhith），本书的最初版本，以及霍克思沃思博士采用的版本写的都是罗瑟希斯，但是在本书的前几章里，格列佛在英国的家应该是在雷德里夫（Redriff）。

一群野猢,甚至还与皮得罗深入交谈,但是我脑子里充斥的都是那些高贵的慧骃的美德和思想。转念再想到我曾经与一头母野猢交配,还生下了一群小野猢,内心的羞耻、困惑和恐惧之情就油然而生。

我一进家门,妻子就将我紧紧抱住,热烈地亲吻起来。可是,我这么多年来都没有被这种恶心的动物触碰过,所以一下子就晕过去了,过了一个小时才渐渐苏醒。从我最后一次回到英国算来,距离此时写作已经有五年之久了。在第一年里,我受不了妻子孩子跟我同在一处居住生活,一闻到他们的气味就恶心得受不了,更别说跟他们在同一个房间吃饭了。直到现在,他们也不敢碰我吃的面包,不敢跟我用同一个杯子喝水,我也不让他们牵我的手。我第一次花钱是为了买两匹小种马,买完我就把它们好生养在马厩里。除了这两匹马,我最喜欢的就是马夫了,闻到他身上在马厩里沾上的味道,我就觉得精神焕然一新。我这两匹马对我非常了解,我每天要花上至少四个小时跟它们说话交谈。我从来不用马缰马鞍之类的东西约束它们,我们相处得和睦而友好。

第 十 二 章

　　作者的叙述真实可靠,他计划将这本书出版问世。作者指责其他旅行家歪曲事实,并声明自己在写作时没有任何不良居心和不良企图。作者也回应了别人的非议,提出了开拓殖民地的办法,并且还赞扬了自己的祖国。作者认为,国王有权占领他所提到的那几个国家,并且分析了征服这些国家的困难所在。作者最后一次向读者告别,并提及了他未来的生活计划,还给读者提出了一些善意的忠告。全部游记就此结束。

　　亲爱的读者们,我已经如实跟你们讲述了有关我这十六年零七个多月的旅行经历。在讲述的过程中,我不在乎辞藻是否华丽,只是力求还原真相。我也完全可以像其他人一样,说些不可思议的奇闻趣事,挑逗你们的兴趣,让你们惊讶不已,但是我最终还是选择用最质朴的方式、最朴素的文风将事实讲出来,因为我的主要目的是告诉你们真相,而不是哗众取宠。

　　因为我们常常到英国人或其他欧洲人罕至的偏僻国家去,所以若想编造一些海里和陆地的奇妙动物讲给读者听,真的是很容易的一件事。但是,旅行家的首要目的是让人变得更明智、更优秀,而且人们能够通过他们所提供的有关其他地方的忠实描述,摒弃不好的做法，仿效好的榜样，从而提高自身的心智。

我真心希望出台这样一条法律，每个旅行家在出版游记之前要在最高法官面前宣誓，保证他要发表的东西符合事实，至少是他能认识到的事实，之后才能得到许可，发表出版自己的游记。这样一来，世人就不会像现在一样被他们欺骗了。有的作者为了取悦公众，甚至不惜用最拙劣的手法伪造事实，蒙蔽毫不知情的读者。在我年轻的时候，也曾津津有味地读了一些游记，但自从我游遍世界上大部分地区，发现这些游记中很多美妙的描述与我自己的发现格格不入时，我就无比憎恨这类读物了。再者，看到他们如此糟践人们的信任，我甚至有些愤怒。既然与我相熟的一些朋友认为我这本书还可以为国人所接受，我便坚持在写作时恪守真相，并将其奉为不可动摇的基本信条。而且，我有幸从尊贵的主人及其他优秀的慧骃那里听到的教化、看到的言行，仍然被我牢记于心，因此，无论在何种诱惑下，我都断然不会违背这个信条。

> 命运虽然能够使西农饱尝厄运
> 却绝不能迫我用谎言欺世盗名①

我很清楚，没有才华学识甚至没有任何天分，仅凭作者的好记性准确记录下来的游记是不会得到多少青睐的。我也知道，游记作者正如字典编纂人一样，终会被人遗忘，因为后来者居上，后面的作者总会在分量和篇幅上超越他们。倘若以后有些旅行家到了我在这部书中提到的国家，或许会纠正我的谬误（如果有的话），增补他们自己新的所见所闻，将我挤下时代的舞台，然后他们代替我站在原来的位置上，让所有的人忘了我也曾是位作家。如果我是为名利而写作，这样的结局未免太过悲哀，而如今促使我写作的唯一愿望就是希望这部游记能对公众有所裨益，因此我完全不会

---

① 此处的诗句引自维吉尔的《埃涅阿斯记》第二卷，原文为古拉丁文。

感到失望。我曾提到那些高贵慧骃所具有的美德，当那些以理性动物自居，统治整个国家的人们获悉世上竟有这样的美德时，他们怎能不为自己的恶行而感到羞愧羞耻呢？对于那些野猢统治的偏远国家，我是无话可说的。在那些国家里，只有布罗丁格奈格人还算不上那么腐化堕落，或许我们该参照一下他们在道德和统治方面的准则。对此，我实在不愿再说什么了，明智的读者自有评判。

这本书大概不会招来人们的责难吧，这一点让我很是高兴。因为像我这样一个作家，讲述的不过是一个遥远国度的事实，我们与那个国家既没有贸易往来，也没有谈判协议，人们有什么理由刁难我、指责我呢。我一直都小心谨慎，尽量避免一般游记作家的通病，他们常常因为这些毛病而受到指责。而且，我和任何党派都没有干系，写作时也排除了一切个人情感、世俗偏见以及对任何人或任何人群的恶意。我抱有高尚的写作目的，写这本书是为了告诉人们我的见闻，使他们受到教导。不是我自我吹嘘，我比他们这些人还是要高尚些的，毕竟我同优秀的慧骃们有过一段时间的交谈。我此次写作一不为名，二不为利，书中没有影射他人的只言片语，即使最容易恼火的人在这里也找不到恼火的凭据。因此，我希望自己是一个当之无愧的、无可指责的作家，那些辩论家、思想家、观察家、沉思家、找茬专家、评论专家在此应该也是无计可施吧。

我承认，有人私下曾对我说，作为英国的臣民，我有义务在刚回国的时候即刻向国务大臣报告，因为英国臣民发现的任何领土都归属王国所有。不过我真的很怀疑，征服这些国家会不会像斐尔迪南多·柯尔特茨①征服那些赤身裸体的美洲人那么容易。在我看来，利立浦特人根本不值得我们派出海陆部队去征服，可是若

---

① 斐尔迪南多·柯尔特茨（Ferdinando Cortez，1485—1547），西班牙人，于1519年进占墨西哥。

要对布罗丁格奈格有所企图的话,这个决策的安全性很令人怀疑。而英国军队能否适应飞岛在他们头上盘旋也是个未知数。从表面看来,慧骃并不善于备战,对它们来说,战争,尤其是抵御枪炮的战争,是一门完全陌生的科学。但是,假如我是国家大臣,我绝不会主张入侵它们的领土。它们贤明、团结,具有大无畏的高贵精神,而且非常热爱自己的国家,这些足以弥补它们军事上的缺陷。想想吧,两万匹慧骃冲进一支欧洲部队,所有的官兵都会惊慌失措,接着人倒车翻,那些士兵的脸都会被它们的后蹄踢瘪了,活像一具具木乃伊。因为这些慧骃具备奥古斯都大帝的品格:顽强不息、善待邻邦、国土安康。① 我不仅不主张征服这样一个有涵养的民族,反倒希望它们能够或是愿意多派些国民来教会我们诚实、正义、真理、节制、公共意识、坚毅、淳朴、友谊、慈善和忠贞的基本原则,从而让整个欧洲更加文明开化。我们大部分语言中还保存着有关这些美德的名词,在现代以及古代作者的作品中也常常见到这些名词。虽然我读书不多,但对于这一点还是比较确定的。

我不急于将自己的发现报告给国王从而拓宽我国疆土的原因还有一个。坦白说,我对国王们普施王法的方式心存顾虑。比方说,一群海盗被暴风雨吹到了陌生的不知名的地方。后来,一个水手爬到主桅上发现了一片陆地,于是他们就上岸抢掠了一番。在那里遇到一些毫无恶意的人们,他们受到了极尽友好的热情款待,于是便按他们的意志重新命名这个国家,为他们的国王占领这个地方,并在树上挂一块烂木板或石块以作纪念。他们还会顺便杀上二三十个土人,并强行带回两个给国王看看,及至回国后再为他们求情。他们打着天赐良机的名号占领了那片领土。他们会在第一时间派船前往,将那里的土人赶尽杀绝,为了搜刮黄金严刑拷打

---

① 贺拉斯《讽刺诗集》第 2 卷。原文为拉丁语。

当地土人的首领,而且纵容一切不人道的、恶意放荡的恶行。那片土地最终落得个腐尸遍野、鲜血横流的下场。而这群穷凶极恶的刽子手,却打着虔诚探险的幌子,被派去教化那些信奉偶像崇拜的野人,这就是现代殖民。

当然,上面这些描述与英国毫无干系。英国人在开拓殖民地时表现出了智慧、谨慎和公正的品质,他们在推动地区发展和学术进步方面亦有开明的才智。他们选择虔诚而又有才能的教士去宣扬基督教教义;他们谨慎地选择生活正派、言谈清晰的国民移居海外;他们在殖民地区设置的官员不仅公正严明、才华横溢,还能恪守廉洁公正之气。最重要的是,这些官员都是审慎的有德之士,一心只为管辖地区民众的幸福和国王的荣誉着想。在上述种种方面,英国都可谓是全世界的表率。

但是,我上面提到的这几个国家的居民都不愿意被征服、被奴役或是被驱赶出境,而且他们的国家并不是富藏黄金、白银、蔗糖或烟草,因此,凭我愚见,这些国家不会激起我们的热情,在他们身上我们捞不着什么便宜,也无须表现我们的勇猛。如果哪个相关人士与我的意见相左,我将随时听从法律传召,在法庭上证明我是第一个去过那些国家的欧洲人。我是说,我们应该听信当地居民的话,除了有关慧骃国多年前有两头野猢出现在山上的传说不知真假外,其他的话都是毋庸置疑的。

我从未想过以国王的名义占领这些国家,就算有这种想法,就我当时的境遇来说,也要事事小心,先顾全自己要紧。所以暂且把这事搁在一边,等以后有机会再说吧。

我作为一个游记作家,所能引起的非议也就是这么多了吧,既然已经全部做了回应,我就要最后一次跟敬爱的读者们告别了。我要回到我雷德里夫的小花园里,尽情沉浸在自己的思绪中,践行慧骃在德行方面给我的教导,并且努力教化我家里的这几头野猢,使它们更为驯服温良。我常常看着镜子里的自己,让自己慢慢习惯这副面貌,看到人类也不会那么憎恶难耐了。我很惋惜我国的慧骃也会有兽性的一面,它们与慧骃国的慧骃虽然形态相似,但心智上却要退化得多。但是看在我尊贵的主人和它的家人朋友,以及整个慧骃家族的面子上,我对它们却也是以礼相待。

直到上个星期,我才允许妻子跟我坐在一起用餐,我让她坐在长桌的另一头,并且允许她用最简洁的话回答了我的几个问题。野狌的味道仍然会让我恶心,我一直都用芸香、薰衣草或烟草叶把鼻子塞住。尽管上了年纪的人很难改掉老习惯,但我也不是完全没有希望。或许再过些日子,我就能接受邻居野狌站在我的身旁,而我也不再担心他们的锋牙利爪会伤害到我。

总的来说,如果这里的野狌只是天性就带着邪恶愚蠢的特质,那我与他们和睦相处起来倒也不是什么难事。所以,我可以心平气和地面对律师、扒手、上校、傻瓜、贵族、赌棍、政客、老鸨、医生、证人、教唆者、讼师、卖国贼等野狌们,我知道他们的行为是再自然不过的了。但是,当我看到一个家伙不仅外表丑陋,内心邪恶,却偏偏还有一副骄傲不逊、盛气凌人的嘴脸时,我承受的底线就会在瞬间崩溃。我是真的不能理解为何这样一种动物能够骄傲到如此地步。智慧而又高尚的慧骃集理性动物所能拥有的各种优点于一身,在他们的语言里压根儿就没有描述这种罪恶(骄傲)的词汇,或者说,除了描述野狌卑劣品质的词语,他们的语言中没有任何有关罪恶的概念。因为人性只是在人类统治的国家才会有所体现,所以慧骃对人性缺乏透彻的理解,他们自然也察觉不到野狌身上的这种罪恶。但是我在这方面却要在行得多,我能清楚地看到野生野狌身上存在这种罪恶的痕迹。

为理性所统治的慧骃从不因为自身的高尚品质而骄傲,就像我不会因为自己不缺胳膊不少腿而骄傲一样,头脑正常的人都不会吹嘘自己四肢健全,相反如果四肢残缺,倒是会觉得痛苦不堪。我就这个问题说得多了些,是因为真心希望与这些英国野猢还能耐着性子相处下去,不至于因此而崩溃。所以,我恳求那些骄傲自大的人们离我远远的吧。

知 识 链 接

【文学常识】

一、作家介绍

乔纳森·斯威夫特(1667—1745),英国著名讽刺作家,政治家和诗人。生于爱尔兰都柏林,兼有爱尔兰和英国的血统。一六九五年开始了他的写作生涯,起初写诗,一生创作了不少涉及面很广的诗篇,但不及他的讽刺作品有影响。一七〇四年他的讽刺散文《书的战争》发表,从此出名。一七二六年十月他的讽刺小说《格列佛游记》在伦敦出版,并获得成功。此外,他还写有《一个温和的建议》和《木桶的故事》。

二、作家评价

斯威夫特对英国的政治,尤其对英国在爱尔兰的统治,有亲身的体验和深刻的认识。

——杨周翰、吴达元、赵萝蕤:《欧洲文学史》,人民文学出版社 2002 年版

剧作家盖埃和谢立丹,小说家菲尔丁和诗人拜伦,在他们创作

的个别方面,乃是斯威夫特的追随者和继承者。

——阿尼克斯特:《英国文学史纲》,戴镏龄等译,人民文学
出版社 1995 年版

斯威夫特对人类自足自信越来越激烈的抨击,或许显得与当时许多文人宣扬的科学乐观主义很不合拍。他对人性堕落的感触,对人类未能实现理想行为准则,未能体现自然或神意和谐的强调,应被视为喧闹的 18 世纪讽刺传统的一部分。

——安德鲁·桑德斯:《牛津简明英国文学史》,谷启楠译,
人民文学出版社 2003 年版

三、作品评价

《格列佛游记》全书,尤其是前二卷中,情节和细节都极生动滑稽,富有童话色彩,许多场面使人难忘。作者成功地运用了多种讽刺手法,如象征影射、直接谴责、反语、夸张、对比等。

——杨周翰、吴达元、赵萝蕤:《欧洲文学史》,人民文学出
版社 2002 年版

《格列佛游记》是一篇对人性的讨论。总的说来,这部书的概略如下:第一卷主要涉及现代政治的实践,特别是英国和法国的;第二卷涉及古代政治对一种类似古罗马或斯巴达的模型的实践;第三卷涉及现代哲学对政治实践的影响;第四卷涉及古代乌托邦政治用作判断现代人希望理解的那类人的标准。

——阿伦·布卢姆:《〈格列佛游记〉的一篇大纲》,诺顿出
版公司 1973 年版

四、关于讽刺小说

讽刺小说是小说按照题材划分的一种类别(一种形式),具有

用夸张的手法和嘲讽的态度揭露、抨击社会的黑暗和时弊的特点。古今中外很多著名作家,如外国的马克·吐温、欧·亨利、果戈理等,中国古代的吴敬梓,现代的鲁迅、老舍等,都曾运用这种文学形式批判、挖苦他们所处时代的政治制度、社会现象及各种人物,获得了强烈的艺术效果。

五、斯威夫特与英国文学的讽刺传统

十八世纪初期的英国文坛,长篇小说萌芽,尤其游记小说盛行。这些作品的内容通常描写意外地发现了新大陆,并且在精神和物质上都有所收获。斯威夫特对当时的英国社会和文坛现状十分不满,他的作品,无论是游记、散文、诗歌,还是杂文,通常与当时的政治问题有关,写得很有深度,表现了他揭露时代恶德与缺陷的才能。他认为,"有许多事不能用法律去惩罚,宗教与道德的约束也不足以使这些干坏事的人改正;只有把他们的罪孽以最强烈的字眼公之于世,才能使他们受人憎恨。"《格列佛游记》是斯威夫特的这一主张的成功实践。它的问世开创了英国小说讽刺艺术的先例,树立了英国文学中的讽刺传统,应该说在欧洲文学史上有着特殊的意义。

【要点提示】

一、《格列佛游记》的现实寓意

《格列佛游记》描写了航海家格列佛在四个不同的国度所遇到的奇闻趣事。小人国实际上就是当时英国的缩影。作者借小人国里的高跟党和低跟党之争嘲笑英国两个不同政党间的论争;吃鸡蛋的大头派和小头派的争论是指英法之争;跳绳选官之事讽刺政坛腐败。大人国的所见阐述了作者的政治理想。大人国的民风淳朴,实行的是有教化的、有教养的君主政体,国王贤明而正直,法律也能保障国民的自由和福利。这就是作者的开明君主的主张。

飞岛国的科学家,从事于从黄瓜中提炼阳光,复原人粪这类虚无缥缈、毫无结果的科学研究。他们不但脱离人民,而且敌视人民。他们采用残暴的手段对付当地的居民,稍有叛逆,就驾飞岛阻隔阳光,甚至压在居民头上。这是对英国对于爱尔兰的殖民统治和压迫的揭露。慧骃国里的居民分为两类:智慧的会说话的马是善良、高贵而有理性的动物,是这个国家的统治者;而形状像野兽的野猢是贪婪、凶恶、嫉妒的损人利己者,它们是罪恶的化身。这一部分表达了作者对资产阶级的否定以及对宗法社会制度的文明的偏爱,实际上是对人类文明的反思。

二、虚构和现实的巧妙结合

《格列佛游记》的情节和人物虽然纯属虚构,然而却以作家生活的现实世界为基础,如发生在小人国里的种种荒唐的所作所为,无一不是以当时英国统治者的腐败和罪恶行径为对应的,因而具有深刻的现实意义。再如飞岛国中的可恶行为讽喻的是英国对爱尔兰的统治。这种手法运用得巧妙,并且不失严肃,给人强烈的真实感。

【学习思考】

一、了解十八世纪的英国历史背景,结合阅读同一时期的游记体小说《鲁滨孙飘流记》,思考斯威夫特创作《格列佛游记》的出发点和立足点,弄清其创作动机,从而深刻理解这部作品的思想内容。

二、经历了两百八十年,时代也已变迁,然而《格列佛游记》,尤其是其中的小人国和大人国的故事仍在各国流传,依然吸引读者的兴趣。你是否思考过其中的奥秘何在?

(季风 编写)